LEANDER ROSE
Bad Boss
BEHAVIOUR

Für meine Leserinnen.

Danke, dass ihr meinen Geschichten eure Zeit und ein Plätzchen in eurem Regal schenkt.

Kapitel -1-

Ally

Ein letztes Mal wischte ich mit dem muffigen Lappen über die Tische, dann pfefferte ich ihn mit Schwung hinter die Theke und hoffte, dass die Ratten ihn über Nacht wegtragen würden, damit ich dieses eklige Ding morgen nicht mehr sehen musste. Mittlerweile stank das Teil dermaßen, dass ich nicht wusste, was besser war: Die Tische dreckig zu lassen und klebrig vom verschütteten Alkohol oder sie mit dem ranzigen Lappen aus dem achtzehnten Jahrhundert abzuwischen. Die ganze Kneipe roch danach. Ich war bereits dazu übergegangen zu spekulieren, welche Bakterienkulturen sich darauf gebildet hatten. Warum ich nicht einfach einen neuen benutzte? Schön wäre es, aber mein Chef, John, der Besitzer und kreative Namensgeber von John´s Bar, war der geizigste Mann, der jemals das Licht der Sonne erblickt hatte. Er wollte, dass ich die Dinger benutzte, bis sie auseinanderfielen. Für alles. Ob Tische, Böden, Theke, ganz egal. Was bedeutete, dass ich mir jedes Mal die Hände desinfizierte, nachdem ich mit einem davon in Berührung gekommen war. Die einzige Abwechslung zu unserem traurigen Lappen war ein noch bedauernswerteres Geschirrtuch zum Abtrocknen. Aber die anspruchslosen Gäste, die sich hierher verirrten, störten sich nicht daran. Ebenso wenig wie an der Tatsache, dass die Kneipe tief unter der Erde lag, wo früher mal irgendein Lager gewesen war. Die Möblierung sah aus, als wäre sie aus dem Nachlass sämtlicher verstorbener Rentner aus Brooklyn zusammengewürfelt worden. Und das Bier wurde dermaßen mit Wasser gestreckt, dass es beinahe durchsichtig war. Wer hierherkam, stellte keine großen Anforderungen mehr ans Leben. Es war ein Auffangbecken für alle abgestürzten und hoffnungslosen Fälle. Leute wie mich.

Und ich Glückliche durfte in dieser Vorstation der Hölle kellnern.

»Hey Schätzchen, wo bleibt mein Bier?«, grölte ein Kerl dicht hinter mir. Gleich darauf landete seine Hand klatschend auf meinem Po. »Hopp, hopp!«

Seine Freunde lachten und trommelten mit den Fäusten wild auf den Tisch, während ich die Zähne fest zusammenbiss und weiterging. Ich hatte es mir abgewöhnt, auf solche Typen zu reagieren. Einmal und nie wieder. Meinen Mund aufzumachen, hatte mich meinen letzten Job gekostet. Das konnte ich mir nicht noch einmal leisten. So sehr ich es hier auch hasste. Meine Ersparnisse waren aufgebraucht. Mein Kühlschrank leer. Kurz gesagt, ich war am Arsch.

»Einfach ignorieren. Hier ist das Bier, kannst es dem Sack bringen«, sagte Kara, die andere Kellnerin in dieser Hölle, mit der ich mir das Begrapschen und die anzüglichen Kommentare teilte. Und meine einzige Freundin. Im Gegensatz zu mir arbeitete sie seit Jahren hier. Mit ausdrucksloser Miene stand sie hinter der Theke und schob mir ein großes Bier über den Tresen zu. Seufzend strich ich mit der Hand über meine Stirn.

»Ich halte das nicht mehr aus«, sprach ich meine Gedanken laut aus. »Diese ekelhaften Kerle, die glauben, sie könnten uns für ein paar Dollar Trinkgeld befummeln und sich dabei auch noch wie der großzügige Gönner fühlen.«

Wütend suchte ich Karas Blick, hoffte jedoch vergeblich auf eine Antwort. Obwohl ich mir sicher war, dass sie es hier genauso sehr hasste wie ich, reagierte sie niemals auf meine Beschwerden. Wie auch jetzt. Resigniert polierte sie weitere Gläser, als hätte ich nie etwas gesagt. Schnaubend griff ich nach dem Bier und drehte mich um, als ihre Worte mich zurückhielten.

»Hab reingespuckt«, sagte sie trocken, ohne eine Miene zu verziehen.

»Was?« Perplex starrte ich sie an und wusste nicht, ob ich sie richtig verstanden hatte.

»In sein Bier. Hab reingespuckt«, wiederholte sie und erlaubte sich den Ansatz eines zufriedenen Lächelns. »Wenn ich ihm schon nicht in den fetten Bauch treten kann.«

Während sie weitere Gläser polierte und wegräumte, starrte ich sie immer noch fassungslos an. Aus der Frau wurde ich nicht schlau. Da dachte ich stets, dass sie sich mit der Situation abgefunden hatte und dann kam sowas. Ein Funke von Protest. Um ehrlich zu sein, war ihre kleine Aktion das Highlight meiner ansonsten sehr traurigen Woche. Lächelnd brachte ich dem »Sack« sein Bier an den Tisch.

»Tut mir leid, dass es so lange gedauert hat«, säuselte ich süß und stellte das Glas neben seiner aufgedunsenen Hand ab. Mit einem breiten Grinsen im hochroten Gesicht lallte er, dass ich Glück hätte, so hübsch zu sein, weil er mir sonst nicht so schnell verzeihen könnte. Blabla. Mich interessierte nicht, was der Kerl sagte. Ich starrte wie gebannt auf seine fleischigen Lippen, die sich an das Glas setzten und einen großen Schluck vom Bier nahmen. Die Hälfte landete in seinem Bart, aber Genugtuung verschaffte es mir trotzdem.

»Dank dir kann ich heute Nacht ruhig schlafen«, scherzte ich zurück an der Theke und ließ mich auf einen der Barhocker fallen, während ich Kara dabei zusah, wie sie die Ablage abwischte und alles für unseren Feierabend vorbereitete. Wobei selbst das aggressivste Putzmittel hier nichts mehr half. Die Kneipe war uralt. Die Tische wackelten, die Stühle waren mehrmals neu zusammengenagelt worden und in einer Ecke standen zwei in die Jahre gekommene Spielautomaten. Das Modernste hier drin war der Flachbildfernseher an der Wand. Und den gab es nur, weil die Gäste länger blieben und mehr tranken, wenn sie dabei Fußball gucken konnten.

Und selbst den Job in Brooklyns schäbigster Absteige hatte ich nur bekommen, weil ich ein vorzeigbares C-Körbchen aufwies. Kein Witz, genauso begründete mein Chef seine Entscheidung. Das bedeutete nämlich automatisch mehr Trinkgeld und die Hälfte davon ließ er gern in seine Tasche wandern.

»Du meinst wohl eher, dass du dank mir heute Morgen gut schläfst. Es ist fünf Uhr«, erwiderte Kara auf meine Bemerkung.

»Oh Gott, das verdränge ich immer wieder«, brummte ich und massierte mit einer Hand meinen schmerzenden Nacken. Nachts arbeiten und tagsüber schlafen, daran würde ich mich niemals gewöhnen. Wie auch? Niemand hatte mich hierauf vorbereitet. Vor zwei Jahren hatte nichts den Anschein erweckt, dass das einmal mein Leben sein könnte. Aber alles konnte sich verändern. Nichts war in Stein gemeißelt. Das hatte ich am eigenen Leib erfahren dürfen.

»Du brauchst einen Kerl, der das für dich macht«, unterbrach Kara meine Gedanken und wies mit einem Kopfnicken auf meine Hände, die immer noch versuchten, den Schmerz aus meinen Schultern zu kneten. Vergeblich.

»Danke, aber nein.«

»Du bist jung und single. Trotzdem gehst du jede Nacht allein nachhause und …«

»Worauf willst du hinaus?«, stöhnte ich genervt, weil ich ahnte, welche Richtung dieses Gespräch einnehmen würde.

»Ich frage mich nur, ob du dein prüdes Nonnendasein nicht langsam satthast«, sagte sie und grinste mich sarkastisch an.

»Nein und das weißt du auch. Wie oft willst du mich das noch fragen?«

Seitdem Kara und ich uns „nähergekommen" waren und nicht mehr bloß über die Arbeit redeten, machte das Thema *Ally und die Männerwelt* einen großen Teil unserer Konversation aus.

»So oft, bis ich dich endlich verstehe. Ich meine, das ist doch … unnormal. Du hältst dich von Männern fern, als hätten sie eine ansteckende Krankheit. Im vergangenen Jahr hattest du nicht einmal ein Date. Geschweige denn einen Flirt. Jedes Mal, wenn ein Mann versucht, mit dir ins Gespräch zu kommen, blockst du ab und suchst das Weite.«

Geräuschvoll ließ sie das Geschirrtuch auf die Theke klatschen, stemmte die Hände in die Hüfte und starrte mich an. Für ein paar Sekunden lieferten wir uns ein Blickduell, bevor ich mich abwandte.

Ich sparte es mir, ihr zu sagen, dass die meisten Kerle in dieser Kneipe vermutlich tatsächlich eine ansteckende Krankheit hatten. Und wo sonst sollte ich jemanden kennenlernen, wenn ich meine ganze Zeit hier verbrachte? Wir führten dieses Gespräch nicht zum ersten Mal, aber Kara konnte meinen Standpunkt nicht verstehen. Wie auch, schließlich hatte ich ihr nie die ganze Geschichte erzählt. Meine Vergangenheit ging niemanden etwas an, weswegen ich die Diskussion beendete, indem ich wortlos anfing, einige der Stühle auf die Tische zu stellen, damit wir später vor Ladeneröffnung den Boden wischen konnten.

Kara akzeptierte mein Schweigen. Vorerst.

Dreißig Minuten später verließ auch der letzte Nachzügler seinen Platz und hievte sich die Treppe rauf. In Windeseile erledigten wir die letzten Handgriffe, legten unsere Schürzen ab und konnten gar nicht schnell genug rauskommen.

Pünktlich, als alle Arbeit getan war, erschien John in der Tür seines Büros. Wie jede Nacht hatte er sich dort verkrochen und wer weiß was getan. Niemand von uns durfte den Raum betreten.

Mit einem halb gegrunzten »Hier« drückte er uns an der Treppe je einen Briefumschlag mit unserem Lohn für die letzte Woche in die Hand und scheuchte uns raus, um sich in Ruhe einen Feierabenddrink zu genehmigen.

»Hat jemals jemand gehört, wie er in vollständigen Sätzen gesprochen hat?«, fragte ich Kara, während wir uns die schmale Treppe hochquälten, um endlich wieder frische Luft zu atmen.

»Keine Ahnung. Ist vielleicht besser so. John sieht nicht unbedingt aus, als hätte er besonders tiefgründige Gedanken.«

»Wo du recht hast …« murmelte ich und suchte in meiner Handtasche nach meinem Handy. Die Kneipe lag unter der

Erde in einem umgebauten Keller ohne Fenster, weswegen ich dort keinen Empfang hatte. Nach Feierabend checkte ich normalerweise zuerst meine Mails, in der Hoffnung, dass irgendwer sich auf meine Bewerbungen gemeldet hatte, um mich aus diesem Loch zu befreien. Aber heute zögerte ich. In den letzten Monaten war meine Jobsuche erfolglos gewesen. Die Antworten, die ich auf meine Bewerbungen bekommen hatte, konnte man an einer Hand abzählen. Alles Absagen, bis auf eine Nachricht. Vor einigen Tagen hatte ich tatsächlich eine Einladung zum Vorstellungsgespräch bei *Preston Holdings* bekommen.

»Alles in Ordnung?«, fragte Kara und tätschelte unbeholfen meinen Arm. »Du siehst besorgt aus.« Diese Freundschaftssache war einfach nicht ihr Ding. Das behauptete sie zumindest und ich glaubte sogar, dass sie vor mir mit keiner ihrer Kolleginnen wirklich gesprochen hatte. Sie pflegte eine strikte *„Keine-privaten-Details-Regel"*. Bis ich in ihr Leben stürmte und alles auf den Kopf stellte. Und ganz ehrlich? Kara konnte sagen, was sie wollte, sie war eine tolle Freundin. Ich zwang sie förmlich dazu es zu probieren. Denn zu der Zeit war sie der einzige Mensch, mit dem ich reden konnte. Dass sie eine völlig Fremde war, spielte da keine Rolle. Denn ich hatte alles verloren und brauchte irgendetwas, an dem ich mich festhalten konnte. Dieses Etwas war Kara und aus Zwang entstand im Laufe des letzten Jahres eine Freundschaft, die mir zeigte, wie verkorkst meine früheren Bekanntschaften waren und was es bedeutete, wenn ein Mensch immer und zu jeder Zeit für einen da war. Auch wenn dieser Mensch achtzig Prozent der Zeit schwieg.

»Es ist nur das Vorstellungsgespräch heute Mittag«, gestand ich ihr zerknirscht. »Ich habe Angst davor.«

Ich fühlte mich lächerlich. Eigentlich sollte ich mich freuen, dass ich eine Chance bekam, dass meine Bemühungen endlich Früchte trugen. Stattdessen war ich kurz davor, vor Angst durchzudrehen. Kara sah mich mitfühlend an, was mir den Mut gab, weiterzureden.

»Es ist nur, dass die Firma sehr bekannt ist. Es ist ein toller Arbeitsplatz und …« Ich stockte.

»Und was?«, fragte Kara sanft.

»Und ich denke nicht, dass ich gut genug bin«, sprach ich endlich aus, was mich seit Tagen quälte. Als die Einladung zum Gespräch kam, konnte ich mein Glück kaum fassen. Endlich ein Lichtblick. Dreimal musste ich die Nachricht lesen, bevor ich den Inhalt verstand, so perplex war ich.

Ich erinnerte mich noch genau daran, wie ich die Bewerbung abgeschickt hatte. Es war einer dieser furchtbaren Tage, an denen man sich wünschte, das Haus nie verlassen zu haben. Als ich in dieser Nacht Feierabend machte und nachhause schlurfte, wollte ich nichts als aufgeben. Endlich aufhören gegen dieses Leben anzukämpfen, in das ich gezwungen wurde. Aber ich konnte nicht. Aufgeben lag mir nicht und nachdem ich mir eine Stunde die Augen ausgeheult hatte, stiefelte ich im Morgengrauen zum nächsten Internetcafé, total übermüdet und mit verquollenen Augen, und schrieb die Bewerbung an *Preston Holdings*. Die Stelle als Sekretärin der Geschäftsleitung könnte alles verändern. Denn ich wusste, dass es nur etwas Zeit bräuchte, um den Chef davon zu überzeugen, dass ich mehr war als ein verkorkster Lebenslauf.

Dann kam die Einladung und ich flippte aus vor Freude. Aber das war eine Woche her. Womit ich genug Zeit gehabt hatte, mich mit Ängsten und Selbstzweifeln zu überschütten, bis ich daran erstickte. Weitere Absagen auf andere Stellen waren seitdem auch eingetrudelt, was meine Panik vor dem Gespräch nicht unbedingt milderte. Vielmehr verdeutlichte es mir, wie viel vom heutigen Tag abhing.

»Wie kommst du auf so einen dummen Gedanken, Ally?«

Ich wollte ihr sagen, was ich wirklich dachte, aber das ging nicht. Denn hätte ich das getan, hätte ich sie gleichzeitig beleidigt. Deswegen entschied ich mich für einen anderen Weg. Keine Lüge, aber auch nicht die volle Wahrheit.

»Es hängt so viel davon ab, verstehst du?«, versuchte ich meine Gefühle in Worte zu fassen. »Seit Monaten bewerbe ich mich auf hunderte von Jobangeboten und keiner antwortet mir. Und jetzt kommt endlich eine Einladung und es könnte die Chance sein. Aber was, wenn ich es vermassle? Was, wenn es wieder eine Ewigkeit dauert, bis ich die nächste Einladung bekomme?«

Die Lippen fest aufeinandergepresst, schwieg Kara und sah mich mitfühlend an. Ich war dankbar dafür, denn alle aufmunternden Worte wären gelogen gewesen. Ich war eine dreiundzwanzigjährige Uniabbrecherin ohne irgendwelche Referenzen oder Erfahrungen. Seit einem Jahr brachte ich betrunkenen Männern ihre Getränke, damit sie sich noch mehr besaufen konnten und kratzte nach Feierabend Kaugummi unter den Tischen weg. Auch wenn ich wusste, dass ich mehr draufhatte, niemand glaubte es mir, wenn es nicht schwarz auf weiß in meinem Lebenslauf stand. Und genau das war es, was ich Kara nicht sagen konnte, denn es hätte sie genauso runtergezogen wie mich. Wer sollte eine Kellnerin einstellen? Wie sollte ich jemanden davon überzeugen, dass der Karrieresprung von John´s Bar zu *Preston Holdings* nicht zu weit war? Dass ich gut genug war? Dass meine berufliche Zukunft nicht im Zigarettenqualm der Kneipe erstickt wurde?

»Hey, das wird schon«, flüsterte Kara und packte mich an beiden Schultern. Sanft strich sie mir über die Arme, bis ich sie ansah. Vor Wut standen mir die Tränen in den Augen. Das Leben war so verdammt unfair. Bevor die Sache mit Dad passiert war, hatte ich mir über sowas nie Gedanken machen müssen. Denn wenn alles nach Plan verlaufen wäre, würde ich mich heute nicht auf den Posten als Sekretärin bewerben, sondern für den der Geschäftsführung.

»Hör mir zu. Du wirst jetzt nachhause gehen und ein paar Stunden schlafen, damit du bei dem Gespräch später fit bist. Und dann bist du einfach du selbst. Glaub mir, wenn sie das nicht vom Hocker haut, sind sie blinde Vollidioten.«

Dankbar lächelte ich meine beste Freundin an. Sie hatte recht. Was nützte es mir, mich verrückt zu machen? Stattdessen sollte ich mir meine Kräfte aufsparen und später alles geben, um den Job zu bekommen. Entschlossen schob ich mein Handy zurück in die Jackentasche. Heute würde ich ausnahmsweise keine Mails checken und daran verzweifeln. Damit konnte ich weitermachen, wenn ich eine Absage bekam.

»Und jetzt komm. Wenn ich noch länger hier rumstehe, frieren meine Füße am Boden fest«, beschwerte Kara sich und zog mich weiter.

Gemeinsam legten wir ein kleines Stück des Weges zurück, bevor wir an einer Kreuzung in verschiedene Richtungen gingen. Ich winkte Kara zum Abschied und versprach ihr morgen bei der Arbeit sofort zu berichten, wie es gelaufen war. Dann zog ich die Kapuze ein bisschen enger und stiefelte durch die eiskalte Morgenluft nachhause.

Kapitel -2-

Alex

»Ich habe gesagt, ich will Lösungen. Keine Ausreden. Erledigen Sie meinen Auftrag oder räumen Sie Ihren Schreibtisch noch heute, Tom. Auf Wiedersehen.« Wütend legte ich auf und sparte mir die nächste billige Entschuldigung. Bei seiner Bewerbung hatte er damit geprahlt, alles über jeden herausfinden zu können. Genau dafür wurde er eingestellt. Damit er seine Augen und Ohren für mich offenhielt. Wenn es ums Geschäft ging, überließ ich nichts dem Zufall. Egal, was auf dem Immobilienmarkt passierte, ich wusste es. Als Erster. Nur so konnte ich meine Position halten, denn die Konkurrenz schlief nicht.

Doch genau diese Konkurrenz hatte es geschafft, sich unsichtbar zu machen und augenscheinlich von der Bildfläche zu verschwinden. Laut Toms Berichten lag *Preston Holdings* weit vorn und hatte nichts zu befürchten. Alles erweckte den Anschein, als würden meine Mitbewerber schlafen, dabei wusste ich, dass sie ihre Kreise über mir zogen wie hungrige Geier.

Der Deal, auf den ich es abgesehen hatte, war zu wertvoll, um ein Risiko einzugehen. Wer ihn bekam, sicherte sich den unangefochtenen Platz an der Spitze von New Yorks Immobilienmarkt. Ich wusste, dass ich nicht der Einzige war, der hier mitmischen wollte. Trotzdem gelang es Tom nicht herauszufinden, wer meine größte Konkurrenz war. Wer mir in diesem Wettbewerb gefährlich werden konnte. Und das, obwohl ich ihm ein lächerlich hohes Gehalt dafür zahlte.

Langsam massierte ich mit zwei Fingern die schmerzende Stelle über meiner Nasenwurzel. Schon den ganzen Morgen führte ich Telefonate und bekam immer mehr das Gefühl, ausschließlich von Idioten umzingelt zu sein. Kein Wunder, dass mein Kopf sich anfühlte, als wäre er mit einem Presslufthammer bearbeitet worden.

Ein Knopfdruck auf der Kurzwahltaste reichte und ich landete bei meiner Personalleiterin Melissa. »Hallo, Mr. Preston. Wie kann ich Ihnen helfen?«, meldete sie sich keine zwei Sekunden später mit ihrer gewohnt ruhigen Stimme.

»Ist die Bewerberin schon da?«, fragte ich und suchte gleichzeitig genervt nach ihren Unterlagen, die irgendwo auf meinem Schreibtisch liegen mussten. Hätte ich für jedes Vorstellungsgespräch, das ich geführt hatte, Geld bekommen, hätte ich damit ein zweites Unternehmen gründen können. Die Leute kamen von der Uni und hatten nie einen Tag echte Arbeit geleistet. Dann fanden sie sich plötzlich im Berufsleben wieder, wurden kritisiert, waren Druck ausgesetzt und scheiterten kläglich. Einige hielten es keinen vollen Monat aus, bevor sie kapitulierten. Für *Preston Holdings* zu arbeiten, war anspruchsvoll und die Meisten konnten diesen Anforderungen nicht standhalten. Ihr Ehrgeiz reichte von ihrer Stirn bis zur Nasenspitze. Solche Leute brauchte ich hier nicht. Aber leider fanden ausgerechnet diese mich in großer Zahl.

Ich hätte mir das auch ersparen und die Zuständigkeit für Bewerbungsgespräche an einen meiner Mitarbeiter outsourcen können. Allerdings behielt ich gern die Kontrolle. Es war mein Unternehmen. Ich entschied, wer hier arbeitete und wer nicht. So ungewöhnlich es auch war, dass der CEO sich persönlich um die Besetzung niedriger Positionen kümmerte. Aber hätte ich immer alles so gemacht, wie andere es taten und wie es die Regel war, würde *Preston Holdings* den Wettbewerb heute nicht anführen.

Als ich die Unterlagen zwischen zwei Akten hervorzog, betrachtete ich das Bild in der rechten oberen Ecke ihres Lebenslaufs. Blonde Haare, blaue Augen, definitiv eine gemachte Nase, aber ganz ansehnlich. Abschluss an der NYU in Wirtschaftswissenschaften, allerdings keine vorzeigbare Berufserfahrung als persönliche Assistenz der Geschäftsleitung. Dieses Gespräch lief vermutlich auf eine Nullnummer hinaus, ebenso wie alle vorherigen. Eigentlich war es vollkommen egal, wen ich einstellte, sie waren allesamt ungeeignet. Deswegen konnte es genauso gut sie sein wie jede andere. Aber wenn ich sie nahm, sparte ich mir immerhin weitere Vorstellungsgespräche und das war definitiv ein Pluspunkt.

»Ja, Sir. Sie wartet seit zwanzig Minuten in der Lobby. Soll ich sie zu Ihnen bringen?«, riss Melissas Stimme mich aus meinen trüben Gedanken.

»Sie kann ruhig ein wenig warten. Ich habe noch ein wichtiges Telefonat zu führen, dann habe ich Zeit für sie. Kommen Sie in zehn Minuten«, wies ich Melissa an und beendete auch dieses Gespräch, ohne auf eine Antwort zu warten.

Dann wählte ich die nächste Nummer.

»Guten Morgen, Mr. Preston. Wie schön, dass Sie anrufen. Was können wir Ihnen Gutes tun?« begrüßte mich wie jedes Mal eine hohe Frauenstimme. Normalerweise störte ich mich nicht daran. Heute verbesserte ihre Tonlage meine Laune aber nicht wirklich.

»Guten Morgen, Kiki. Sei so gut und stell mich zu deiner Chefin durch«, kam ich sofort auf den Punkt. »Nach der Blamage am Wochenende dürfte sie meinen Anruf bereits erwarten.«

»Einen Moment, Sir. Ich werde sofort nachsehen, ob sie in ihrem Büro ist«, vertröstete Kiki mich mit weniger enthusiastischer Stimme. Mit ziemlicher Sicherheit rannte sie jetzt quer durch die Agentur, um ihre Chefin vorzuwarnen. Ein wenig außer Atem meldete sie sich kurz darauf wieder am Hörer.

»Ich werde Sie jetzt zu Mrs. Lewis durchstellen.«

»Guten Morgen, Mr. Preston. Welch schöne Überraschung, dass Sie uns anrufen«, säuselte Mrs. Lewis mit ihrer aufgesetzt fröhlichen Stimme, die immer etwas zu schrill klang.

»Guten Morgen«, grüßte ich kühl. »Eine Überraschung dürfte mein Anruf kaum sein. Gehe ich richtig in der Annahme, dass Avery Ihnen von dem Vorfall am Wochenende erzählt hat?«

»Ja, das hat sie. Wir sind untröstlich, dass …«

»Mich interessiert nicht, dass Sie untröstlich sind. Mich interessiert nur, dass ich Ihretwegen beinahe vor all meinen Geschäftspartnern bloßgestellt worden wäre. Und was Sie geplant haben, um ein solches Debakel in Zukunft auszuschließen.«

»Ich kann mich nicht oft genug bei Ihnen entschuldigen«, begann Mrs. Lewis wieder, doch dieses Mal hörte man ihrer Stimme ihre Sorge an. Ich war der beste Kunde ihrer Escort

Agentur. Nicht, weil ich es nötig hatte. Sondern weil ich genug Geld besaß, um mir die schönsten Frauen der Stadt zu buchen. Sie begleiteten mich zu offiziellen Events und wenn der Abend gut lief, fickte ich sie. Unkomplizierter ging es nicht, denn sie verschwanden direkt danach, belästigten mich nicht mit Anrufen und verschwendeten meine Zeit nicht mit sinnlosem Geschwätz über Gefühle oder dergleichen. Irgendwann hatte ich Geschmack daran gefunden. Mittlerweile verzichtete ich größtenteils auf Sex mit Frauen, die ich auf normalem Weg kennenlernte. Nicht, dass sich mir nicht genug anbieten würden. Aber irgendwann gingen sie mir alle auf die Nerven. Frauen waren unberechenbar und anstrengend. Aber ich hatte das Geld, um es mir einfach zu machen.

Bis zum letzten Wochenende. Für gewöhnlich führte Mrs. Lewis eine strikte Datenbank über ihre Kunden. Eine, deren Informationen nebenbei bemerkt Millionen wert waren. Sie sammelte Daten über all ihre Kunden und deren Geschäftspartner. Für welche Veranstaltungen ihre Mädchen gebucht wurden und wer noch daran teilgenommen hatte. So vermied sie, dass ein Mädchen mehrere Kunden begleitete, die auf irgendeine Weise miteinander verknüpft waren. Denn obwohl viele sich ein Escort nahmen, wollte keiner dabei erwischt werden. Als ich letztes Wochenende mit Avery auf einer Spendengala zu Gunsten irgendwelcher kranker Kinder war, hatte sie im letzten Moment einen Kunden bemerkt, mit dem sie erst eine Woche zuvor drei Tage in seinem Strandhaus in den Hamptons verbracht hatte. Daraufhin verließ sie die Veranstaltung umgehend, bevor er uns zusammen sehen konnte. Nicht auszudenken, wenn ich ihm ebendiese Frau als meine Begleitung vorstellte.

Ich war der Katastrophe haarscharf entgangen. Aber der Gedanke verfolgte mich den restlichen Abend. Es hätte ebenso gut einer meiner Konkurrenten sein können, der damit ein pikantes Detail von mir in die Hand bekam, mit dem er mich leicht aus dem Rennen werfen konnte. Denn die Männer, mit denen ich ins Geschäft kommen wollte, waren allesamt alte reiche Spießer. Und die sahen es nicht gern, wenn ein Mann sich ein Escort nahm. Geschweige denn häufig wechselnde Partnerinnen hatte.

Ihre Entscheidung, einer Zusammenarbeit zuzustimmen, konnte von Kleinigkeiten abhängen. Manchmal entschied reine Sympathie. Oft genügte die Tatsache, dass ein Mann alleinstehend war und zack, alle Hoffnungen, mit ihnen ins Geschäft zu kommen, waren gestorben. Es war lächerlich. Mein Privatleben ging niemanden etwas an und doch musste ich mich anpassen, wenn ich den Auftrag an Land ziehen wollte. Und das stand außer Frage. Also würde ich ihnen geben, was sie sich wünschten. Sie bevorzugten seriöse Männer in stabilen Beziehungen. Genau das würde ich für sie werden. Allerdings ging das nicht, wenn Mrs. Lewis mir ein verbrauchtes Escort schickte, das bereits jeden Mann der Stadt beglückt hatte.

»Wir bedauern sehr, dass Sie unseretwegen beinahe in Schwierigkeiten gekommen sind. Selbstverständlich erhalten Sie Ihre Zahlung vollständig zurück und für die Zukunft werde ich meine Mädchen noch sorgfältiger prüfen, bevor ich sie an Sie vermittle.«

Noch sorgfältiger. Das bedeutete, dass sie rein gar nichts dagegen tun konnte. Vielleicht würde sie ihre Datenbank einmal mehr checken, aber garantieren konnte mir keiner, dass sich das nicht wiederholte. Gerade zu diesem Zeitpunkt war es zu riskant. Bis der Deal unter Dach und Fach war, durfte kein schlüpfriges Detail über mich im Umlauf sein. Ich brauchte eine Frau an meiner Seite, deren Gesicht in der Branche noch völlig unbekannt war und die mir half, mich in das rechte Licht zu rücken. Ideal wäre eine Fake-Freundin. Aber wenn es so schwer war, ein Escort für einen Abend zu finden, wo sollte ich dann eine Freundin für einen ganzen Monat herbekommen?

Gerade, als ich zu einer Antwort ansetzen wollte, ertönte ein Klopfen an der Tür. »Ich muss auflegen«, verabschiedete ich mich trocken von Mrs. Lewis, die einen verdutzten Laut von sich gab, den ich nicht mehr richtig hörte. »Herein«, rief ich und Melissa erschien in der Tür. Das rote Haar trug sie wie gewohnt in einem strengen Dutt. Eine Brille mit braunem Rand saß auf ihrer Nase und über ihrem eigentlich hübschen Kleid trug sie eine beige Strickjacke. Hätte ich nicht ihren Personalausweis gesehen, als ich sie eingestellt hatte, hätte ich niemals geglaubt, dass sie erst fünfundzwanzig war.

»Die Bewerberin für die Stelle Ihrer Assistenz ist da, Mr. Preston. Haben Sie jetzt Zeit, sie zu empfangen?«

»Schicken Sie sie rein.«

Umgehend marschierte eine attraktive Blondine auf hohen Stilettos in mein Büro, Melissa völlig ignorierend. Ihre Körpersprache signalisierte mir, dass sie nur auf ihren großen Auftritt gewartet hatte. Sie stolzierte mit wiegenden Hüften auf mich zu. Der geübte Augenaufschlag, ihr Daumen, der beim Händedruck sanft über meine Hand strich und ihre Zungenspitze, die sich nur kurz zeigte, um ihre Lippen zu befeuchten, die dank knallroter Bemalung noch voller wirkten. All das zeigte mir in wenigen Sekunden, welche Art Frau ich hier vor mir hatte. Mit einem knappen Kopfnicken bedeutete ich Melissa, dass sie sich entfernen konnte. Danach gehörte meine Aufmerksamkeit ganz der reizenden Bewerberin.

»Bitte, setzen Sie sich, Ms. Hendricks«, sagte ich und deutete auf eine Ledercouch an der Glasfront meines Büros. Sie ließ sich darauf nieder und verschränkte die Beine, wobei ihr Kleid weit an ihrem straffen Oberschenkel hinaufrutschte und auffällig viel Haut präsentierte.

Ich nahm mir ihre Bewerbungsunterlagen zur Hand und setzte mich ihr gegenüber auf einen Ledersessel, von dem aus ich einen Blick über die Stadt hatte.

»Nun, Ms. Hendricks. Zunächst einmal bedanke ich mich, dass Sie heute hierhergekommen sind«, begann ich das Gespräch wie immer.

»Vielen Dank, dass Sie mir die Chance bieten und bitte, nennen Sie mich Grace«, gurrte sie und streckte den Rücken durch, wobei ihre Brüste gegen den Stoff ihres Kleides drückten.

Am Anfang verlief das Vorstellungsgespräch wie jedes andere auch. Sie erzählte mir, in welcher Position sie zuletzt gearbeitet hatte. Was sie im Studium alles lernen durfte und wie sie plante, ihre Erfahrungen auch bei uns mit einzubringen. Grace war nicht die schlechteste Bewerberin, die ich angehört hatte, aber hundertprozentig überzeugen konnte sie mich auch nicht. Ich war kurz davor, sie heimzuschicken und sie schien es zu bemerken. Ihr Blick wurde fahrig, ihre Stimme eine Oktave höher und im Schoß knetete sie nervös ihre Hände. Sie spürte, dass ihr der Job aus den Händen glitt. Um fair zu sein, gab ich ihr eine letzte Chance mich zu überzeugen und stellte ihr meine abschließende Frage.

»Grace, nachdem ich so viel über Sie erfahren habe, interessiert mich eine Sache ganz besonders. Was unterscheidet Sie von anderen Bewerbern und macht Sie zur geeignetsten Kandidatin für die Stelle?«

Kurz starrte sie mich schweigend an, durchforstete ihren Kopf nach der richtigen Antwort. Plötzlich straffte sie die Schultern. Ihre Körpersprache signalisierte, dass sie eine Entscheidung getroffen hatte.

Statt mir eine Antwort zu geben, klimperte sie mit den Wimpern und ihr hübscher Mund verzog sich zu einem Lächeln, so als hätte sie nur auf diese Frage gewartet. Elegant erhob sie sich, umrundete den kleinen Tisch zwischen uns und ging vor mir in die Knie. Ihr Blick hielt meinen fest und es brauchte nicht erst ihre Hände an meinem Reißverschluss, um mir zu verraten, was sie vorhatte.

Mit dieser Wendung hatte ich wirklich nicht gerechnet, aber ich konnte nicht sagen, dass es mich störte. Im Gegenteil, Grace begann mir mehr und mehr zu gefallen. Ohne den kleinsten Gewissensbiss hob ich die Hüften an und erlaubte ihr, meine Hose so weit runterzuziehen, wie es gerade nötig war. Ich war kein Mann, der einen spontanen Blowjob von einer hübschen Blondine ablehnte. Wenigstens zahlte sich dieses Bewerbungsgespräch so für mich aus. Stöhnend lehnte ich mich zurück und genoss das Gefühl von Grace vollen

Lippen und ihrer durchaus geschickten Zunge. Die Frau wusste, was sie tat, so viel war klar. Und ich wusste, was sie mir anbot. Aber eine Sache musste noch klargestellt werden. Unsanft packte ich in ihren Nacken und zwang sie, mich anzusehen.

»Wir ficken, wann ich es will. Du gehst mir nicht mit irgendwelchen Gefühlen oder Erwartungen auf die Nerven und machst dir keine falschen Hoffnungen, dass ich mich in dich verlieben könnte. Ich will keine Freundin, nur Sex. Und nichts von dem, was in diesem Raum passiert, dringt an die Öffentlichkeit. Verstanden?«

»Verstanden«, wisperte sie und rieb ihre Brüste an meinem Bein. »Stell mich ein und du darfst mit mir machen, was du willst, Boss.«

Dann senkte sie den Kopf wieder und machte nahtlos da weiter, wo sie aufgehört hatte.

Warum eigentlich nicht? Da draußen warteten ohnehin nur verwöhnte Absolventen darauf, dass Daddys Kontakte ihnen einen guten Job einbrachten. Selbst wenn Grace sich dümmer anstellte als alle vor ihr, konnte sie wenigstens ordentlich blasen. Damit war sie den anderen einen Schritt voraus. In Gedanken machte ich mir noch eine Notiz, Melissa mitzuteilen, dass sie den anderen Bewerbern absagen sollte. Dann sorgte Grace Hendricks' Zunge dafür, dass ich alles andere vergaß. Ich würde sie definitiv beim Wort nehmen.

Kapitel -3-

Ally

Wie so oft waren es das laute Hupen eines Autos, gepaart mit dem Sirenengeräusch eines Krankenwagens, die mich unsanft aus dem Schlaf rissen. Sobald ich die Augen aufschlug, verblasste die Erinnerung an meinen Traum und ich befand mich wieder in der Realität. Dieser Moment war am schwierigsten. Jeden Tag kämpfte ich aufs Neue darum, mich nicht an meine Träume zu klammern und die Augen einfach geschlossen zu halten, sondern mich der harten Realität zu stellen. Mich der Tatsache zu stellen, dass das, was ich sehen würde, wenn ich die Augen öffnete, jetzt mein Leben war. Ein Blinzeln und eine leichte Drehung meines Kopfes reichten, um die vollen sieben Quadratmeter meines Zuhauses zu erfassen und zu erkennen, dass sich über Nacht nichts verbessert hatte. Die Wände waren genauso fleckig wie gestern. Der Gestank des vietnamesischen Imbisses von unten hatte sich so fest in dem Raum verankert, dass ich die Hoffnung längst begraben hatte, ihn irgendwann abschütteln zu können. Selbst wenn ich es schaffen sollte, hier rauszukommen, würde ich vermutlich mein Leben lang diesen Geruch in der Nase tragen. Die Luft im Zimmer war eiskalt und mein Atem bildete feine Wölkchen vor meinem Gesicht, was bedeutete, dass die Heizung über Nacht wieder ausgefallen war.

Trotz der Kälte stand ich auf und verließ den Schutz der warmen Decke, wenn auch sehr widerwillig, und öffnete ein Fenster, um wenigstens etwas frische Luft zu bekommen. So frisch, wie die Luft in Brooklyn eben sein konnte.

Routiniert befüllte ich den Wasserkocher an dem kleinen Waschbecken, das gegenüber von meinem Bett angebracht war, um mir Kaffee zu machen. Ich hinterfragte nicht einmal mehr, was dieses Waschbecken in einem Schlafzimmer zu suchen hatte. Über diesen Punkt war ich längst hinaus. Denn wenn ich tatsächlich anfing, über die Bruchbude nachzudenken, in der ich lebte, dann würde ich den Verstand verlieren. Ganz bestimmt.

Nachdem das Wasser aufgekocht war, schüttete ich etwas Instantkaffeepulver in meine einzige Tasse und gab drei kleine Päckchen Zucker dazu. Dass darauf das Logo der Brooklyn Bakery aufgedruckt war, ignorierte ich ebenfalls. Denn sonst hätte ich mir Gedanken darüber machen müssen, dass ich in meinem Leben einen Punkt erreicht hatte, an dem ich Zucker aus einer Bäckerei stahl.

Mit dem Kaffee in der Hand tat ich das Einzige, worauf ich mich jeden Tag nach dem Aufwachen freute. Ich setzte mich ans geöffnete Fenster auf die breite Bank, lehnte mich an den Rahmen und zog die Beine an den Körper, während ich den Blick über die geschäftige Stadt gleiten ließ. Jedes Mal erinnerte ich mich so daran, wie grenzenlos New York war. Voller Möglichkeiten. Heute Kellnerin … morgen … wer weiß. Irgendwann würde sich irgendwo ein Türchen für mich öffnen. Jeder Tag könnte der erste eines neuen Lebens sein. An diese Hoffnung klammerte ich mich.

Es war eiskalt und nur die Tasse in meiner Hand spendete mir Wärme. Gedankenverloren drehte ich sie und strich mit dem Finger über das Yale-Wappen darauf. Eine der wenigen Erinnerungen an mein früheres Leben. Vermutlich wäre es besser gewesen, auch diesen Teil loszulassen. Aber ich konnte nicht.

Ich konnte nicht und wenn ich ehrlich war, wollte ich auch nicht. Ein Teil von mir glaubte noch immer daran, dass es einen Weg zurück gab. So dumm diese Hoffnung auch sein mochte, ich konnte sie nicht ablegen. Manchmal redete ich mir ein, dass ich in meinem alten Leben nur auf Pause gedrückt hatte. Dass ich diese Zeiten nur überstehen musste und dann könnte ich zurück an den Punkt, an dem ich es verlassen hatte, auf Start drücken und einfach dort weitermachen, wo ich aufgehört hatte. Als wäre nichts gewesen.

Seufzend griff ich nach meinem Handy und warf einen Blick auf die Uhr. Es war schon elf und ich fühlte mich todmüde. Was vermutlich kein Wunder war, denn auf der durchgelegenen Matratze bekam ich kaum ein Auge zu. Dabei war heute ein wichtiger Tag.

Wiederwillig stellte ich meine halbvolle Tasse zur Seite und schwang mich von der Fensterbank ins Zimmer. Mittlerweile waren meine Finger steif vor Kälte. Trotzdem wäre ich gern noch ein paar Minuten sitzengeblieben und hätte den Blick einfach über die Stadt schweifen lassen. Es war Zeit, die nur mir gehörte. Nur wenn ich jetzt nicht bald losging, würde ich zu spät kommen. Einen schlechten Eindruck hinterlassen, bevor ich überhaupt ein Wort hatte sagen können, das fehlte mir noch.

Eilig suchte ich in dem eintürigen Kleiderschrank nach einem Outfit, das am wenigsten abgetragen aussah. Was sich als schwieriger herausstellte als gedacht. In den vergangenen Monaten hatte ich nie darauf geachtet, wie meine Kleidung aussah. In John's Bar tief unter der Erde, abgeschnitten von jeglichem Sonnenlicht, sah alles gleich aus. Flecken fielen nicht auf und es machte auch nichts, wenn die Sachen abgetragen und ausgeblichen waren. Nach zwei oder drei Bier interessierte die Gäste dort überhaupt nichts mehr, außer dass leere Gläser schnell wieder aufgefüllt wurden.

Die Wandlung von der abgebrannten Kellnerin, die bei der Heilsarmee shoppen ging, zur seriösen Assistentin der Geschäftsführung war gar nicht so einfach. Am Ende entschied ich mich für ein schwarzes Kleid, das eindeutig zu kurz war, aber alles, was ich gerade hatte. Ein schicker Hosenanzug wäre mir lieber gewesen und hätte sicherlich besser zu dem Businessumfeld gepasst, aber wer Zucker aus einer Bäckerei stahl, hatte wohl kaum Geld dafür übrig. Also musste ich mit dem arbeiten, was ich hatte. Dabei tröstete ich mich mit dem Gedanken, dass ich mir endlich neue Sachen kaufen konnte, wenn ich es schaffte, eingestellt zu werden.

Schnell entkleidete ich mich und unterzog mich einer hastigen Katzenwäsche, nur um dann schnellstmöglich in frische Klamotten zu schlüpfen. Wie gern hätte ich mir eine warme Dusche gegönnt. Leider gab es einen Grund mit vier Buchstaben, der dagegensprach. Pete. Mein Mitbewohner, Schrägstrich Vermieter, der das großzügig geschnittene, tageslichtdurchflutete Zimmer am anderen Ende des Flurs bewohnte.

Bei meinem Einzug war ich dankbar gewesen, dass er mir das Zimmer zur Untermiete überließ und mich damit vor kalten Nächten auf der Straße rettete. Diese Dankbarkeit verflog in dem Augenblick, in dem er zum ersten Mal ins Badezimmer geplatzt kam, während ich mit nichts als einem

Handtuch bekleidet dort stand. Als ich ihn nach dem Schlüssel zum Abschließen fragte, sagte er mir, dass er den schon vor Jahren verloren habe und entschuldigte sich überschwänglich bei mir. Aber das war erst der Anfang. Seither hatte es mehrere solcher Vorfälle gegeben. Seine Hand, die meinen Po in der engen Küche wie zufällig streifte. Bemerkungen über meine Figur oder darüber, wie gut mein Haar roch und ein schnüffelndes Geräusch dicht an meinem Ohr. Es war gruselig.

Eines Nachts hatte ich ihn vor meiner Zimmertür gehört. Mehrere Minuten war er auf und abgegangen, bevor seine Schritte sich wieder in seinem Schlafzimmer verloren. Mein Herz hatte wie wild in meiner Brust gehämmert und ich traute mich seither nicht mehr, meine Zimmertür unverschlossen zu lassen. In der nächsten Nacht kam er wieder, leiser dieses Mal. Trotzdem hörte ich ihn. Mit angehaltenem Atem wartete ich und betete, dass ich mir das leise Knarren des Holzbodens, das ihn verriet, nur eingebildet hatte. Ein paar ausgesetzte Atemzüge später beobachtete ich, wie sich der Türgriff senkte und Pete versuchte, sich Zutritt zu meinem Zimmer zu verschaffen.

Selbstverständlich wollte ich danach sofort ausziehen, aber selbst unter normalen Umständen war es schon schwer, eine Wohnung in New York zu finden. Mit meinem winzigen Budget wurde es nicht leichter. Obwohl ich meine Ansprüche weit runtergeschraubt hatte und bereit war, in jede noch so heruntergekommene Behausung zu ziehen, um Pete zu entgehen. Viel schlimmer als mein derzeitiges Zimmer konnte es kaum werden. Das Problem war eher, dass ich den Vermietern nicht gut genug war.

Mein Job als Kellnerin war schlecht bezahlt, meine Bonität eine Katastrophe und auch sonst hatte ich keine Rücklagen oder Sicherheiten, mit denen ich trumpfen konnte. Keiner war bereit, mir eine Wohnung zu geben, weswegen ich gezwungen war, weiterhin mit Pete zu leben.

Ich mied ihn, wo ich konnte. Wenn ich schlief, schloss ich meine Tür ab und hatte immer ein Messer auf dem Nachttisch. Duschen ging ich nur, wenn ich wusste, dass er arbeitete und ansonsten erledigte ich alles in meinem Zimmer an dem kleinen Waschbecken und verließ es nur, wenn ich wirklich musste. Selbst die Toilette benutzte ich kaum. Lieber ging ich eine Straße weiter zur Brooklyn Bakery.

Fertig angezogen warf ich einen Blick in den kleinen Spiegel, der an der Zimmertür hing und musterte mich. Mit Make-up sah ich weniger blass aus. Meine natürlichen blonden Locken kaschierten meine eingefallenen Wangen etwas. Mit einem Taschentuch wischte ich schnell über meine Schuhe, um sie wenigstens ein bisschen sauber zu bekommen. Dann schlüpfte ich in meinen Wintermantel, griff nach meiner Tasche, schloss das Fenster wieder und horchte auf Geräusche aus der Wohnung. Nichts. Die Luft schien rein.

Als ich aus dem Zimmer schlich, erhaschte ich einen Blick auf Petes geöffnete Tür. Hatte er sie zufällig offengelassen? Oder in der Hoffnung, dass er es hörte, wenn ich rausging? Ein eisiger Schauer lief mir über den Rücken und ich schüttelte das unwohle Gefühl ab, das von mir Besitz ergreifen wollte.

Kapitel -4-

Ally

Gerade einmal zehn Minuten vor meinem Termin stand ich vor dem Gebäude, an dessen Fassade in schwindelerregender Höhe das Firmenlogo von *Preston Holdings* prangte. In der U-Bahn hatte irgendein Idiot die Notbremse im Vollrausch gezogen und den ganzen Verkehr für mehrere Minuten lahmgelegt. Vor lauter Aufregung verpasste ich meine Station und musste zwei Blocks weit zurücklaufen.

Jetzt stand ich völlig aus der Puste vor dem größten Gebäude in einer Straße, die nur aus solchen hochmodernen Bauten mit Glasfassade und endlos vielen Stockwerken bestand. Von dort oben konnte man ganz Manhattan sehen. Jede Ecke, jeder perfekt beschnittene Strauch schrie mir entgegen, dass ich mich im Financial District befand. Der Ort in Manhattan, an dem das ganz große Geld gemacht wurde. Das war eine andere Liga. Zu hoch für mich. Ich gehörte hier nicht hin. Die Glasfassade warf mein Spiegelbild zurück, das förmlich schrie, dass ich in einer anderen Klasse spielte. Während die Frauen, die an mir vorbei in das Gebäude stolzierten, schicke Businesskleider trugen und ihre Starbucks-Kaffeebecher in der einen und das teure Smartphone in der anderen Hand hielten, hatte ich in meinem Schrank nur dieses viel zu kurze schwarze Kleid finden können. Die Absätze meiner Schuhe waren deutlich abgenutzt und beim Friseur war ich seit mindestens acht Monaten nicht mehr gewesen. Das einzig Schöne an meinem Outfit war das dunkelblaue Tuch, das ich um den Hals trug und das eigentlich nur den viel zu tiefen Ausschnitt verdecken sollte. Meinen alten Mantel hatte ich bereits ausgezogen und ihn mir kompakt zusammengefaltet über den Arm geworfen, damit man die Fussel darauf schlechter erkennen konnte.

»Ich gehöre hier nicht hin«, sprach ich meine Gedanken laut aus. Am liebsten wollte ich verschwinden. Mich umdrehen und gehen. Aber ich dachte daran, wie dringend ich diesen Job brauchte. Auch wenn ich mich nicht gut genug fühlte, würde ich heute alles geben und meinen Selbstzweifeln einen Arschtritt verpassen. Und wenn sie dann feststellten, dass ich absolut unterqualifiziert war und ich morgen Abend wieder in John´s Bar stand, konnte ich mir wenigstens sagen, dass ich es ordentlich probiert hatte und nicht wie ein Feigling weggelaufen war. Was sollte schon großartig passieren? Schlimmstenfalls würden sie mich auslachen und mich nach Hause schicken. Bestenfalls gaben sie mir die Stelle und ich könnte endlich was anderes als Tütensuppen essen.

Mit gestrafften Schultern und erhobenem Blick durchquerte ich die Empfangshalle und steuerte auf die Aufzüge zu. Zwei ältere Herren im Anzug stiegen mit mir ein und ich drückte den Knopf für das fünfundzwanzigste Stockwerk, so wie die Frau am Telefon es mir erklärt hatte. Die Fahrt nach oben kam mir wie eine halbe Ewigkeit vor. Ständig stoppte der Aufzug, um jemanden ein- oder aussteigen zu lassen. Als ich endlich allein war und mich nur noch fünf Stockwerke von meinem Ziel trennten, hatte meine Nervosität ihren Höhepunkt erreicht. Fahrig wischte ich meine feuchten Hände an meinem Kleid ab und bereitete mich innerlich darauf vor, dass ich mich gleich von meiner besten Seite zeigen musste. Als die Türen sich mit einem hellen Pling öffneten, erhaschte ich einen ersten Blick auf *Preston Holdings* und … heilige Mutter Gottes! Der Laden war unglaublich!

Dunkle Parkettböden. Weiße Hochglanzmöbel und riesige Designerlampen in verschiedenen Formen, allesamt mattschwarz, waren nur ein Teil dessen, was mich erwartete. Mit offenem Mund starrte ich auf das Bild, das sich mir bot und fragte mich, ob im Hintergrund wirklich leise Pianomusik lief oder ob ich mir das einbildete.

Erst als sich die Aufzugtüren begannen sich zu schließen, wurde mir klar, wie lange ich so dumm herumgestanden hatte, ohne mich zu bewegen. Schnell quetschte ich mich durch den kleinen Spalt, bevor sich der Aufzug komplett schließen konnte. Die Türen stießen mit einem riesigen Gepolter gegen meinen Körper.

»Oh, geht es Ihnen gut, Miss?«, fragte die Empfangsdame und musterte mich abschätzend, als ich stolpernd vor der Theke zum Stehen kam.

»Ja, alles bestens, danke«, antwortete ich und strich mir die Haare aus dem Gesicht. »Ich habe einen Termin bei Alexander Preston, soll mich aber bei Melissa Trent anmelden«, verkündete ich mit dem letzten bisschen Würde, das ich aufbringen konnte.

So viel zu dem Thema, sich von seiner besten Seite zu zeigen. Das fing ja schonmal gut an. Während Cindy, so stand es auf ihrem Namensschild, Ms. Trent anrief, um ihr mitzuteilen, dass ich eingetroffen war, zog ich unauffällig das Kleid nach unten. Mit jeder Bewegung rutschte es ein Stück höher über meine Oberschenkel und wenn ich nicht aufpasste, würde ich noch unten ohne hier stehen. Allerdings durfte ich es auch nicht zu weit runterziehen, denn in dem

Fall half selbst das Tuch nicht mehr, um meinen Ausschnitt zu verdecken. Wieso nur kaufte ich immer wieder solche Kleider? Aber mitten im Sommerschlussverkauf erschien einem selbst das kürzeste Kleid eine gute Idee, wenn es radikal reduziert war.

Cindys Räuspern lenkte meine Aufmerksamkeit zurück zu ihr. Den Hörer noch immer in der Hand, sah sie mich ausdruckslos an. »Es tut uns leid, aber die Stelle ist bereits besetzt. Ms. Trent hat Ihnen eine E-Mail geschrieben.«

Fassungslos starrte ich sie an, während meine Gesichtszüge mir entglitten. »Was?«

»Die Stelle ist bereits besetzt«, wiederholte sie lauter, als wäre ich schwer von Begriff.

»Ich ... ich habe keine Mail bekommen«, stammelte ich. Was passierte hier? Ich war für ein Vorstellungsgespräch hergekommen und jetzt wollte man mich am Empfang abwimmeln?

»Ms. Trent hat Ihnen eine E-Mail geschrieben«, wiederholte Cindy wieder und zeigte mir, wie scheißegal ihr meine Verzweiflung war. Das hier war meine erste echte Chance seit Monaten. Kein anderer hatte sich auf meine Bewerbungen gemeldet. Keiner. Und jetzt wollte man mir nicht einmal die Möglichkeit zu einem persönlichen Gespräch bieten? Was sollte das heißen, die Stelle war bereits besetzt? Wieso gaben sie überhaupt jemandem eine feste Zusage, ohne vorher alle Bewerber kennengelernt zu haben? Wut sammelte sich in meinem Bauch. Wut darüber, wie unfair das alles war. Hätte das Schicksal mir vor zwei Jahren nicht tief in die Fresse getreten, stünde ich heute mit einem Abschluss von einer Eliteuniversität in der Hand hier und Cindy würde mir einen

Kaffee anbieten, anstatt mich mit gelangweiltem Ton wieder und wieder abzuweisen.

Ich hatte genug Scheiße gefressen und viel über mich ergehen lassen. Geschwiegen, als ich den Mund hätte aufmachen sollen, weil ich es musste, um über die Runden zu kommen. Aber verdammt noch mal, irgendwann war Schluss. Man hatte mich zu einem Vorstellungsgespräch eingeladen und darauf bestand ich jetzt auch. Nicht mehr und nicht weniger.

»Sagen Sie Ms. Trent, dass ich ihre E-Mail nicht bekommen habe und dass ich den Chef sprechen möchte. Er soll mir erklären, weshalb er eine Stelle vergibt, bevor er alle eingeladenen Bewerber kennengelernt hat«, forderte ich selbstbewusst. Mit ziemlich großer Sicherheit hörte Ms. Trent unsere gesamte Unterhaltung durch den Hörer an Cindys Schulter. Kein guter Eindruck, aber der war mir jetzt auch egal. Das hier war mein letzter Versuch und ich würde nicht aufgeben, bevor ich dieses verdammte Gespräch bekam.

»Ms. Mackenzie, wir bedauern, dass Sie sich umsonst hierherbemüht haben. Allerdings hat Mr. Preston keine Zeit für Sie. Er muss …«

Das reichte mir. Mehr musste ich nicht hören. Cindys schnippischem Tonfall nach zu urteilen, würde sie einen Teufel tun, mir zu helfen. Ganz im Gegenteil. Die Angelegenheit hätte sie nicht weniger interessieren können. Bevor sie begriff, was ich vorhatte oder mich aufhalten konnte, stürmte ich den Gang entlang und ließ sie verdattert hinter ihrem Tresen sitzen. Kurz darauf schien sie sich gefangen zu haben, denn ihre Absätze klackerten laut auf dem Holzboden, als sie mich einzuholen versuchte.

»Sie können da nicht hin«, rief sie hysterisch, während ich den Flur entlangrannte. Irgendwie würde ich sein Büro schon finden. Hoffentlich bevor Cindy die Security rief und ich hier rausgeschmissen wurde. Während ich panisch vorwärtsstöckelte, in Schuhen, die einem das Laufen unmöglich machten, versuchte ich die Blicke der Mitarbeiter zu ignorieren. Mein Kleid hielt so viel Bewegung nicht stand. Vermutlich gewährte ich unerhört viel Blick auf meine Oberschenkel, aber das interessierte mich herzlich wenig.

Vom Tumult angezogen, steckten einige die Köpfe aus ihren Büros, um zu sehen, was es mit dem Lärm auf sich hatte. Noch deutlicher hätte ich nicht zeigen können, wie fehl am Platz ich hier war. Sie mussten glauben, der Pöbel habe den Weg in ihre allerheiligsten Büroräume gefunden. Irgendwann entdeckte ich im Vorbeihechten ein Schildchen an der Wand, auf dem *Alexander Preston CEO Büro* stand, mit einem kleinen Pfeil nach links. Bingo.

Am Ende dieses Flurs gab es nur eine Tür. Wenn ich hier falsch war, müsste ich umdrehen und könnte mich direkt in Cindys Hände begeben. Und vermutlich die der Security. Aber mein Gefühl sagte mir, dass ich richtig sein musste.

Als ich die Tür öffnete, stand ich in einem großen Vorzimmer mit einem riesigen, aber unbesetzten Schreibtisch. Unbewusst nahm ich Regale vollgepackt mit Aktenordnern wahr. An der Wand standen schicke Schränke und ein Tisch mit einem Kaffeevollautomat. Aber ich achtete nur auf die Tür, die sich schräg hinter dem Schreibtisch am Ende des Raumes befand. Eine goldene Aufschrift mit den Worten *Alexander Preston CEO* zierte sie. Ohne weiter darüber nachzudenken, was ich hier gerade tat, oder Cindy die

Chance zu geben, mich festzuhalten, stürmte ich durch das Zimmer und riss die Bürotür auf, ohne an ihr zu klopfen. Mein Mund formte bereits die Worte, die mir auf den Lippen lagen, als ich hineinstolperte. Doch der Blick aus einem Paar undurchdringlich grüner Augen ließ mich mitten in der Bewegung zu Eis erstarren. Der Mann, der vor mir stand, war wie ein Eimer kaltes Wasser, den mir jemand übergeschüttet hatte. Was auch immer ich mir in meinem Kopf für ein Bild von Alexander Preston geformt hatte, die Realität war weit von meinen Vorstellungen entfernt. Der Schock saß so tief, dass ich mich fast an meinem nächsten Atemzug verschluckte. Meine Wut und alles andere waren plötzlich vergessen. Stattdessen nahm ich nur seinen Blick wahr. Raubtierhaft bohrte er sich in mich und brachte meinen Atem ins Stocken.

Kalter Schweiß sammelte sich auf meinen Händen und ich hätte am liebsten überall hingesehen, nur nicht zu ihm. Die Autorität, die Alexander Preston ausstrahlte, war nahezu greifbar und erfüllte den ganzen Raum. Endlich bekam ich eine Idee davon, wie ein Mann in seinem jungen Alter so erfolgreich hatte werden können. Seine markanten Gesichtszüge strahlten Dominanz aus. Sein Körperbau Kraft. Das dunkle Haar war akkurat frisiert. Ein millimeterkurzer Bart betonte die markanten Züge um seine Mundpartie. Seine Lippen waren voll, seine Haut selbst im Winter sonnengebräunt und der schwarze Anzug war ihm wie auf den Leib geschneidert. Alles an ihm symbolisierte Perfektion und Selbstbeherrschung. Nur seine Augen … seine Augen versprachen Gefahr. Sofort wusste ich, dass mir niemals vorher ein Mann begegnet war, den ich attraktiver gefunden hatte.

»Ich hoffe, Sie haben einen guten Grund, einfach in mein Büro zu stürmen.«

Die Tiefe seiner rauen Stimme ließ meine Knie weich werden. Unwillkürlich fasste ich haltsuchend an den Türrahmen. »Ich ...«

»Sir, es tut mir so leid.« Schnaufend erreichte Cindy den Raum und torpedierte mich mit hasserfüllten Blicken. »Ich konnte diese unmögliche Person einfach nicht aufhalten.«

Unmögliche Person? Eigentlich hätte ich mich bei Cindy bedanken müssen. Denn ihr Erscheinen verschaffte mir die nötige Zeit, mich zu fangen und ihre Worte entfachten die vergessene Wut in mir.

»Ich bin wegen des Vorstellungsgesprächs hier«, sagte ich sarkastisch, ohne auf Cindys Worte einzugehen und hielt seinem prüfenden Blick überraschend stand.

»Die Stelle ist bereits besetzt. Das Gespräch wurde abgesagt.«

»Ganz genau. Das ist der Punkt.«

»Das habe ich ihr auch gesagt, Sir«, mischte Cindy sich schimpfend ein. Mit vor der Brust verschränkten Armen wartete ich und weigerte mich, nachzugeben. Es fühlte sich wie eine Ewigkeit an, bevor Alexander Preston auf meine Worte reagierte. »Cindy, schließen Sie die Tür von außen.«

Wow, der Kerl war wirklich unhöflich. Cindys Gesichtsausdruck war so verdattert, dass sie einem fast leidtun konnte. Aber sie gehorchte wie ein dressiertes Äffchen und schloss die Tür. Als sie mit einem leisen Klicken ins Schloss fiel, verdickte sich die Luft im Raum. Die

Anspannung wurde greifbar und legte sich wie ein schwerer Schleier zwischen uns.

»Sie stürmen also in mein Büro, um ein Vorstellungsgespräch einzufordern für eine Position, die bereits besetzt wurde. Obwohl man Ihnen mitgeteilt hat, dass Sie nicht mehr kommen müssen. Verstehe ich das richtig?«

In seiner Frage lag etwas Lauerndes. Etwas, das mir das Gefühl gab, dass ich mitten in eine Falle tappte. Dass das hier eine wirklich, wirklich schlechte Idee gewesen war. Aber was ich anfing, brachte ich zu Ende. Kneifen auf halber Strecke gab es bei mir nicht. Deswegen straffte ich die Schultern und erwiderte im forderndsten Tonfall: »Ganz genau. Mir will einfach nicht einleuchten, weswegen Sie eine Stelle besetzen, bevor Sie allen Kandidaten die Chance auf ein Gespräch gegeben haben. Ich wurde eingeladen und sollte fairerweise die Möglichkeit bekommen, mich wie versprochen vorzustellen.«

Seine Lippen verzogen sich zu einem abfälligen Lächeln. Seine Stimme triefte vor Hohn und mit jedem Wort verspottete er mich ein bisschen mehr.

»Sie dachten also, Sie können hier reinstürmen, nachdem man Sie an der Rezeption bat zu gehen. Sich dreist hier vor mir aufbauen und von mir fordern, dass ich mich vor Ihnen rechtfertige. Und dann malen Sie sich tatsächlich noch Chancen auf einen Job bei mir aus? Ich bin heute großzügig und will Ihnen aufzeigen, was sich ganz offensichtlich Ihrer Aufmerksamkeit entzogen hat.«

Mit wenigen Schritten ging er zu seinem Schreibtisch, während ich noch immer wie angewurzelt mitten im Raum stand. Näher daran, die Flucht zu ergreifen, als zu bleiben und mir anzuhören, was er zu sagen hatte. Aus einem Stapel vom Schreibtisch fischte er ein paar zusammengeheftete Papiere. Als er zurückkam, hielt er das Dokument kurz so, dass ich einen Blick darauf werfen konnte. Mein Lebenslauf.

»Wo soll ich anfangen?«, fragte er mehr sich selbst, als dass er zu mir sprach. Das weiße Blatt Papier in seiner Hand fixierend, das ich ihm plötzlich am liebsten aus der Hand geschlagen hätte.

»Vor zwei Jahren haben Sie Ihr Studium an der Yale University trotz Stipendium abgebrochen. Weder für die Zeit davor noch danach können Sie Praktika vorweisen. Danach haben Sie ein Jahr lang nichts gemacht, bevor Sie als Kellnerin in John´s Bar anfingen. Sie stehen hier also vor mir - ohne Abschluss, ohne einschlägige Berufserfahrung oder irgendwelche Argumente dagegen. Trotzdem besitzen Sie die Dreistigkeit, etwas von mir zu fordern. Sie besitzen keinerlei Qualifikationen und ehrlicherweise wurden Sie bloß eingeladen, weil eine ahnungslose Praktikantin Ihre Bewerbung gelesen und im Namen der Personalleitung eine Einladung geschrieben hat. Dafür hat sie übrigens ihren Job verloren. Der einzige Grund, weshalb Sie heute hier sind, ist, dass Sie die Absage nicht gelesen haben, die wir Ihnen schickten.«

Jedes einzelne Wort war wie ein Schlag mit dem Hammer auf meinen Kopf, der mich dem Erdboden gleichmachte. Bis ich mich so unter seinen beleidigenden Aussagen und seinem abwertenden Blick herabgesetzt fühlte, dass meine Wangen vor Scham rot brannten.

»Sie sollten sich selbst weniger überschätzen. Statt meine Zeit zu verschwenden, hätten Sie sich auf eine Stelle bewerben sollen, die mehr in Ihrer Reichweite liegt.«

Seine Worte waren wie eine schallende Ohrfeige. Schmerzhaft, demütigend und weckten in mir den Wunsch, mich im nächsten Loch zu verkriechen und mich wie der Abschaum zu fühlen, als den er mich dastehen ließ. Aber das würde ich nicht zulassen. Ich würde nicht zulassen, dass ein offensichtlich gestörter Typ, der vermutlich irgendwelche tiefgehenden Probleme mit seiner eigenen Persönlichkeit hatte, mich zerbrach. Einfach nur, weil ihm gerade danach war. Einfach, weil er es konnte. Aber diese Macht würde ich ihm nicht geben. Das Leben hatte mich nicht gebrochen und das würde auch keinem aufgeblasenen Arschloch gelingen.

Entschlossen schluckte ich die Tränen herunter und durchquerte zielsicher das Zimmer. Dicht vor ihm stoppte ich. Jetzt realisierte ich erst, wie groß er war. Alexander überragte mich um eine Kopflänge und das, obwohl ich hohe Schuhe trug. Sein würzig frischer Duft drang an meine Nase, doch ich ließ mich weder davon noch von seinem breiten Körperbau ablenken. Trotzig reckte ich ihm das Kinn entgegen und kam seinem Gesicht gefährlich nahe. So nahe, dass ich meine nächsten Worte flüstern konnte und er sie trotzdem haargenau verstand. »Sie tragen vielleicht einen schicken maßgeschneiderten Anzug, der hilft Ihnen aber auch nicht zu verbergen, dass darin nur ein großes Stück Scheiße steckt.«

Ich erwartete einen Wutausbruch, stattdessen lachte er schon wieder. Doch dieses Mal nicht spöttisch oder abwertend. Es war etwas anderes, das ich in seinen Augen sah. Aber bevor ich mir darüber unnötige Gedanken machen konnte, wandte ich mich ab und ging langsam und so würdevoll wie möglich zur Tür. Die Hand bereits auf der Klinke und mit einem Fuß draußen, waren es seine Worte, die mich zurückhielten. »Warten Sie. Kommen Sie wieder rein.«

Mit hochgezogener Augenbraue drehte ich mich zu ihm um, reagierte aber ansonsten nicht.

»Bitte«, seufzte er schließlich. Fuck, bräuchte ich diesen Job nicht so dringend, wäre ich schon längst verschwunden. Aber es ging um mehr als meinen Stolz. Also biss ich die Zähne zusammen.

»Mir gefällt Ihr Mut.«

Angesichts des fragwürdigen Kompliments zuckte ich bloß mit den Schultern.

»Ich hätte tatsächlich noch eine weitere freie Stelle. Eventuell könnte ich sie Ihnen anbieten«, begann er zögernd. Ich versuchte zwar nicht sofort anzubeißen, aber angesichts meiner Lage war das nicht einfach.

»Ich höre«, erwiderte ich bloß und blieb augenscheinlich gelassen.

»Ihr Auftritt zeigt mir, dass Sie dringend einen Job brauchen. Aber ich weiß nicht, ob Sie sich für die Stelle eignen, die ich im Kopf habe. Sie erfordert besondere … Fähigkeiten.« Er machte eine bedeutungsschwere Pause, bevor er weitersprach. »Sie müssten loyal sein, verschwiegen und sich strikt an meine Anweisungen halten. Es ist kein gewöhnlicher Job, daher erfordert er viel Eigeninitiative und Improvisationsvermögen. Außerdem wären Ihre Arbeitszeiten sehr… unregelmäßig und Sie müssten ab sofort zur Verfügung stehen.«

Okay, das war keine direkte Entschuldigung, aber immerhin etwas. Vielleicht hatten meine zugegebenermaßen beleidigenden Worte wirklich was bewirkt. Ein Umdenken oder Einsicht.

Ich nickte und ließ mir seine Worte durch den Kopf gehen. »Verschwiegen und loyal bin ich definitiv, ansonsten hätte ich meinen Chef längst bei der Gesundheitsbehörde angezeigt. Flexible Arbeitszeiten sind kein Problem und die anderen Sachen bekomme ich auch hin. Was für ein Job wäre das?«, fragte ich und ließ mir meine Erleichterung nicht anmerken. Egal, was für ein Arsch der Kerl war. Ich brauchte Geld. Also war ich bereit darüber hinwegzusehen. Schließlich musste ich ihn nicht heiraten, nur ein paar Stunden am Tag für ihn arbeiten. Machbar.

»Sie begleiten mich zu allen wichtigen Terminen und Veranstaltungen. Dabei geben Sie sich als meine Freundin aus. Einen Monat lang, so oft ich will. Sie werden vorher von mir gründlich geschult, damit nichts schiefgeht. Aber sicherheitshalber werde ich dafür sorgen, dass man Sie nicht zu oft anspricht. Eigentlich müssen Sie nur an meiner Seite stehen und gut aussehen. Und mich gut aussehen lassen. Dafür bezahle ich Ihnen einhunderttausend Dollar.«

Fast hätte ich laut gelacht, aber es blieb mir im Hals stecken, als ich merkte, dass der Kerl sein Angebot ernst meinte.

»Was Sie da beschreiben, ist ein Escort. Also warum buchen Sie nicht einfach eins?«

Er stieß ein genervtes Stöhnen aus, als hätte ich die dümmste Frage überhaupt gestellt. »Weil die Escorts dieser Stadt schon verbraucht sind. Sie begleiten zu viele verschiedene Männer und ich kann nicht riskieren, dass meine Begleitung als Escort geoutet wird. Deswegen biete ich Ihnen den Job an. Sie brauchen Arbeit, ich brauche Hilfe. Außerdem hoffe ich, dass Sie weniger rumgekommen sind als die Damen beim Begleitservice.«

Sein Blick glitt abschätzig über mich und blieb am hohen Saum meines Kleides hängen. Am liebsten hätte ich den Stoff gepackt und ihn mir bis in die Kniekehle gezogen. Aber ich widerstand dem Drang. Ohne mit der Wimper zu zucken, schlug der Mistkerl mir doch tatsächlich vor, mich für Geld zu verkaufen.

Diesmal war ich es, die ihm eine Ohrfeige verpasste. Aber keine mit Worten, sondern eine richtige. Wütend knallte ihm meine Hand voller Wucht ins Gesicht und genoss das klatschende Geräusch, das seine Wange dabei machte. Noch mehr genoss ich allerdings seinen schockierten Blick. Es war der eines Mannes, der es gewohnt war, alles machen zu können, ohne dass es jemals Konsequenzen hatte und der jetzt zum ersten Mal an eine Grenze stieß.

Dann ging ich endgültig und verbuchte diesen Tag als den schlimmsten des ganzen Jahres. Tränen brannten mir in den Augen und ich wich den neugierigen Blicken der Mitarbeiter aus. Als ich endlich in den Aufzug stieg, rollte eine einsame Träne meine Wange hinab. Die einzige, die ich nicht zurückhalten konnte. Und selbst das war mehr, als ich diesem selbstverliebten Arschloch zugestehen sollte. Energisch wischte ich sie weg.

Gott sei Dank würde ich ihn nie wiedersehen müssen.

Kapitel -5-

Alex

Die Idee kam mir, als sie schon fast zur Tür hinaus war. Eigentlich hätte ich dieser unverschämten Person nicht noch ein Jobangebot machen sollen, aber die Dringlichkeit des Problems zwang mich dazu. In zwei Tagen hatte ich eine Einladung zu einer Party bei einem potentiellen Geschäftspartner. Eine Einladung zu bekommen, war bereits schwer genug gewesen. Denn die Feier fand in kleinem Rahmen in der privaten Villa von Bill Clark statt und dorthin lud er nicht jeden ein. Jetzt, wo ich auf der Gästeliste stand, durfte ich es nicht vermasseln. Ich brauchte eine Begleitung. Und im Angesicht der Tatsache, dass mir die Zeit davonrannte, war es egal, ob diese Begleitung auch qualifiziert genug war. Denn käme ich allein, stünden meine Chancen gleich schlechter. Es war allgemeinhin bekannt, dass Clark großen Wert auf die Meinung seiner Frau legte. Ohne ihre Zustimmung schloss er keine Geschäfte ab. Es war schon vorgekommen, dass er Deals platzen ließ, weil sie es in letzter Minute angeordnet hatte. Er vertraute vollkommen auf ihr Gefühl, weswegen ich unbedingt an sie rankommen musste. Würde seine Frau Liane mich empfehlen, wäre meine Sache sicher. Aber allein schaffte ich es nicht, sie zu beeindrucken. Ich brauchte jemanden, der sich mit ihr anfreundete und mich auf natürliche Weise in ein gutes Licht rückte. Eine Frau an meiner Seite, die sich in Lianes Freundeskreis einschlich. Alison Mackenzie war in unseren Kreisen völlig unbekannt, weswegen sie sich hervorragend für diese Aufgabe eignete. Dabei spielte es auch keine Rolle, was sie wirklich von mir dachte. Menschen können dich abgrundtief hassen, aber wenn du ihnen genug bezahlst, vergessen sie ihre Abscheu gegen dich und werden deine besten Freunde.

Außerdem, das musste ich mir eingestehen, beeindruckte mich der Mut der Kleinen. Normalerweise fingen die Frauen, die ich kannte, bei jeder Kleinigkeit an zu heulen. Aber sie hatte mir bloß trotzig ihr Kinn entgegengereckt und mir zu verstehen gegeben, wie wenig Macht meine Worte über sie hatten. Das gefiel mir. Es war ungewohnt, aber es gefiel mir. Und für eine Frau konnte sie verdammt fest zuschlagen. Meine Wange brannte noch immer von ihrer Ohrfeige.

Obwohl ich wütend sein sollte, dass sie mich tatsächlich geohrfeigt hatte, konnte ich mir ein Grinsen nicht verkneifen. Die Frau hatte Feuer und egal, wie frech und respektlos ihr Verhalten war, das musste ich ihr lassen. Sie wäre perfekt für die Rolle meiner Freundin gewesen. Hübsch, aber nicht auf die gemachte, künstliche Art, wie es die meisten Escorts waren. Eher natürlich und unschuldig. Genau das Richtige für eine Freundin. Denn Mrs. Clark würde kaum ein abgemagertes Model in ihren Kreisen aufnehmen. Für den Job brauchte es jemanden mit Charakter. Den hatte Alison Mackenzie. Auch wenn sie sonst keinerlei Qualifikationen aufwies.

Warum zum Teufel war sie nicht einfach dankbar, dass ich ihr diesen Job anbot? Bei ihrem Lebenslauf sollte sie nehmen, was sie kriegen konnte. Ich wäre sogar bereit gewesen, sie überdurchschnittlich hoch zu vergüten. Hunderttausend Dollar waren verdammt viel Geld. Aber anstatt uns beiden einen Gefallen zu tun, rauschte sie wie eine Diva davon. Jetzt musste ich schnellstmöglich eine Begleitung für Donnerstag finden, die ein kleines Vermögen nicht einfach so ausschlug.

Nachdenklich schritt ich in meinem Büro auf und ab. Wenn Alison den Job nicht wollte, musste ich jemand anderen finden. Ich konnte nicht hier herumsitzen und darauf warten, dass sie ihre Meinung änderte. Ich zerbrach mir den Kopf, kam aber immer wieder zur selben Lösung. Ich musste Grace fragen. Eine andere Wahl blieb mir nicht. Seufzend griff ich zum Hörer und wählte Melissas Nummer.

»Mr. Preston«, meldete sie sich hektisch. »Kiki hat mir erzählt, was passiert ist und es tut mir unglaublich leid. Ich hatte Ms. Mackenzie noch geschrieben, aber …«

»Melissa«, unterbrach ich ihren Redeschwall, weil ich ahnte, dass sie so schnell zu keinem Ende kommen würde. »Deswegen rufe ich Sie nicht an. Es geht um Grace Hendricks. Vereinbaren Sie bitte einen erneuten Termin mit ihr. Am besten sofort.«

»Oh«, machte sie überrascht. »Sofort? Ähm … selbstverständlich. Ich rufe sie gleich an. Dürfte ich fragen, worum es geht?«

»Nein.«

»Natürlich. Tut mir leid. Ich werde mich sofort mit ihr in Verbindung setzen.«

Dann legte sie auf und ich hoffte, dass sie Grace schnell erreichen konnte. Unruhig schritt ich wieder in meinem Büro auf und ab. Ich hasste es, wenn Dinge erledigt werden mussten, ich aber nicht vorankam und nichts tun konnte, um die Sache zu beschleunigen. Kurz gesagt, ich hasste es zu warten. Fünf Minuten später klingelte mein Telefon und Melissa meldete sich mit neuen Informationen bei mir.

»Ms. Hendricks ist unterwegs, sie wird in weniger als einer Stunde da sein.«

»Sehr gut«, bedankte ich mich. Mit etwas Glück hatte ich heute Abend ein Problem weniger.

Kapitel -6-

Ally

Ich dachte, dass dieser Tag nicht schlimmer werden könnte, wurde jedoch schnell eines Besseren belehrt. Und daran erinnert, dass man mit solchen Annahmen stets vorsichtig sein sollte. Kaum verließ ich das Gebäude, vibrierte es in meiner Jackentasche. Überrascht fischte ich mein Handy hervor. Ich wurde nur selten angerufen, denn es war kaum noch ein Mensch übrig, der meine Nummer wählte. Wenn mein Handy klingelte, bedeutete das nichts Gutes.

Als ich den Namen auf dem Display las, rutschte mein Magen eine Etage tiefer. Ein schwerer Stein legte sich auf meine Brust. Mit zitternden Fingern nahm ich den Anruf entgegen.

»Was ist passiert?«, fragte ich atemlos.

»Alison, wir müssen reden. Dringend. Wann kannst du hier sein?«

Meine Welt begann sich zu drehen. Meine Beine wurden weich. Gleich würden sie unter mir nachgeben.

»Bin unterwegs«, antwortete ich knapp und beendete das Telefonat. Kurz stand ich reglos an Ort und Stelle, erlaubte der Panik, Besitz von mir zu ergreifen. Mich zu lähmen. Bevor ich meine Kraft wiederfand und die Lähmung soweit abschüttelte, dass ich mich wieder bewegen konnte. Ich sprintete zur nächsten Bushaltestelle und wartete auf die Linie, die mich auf direktem Weg zu meinem Ziel bringen würde.

Die ganze Fahrt über behielt die Angst mich in ihrem eisernen Griff. Was war passiert? Als ich das letzte Mal nach ihm gesehen hatte ... ich kniff die Augen fest zusammen angesichts der Schuldgefühle, die mich plagten. Das letzte Mal lag so weit zurück. Wie hatte nur so viel Zeit verstreichen können?

Kam ich zu spät? Es war diese eine Frage, die mich den ganzen Weg bis raus nach Queens verfolgte. Als der Bus an der Endhaltestelle hielt, sprang ich als Erste raus, noch bevor die Türen sich richtig geöffnet hatten. Nach Atem ringend, sprintete ich die lange Straße entlang. Hielt erst an, als ein großes Gebäude vor mir aufragte und seinen Schatten über mich warf.

Heute wusste ich nicht, was mich darin erwartete.

Wie immer begrüßte mich der sterile Geruch von Desinfektionsmittel, sobald ich das St. Nicholas Pflegeheim betrat. Es war ein altes, renovierungsbedürftiges Gebäude auf einem kleinen Grundstück, das kaum Platz für einen Garten oder sonstige Grünflächen ließ. Vor der Eingangstür war ein kleiner Hof, auf dem die Bewohner tagsüber gern saßen. Irgendwer hatte provisorisch ein paar Stühle hingestellt. Wirkliche Mühe gab sich allerdings keiner.

Die Lampen über dem Flur flackerten immer noch, obwohl bereits fünf Wochen vergangen waren, seitdem ich Mrs. Kelly darauf aufmerksam gemacht hatte. Hier hatte man keine Zeit zu verschenken. Priorität waren die kranken und pflegebedürftigen Bewohner des Heims. Oft reichte die Zeit nicht einmal dafür aus. Wer sollte sich da um flackernde Lampen kümmern? Solange sie noch leuchteten, war alles gut. Ich verstand das, allerdings verlieh es dem Ort eine unheimliche Atmosphäre. Wobei er noch nie wirklich einladend gewesen war. Das unnatürliche Licht, die immer gestressten Mitarbeiter, der Geruch von alten und kranken Menschen. Ich hasste es, hierherzukommen. Und noch mehr hasste ich es, dass ich meinen Dad hier zurücklassen musste.

Als die Diagnose Alzheimer gestellt wurde, hatten Dad und ich Vorkehrungen getroffen, damit ich ihn zuhause pflegen konnte. Von Anfang an war klar gewesen, dass ich ihn nicht in ein Heim stecken würde. Niemals, das hatte ich mir geschworen. Mum verstarb an Brustkrebs, als ich noch ein kleines Mädchen war. Dad war immer für mich da gewesen. Er war Mutter und Vater gleichzeitig für mich und dank ihm hatte ich trotz allem eine wundervolle Kindheit gehabt. Mir hatte es an nichts gefehlt, vor allem nicht an Liebe. Als er krank wurde, zögerte ich nicht eine Sekunde, mein Studium abzubrechen.

Dad hatte mich davon abhalten wollen, aber ich verdankte ihm mein ganzes Leben. Dieses Opfer brachte ich gern. Es war das erste Mal, dass ich nicht auf ihn hörte und entgegen seines Ratschlags handelte. Er war wütend, aber mehr auf sich selbst als auf mich. Weil er glaubte, dass er mir eine große Chance wegnahm.

Der Anfang war am schlimmsten. Seine eigene Angst vor der Krankheit. Vor dem, was mit ihm geschehen würde. Und dann der Moment, als ich zum ersten Mal merkte, dass der Mann, der er einst gewesen war, immer weiter verschwand, bis nur noch ein Schatten seines früheren Charakters übrigblieb.

Seine Pflege hatte mir alle Kraft abverlangt. Körperlich und psychisch. Aber ich hielt es aus. Für ihn. Er war alles, was mir an Familie geblieben war.

Bis der Brief von der Bank kam. Ohne dass ich es gemerkt hatte, hatten wir all unsere Ersparnisse aufgebraucht. Die Raten für unser Haus waren drei Monate lang nicht gezahlt worden. Plötzlich musste ich mich mit Bankvertretern auseinandersetzen, die mit Zwangsversteigerung und anderen Horrorbegriffen um sich warfen. Dabei hatte ich schlicht und einfach vergessen, einen Blick auf unseren Kontostand zu werfen. Dads Pflege und die Tatsache, dass sich sein Zustand beinahe täglich verschlechterte, hatten mich auf Trab gehalten. Mir alles selbst beibringen zu müssen, war hart. Zugegebenermaßen steckte ich auch oft den Kopf in den Sand. Aber mir hatte die Kraft gefehlt, mich zusätzlich um andere Angelegenheiten zu kümmern. Ich war zu sehr damit beschäftigt, mein altes Leben nicht ganz loszulassen. Und das war mein Fehler gewesen. Ich hatte bestmöglich die Augen vor der Realität verschlossen und ein Leben gelebt, das nicht mehr meins war. Als ich es bemerkte, war alles zu spät. Völlig verängstigt und von der Bank unter Druck gesetzt, ließ ich mich dazu überreden, das Haus zu verkaufen. Es reichte, um den Kredit abzubezahlen und einen winzigen finanziellen Puffer übrig zu haben.

Damals glaubte ich, dass es nicht schlimmer kommen könnte. Dann passierte die Sache mit Gabriel.

»Alison, du bist gekommen. Gott sei Dank.«

Vom Ende des Flures eilte mir Mrs. Kelly entgegen. Normalerweise war ihr freudiges Lächeln der einzige Lichtblick in diesem Heim. Heute jedoch fehlte es. Stattdessen war ihr Gesicht vor Sorge und Trauer verzerrt. Mein Magen zog sich schmerzhaft zusammen, mein Herz hämmerte unnatürlich schnell in meinem Brustkorb.

»Erzähl mir, was passiert ist«, bat ich mit brüchiger Stimme.

»Ich habe schlechte Neuigkeiten für dich.« Bei ihren letzten Worten presste sie sich die Hand auf die Brust und atmete tief durch. Ihre Augen huschten kurz zu Boden, bevor sie meinen Blick suchten. Innerlich versuchte ich mich für das, was kam, zu wappnen. Unmöglich.

»Sein Zustand verschlechtert sich wieder.«

Fünf Worte nur. Doch sie reichten, um mir den Boden unter den Füßen wegzuziehen.

Kapitel -7-

Ally

»W...was, wie … was soll das heißen, sein Zustand verschlechtert sich wieder? Er war stabil, er … er«, stieß ich atemlos hervor und fuhr mir mit der Hand durch die Haare. Tränen sammelten sich in meinen Augenwinkeln und rannen ungefiltert meine Wangen hinab.

»Setz dich, Liebes. Du musst dich beruhigen, bevor du zu ihm kannst.«

Ohne Widerstand zu leisten, ließ ich mich von Mrs. Kelly zu einer Sitzbank führen, die auf dem Flur stand und legte das Gesicht in die Hände.

»Wie kann das sein, ich verstehe es nicht?«

Bei Dads letzter großen Untersuchung hatten die Ärzte gesagt, dass sein Zustand stabil sei. Die Medikamente schlugen gut an und die Betreuung im Heim half ihm, ein halbwegs normales Leben zu führen. Natürlich brauchte er tägliche Aufsicht und Hilfe bei vielen Dingen. Aber es ging ihm gut.

»Du musst dich beruhigen, Alison. Bitte«, redete Mrs. Kelly auf mich ein und ich zwang mich, ruhig zu atmen.

»Erzähl mir alles«, bat ich sie und dieses Mal war ich vorbereitet. Sie musterte mich eindringlich, als wollte sie sicherstellen, dass ich es wirklich so meinte und nicht gleich völlig ausflippte. Erst dann gestand sie mir, wie sehr Dads Zustand sich in den letzten Wochen verschlechtert hatte.

»Er braucht neue Medikamente Alison. Stärkere Medikamente. Sein Zustand ist … besorgniserregend. Er braucht umfangreichere Betreuung, denn mit der wenigen

Zeit, die uns hier zur Verfügung steht, können wir sein Wohlergehen nicht mehr garantieren.«

Die Worte trafen mich härter, als jeder Schlag es hätte tun können. Warum hatte ich ihn so lange nicht besucht? Wenn Dad etwas zugestoßen wäre …

Doch ich kannte die Antwort. Denn jeder freie Tag, den ich mir nahm, bedeutete weniger Geld. Weniger Geld für Medikamente, für Dads Pflege. Ich arbeitete bereits in doppelten Schichten, dennoch reichte mein Einkommen gerade so. Jeder Besuch bei Dad kam einer weiteren unbezahlten Rechnung gleich. Ich war gezwungen, ihn allein zu lassen, damit ich ihm helfen konnte. Es war ein Teufelskreis, aus dem es kein Entkommen gab.

»Was ist passiert?«, wollte ich wissen. Alles in mir schrie danach, endlich zu ihm zu gehen.

»Er vergisst immer öfter alltägliche Dinge. Verwechselt zum Beispiel Tee mit Pudding und hängt mit seinen Gedanken oft in einer Art Endlosschleife fest. Vor einigen Tagen sind wir abends in sein Zimmer gegangen, um das schmutzige Geschirr vom Essen abzuräumen. Es war unberührt. Die Haube lag noch auf dem Essen. Ich glaube, dass er nicht wirklich verstanden hat, dass sein Essen darunter ist. Dabei servieren wir es immer so«, beendete sie traurig ihren letzten Satz und bedeckte meine Hand mit ihrer.

»Es tut mir so leid«, flüsterte sie. »Wir wollten dich nicht früher als unbedingt nötig damit belasten. Aber jetzt haben sich seine Bedürfnisse stark verändert. Er braucht Hilfe beim Essen. Die letzten Abende konnten wir es irgendwie so einrichten, dass eine von uns zwischendurch zu ihm rennt und ihm zumindest sein Brot mit Butter beschmiert. Aber das ist kein Zustand von Dauer. Wir müssen eine andere Lösung finden.«

In meinem Kopf wirbelten tausend Fragen umher, aber nur eine schaffte den Weg über meine Lippen. »Kann ich bitte zu ihm?«

Kapitel -8-

Ally

Mrs. Kelly begleitete mich den Flur hinab zu Dads Zimmer. Vor der verschlossenen Tür mit den abblätternden Ziffern darauf, die einmal eine zweihundertsieben dargestellt hatten, blieben wir stehen. Plötzlich verließ mich der Mut, denn ich wusste nicht, was mich da drinnen erwartete. Als Mrs. Kelly kurz anklopfte und dann die Tür öffnete, schlug mein Herz wild in meiner Brust. Der Raum lag im Halbdunkeln. Nur eine Nachttischlampe bot ein wenig Licht und warf ihren Schein auf meinen Vater, der in seinem Bett lag und die Augen geschlossen hielt.

»Arthur, sehen Sie nur, wer Sie besuchen kommt. Ihre Tochter Alison ist da«, sagte Mrs. Kelly voller Freude in der Stimme, doch Dad reagierte nicht. Seine Augen blieben fest verschlossen. Seine Atmung war gleichmäßig und ruhig. »Wenigstens im Schlaf findet er Frieden«, murmelte sie neben mir und ich betrachtete sein Profil, das in diesem Moment so viel Ruhe ausstrahlte. Vorsichtig, damit ich ihn nicht aufweckte, zog ich mir einen Stuhl heran und setzte mich neben ihn ans Bett. Sanft schob ich meine Finger in seine geöffnete Hand und ließ den Blick durch den kleinen Raum gleiten.

Viele Möbel befanden sich nicht darin. Er erinnerte mich an ein gewöhnliches Krankenhauszimmer, nur dass hier eine kleine Couch und ein alter Fernseher in eine Ecke gequetscht worden waren. Auf einem hölzernen Beistelltisch stapelten sich die Zeitungen der letzten Wochen, weil Dad nie eine wegwerfen wollte. Die Pflegerinnen entsorgten sie ab und zu, damit der Stapel nicht zu groß wurde. Aber immer wieder erwischten sie ihn dabei, wie er sich eine bestimmte Zeitung aus dem Müll zog, um einen Artikel zu lesen, den er sich wieder ins Gedächtnis rufen wollte. Ich sah das als einen seiner guten Momente an, denn er erinnerte sich zumindest daran, dass er den Artikel bereits gelesen hatte.

Auf der Fensterbank standen zwei Kübel mit Pflanzen, um dem Raum etwas Gemütlichkeit zu verleihen. Außerdem gab es einen kleinen Kleiderschrank und einen Kühlschrank für Snacks und Getränke. Ein Tisch gegenüber vom Bett diente als Esstisch und die Wände waren voll mit alten und neuen Fotografien von Dad, mir und seinen Freunden. Erinnerungen an gemeinsame Tage.

Ich wusste nicht, wie lange ich so bei Dad gesessen und ihm beim Schlafen zugesehen hatte. Die Zeit schien stillzustehen und ich genoss das Geschenk, ihn so friedlich erleben zu dürfen. Obwohl ich traurig war, dass er von meinem Besuch gar nichts mitbekam. Irgendwann, es konnten Stunden vergangen sein, klopfte Mrs. Kelly an die Tür und schob den Kopf durch einen dünnen Spalt ins Zimmer.

»Es tut mir leid, Liebes. Aber die Besuchszeiten sind bald vorbei.«

Ich nickte und bedeutete ihr, dass ich gleich gehen würde. Dann verabschiedete ich mich in Ruhe von Dad, drückte ihm einen Kuss auf die Wange und zog seine Decke über seine Brust, damit er nicht fror.

Als ich zurück auf den leeren Flur trat, blickte ich ein letztes Mal in das Zimmer und betrachtete ihn, wie er seelenruhig schlummerte. Die Pflegerinnen würden ihm verraten, dass ich hier gewesen war. Es war mir so wichtig, dass er wusste, dass ich vorbeikam und er nicht allein war. Selbst wenn er es wieder vergaß oder mich gar nicht erst erkannte. Aber ich bildete mir ein, dass er es unterbewusst spürte.

Ich fand Mrs. Kelly in der Mitarbeiterküche, wo sie gerade heißes Wasser in zwei Tassen gab. Sie stellte beide auf ein Plastiktablett. Dann bedeutete sie mir mit einem Kopfnicken, ihr in den Aufenthaltsraum zu folgen. Um diese späte Zeit waren nur noch wenige Patienten auf den Gängen. Die meisten hatten sich in ihr Zimmer zurückgezogen oder saßen im Fernsehraum und sahen sich gemeinsam einen Film an. Das Heim versuchte, seinen Bewohnern ein normales Leben zu ermöglichen. Gemeinsame Filmabende standen regelmäßig auf dem Plan. Daher wunderte es mich nicht, dass wir kaum eine andere Person antrafen, als wir uns in zwei ungemütliche Sessel am Fenster setzten und auf das helle Lichtermeer der Stadt hinabsahen.

»Er sieht so friedlich aus, wenn er schläft«, teilte ich meine Gedanken mit Mrs. Kelly, die mir schweigend gegenübersaß. Das künstliche Licht warf einen merkwürdigen Schimmer auf ihre ergrauten Haare und betonte die tiefen Falten um ihre Augen und Mundwinkel. »Als ob alles ganz normal wäre.«

Sie schwieg. Was sollte sie auch sagen?

»Wieviel mehr muss ich zahlen, damit er die Betreuung und Pflege bekommt, die er braucht?«, fragte ich und sprach damit das aus, was mich seit ihrer Offenbarung plagte. Die Kosten für das Pflegeheim waren schon jetzt kaum zu stemmen. Ich arbeitete in Sechzehn-Stunden-Schichten. Sehr viel mehr ertrug mein Körper nicht.

»Es wird in etwa das Doppelte von dem kosten, was du momentan bezahlst«, sagte Mrs. Kelly mit fester Stimme, sah mich dabei jedoch entschuldigend an. »Es tut mir leid«, flüsterte sie leise, als sie meinen verzweifelten Blick sah. Das Doppelte! Wie um alles in der Welt sollte ich das bezahlen?

»So viel Geld habe ich nicht«, antwortete ich benommen.

»Ich sehe leider keine andere Möglichkeit, Alison. Wir haben hin und her überlegt, wie es günstiger werden könnte. Die einzige Option, die uns eingefallen ist ...« Zögernd sah sie mich an, ohne ihren Satz zu beenden.

»Was? Was ist die Option?«, fragte ich hoffnungsvoll.

»Es gibt ein neues Medikament. Es befindet sich noch in der Testphase und ist nicht offiziell auf dem Markt. Allerdings suchen sie derzeit nach Freiwilligen, die das Medikament testen ...«

»Auf keinen Fall!«

Aufgebracht stand ich auf und entfernte mich ein paar Schritte vom Tisch. Wütend wandte ich ihr den Rücken zu und starrte auf meine Füße, wobei meine Augen sich schon wieder mit Tränen füllten. Wie konnte sie so etwas nur vorschlagen? Es nur denken?

»Alison«, bat sie leise und legte von hinten eine Hand auf meine Schulter. »Ich sagte nur, dass es eine Alternative ist. Nicht, dass sie ideal sei.«

»Es ist keine Alternative«, stellte ich wütend klar und wirbelte zu ihr herum. »Mein Vater ist kein Versuchskaninchen. Ich werde nicht irgendwelche Medikamente an ihm testen lassen, deren Nebenwirkungen noch unklar sind. Niemals!«

Ich hatte die Worte fast herausgeschrien. Doch mit ihrer nächsten Frage nahm Mrs. Kelly mir den Wind aus den Segeln.

»Wie willst du das Geld dann auftreiben? Du schuldest dem Pflegeheim noch die Kosten vom letzten Monat.«

»Mir fällt schon was ein«, murmelte ich. »Ich brauche nur ein wenig Zeit, bitte.«

»Das ist leider nicht möglich.«

»Was? Was soll das bedeuten?« Schockiert sah ich sie an. Wie sollte ich kurzfristig an eine solche Summe gelangen? Sie wusste, dass es unmöglich war.

»Wir haben eine neue Heimleitung. Er hat sich einen Überblick über alle Bücher verschafft und gesehen, dass einige Familien mit ihren Zahlungen im Rückstand sind. Du weißt, dass wir das immer etwas lockerer gehandhabt haben, weil wir doch wissen, wie schwer es so schon für euch ist. Aber er ist völlig ausgeflippt und hat uns sogar Abmahnungen geschrieben. Meine Kolleginnen und ich haben Angst, unseren Job zu verlieren, wenn wir seine Anweisungen nicht befolgen und er erlaubt uns nicht, uns um Patienten zu kümmern, deren Beiträge nicht pünktlich gezahlt wurden.«

»Ich verstehe nicht …«, flüsterte ich, obwohl ich ganz genau verstand.

»Wenn du den offenen Betrag nicht bald begleichst, dürfen wir deinen Vater nicht länger hierbehalten«, schloss sie ihre Erklärung und machte damit meine schlimmsten Albträume zur Wirklichkeit.

»Verstehe. Ich werde bezahlen«, presste ich mit rauer Stimme hervor, weil mein ganzer Körper zu versagen und in Tränen zu versinken drohte.

Kapitel -9-

Ally

Meine Schicht am Abend in John´s Bar ging fast unbemerkt an mir vorbei. Die ganze Zeit über irrte ich wie in Trance zwischen den Tischen umher, vertauschte Bestellungen und stand manchmal auf der Stelle und starrte Löcher in die Luft. John hatte mich mehrmals mit hochgezogener Augenbraue darauf hingewiesen, dass ich heute neben der Spur sei. Für seine Verhältnisse bedeuteten diese Worte, dass ich am Arsch war, wenn ich mich nicht bald zusammenriss.

»Okay, das kann ich mir nicht länger mitansehen«, schimpfte Kara und nahm mir den Lappen aus der Hand, mit dem ich eigentlich die Tische abwischen sollte. Stattdessen war ich in Gedanken wieder bei den Kosten für Dads Pflege. »Mach für heute Feierabend, ich übernehme den Rest.«

Wortlos ließ ich mich auf einen der Hocker an der Theke sinken. Mein ganzer Körper tat weh und ein Blick auf die Uhr verriet mir, dass es schon wieder zwei am Morgen war. Was bedeutete, dass ich seit über zwanzig Stunden nicht geschlafen hatte …

»Willst du drüber reden?«, fragte Kara, als ich leise aufstöhnte, doch ich schüttelte den Kopf. »Hier, der wird dir helfen«, hörte ich sie kurz darauf sagen und sah, wie sie mir einen Tequila Shot rüberschob. Ohne zögern, Salz oder Zitrone setzte ich das Glas an die Lippen und ließ den Kopf in den Nacken fallen. Ein heißes Brennen breitete sich in meinem Rachen aus und nahm bald meinen ganzen Bauch ein. Nach wenigen Sekunden jedoch verschwand es und ein angenehmes Gefühl blieb zurück. »Noch einen«, presste ich hervor und ließ demonstrativ das leere Glas auf den Tresen knallen. Kopfschüttelnd füllte Kara auf und beobachtete, wie ich auch dieses Mal keine zwei Sekunden brauchte, um das Glas zu leeren.

»Willst du jetzt drüber reden?«, fragte sie, nachdem ich bereits den vierten Shot leergetrunken hatte. Ein angenehmer Nebel hatte sich in meinem Kopf ausgebreitet. Ein schwummriges Gefühl erfasste mich und vertrieb alle schlechten Gedanken.

»Wenn das Leben dir Zitronen gibt, dann … wie ging es nochmal weiter? Ach ja, dann solltest du nach Zitronen fragen. Ehm … nach Tequila fragen! So ging der Spruch«, rief ich stockend und klatschte mir selbst Beifall.

»Wenn das Leben dir Zitronen gibt, dann frag nach Tequila«, rief ich und sah mich auf der Suche nach Zustimmung in der Bar um, erkannte jedoch nur den alten Bill, der in der Ecke saß und den Kopf schüttelte.

»Au weia«, murmelte Kara und drückte mir ein Glas Wasser in die Hand. »Hier, trink das, damit du wieder nüchtern wirst.«

»Ich bin nüchtern«, nuschelte ich wütend und lachte im nächsten Moment darüber, wie sich das Nuscheln auf meinen Lippen anfühlte.

»Ja, definitiv nüchtern. Du weißt schon, dass du den Tequila ohne Zitrone getrunken hast?«

»Was spielt das für eine Rolle?«, fragte ich und beugte mich über die Theke, um Kara eine Haarsträhne aus der Stirn zu streichen, wobei ich an ihr vorbei ins Leere griff und mich verwirrt und unverrichteter Dinge wieder hinsetzte. Kara starrte noch einen Moment kopfschüttelnd auf die Stelle, an der meine Hand gewesen war, bevor sie weiterredete.

»Dein Spruch. Wenn das Leben dir Zitronen gibt, dann frag nach Tequila. Zum einen hast du das Salz vergessen und zum anderen hattest du nicht einmal Zitronen.«

Ich dachte kurz über ihre Worte nach. Oder versuchte es zumindest.

»Shh … du machst mir Kopfschmerzen«, war schlussendlich die Antwort, für die ich mich entschied.

»Eigentlich wollte ich, dass du dich entspannst und nicht, dass du dich volllaufen lässt. Wer wird denn bitte von vier Tequila so betrunken?«

»Du!«, rief ich und riss dabei den Arm ruckartig hoch, um auf sie zu zeigen, wobei ich ihn mir an der Unterseite der Theke anschlug. »Aua«, schrie ich und wankte gefährlich auf meinem Hocker. »Das hat wehgetan.«

»Zeig mal her.« Kara ging um die Theke herum, griff nach meinem Arm und hielt ihn so ins Licht, dass sie ihn sehen konnte. »Könnte einen blauen Fleck geben. Aber du wirst es überleben.«

In dem Moment stand sie so dicht bei mir, dass ich den Kopf an ihre Schulter lehnte und meine Arme um ihre Taille schlang.

»Was wird das?«, presste Kara hervor, die eigentlich eine *So-wenig-Körperkontakt-wie-möglich-Mentalität* hatte. Es sei denn, man besaß einen Penis. Aber gerade hatte ich ein so starkes Bedürfnis, sie zu umarmen, dass ich das Risiko gern einging.

»Ich mag dich«, murmelte ich, schloss die Augen und entspannte mich, wodurch ich immer mehr gegen sie sackte.

Als Antwort kam nur ein verächtliches Schnauben, doch sie drückte mich auch nicht von sich. Ein Fortschritt.

»Ich mag dich vermutlich auch«, sagte sie irgendwann mit möglichst neutraler Stimme und ich konnte fühlen, wie sie mit den Schultern zuckte. Kara war immer etwas unterkühlt und distanziert. Sie redete selten. Weder über ihre Sorgen noch über ihre Wüsche oder Träume. Alles, was ich über sie wusste, hatte ich mir im letzten Jahr mühsam zusammengetragen. Trotzdem sah ich in Kara die beste Freundin, die ich mir hätte wünschen können. Denn ihr ganzes Verhalten war nur eine Fassade, die sie irgendwann zu ihrem eigenen Schutz errichtet hatte. Dahinter verbarg sich so viel mehr. Und auch, wenn sie ihr Bestes gab, um es zu verstecken, wusste ich, dass ihr etwas an mir lag. Dass sie mir beistehen würde, wenn es hart auf hart kam und dass sie mich nicht allein lassen würde. Und das war mehr, als jemals ein anderer Mensch für mich getan hatte. Deswegen war ich froh, dass ich diesen scheiß Tag an ihrer Seite beenden konnte.

»Jetzt würde ich gern reden«, murmelte ich und versuchte mich wieder aufzurichten.

»Kann es kaum erwarten.«

Bei ihren Worten verzog sich mein Mund zu einem Lächeln. Sie klangen genervt, doch ohne es zu merken, hatte sie den Arm um meine Schulter gelegt und ihr Kinn auf meinem Kopf abgestützt. Definitiv ein Sieg für Ally!

»Meinem Dad geht es schlecht und er braucht neue Medikamente. Und mehr Pflege. Was bedeutet, er braucht mehr Geld. Und ich habe kein Geld. Und keine Idee, wo ich es so schnell herbekommen könnte«, verpackte ich meine

Sorgen in die elegantesten Sätze, die zu formen ich momentan im Stande war.

»Das nervt«, schimpfte Kara und ich sah sie erschrocken an.

»Meinst du mich?«, fragte ich empört.

»Nein. Es nervt, dass es deinem Dad schlechter geht und dass du allein mit der Scheiße dastehst und dir jetzt überlegen musst, ob du lieber Essen kaufst oder deinem Dad das Pflegeheim finanzierst. Das ist mies.« Weil ich keine Antwort wusste, schwieg ich. Kara hatte recht, dazu gab es nichts Ergänzendes zu sagen. Die ganze Situation war … mies. Um es simpel auszudrücken. Meine Zweifel hielten mich davon ab, ihr von Alexander Prestons Angebot zu erzählen. Seit dem Gespräch mit Mrs. Kelly geisterten mir seine Worte im Kopf herum. Sein unmoralisches Angebot, das ich mit hundertprozentiger Entschlossenheit abgelehnt hatte und das mir jetzt meinen verdammten Arsch retten konnte. Einhunderttausend Dollar. Alle meine Probleme wären auf einen Schlag gelöst. Dad wäre versorgt und in Sicherheit. Und mit so viel Geld auf dem Konto hätte ich genug Zeit, um mir eine vernünftige Arbeit zu suchen. Könnte mir vielleicht sogar eine Weiterbildung leisten und endlich, endlich raus aus diesem Drecksloch. Aber konnte ich das wirklich? War ich in der Lage, mich selbst zu verkaufen, wenn der Preis stimmte? Und selbst wenn nicht, hatte ich überhaupt eine andere Wahl? Oder musste ich nehmen, was das Leben mir vor die Füße warf, weil sonst mein Dad darunter leiden würde?

»Das müssen ja ziemlich fiese Gedanken sein, wenn du so ein Gesicht machst«, sagte Kara leise und schüttelte sanft an meiner Schulter.

»Ziemlich fiese«, bestätigte ich, verriet jedoch nicht mehr. Gerade, als Kara den Mund öffnete, um nachzubohren, schob John sich durch die Tür seines Büros und verkündete, dass wir für heute schließen konnten. Es war Mittwoch und da war meistens nicht viel los. Selbst die Stammsäufer hatten an diesem Tag keine Motivation herzukommen und blieben lieber daheim auf der Couch. Uns war es ganz recht, dass wir nicht jedes Mal bis zum Morgengrauen hier stehen mussten. Obwohl Kara mich offiziell heimgeschickt hatte, half ich ihr alles für den Feierabend vorzubereiten und wischte einmal grob über den klebrigen Boden. Sehr halbherzig, aber den Unterschied würde ohnehin kaum einer bemerken.

Meinen Mantel nur provisorisch zugeknöpft, schlich ich zwanzig Minuten später die Treppen hoch. Morgen würde ich das wahrscheinlich bereuen, denn die Temperatur lag um diese Uhrzeit weit unter dem Nullpunkt und ich riskierte eine Erkältung, aber gerade jetzt war ich bereit, jeden Preis zu zahlen, um mich nicht mehr als unbedingt nötig zu bewegen. So todmüde und überfahren, wie ich mich fühlte, wollte ich einfach in ein warmes Bett.

»Warte, warte, warte«, hielt Kara mich zurück, als ich die Richtung einschlug, in der meine Wohnung lag. »Du pennst heute bei mir.«

»Was? Warum? Ich habe ein Bett«, antwortete ich und drehte mich bereits wieder um.

»Das mag sein, aber in dem Zustand lasse ich dich nicht mitten in der Nacht allein durch Brooklyn laufen. Außerdem siehst du aus, als könntest du Gesellschaft ganz gut gebrauchen.«

Ohne weiter auf mein Einverständnis zu warten, schnappte sie sich meinen Arm und zog mich hinter sich her. »Aber du hasst Gesellschaft«, protestierte ich wenig überzeugend. In Gedanken war ich schon bei meiner defekten Heizung und der Erkenntnis, dass zu Hause kein warmes Bett auf mich warten würde.

»Nicht zwangsläufig. Deine Gesellschaft ist okay«, gestand Kara und überzeugte mich damit vollständig. Wenn ich ehrlich war, wollte ich wirklich nicht allein sein. Außerdem musste ich mit jemandem über Alexander reden. Und über das Angebot. Und die tausendundeins Fragen, die mir dazu durch den Kopf schossen.

Kapitel -10-

Ally

Ungefähr fünf Minuten Fußweg später kamen wir vor einem gar nicht mal so hässlichen Wohnhaus mit acht Stockwerken an. Immerhin sah es nicht so heruntergekommen aus wie alle Häuser in meiner Straße. Die Fensterscheiben glänzten im Licht der Straßenlaternen und ich erkannte Gardinen und Topfpflanzen hinter einigen davon. Bei mir hatte ich schon eingeschlagene Scheiben gesehen, die man provisorisch mit Zeitungspapier abgeklebt hatte. Aber das war Brooklyn. Es gab halbwegs schöne Ecken und dann gab es da meine Ecke. »Hier wohnst du?«, staunte ich und nahm die Blumenkübel am Eingang genauer in Augenschein.

»Meine Nana hat mir die Wohnung vererbt«, erklärte Kara, während sie die Haustür aufschloss und uns in einen warmen Eingangsbereich brachte, in dem es zwei Aufzüge und ein Treppenhaus gab. An der rechten Wand hingen zahlreiche Briefkästen sowie ein Newsboard. Laut einem Schild am Treppenhaus gab es unten sogar eine Waschküche. Ich wusch meine Sachen entweder im Becken oder im Salon zwei Straßen weiter, wenn ich es mir leisten konnte. Wenn nicht, war das immer wieder ein trauriger Moment für mich.

»Nana war immer sehr sparsam«, fuhr Kara fort, während wir auf den Aufzug warteten. Ich war froh, heute nicht noch mehr Treppen steigen zu müssen. Die in der Bar hatten mir gereicht. Dank des Tequilas fühlten meine Beine sich wie Wackelpudding an. »Sie hat nie Geld verschwendet für Sachen wie auswärts essen zu gehen oder teure Kleidung.

Alles, was wir brauchten, fand sie auf dem Flohmarkt. Selbst wenn es manchmal Wochen gedauert hat. Aber so hat sie es geschafft, dass wir uns die Wohnung leisten konnten. Sie wollte mir unbedingt etwas hinterlassen für die Zeit, wenn sie mal nicht mehr ist.«

Schweigend starrte Kara auf den leuchtenden Knopf mit der Nummer sechs darauf. »Also bist du bei deiner Großmutter aufgewachsen?«, schlussfolgerte ich und sie nickte. Weiter ging ich nicht darauf ein, denn wie ich Kara kannte, war es gar nicht so einfach für sie, mir etwas aus ihrer Vergangenheit zu erzählen.

Als wir aus dem Aufzug traten, begaben wir uns in einen langen schlauchförmigen Flur, der sich irgendwo hinter einer Ecke verlor. Auf dem Stockwerk gab es ungefähr sechs Wohnungen. Vermutlich kleine Apartments. Links war eine Tür, die auf einen kurzen Balkon führte. Verwundert folgte ich Kara, als sie uns zurück in die Kälte lotste. Dann erkannte ich, dass hier auch noch eine Wohnung war. Vermutlich hatte man diesen Teil später angebaut und über den improvisierten Balkon mit dem Rest des Hauses verknüpft.

Vor der Tür stand eine Kommode, aus der Kara ein paar Hausschuhe für mich zog. Als sie mir die hellblauen Plüschdinger entgegenhielt, konnte ich mir ein Lachen nicht verkneifen.

»Was!«, fuhr sie mich an, lächelte jedoch selbst. »Ich will eben nicht den ganzen Dreck aus Brooklyns Straßen in meiner Bude haben.«

Widerstandslos streifte ich meine Turnschuhe ab und zog mir die kuschligen Hausschuhe über. Am Balkongeländer entdeckte ich einen Blumenkasten und auf der Kommode zwei bunte Töpfe mit Erde. Fragend zog ich die Augenbrauen hoch und deutete darauf.

»Da pflanze ich im Frühling meine Kräuter an«, leierte Kara ihre Antwort runter und schloss die Tür auf.

»Du pflanzt Kräuter?«, rief ich ungläubig, weil Kara absolut nicht der Heimgärtnertyp war.

»Ich bereue jetzt schon, dass ich dich mitgenommen habe«, murmelte sie und stieß die Haustür auf. In dem Moment, in dem sie das Licht einschaltete, stockte mir der Atem, bevor ich laut losprustete.

»Warum zum Teufel lachst du denn jetzt?«

»Weil deine Wohnung so … gemütlich ist«, gestand ich und versuchte nicht mehr zu lachen, weil Kara mir tödliche Blicke zuwarf.

»Na, was hast du denn erwartet?«

»Ich weiß nicht, eine spärlich eingerichtete, unwohnliche Bude, die mehr zu deinen ständigen Flüchen und ausfallenden Beschimpfungen passt als das hier.« Mit einer Handbewegung schloss ich den ganzen Raum ein, in dem wir uns befanden. Wir standen inmitten eines kleinen Eingangsbereichs, von wo aus es zwei Türen gab. Eine führte vermutlich ins Badezimmer, die andere in einen kleinen Wohnraum. Ein Holztresen trennte die winzige Küche vom Rest des Raumes. In der Ecke befanden sich ein Schlafsofa und ein großer Sessel. Kleine Dekokissen in Pastelltönen verliehen dem Raum etwas Farbe. Auf dem Couchtisch lag eine flache Holzschale mit einer kleinen Vase und frischen Blumen und einer Duftkerze. Die Wände waren in einem warmen Beige gestrichen und dort, wo die vielen Bücherregale Platz ließen, hingen Poster von alten

Filmikonen. Ich entdeckte Marilyn Monroe, Audrey Hepburn und eine kleine Postkarte mit Grace Kelly. Außerdem eine riesige DVD-Sammlung mit Filmen eben erwähnter Schauspielerinnen und so viele Bücher, dass sich die Regalreihen unter ihrem Gewicht bereits durchbogen. Außerdem hatte Kara noch einen Kleiderschrank reingequetscht. Die Wohnung war winzig, strahlte jedoch eine heimelige Atmosphäre aus, wie ich sie bisher selten erlebt hatte. Man merkte, dass alles hier so eingerichtet war, dass man sich maximal wohlfühlte.

Ohne auf meine Stichelei einzugehen, ging Kara in den Wohnraum, legte ihre Jacke über einen der Hocker und schaltete die Stehlampe hinter dem Sofa ein, die sofort ein angenehmes Licht spendete. Dann setzte sie den Wasserkocher auf und schmiss den alten CD-Spieler an, der auf einem Beistelltisch neben dem Sessel stand. »Ich koche Tee, magst du auch eine Tasse?«, fragte sie, während leise Musik den Raum erfüllte.

»Klar.« Im Schneidersitz ließ ich mich auf das Sofa sinken und lehnte mich seufzend gegen die weichen Kissen. »Es ist wirklich schön hier«, murmelte ich.

»Meine Nana hat sehr viel Wert darauf gelegt, dass unser Zuhause gemütlich ist. Sie sagte immer, dass das der Ort ist, an dem wir die meiste Zeit verbringen und so sollten wir ihn auch behandeln.«

Kurz danach saßen wir uns mit einer heißen Tasse Tee gegenüber auf der Couch. Kara hatte eine Kuscheldecke über unsere Beine gelegt, denn obwohl die Heizung auf Hochtouren lief, tat ein bisschen Extrawärme gut. »Und jetzt erzähl schon. Was liegt dir auf dem Herzen?«, forderte sie mich nach einigen Minuten des Schweigens auf.

»Ich habe dir nicht die ganze Wahrheit über das Vorstellungsgespräch erzählt«, begann ich zögernd. Jetzt sah sie mich aufmerksam an.

Seufzend holte ich ein letztes Mal tief Luft, dann ließ ich die Worte raus.

»Er hat mir den Job nicht gegeben, dafür bietet er mir einen anderen an. Ich … ich soll ihn auf irgendwelche Veranstaltungen und Partys begleiten und dabei seine Freundin spielen, damit sein schlechtes Image aufpoliert wird. Das schien ihm sehr wichtig zu sein und er ist bereit, mir einhunderttausend Dollar zu zahlen.«

Egal, was Kara erwartet hatte, das war es nicht gewesen. Mit weit aufgerissenen Augen und offenem Mund saß sie mir sprachlos gegenüber.

»Ist das dein Ernst?«, fragte sie fassungslos.

»Ja. Leider.«

»Wieso leider? Bist du verrückt? Ally, das löst alle deine Probleme«, rief sie und warf die Hände über den Kopf. Okay, damit hatte ich jetzt nicht gerechnet. Mehr mit Vorwürfen, dass ich so etwas überhaupt in Erwägung zog.

»Findest du es nicht unmoralisch? Sich selbst auf diese Art zu verkaufen?«, fragte ich zögerlich.

»Wie kommst du darauf?«

»Na weil, … es … ist das nicht irgendwie Prostitution?«, fragte ich verwirrt, weil ich noch immer nicht fassen konnte, wie sie auf meine Neuigkeiten reagierte.

Ich hatte mit lautstarken Portesten gerechnet und mit Schulterklopfen dafür, dass ich das Angebot abgelehnt hatte.

»Ally, Prostitution ist etwas anderes. Es liegt ein himmelweiter Unterschied zwischen einer Begleitung und einer Bettgefährtin.«

Karas Worte stießen bei mir nicht auf taube Ohren. Trotzdem hatte ich noch meine Zweifel.

»Aber würde ich mich nicht dennoch verkaufen?«, sprach ich einen davon aus.

»Hat er gesagt, dass du mit ihm schlafen sollst? Denn wenn nein, sehe ich das nicht so, dass du dich selbst verkaufst. Schließlich begleitest du ihn bloß. Daran ist nichts Verwerfliches.«

»Nein, Sex hat er nicht erwähnt. Er sagte bloß begleiten, aber was ist, wenn er mehr erwartet?« Meine nächste Sorge. Denn Alexander Preston machte auf mich keinen besonders unschuldigen Eindruck.

»Wenn er Dinge erwartet, zu denen du nicht bereit bist, tust du es nicht. So einfach ist das«, sagte Kara, als läge die Lösung die ganze Zeit auf der Hand und ich war nur zu dumm, um sie zu erkennen.

»Ich weiß nicht, ob das wirklich so unkompliziert ist, wie du es darstellst«, widersprach ich. »Was, wenn er mich bedrängt?«

Kara stöhnte. »Okay, ich verstehe ja, dass die Situation befremdlich ist. Aber der Mann sucht jemanden, der seine Freundin spielt. Wenn er bereit ist, dafür so viel Geld auszugeben, kann er sein Portemonnaie noch ein bisschen weiter öffnen und eine andere für Sex bezahlen, solltest du nicht willig sein. Ich glaube kaum, dass er so viel Geld in seinen guten Ruf investiert, um ihn dann mit einer Anzeige wegen sexueller Belästigung zu ruinieren.«

Klang einleuchtend.

»Wieso schaust du so angestrengt?«, wollte Kara wissen und musterte meine zusammengefurchte Stirn. »Das gibt Falten.«

»Ich durchforste meinen Kopf nach weiteren Einwänden«, antwortete ich.

»Ally« Sanft legte Kara eine Hand auf meinen Unterarm. »Hast du wirklich so große Angst davor? Wenn ja, dann lass es bleiben. Aber ganz ehrlich, ich denke, du machst dich nur so verrückt, weil du das Gefühl hast, du müsstest es.«

»Wie meinst du das?«

»Na ja, ich kann mir vorstellen, dass es dich einiges an Überwindung kostet, dieses Angebot anzunehmen. Kein Mensch, der voll bei Verstand ist, würde ohne Zweifel in so einen Deal reingehen. Aber …« Sie machte eine kurze Pause, bevor sie weitersprach. »Du bist in einer beschissenen Lage. Die Gesundheit deines Dads hängt davon ab und ganz ehrlich, du sahst auch schon mal besser aus. Ich kenne dich jetzt schon eine Weile und du führst ein hartes Leben. Wie lange willst du das noch durchhalten? Dieses Geld könnte dir neue Wege eröffnen. Nimm das Angebot an, sonst wirst du es vielleicht bereuen.«

Aus Karas Mund klang meine Notlage gleich noch realer. Sie öffnete mir die Augen und zwang mich hinzusehen, was nicht unbedingt angenehm war. Aber es zeigte mir die Wahrheit. Und meine eigenen Zweifel wogen plötzlich weniger schwer. Letztlich hatte sie recht.

Ich musste nichts tun, was ich nicht wollte. Und solange ich nicht mit ihm schlief, verkaufte ich auch nicht meinen Körper.

Nur meine Zeit. Es würde all meine Probleme auf einen Schlag lösen.

»Bleibt dir denn was anderes übrig?«, beendete sie das Hin und Her in meinem Kopf. Ihr Blick hatte etwas endgültig Ehrliches, dass selbst ich mir die Wahrheit eingestehen musste. Ich konnte über Moral und Prinzipien nachdenken und zwar so viel ich wollte. Im Endeffekt lief es auf eine grausame Wahrheit hinaus. Ich hatte keine andere Möglichkeit. Selbst wenn überraschenderweise jemand auf meine Bewerbungen antworten sollte, würde es Wochen dauern, bis ich mein erstes Gehalt bekam. Und die Wahrscheinlichkeit dafür ging gegen null. Denn in den letzten Monaten war das Vorstellungsgespräch bei *Preston Holdings* mein bisher erstes gewesen. Bei Banken musste ich es auch nicht mit einem Kredit versuchen. Wer kein Geld für den Waschsalon hatte, galt nicht als besonders kreditwürdig.

Alexander Preston war meine einzige Chance, das nötige Geld für Dads Pflegekosten kurzfristig aufzutreiben und zu verhindern, dass er auf der Straße landete. Ob ich nun wollte oder nicht, ich musste sein Angebot annehmen.

»Dann solltest du ihn morgen früh anrufen und ihm sagen, dass du es dir überlegt hast«, schlussfolgerte Kara aus meinem Gesichtsausruck, der von nachdenklich hin zu kapitulierend gewechselt hatte.

»Wenn das Angebot überhaupt noch steht«, murmelte ich, denn nach meinem Abgang war ich mir da nicht mehr so sicher. Hätte ich gewusst, dass ich später von diesem Mann abhängig sein würde, hätte ich mir die Ohrfeige gespart.

Kapitel -11-

Alex

Ich brütete bereits den ganzen Morgen über den Unterlagen zum Bau der neuen Wohnsiedlung in Staten Island, konnte jedoch keinen vernünftigen Zusammenhang aus meinen eigenen Notizen ziehen. Immer wieder glitten meine Gedanken zurück zu der Party heute Abend in Bill Clarks Villa. Seine Sekretärin hatte vorhin angerufen und mir mittgeteilt, wie sehr Mr. Clark sich auf den gemeinsamen Abend freute. Anstatt mir eine gute Ausrede auszudenken, hatte ich mich noch weiter in die Scheiße geritten und geantwortet, dass meine Lebensgefährtin und ich es kaum erwarten könnten. Lebensgefährtin. Ich konnte es nicht fassen, dass ich dieses Wort benutzt hatte. Aber bei Clarks alter Sekretärin schien es runterzugehen wie Butter.

Hoffentlich war der Deal das alles wirklich wert. Allein für diesen Aufwand sollten schon ein paar Nullen mehr auf dem Scheck stehen. Grace hatte mein Angebot jubelnd angenommen und mir versichert, dass sie alles tun würde, um mich zufrieden zu stellen. Mein Briefing allerdings hörte sie sich nur halbherzig an. Stattdessen hatte sie es kaum erwarten können, loszustürmen und sich ein Kleid für den Abend zu kaufen. Mit meiner Kreditkarte selbstverständlich.

Jetzt konnte ich nur hoffen, dass sie meine Verhaltensregeln nicht vergaß und mich vor Bill und seiner Frau blamierte. Noch mehr missfiel mir, dass Grace jetzt eine so wichtige Rolle in dem Deal spielte. Vor zwei Tagen erst hatte sie mir einen geblasen und jetzt würde ich sie meinen potenziellen Geschäftspartnern als meine Freundin vorstellen. Mir gefiel die Richtung nicht, in die sich das Ganze entwickelte und Grace erweckte nicht den Eindruck einer Frau, die Grenzen kannte und respektierte. Ob es wirklich schlau war, sie so einzuspannen, würde sich zeigen.

Erneut versuchte ich mich meiner Arbeit zu widmen und ging die Zahlen des letzten Quartals durch, als ein Klopfen an der Tür meine mühsam zusammengehaltene Konzentration endgültig zerstörte.

»Herein«, rief ich und packte die Finanzberichte genervt beiseite. Grace, wie sie aufreizend in mein Büro stöckelte, verschlechterte meine Laune zusätzlich. Heute war ihr erster offizieller Arbeitstag. Nachdem ich sie in der letzten Zeit öfter gesehen hatte, als ich irgendeine Person innerhalb von drei Tagen sehen wollte, hatte ich ihr aufgetragen, mich heute nicht zu stören, es sei denn, es handelte sich um einen Notfall.

»Es tut mir leid, Sie zu stören, Sir, aber hier ist eine Besucherin für Sie«, verkündete Grace, wobei sie missbilligend die Nase rümpfte. »Eine gewisse Alison Mackenzie. Sie sagt, dass Sie wüssten, worum es geht.« In ihrer Stimme schwang so viel Neugier und schlecht versteckte Eifersucht mit, dass sie mir schon wieder auf die Nerven ging. Doch meine Überraschung über diesen unerwarteten Besuch überwog. Ich spielte mit dem Gedanken, Alison wegschicken zu lassen, ließ meine Neugier jedoch siegen.

»Sag ihr, sie soll reinkommen und bring uns zwei Tassen Kaffee«, ordnete ich an, schlug die Beine übereinander und lehnte mich entspannt in meinem Sessel zurück, obwohl ich nicht wusste, was mich erwartete. Bei dieser Frau konnte das alles sein. Aber es war immer ein Vorteil, wenn man vorbereitet und gelassen wirkte.

Etwas unsicher betrat Alison den Raum. Dieses Mal trug sie kein Kleid, sondern eine schlichte Jeans und einen weiten Pullover.

Ihre Hände nervös knetend, richtete sie den Blick mehr auf meinen Teppichboden als auf mich und strahlte damit etwas Unterwürfiges aus. Nicht wie bei unserem letzten Treffen, wo sie wie ein Tornado in mein Büro gestürmt war. »Alison, welch Überraschung«, begrüßte ich sie. Breit grinsend deutete ich mit einer Hand auf den Stuhl gegenüber von meinem Schreibtisch. Man konnte ihr die Überwindung ansehen, die es sie kostete, meiner Aufforderung Folge zu leisten. »Was verschafft mir die Ehre?«

Gerade, als sie zu einer Antwort ansetzte, erschien Grace im Raum und Alison schloss den Mund wieder. Auf den Händen balancierte Grace ein Holzbrett mit zwei Tassen Kaffee und einem Kännchen Milch darauf. Behutsam stellte sie eine der Tassen vor mir ab, bevor sie die andere lieblos in Alisons Richtung schob. Kaffee lief über und verteilte sich auf dem Unterteller. Ohne sich zu entschuldigen oder eine Miene zu verziehen, verließ Grace den Raum. Das fing ja gut an. Ich hatte sie noch nicht einmal gevögelt und sie wurde jetzt schon eifersüchtig.

»Ich glaube, Ihrer Sekretärin gefällt nicht, dass ich hier bin«, zog Alison die richtigen Schlüsse und traf damit mitten ins Schwarze. »Hat sie Angst, dass sie als Betthäschen ersetzt wird?«

»Sie ist nicht mein Betthäschen. Sie darf mir nur ab und zu einen blasen«, konterte ich und liebte den Anblick ihrer Augen, die sich bei meinen Worten weiteten, bevor sie beschämt auf den Boden blickte. Röte umspielte ihre Wangen und ich hätte zu gern gewusst, welche Bilder meine Worte in ihrem Kopf auslösten.

»Ihr Privatleben geht mich nichts an«, wechselte sie das Thema. »Deswegen bin ich nicht hergekommen.«

»Nicht? Das überrascht mich.«

Ihre Wangen röteten sich noch mehr, dieses Mal eindeutig vor Wut. »Ihrem Gesicht kann ich deutlich ablesen, dass Sie mir am liebsten eine verpassen würden. Dass Sie es nicht tun, liegt nicht an mangelndem Mut. So viel wissen wir. Also, Alison, weshalb halten Sie sich heute zurück? Welchen Grund hat Ihr Besuch?«

Sie wollte mich eindeutig erwürgen. Stattdessen schluckte sie ihren Zorn herunter und gab sich Mühe, ruhig zu sprechen. »Ich wollte nochmal auf Ihr Angebot zurückkommen«, sagte sie und verschränkte die Hände im Schoß.

»Mein Angebot?« Mit hochgezogener Augenbraue musterte ich sie. Das würde interessant werden.

»Ja, Ihr Angebot, dass ich Sie auf Events begleite und Sie mich dafür bezahlen. Ich … nehme es an.«

Ihre ganze Haltung strahlte etwas Besiegtes aus. Statt mich trotzig anzufunkeln, mied sie es, mir in die Augen zu sehen.

Gott, wie ich diesen Moment genoss. Wäre ich kein solches Arschloch, hätte ich bei meinen nächsten Worten tatsächlich so etwas wie ein schlechtes Gewissen haben können. »Wie kommen Sie auf die Idee, dass das Angebot noch besteht? Das war eine einmalige Chance und deutlicher hätten Sie es nicht ablehnen können.«

»Ich … aber. Was?« Sie sollte lernen, ihr Gesicht besser unter Kontrolle zu bekommen. Die Verzweiflung war ihr anzusehen. Sie könnte einem fast leidtun. Aber nur fast.

»Außerdem ist die Stelle bereits besetzt.«

Geschockt starrte sie mich an. Die Finger ihrer linken Hand gruben sich fest in ihre rechte Handfläche. Ihre Schultern bebten sichtbar. »Die Stelle ist bereits besetzt?«, wiederholte sie fassungslos. Ich nickte.

»Sie kommen wieder einmal zu spät, Alison.«

Ihr Blick huschte zu mir und in ihren Augen spiegelten sich tausende ungesagte Worte. Aber nur eins davon verließ ihre Lippen. »Wer?«

»Oh, das wird Sie amüsieren. Es ist mein *Betthäschen*«, antwortete ich und wartete, bis sie erkannte, dass Grace ihr sowohl den Job als meine Sekretärin als auch den meiner Fake-Freundin weggeschnappt hatte. »Sie denken doch nicht wirklich, dass Sie sich einfach so aufführen können, um dann einen Tag später herzukommen und mich um einen Job zu bitten?«

Ihr Blick hielt meinen fest und ich wusste, dass sie irgendetwas Menschliches in meinen Augen suchte. Aber das würde sie nicht finden. Was auch ihr klarwurde, denn der hoffnungsvolle Ausdruck in ihrem Gesicht erstarb und wich etwas endgültig Resignierendem.

»Ich möchte mich aufrichtig für mein Verhalten entschuldigen. Bitte geben Sie mir eine Chance. Ich brauche den Job und werde Sie nicht enttäuschen.« Der Tonfall in ihrer Stimme war so vollständig ergeben und hatte nichts, absolut nichts mehr mit ihrer herausfordernden Art zu tun, die sie mir bei unserem ersten Treffen gezeigt hatte. Und fuck … genau das versetzte mir einen Stich. Ich war immun gegen Tränen, wütendes Geschrei oder verzweifeltes Heulen. Aber das hier, ihre offensichtliche Kapitulation, dagegen war ich nicht gewappnet. Ich räusperte mich, um Zeit zu gewinnen und mich wieder zu sammeln. Ihr Anblick brachte mich aus dem Konzept. Normalerweise interessierten die Probleme anderer mich nicht, aber etwas musste gestern nach unserem Treffen vorgefallen sein, denn sonst würde sie nicht einfach aufgeben und hier gebrochen und mit hängendem Kopf vor mir sitzen.

»Ich nehme Ihre Entschuldigung an«, sagte ich mit belegter Stimme und räusperte mich. »Aber der Job ist leider vergeben.«

Ich hätte ihr die Stelle geben und Grace absagen können. Natürlich, schließlich war ich der Boss. Aber Mitleid war für mich noch nie ein Motiv gewesen, aus dem heraus ich Entscheidungen getroffen hatte. Wenn Alison den Job wollte, musste sie mir schon einen besseren Grund liefern. Mit einer Handbewegung bedeutete ich ihr, mein Büro zu verlassen. Dieses Gespräch war beendet.

Sie stand auf und ich lenkte meine Aufmerksamkeit wieder zurück auf meine Unterlagen. Dabei griff ich nach meiner Tasse und trank einen Schluck meines mittlerweile lauwarmen Kaffees. Vor der Party musste ich noch Arbeit erledigen. Sonst könnte ich diesen Tag als unproduktiv abstempeln und das war etwas, was ich niemals tat. Jeder Tag war eine Chance, etwas zu leisten. Wer das verpasste, war selbst schuld, wenn er im Leben nichts Großes erreichte.

Plötzlich ließ Alison sich geräuschvoll zurück in ihren Stuhl fallen. Als ich verwundert zu ihr aufblickte, stand neue Entschlossenheit in ihrem Blick.

»Ihre Sekretärin ist für den Job nicht geeignet. Nicht so sehr wie ich.«

Interessiert legte ich die Unterlagen ab und horchte auf. »Wie kommen Sie darauf?«

Sie atmete tief durch, straffte die Schultern und hielt meinen Blick fest.

»Erst einmal ist sie offensichtlich eifersüchtig. Andere Frauen spüren das und Sie werden es schwer haben, sich in eine Gruppe einzugliedern und an Gesprächen teilzunehmen, wenn Ihre Begleitung Giftpfeile verschießt.«

Amüsiert lächelte ich. Wo sie recht hatte. Ich bedeutete ihr, fortzufahren. Mal sehen, welche Argumente sie noch lieferte.

»Außerdem ist sie unsympathisch.«

Mein Lächeln wurde breiter.

»Tut mir leid, aber das ist die Wahrheit. Sie wirkt unnatürlich und zu makellos. Sie sagten, dass Sie jemanden wollen, der Sie in ein gutes Licht rückt. Aber Grace ist nicht der Typ Frau, der das kann. Sie würde eher versuchen, Ihnen die Show zu stehlen.«

»Und Sie können das?«

Alison nickte überzeugt. »Ja, denn im Gegensatz zu ihr bin ich nicht so fixiert auf mich selbst, sondern achte mehr auf meine Mitmenschen. Ich habe einen guten Draht zu anderen. Davon würden Sie profitieren«, sagte sie in einem Ton, als führten wir ein Verkaufsgespräch. Nur dass Alison versuchte, sich selbst an den Mann zu bringen. Mit Erfolg, denn sie sprach genau die Sorgen an, die ich mir selbst bereits gemacht hatte. Das Grace nicht optimal war, wusste ich. Aber hieß das automatisch, dass ich Alison stattdessen nehmen sollte?

»Und was ist mir der Tatsache, dass Sie mir eine Ohrfeige verpasst haben? Wer garantiert mir, dass Sie das nicht inmitten meiner Geschäftspartner wiederholen?«

Schamesröte breitete sich auf ihren Wangen aus.

»Das ... das tut mir sehr leid«, brachte sie stockend hervor. »Es wird nicht wieder vorkommen.«

»Das war's? Nur eine Entschuldigung? Keine Diskussion darüber, dass ich es verdient habe?«

Ein knappes Kopfschütteln war die Antwort, doch ich sah ihr an, wie viel Kraft es sie kostete. Die Lippen fest aufeinandergepresst und den Blick auf den Boden gerichtet, hielt sie sich selbst vom Sprechen ab. Dabei hätte ich schwören können, dass hinter diesen vollen Lippen eine Menge Flüche und Beschimpfungen auf mich warteten.

Es musste einen Grund geben, dass sie sich jetzt so umgänglich zeigte. Ach was, geradezu unterwürfig. Ich hatte im Leben bereits genug gesehen und miterlebt, um zu wissen, dass es meistens nichts Gutes verhieß, wenn ein Mensch sich selbst so aufgab. Am liebsten wäre ich zu ihr gegangen, hätte einen Finger unter ihr Kinn gelegt und sie gezwungen, mich mit diesen haselnussbraunen Augen anzusehen, damit sie nicht mehr so geschlagen zu Boden blickte. Aber diese Art Mann war ich nicht. Es war zwecklos, etwas daran ändern zu wollen. Ich ging diesen Weg seit vielen Jahren und nicht einmal Alison Mackenzies trauriges Gesicht würde mich dazu bringen, davon abzukommen. Also schluckte ich das unnatürliche Bedürfnis, sie zu trösten, herunter. Trotzdem brachte ich es nicht übers Herz, weiter Spielchen mit ihr zu spielen.

»Schon gut. Ich bin nicht nachtragend.«

»Heißt das, ich bekomme den Job?«, fragte sie ungläubig und ich nickte knapp. Die Frau brachte mich aus dem Konzept und das gefiel mir nicht. Vielleicht war es unklug, sie weiter in meiner Nähe zu behalten, indem ich sie engagierte. Aber ich brauchte eine Begleitung und der Gedanke, mit Ally zu gehen, gefiel mir. Viel besser als die Vorstellung von Grace an meiner Seite. »Ja, mein Angebot steht. Sie bekommen den Job. Aber es gibt Regeln.«

Kapitel -12-

Ally

Mir hätte klar sein müssen, dass er mich nicht einfach so auf seine potenziellen Geschäftspartner loslassen würde. Aber der ernste Tonfall, in dem er *Regeln* sagte, ließ mich erschaudern. Als hinge mein Leben davon ab, dass ich sie einhielt. Meinem Gesicht musste man meine Verwirrung angesehen haben.

»Dachten Sie, dass es für unsere Zusammenarbeit keine Regeln geben würde?«, fragte er amüsiert. »Wir werden einige grundlegende Verhaltensweisen festlegen, an die Sie sich während Ihrer Anstellung bei mir zu halten haben. Um den Monat möglichst unkompliziert über die Bühne zu bringen.«

»Natürlich. Tut mir leid, daran hätte ich denken müssen«, entschuldigte ich mich. Dieses gehorsame Getue wurde mir jetzt schon zu viel und wir waren erst bei Tag Eins unserer Zusammenarbeit. So wie meine Laune momentan stand, könnte ich ihm an Tag drei schon den Kopf abgerissen haben. Still ermahnte ich mich, dass ich das Geld brauchte. Und ein Kopfloser konnte nun mal keine gültigen Schecks ausstellen. »Wie lauten die Regeln?«, fragte ich mit echtem Interesse. So ein Gespräch führte man schließlich nicht jeden Tag.

Alexander gefiel es offensichtlich, dass ich mich so kooperativ zeigte. Seine Körperhaltung entspannte sich, sein Tonfall war plötzlich ganz der eines Geschäftsmanns. Eine Sache, die ich dadurch über ihn lernte, war: Alexander liebte es, Regeln aufzustellen und sie anderen zu erklären. Erster Punkt auf meiner *Was-mag-Alexander-Liste.* Wenn ich meinen

Job gut machen wollte, musste ich diese Dinge wissen. Und scheiße verdammt, ich würde diesen Job gut machen. Dads Wohlergehen hing davon ab. Und meine Zukunft.

»Regel Nummer eins, keine privaten Details. Während unserer gemeinsamen Zeit erzählen Sie mir nichts aus Ihrem Leben. Ich will nicht wissen, worüber Sie sich gerade den Kopf zerbrechen oder was Ihre Interessen sind. Wir treffen uns rein geschäftlich und dabei belassen wir es. Was mich zu meinem nächsten Punkt führt. Keine unnötigen Treffen. Wir sehen und sprechen uns nur dann, wenn ich Ihre Dienste benötige. Während des vollen Monats haben Sie zu jeder Zeit verfügbar zu sein, falls Sie mich spontan zu einem Termin begleiten müssen. Außerdem, und ich kann diesen Punkt gar nicht genug betonen, darf niemand von unserer Vereinbarung erfahren. Zu keinem Zeitpunkt. Auch nicht, wenn Sie nicht mehr für mich arbeiten.«

»Haben Sie Angst, dass Ihr guter Ruf darunter leidet, wenn herauskommt, dass Sie Frauen bezahlen, um sie Ihre Freundin spielen zu lassen?«

Die Worte verließen kaum meinen Mund, da murmelte ich schon eine Entschuldigung hinterher und senkte den Blick. Nett zu sein war doch schwieriger als gedacht.

»Kommen wir zum nächsten Punkt«, fuhr er fort, ohne auf meine kleine Stichelei einzugehen. »Während Sie für mich arbeiten, ist es Ihnen untersagt, sich mit anderen Männern zu treffen.«

»Was hat mein Privatleben damit zu tun?«, protestierte ich halbherzig und mit wenig Überzeugung. War ja nicht so, als stünden die Männern Schlange, um mich zu einem Date einzuladen.

»Glauben Sie mir, es könnte mir nicht mehr am Arsch vorbeigehen, mit wem Sie sich treffen. Allerdings kann ich nicht riskieren, dass irgendwer Sie beim *Fremdgehen* erwischt. Nach dem Monat können Sie vögeln, wen Sie wollen. Aber bis dahin behalten Sie Ihre Beine zusammen.«

»Oh Mann«, stöhnte ich. Das Wort *Vögeln* aus seinem Mund war einfach zu viel. »Waren das alle Regeln?«

»Nein. Das Wichtigste fehlt noch. Passen Sie gut auf und merken Sie sich meine Worte, denn ich werde sie nicht wiederholen. Entwickeln Sie bloß keine Gefühle für mich. Machen Sie sich keine falschen Illusionen. Sie sind meine Angestellte und nach einem Monat gehen wir wieder getrennte Wege. Ich werde Sie vergessen, in dem Moment, in dem Sie sich Ihren Scheck abholen und mein Büro verlassen.«

Resignierend nickte ich. »Keine Sorge. Ich kann das Ende des Monats genauso wenig abwarten wie Sie.«

Kurz huschte ein Ausdruck von Verwunderung über sein Gesicht. Dann wich er einer Maske der Gleichgültigkeit. Trotzdem könnte ich wetten, dass meine Worte seinem Ego einen kleinen Stich versetzt hatten. Vermutlich hörte er nicht oft, dass Frauen kein Interesse an ihm hatten.

Langsam stand ich auf, die Arme vor der Brust verschränkt und etwas unsicher, wie ich das Thema ansprechen sollte, das mir auf dem Herzen lag.

»Darf ich jetzt noch was sagen?«, fragte ich schließlich. Statt stillzustehen, bewegte ich mich langsam durch den Raum, gab vor, mir die Bilder an der Wand anzusehen, dabei wollte ich bloß seinem durchbohrenden Blick ausweichen.

»Ich werde Ihre Freundin spielen und mich an Ihre Regeln halten. Soweit es mir möglich ist, helfe ich Ihnen bei Ihrem

Vorhaben und versuche, mich nützlich zu machen. Aber ich habe auch ein paar Grundsätze, die Sie respektieren müssen.«

Ich drehte mich zu ihm um, um zu sehen, ob er mir zuhörte. Und weil ich ihm die nächsten Worte ins Gesicht sagen musste. Denn das waren die Bedingungen, die ich mir gesetzt hatte, damit ich diesen Job reinen Gewissens annehmen konnte.

Ich hatte seine volle Aufmerksamkeit, also fuhr ich fort.

»Kein Küssen, kein Anfassen. Wenn ich Ihre Hand irgendwo erwische, wo sie nicht hingehört, verlieren Sie sie. Und ich werde unter keinen Umständen mit Ihnen schlafen. Auch nicht, wenn Sie mir das Doppelte zahlen. Das will ich von Anfang an klarstellen.«

Zwar befand ich mich nicht in der Situation, um Drohungen auszusprechen, aber er sollte sehen, wie ernst es mir damit war. Dass ich den Job wollte und bereit war, mitzuspielen, aber nicht zu jedem Preis. Das war wichtig für mich, denn wenn ich das nächste Mal in einen Spiegel sah, wollte ich mir selbst noch in die Augen schauen können.

Statt mir zu antworten, erhob Alexander sich und kam Schritt für Schritt näher. Seine Anzughose umspannte seine Beine bei jedem Schritt und offenbarte seine trainierten Oberschenkel. Der Anblick fesselte mich, bis er plötzlich dicht vor mir stand. Ich sah ihn an und erkannte nichts mehr von der Gleichgültigkeit, die er normalerweise zur Schau stellte. Stattdessen bohrten seine Augen sich in meine und ich sah … Verlangen? Nein, das bildete ich mir nur ein.

Die Arme noch immer vor der Brust verschränkt, versuchte ich seinem Blick standzuhalten. Vergeblich. Er stand so dicht bei mir, dass ich nichts anderes mehr wahrnehmen konnte.

Sein männlicher Duft vernebelte meine Sinne. Er roch nach Sandelholz und Pinie. Was war nochmal meine letzte Frage gewesen? Hatte ich überhaupt eine Frage gestellt?

Ich musste dringend etwas Abstand zwischen uns bringen. Doch gerade, als ich vor ihm zurückweichen wollte, legte sein Finger sich unter mein Kinn und hob es an, damit ich ihn ansehen musste. Ein einziger Finger nur, aber es reichte, um mich an Ort und Stelle zu ketten.

Kapitel -13-

Alex

Wenn sie meine Gedanken jetzt lesen könnte, würde sie nicht so mutig vor mir stehen, felsenfest davon überzeugt, dass sie eine Chance gegen mich hatte. Wüsste sie, welche Bilder gerade in meinem Kopf entstanden, würde sie rennen.

Mein Blick verharrte auf ihren vollen Lippen, die sich einen spaltbreit öffneten. Kurz vor ihrem Gesicht stoppte ich und lauschte, wie ihre Atmung sich beschleunigte. Mit jeder Sekunde, die ich ihr so nah war, bröckelte ihre selbstbewusste Fassade mehr und mehr, bis Alison sich nervös über die Lippen leckte. Sofort folgten meine Augen der Bewegung ihrer Zunge und eine unfassbare Gier überkam mich, sie festzuhalten und zu kosten, ob ihr Mund genauso verführerisch schmeckte, wie er aussah.

Mit dem letzten bisschen Selbstbeherrschung, das ich bei ihrem Anblick aufbringen konnte, riss ich mich von ihren Lippen los und beugte mich zu ihrem rechten Ohr vor. »Keine Sorge, meine Schöne«, raunte ich und beobachtete, wie die Berührung meines Atems eine Gänsehaut auf ihrem Hals hinterließ. »Wenn ich wollte, würde ich dich kriegen.«

Ich trat einen Schritt näher und umfasste mit einer Hand ihren Hinterkopf. Zwang sie, bei mir zu bleiben. Ihre Augen waren geweitet. Ihre Arme berührten meine Brust, so nahe standen wir uns. Und ich spürte das Zittern, das durch ihren Körper ging. »D…das ist kein Spiel. Ich meine es ernst«, stieß sie hervor und wollte sich aus meinem Griff befreien, was ich nicht zuließ.

»Alison«, raunte ich. »Wer sagt denn, dass ich es nicht ernst meine?«

Amüsiert beobachtete ich, wie sie in meiner Nähe mehr und mehr an Fassung verlor. So kalt, wie sie behauptete, ließ ich sie also doch nicht.

»Ich habe noch eine Bitte«, stammelte sie und versuchte mutig die Schultern zu straffen, wobei die Geste dadurch verloren ging, dass sie mir noch immer nicht richtig in die Augen sehen konnte.

»Was für eine Bitte?«

Meine Konzentration lag noch immer ganz bei ihrem wunderschönen Mund. Und bei dem Gefühl ihres weichen Körpers, der an viel zu vielen Stellen gegen meinen drückte. Trotzdem hätte ich sie am liebsten noch dichter zu mir gezogen, um sie spüren zu lassen, *wie ernst* ich es meinte.

»Ich brauche einen Vorschuss. Zehntausend Dollar.« Ich hätte nicht gedacht, dass etwas mich von diesen vollen Lippen ablenken könnte. Dennoch war es ihr gelungen, die Stimmung mit wenigen Worten völlig umschlagen zu lassen.

»Wofür?«

»Ich muss alte Rechnungen bezahlen«, antwortete sie und hob endlich den Blick. In ihren Augen erkannte ich sofort, dass sie mir nicht die ganze Wahrheit verriet.

»Rechnungen über zehntausend Dollar?«, fragte ich skeptisch, doch sie nickte nur, die Lippen fest aufeinandergepresst. Sie war also nicht bereit, mir mehr Informationen zu geben, aber ich würde schon herausfinden, was ich wissen wollte. Das tat ich immer. Ich überlegte, ob ich ihr ihre Bitte abschlagen sollte. Aber es gab keinen Grund. Zehntausend Dollar waren für mich keine große Investition.

Außerdem machte es keinen Unterschied, ob ich ihr das Geld jetzt gab oder später.

»Ok«, sagte ich bloß und spürte, wie Erleichterung mit einem Ruck durch ihren Körper fuhr. Dann schien ihr klarzuwerden, dass ich sie noch immer festhielt und die Anspannung kehrte zurück.

»Darf ich jetzt gehen?«, flüsterte sie, wobei sie mich unsicher ansah. Ich zögerte meine Antwort hinaus. Genoss den Moment.

»Nein«, antwortete ich. Wenigstens erlöste ich sie und zog meine Hand zurück. Sofort stolperte sie einen Schritt weg von mir, sich dem Anschein hingebend, dass dieser eine Meter sie vor mir schützen konnte. Ich beschloss, ihr dieses Gefühl zu lassen. Vorerst.

»Muss noch etwas besprochen werden?«, fragte sie und griff mit fahrigen Bewegungen nach ihrer Handtasche. »Denn wenn nicht, würde ich jetzt wirklich gern gehen.«

»Das glaube ich sofort, aber was Sie wollen, spielt keine Rolle«, antwortete ich und nahm mein Handy vom Schreibtisch. Während ich zur Tür ging, verstaute ich es in der Innentasche meines Sakkos. »Kommen Sie, wir haben noch viel zu tun.«

Kapitel -14-

Ally

Mit Alexander Preston Schritt zu halten, war gar nicht so einfach. Mit ihm in einem engen Aufzug zu stehen, noch weniger. Dieser Mann hatte ein so forderndes Auftreten, dass er mit seiner bloßen Anwesenheit jeden Raum einnahm. Mir blieb kaum Luft zum Atmen. Was auch an der Tatsache lag, dass sein Blick heiß in meinem Rücken brannte. Ich verstand diesen Mann nicht. Keine Gefühle. Keine privaten Details. Aber Flirten ging in Ordnung? Mal abgesehen davon, dass er meine Keine-Berührungen-Regel innerhalb von zwanzig Sekunden gebrochen hatte. Es brauchte nicht die volle Aufzugfahrt nach unten, damit ich begriff, dass Alexander Preston mit Vorsicht zu genießen war. Ich würde nicht zu einem seiner Spielzeuge werden und mich von seinem Charme einlullen lassen. Er hatte es selbst gesagt. Mit der Ausstellung meines letzten Schecks würde ich aus seinen Gedanken verschwinden. Bis dahin durfte ich nur nicht vergessen, was sich hinter Alexanders attraktiver Hülle verbarg. Ein skrupelloser, kaltherziger Geschäftsmann, der Menschen als Mittel zum Zweck sah. Als sich die Aufzugtüren vor mir öffneten, fühlte ich mich gleich viel besser. Stärker. Bereit, es mit ihm aufzunehmen. Bis sich plötzlich seine Hand auf meinen unteren Rücken legte. Die Berührung ließ meine Entschlossenheit in sich zusammenfallen wie ein Kartenhaus.

»Falsche Richtung«, sagte er und seine Stimme klang viel zu nah. Der Druck seiner Hand verstärkte sich und er führte mich nach links, wo sich eine Tür befand, die mir bisher entgangen war. Kurz davor zog Alexander seine Hand von meinem Körper und hielt mir die Tür auf. Ich ließ mir mein Erstaunen nicht anmerken, als er auch die nächste für mich öffnete. Dann gelangten wir in ein fast leeres Parkhaus. Nur wenige Autos befanden sich darin, ausnahmslos alle davon kosteten ein kleines Vermögen. Alexander steuerte zielstrebig auf das am teuersten aussehende zu. Einen sportlichen Jaguar F-Type in Anthrazit mit schwarzen Felgen. Düster und bedrohlich sah der Wagen aus, aber verdammt sexy.

Als Alexander den Motor startete, hatte sein Duft bereits das gesamte Innere des Autos eingenommen. Angestrengt versuchte ich, nicht die Lider zu senken und seinen Geruch nicht tief einzuatmen. Ich fragte nicht einmal, wo er mich hinbrachte. Fünfzehn Minuten später fuhren wir vor dem *Grand Hyatt Hotel* vor. Die Ärmel meines Pullovers weit über meine Hände gezogen und die Arme vor dem Bauch verschränkt, folgte ich Alexander. Dieser Ort lag weit außerhalb meiner Komfortzone.

»Guten Morgen, Mr. Preston«, begrüßte uns ein Mitarbeiter am Eingang. Mit gestrafften Schultern und geradem Rücken stand er in seiner dunkelroten Samtweste neben einer der Türen und hielt sie den kommenden Besuchern auf. War das seine einzige Aufgabe? Leuten die Tür aufzuhalten? Der Arme. Mitfühlend lächelte ich ihn an. Alexander nickte bloß und führte mich an dem Mann vorbei in das Hotelrestaurant, wo uns sofort einer der Kellner entgegeneilte, um uns mitzuteilen, dass Alexanders üblicher Tisch frei sei. Er begleitete uns und verschwand dann, um im nächsten Moment mit Wasser und den Speisekarten zurückzukehren.

»Sind Sie hungrig?«, fragte Alexander über den Rand seiner Speisekarte und ich schüttelte den Kopf. Nichts von dem, was ich auf der Speisekarte fand, klang, als würde ich es essen wollen. Von der Hälfte der Dinge wusste ich nicht einmal, was sie waren. Selbst auf dem Burger, der mir eigentlich bekannt sein sollte, befanden sich drei Zutaten, die mir nichts sagten. »Dann einen Whisky für mich.«

Während er das bestellte, sah er nicht einmal auf, sondern drückte dem Kellner nur kommentarlos die Speisekarte in die Hand.

»Für mich eine Cola, bitte«, sagte ich an den Kellner gewandt und lächelte.

»Bringen Sie ihr einen Weißwein«, forderte Alex barsch. Bevor ich etwas sagen konnte, hastete der Kellner davon, ohne mir die Möglichkeit zu geben, etwas gegen Alexanders Worte einzuwenden.

»Was sollte das? Ich kann gut für mich selbst entscheiden«, fuhr ich ihn an. Die Unterarme auf den Tisch gestützt, beugte ich mich ein Stück weit vor und fixierte Alexander wütend.

»Sehen Sie das hier als Ihre erste Lektion an. Wenn jemand Sie ernst nehmen soll, trinken Sie verdammt nochmal keine Cola. Wir sind hier nicht bei McDonald's.« Mit offenem Mund starrte ich ihn an, bereit eine Diskussion loszubrechen, auch wenn wir gerade in einem Restaurant waren.

»Was spielt die Wahl meines Getränks für eine Rolle?«, zischte ich leise, um die Leute an den Nachbartischen nicht zu belästigen.

»Eine große. Ab sofort trinken Sie Weißwein, Rotwein oder Champagner. Keine Säfte, keine Softdrinks.«

Ich setzte zum Protest an, als er die Hand hob. »Ich werde das nicht diskutieren. Mein Ruf hängt von Ihrem Verhalten ab. Womit wir zum nächsten Punkt kommen. Heute Abend findet eine Party statt, zu der Sie mich begleiten werden. Also hören Sie gut zu, denn Sie müssen vorbereitet sein.«

Gerade als ich etwas erwidern wollte, kam der Kellner mit unseren Getränken zurück und unterbrach unseren Streit. Ich erinnerte mich wieder an meinen Vorsatz und schluckte meinen Ärger herunter.

Dieser Monat musste zu Alexanders vollster Zufriedenheit verlaufen, um ihm keinen Grund zu geben, mir den Job wegzunehmen und ihn doch Grace zu geben. Ich brauchte das Geld und wenn das bedeutete, dass ich Weißwein trinken musste, solange er bei mir war, würde ich das auch überleben. »Also gut, was muss ich machen? Worauf soll ich achten? Brauche ich was zum Mitschreiben?«

»Die Einstellung gefällt mir«, sagte er und legte endlich sein Handy weg. »Hauptsächlich besteht Ihre Aufgabe darin, nicht negativ aufzufallen. Dass Sie meine Begleitung sind, reicht, damit alle Augen den ganzen Abend auf Sie gerichtet sein werden. Man wird Sie beobachten und versuchen, eine Schwachstelle zu finden. Ihre Schwachstellen sind automatisch auch meine, also sorgen Sie dafür, dass es keine gibt.«

Ich nickte, obwohl meine Brust sich bei der Vorstellung zuschnürte, dass schon heute Abend alle Augen auf mich gerichtet sein würden. »Weiter?«, fragte ich, meine Angst verdrängend.

»Die wichtigsten Personen sind Bill Clark und seine Frau Liane. Bill vergibt einen großen Bauauftrag, den ich unbedingt haben will. Meine Konkurrenten werden versuchen, mich auszustechen. Und da kommen Sie ins Spiel. Während Sie mich bei seiner Frau auf natürliche Weise in ein gutes Licht rücken, finden Sie alles über meine Konkurrenten heraus. Wer sie sind, was sie planen. Einfach alles, was Sie in Erfahrung bringen können. Ich brauche …«

»Moment«, unterbrach ich ihn. »Wie genau soll ich das anstellen? Sie in ein gutes Licht rücken? Und warum ist das überhaupt wichtig?«

»Weil Bill keine Entscheidung ohne seine Frau trifft. Deshalb ist es wichtig. Und wie Sie das anstellen? Lassen Sie sich was einfallen. Werden Sie kreativ. Hauptsache Liane sieht mich am Ende als liebevollen, fürsorglichen und vertrauenswürdigen Partner.«

Langsam schwirrte mir der Kopf. Ich hatte geglaubt, dass es ganz einfach werden würde. Ich ging zu ein paar Veranstaltungen und ertrug Alexanders Gesellschaft. Aber das hier klang nach richtiger Arbeit. Und ihn als Ritter in schimmernder Rüstung dastehen lassen? Nahezu unmöglich. Ich konnte nur hoffen, dass mir ein paar glaubwürdige Lügen einfielen.

»Das Ziel ist es, dass Sie sich in Lianes Freundeskreis integrieren und möglichst viel Zeit mit ihr verbringen. Nur so können Sie das Gespräch unauffällig auf den Deal lenken und an weitere Informationen kommen. Trauen Sie sich das zu?«

Ich bejahte, obwohl ich mir da nicht so sicher war.

»Klar, alles kein Problem. Ich mach das schon.«

Irgendwie. Wie genau, das musste ich mir noch überlegen. Und zwar schnell.

Kapitel -15-

Ally

Ich hätte gern Zeit gehabt, mich an die Situation zu gewöhnen, aber als Alexander mit seinem Briefing fertig war, blieb nur Gelegenheit für eine Tasse Kaffee und eine schnelle Dusche. Gott sei Dank war Pete nicht da, deswegen riskierte ich es. Zumindest frisch machen wollte ich mich, wenn ich heute Abend in die Höhle des Löwen ging. Während ich an meinem lauwarmen Kaffee nippte, schweiften meine Gedanken zurück zu den letzten Stunden mit Alexander. Ich hatte Beziehungen gehabt und meine Erfahrungen mit Männern gesammelt, wenn auch nicht viele. Aber keiner von ihnen ähnelte Alexander Preston. Dieser Mann strahlte etwas aus, mit dem ich nie zuvor konfrontiert worden war. Selbstvertrauen, Dominanz. Bei der Erinnerung, wie selbstverständlich er von seiner Sekretärin und dem Blowjob geredet hatte, schossen tausend verbotene Bilder durch meinen Kopf. Bilder, die ich am liebsten sofort vertreiben würden, die sich jedoch in mein Gehirn brannten.

Seufzend schluckte ich den letzten Rest Kaffee herunter und schnappte mir meine Handtasche. Wenn ich pünktlich kommen wollte, musste ich mich beeilen. Und das wollte ich, denn ich hatte keine Lust auf unnötige Diskussionen mit Alexander. Mein Ziel war es, den Abend so schnell wie möglich hinter mich zu bringen und mich dann wieder in mein Bett zu kuscheln, denn ich war wirklich verdammt müde. Normalerweise schlief ich jetzt und stand in ein paar Stunden erst auf, um in die Bar zu gehen. Für heute Abend hatte ich John abgesagt, mit der Ausrede, dass ich fiese

Unterleibsschmerzen hatte. Das war wie ein magisches Wort, denn sobald es fiel, beendete John das Gespräch und wollte nichts mehr hören von dem *Weiberkram.*

Als ich das Haus verließ und zur U-Bahn-Station lief, schien zum ersten Mal seit Tagen die Sonne. Zwar war es kalt, aber wenigstens hellte der Himmel sich endlich auf und bestand nicht mehr nur aus einer grauen Wolkendecke. Bald würde der Frühling anbrechen und es gab nichts Schöneres als New York zu dieser Jahreszeit. Wenn alles blühte, die Plätze vor den Restaurants belebt waren und die Leute nach einem harten Winter endlich wieder ihre Wohnungen verließen. Für ein paar Tage sah man kaum ein mürrisches Gesicht. Alle waren glücklich und begrüßten die Sonne. Designer brachten ihre neuen Frühjahrskollektionen raus und das Stadtbild verwandelte sich von einer grauen und schwarzen Masse aus Wintermänteln in ein frohes Spektakel in den Trendfarben der Saison.

Ich checkte nochmal die Adresse auf meinem Handy, die Alexander mir geschrieben hatte und stieg in die richtige Linie ein. Selbstverständlich wohnte er auf der Upper Eastside. Wo auch sonst. Kurz schoss mir durch den Kopf, wie wunderschön es sein musste, wenn man in einem der Apartments direkt am Central Park wohnte. Hoch oben mit Blick über die gesamte grüne Oase, die wie eine Insel mitten in der Stadt lag. Wie man morgens am Fenster stehen, Kaffee trinken und den Sonnenaufgang über den Bäumen beobachten konnte. Und obwohl der Gedanke wunderbar war, konnte ich mir beim besten Willen nicht vorstellen, dass Alexander Preston auch nur das Geringste für die Aussicht aus seinem Wohnzimmerfenster übrighatte.

Nach einer viel zu langen Fahrt in der stickigen U-Bahn japste ich beim Ausstieg gierig nach Luft. Ich hasste die Dinger. Zu Fuß legte ich die letzten Meter zurück, wobei ich mich vom Navi auf meinem Handy leiten ließ. An meinem Ziel angekommen, musste ich dennoch mehrmals nachschauen, um sicher zu sein, dass ich hier richtig war. Denn statt zu einem Wohnhaus hatte das Navi mich direkt vor ein weiteres nobles Hotel geführt. Die Adresse stimmte. Verwirrt musterte ich den roten Teppich, der über den Eingangsstufen ausgerollt worden war. Langsam nahm ich eine Stufe nach der anderen, wobei ich mich immer wieder verwirrt umsah. So wirklich sicher war ich mir nämlich nicht, dass ich hier richtig war. Bis der Portier mich ansprach.

»Sie müssen Ms. Mackenzie sein«, stellte er fest. Er war vermutlich im selben Alter wie mein Dad. Graue Haare fielen ihm in geringelten Locken bis zu den Ohren hinab. Sein Gesicht war rundlich und glatt rasiert. Die Uniform saß tadellos. Langsam nickte ich. »Ja, das bin ich.«

»Mr. Preston hat ihr Kommen bereits angekündigt. Er erwartet Sie in der Lobby.«

Als Alexander gesagt hatte, dass es zwischen uns keine privaten Details gab, hatte ich mit einigem gerechnet, aber nicht damit, dass er sich künftig immer in Hotels mit mir treffen wollte. Was dachte er, dass ich eine verrückte Stalkerin war, mich unsterblich in ihn verliebte und seine Wohnung belagerte?

Ich folgte dem Portier ins Innere des Hotels und wenn ich gedacht hatte, dass es von außen schon nobel aussah, fielen mir jetzt beinahe die Augen aus dem Kopf. Der Boden bestand aus hellem Marmor mit einigen orientalisch angehauchten Teppichen darauf. Die Decken waren meterhoch und verziert mit Gemälden und Kronleuchtern in den unterschiedlichsten Größen. Gegenüber vom Eingang befand sich die Rezeption, deren Theke aus dunklem Holz bestand. Dahinter wartete ein ebenso makellos herausgeputzter Rezeptionist auf seinen Einsatz. Mit einer galanten Handbewegung deutete der Portier nach links, wo sich ein Durchgang hin zur Lobby befand. Die dicken Teppiche dämpften das Geräusch meiner Schritte, als ich unsicher darauf zuging und einen Blick in den angrenzenden Raum warf. Möbel und Tische waren aus Holz und wiesen zahlreiche Verschnörkelungen und Schnitzereien auf. Die Sitzpolster hatte man in einem tiefen Samtrot gehalten und am hinteren Ende des Raums befand sich eine lange Bar. Auf den Regalen dahinter stapelten sich Flaschen mit Alkohol. Whisky, Wodka, Rum, Wein, alles, was das Herz begehrte und davon nur das Teuerste, wie ich vermutete. Nicht zu vergleichen mit dem Schmodder, den John anbot.

Ich ließ meinen Blick durch den Raum gleiten, bis er an einem breiten Rücken hängenblieb. Die Arme auf die Theke gestützt, saß Alexander an der Bar. Vor sich ein Glas Whisky. Als ich mich ihm näherte, straffte er die Schultern und drehte sich ruckartig um, nur um mich im nächsten Moment wie ein Raubtier zu fixieren.

»Du bist zu spät«, begrüßte er mich steif. Aber wenigstens ließ er dieses Mal das förmliche und völlig unnötige Sie weg.

»Wir müssen erst in vier Stunden bei der Party sein. Das kann man wohl kaum zu spät nennen.«

Das Glas an den Lippen, legte er den Kopf in den Nacken und leerte seinen Whisky in einem Zug. Dann erhob er sich und lief an mir vorbei, ohne mich dabei anzusehen. »Beeil dich, wir haben noch viel zu tun.«

»Zu tun? Was denn?«, rief ich und rannte ihm durch den Eingangsbereich hinterher, was mir einen missbilligenden Blick des Rezeptionisten einbrachte. Vor dem Aufzug holte ich Alexander ein und quetschte mich nach ihm durch die Türen. Sobald sie sich schlossen, wurde ich mir bewusst, wie nahe ich ihm war. Ich spürte die Hitze seines Körpers neben mir. Wenn ich mich ein Stückchen nach links lehnen würde, könnte ich seinen Arm berühren.

»Was haben wir zu tun?«, wiederholte ich meine Frage von eben.

»Du musst zurechtgemacht werden. So wie du rumläufst, nimmt dir keiner ab, dass du meine Freundin bist. Die Damen, die heute Abend anwesend sein werden, tragen für gewöhnlich keine Sneakers und ausgewaschene Jeans. Zu keinem Anlass.«

»Oh, ich bitte um Verzeihung. Meine pompösen Designerabendroben sind gerade alle in der Reinigung«, scherzte ich. Seine Mundwinkel bewegten sich keinen Millimeter und ich rollte mit den Augen. Der Mann hatte wirklich keinen Humor. Schweigend folgte ich ihm durch einen langen Flur, bis hin zu einer Tür aus dunklem Holz. Alexander ließ mir den Vortritt, doch nach zwei Schritten blieb ich wie angewurzelt stehen.

»Ich fasse es nicht«, murmelte ich ungläubig und betrachtete staunend die Kleider, die auf einem mobilen Ständer mitten im Raum hingen. Alles andere war vergessen. Ich durchquerte das Zimmer, das nur nebenbei bemerkt eine verdammte Suite war, pfefferte meine Tasche auf einen schicken Hocker und griff nach einem marineblauen Kleid. Sanft ließ ich den seidigen Stoff zwischen meinen Händen hin und her gleiten. Er war so geschmeidig, am liebsten hätte ich mein ganzes Gesicht daran gerieben. Als nächstes entdeckte ich eine weinrote Abendrobe, die bis zum Boden reichte. Der trägerlose Herzausschnitt wurde von schwarzen Steinen gesäumt. Als sie im Sonnenlicht schimmerten, das durch die hohen Fenster hineinfiel, schnappte ich nach Luft. Es war wunderschön und ausgesprochen kostbar. Ein leises Lachen ließ mich zusammenzucken. Verlegen trat ich einen Schritt zurück, brachte es jedoch nicht über mich, die Kleider ganz loszulassen. »Du kannst sie alle anprobieren und dir das aussuchen, das dir am besten gefällt.«

»Danke«, sagte ich aufrichtig und lächelte ihn an. »Das ist sehr aufmerksam.«

Schließlich hätte er genauso gut das Kleid für mich aussuchen können, statt mir die Wahl zu lassen. Der plötzliche Stimmungswechsel brachte ihn sichtbar aus dem Konzept. Einen Moment lang starrte er mich an, öffnete den Mund und schloss ihn wortlos wieder, nur um sich im nächsten Moment zu räuspern. Dann gewann er seine Fassung zurück.

»Gleich wird jemand bei dir sein, um sich um dich zu kümmern«, verkündete er knapp und ohne mich anzusehen. »Ich muss noch schnell etwas erledigen, komme dich aber pünktlich abholen.« Dann zog er die Tür hinter sich zu und ließ mich allein in der riesigen Suite zurück. Ich widmete mich wieder den Kleidern und konnte es nicht fassen, dass ich tatsächlich eines von ihnen tragen würde.

Kapitel -16-

Ally

Es fühlte sich wie eine Ewigkeit an, bis ich meinen Blick von den Kleidern losreißen konnte und den Rest des Raumes überhaupt erst wahrnahm. Ich befand mich im Wohnbereich, der an einem offenen Durchgang an das Schlafzimmer grenzte. Wie schon in der Lobby waren auch hier alle Möbel aus edlem Holz mit eleganten Verzierungen. Gerade als ich mich genauer umsehen wollte, ertönte ein Klopfen an der Tür. Noch bevor ich »Herein« rufen konnte, wurde sie aufgedrückt und eine beleibte Frau mit blondem Haar zwängte sich hindurch, einen kleinen Wagen vor sich herschiebend, den sie direkt neben mir und den Kleidern platzierte.

»Guten Abend«, setzte ich unsicher zum Gruß an und hob unbeholfen die Hand.

»Sie sind Alison?«, fragte die Frau und ich vernahm deutlich den russischen Akzent in ihrer Stimme. »Mr. Preston schickt mich, um Sie für die Party zurechtzumachen.«

»Klar, meinetwegen können wir gleich loslegen.«

Insgeheim freute ich mich auf das Umstyling, seit Alexander es erwähnt hatte. Ich konnte mich kaum an meinen letzten Friseurbesuch erinnern und jetzt bekam ich das volle Beauty-Programm.

»Sehr gut. Ich bin Ivana«, stellte sie sich vor, während sie bereits mit dem Auspacken der Schminkutensilien anfing. »Uns bleibt nur wenig Zeit, am besten springen Sie schnell unter die Dusche, während ich alles vorbereite.«

Zuhause hatte ich zwar schon geduscht, aber wenn das Bad genauso pompös aussah wie der Rest des Hotels, wollte ich mir das keinesfalls entgehen lassen. Weswegen ich ohne Proteste gehorchte. Ein Blick auf die riesige Dusche mit dem ebenerdigen Fliesenboden und dem gigantischen Duschkopf bewies, dass es die richtige Entscheidung gewesen war. Dreißig Sekunden später stand ich unter dem wohlig warmen Wasserstrahl.

Gemächlich seifte ich mir die Haare mit einem Shampoo ein, das stark nach Limette roch und griff nach der Waschlotion, um mich gründlich einzuseifen. Sogar ein Schwämmchen lag hier, womit ich meine Haut so lange sauber schrubbte, bis sie rot glänzte. Ich dachte schon, es könnte nicht mehr besser werden, da entdeckte ich die Massagefunktion und genoss die dicken Tropfen, die schnell und hart auf meine Schultern prasselten.

Meinetwegen hätte ich stundenlang so weitermachen können, aber viel zu früh rief Ivana mir zu, dass sie soweit sei und wir anfangen könnten. Schweren Herzens trennte ich mich von der Dusche, trocknete mich mit einem der flauschigen Handtücher ab und nahm mir dann einen der vorgewärmten Bademäntel.

»Wir fangen mit den Nägeln an und während die trocknen, kümmere ich mich um Ihr Gesicht«, verkündete Ivana und bedeutete mir, in dem Sessel Platz zu nehmen, den sie vor den Spiegel geschoben hatte.

»Klingt himmlisch«, entgegnete ich und meinte es auch so. Nagellack hatte ich zuletzt an der Uni aufgetragen. Generell legte ich damals sehr viel mehr Wert auf mein äußeres Erscheinungsbild. Aber seitdem war viel passiert und

Augenbrauen zupfen war eine der letzten Sachen, für die ich in meinem stressigen Alltag Zeit fand. Umso mehr wollte ich es jetzt genießen. Entspannt lehnte ich mich im Sessel zurück und ließ Ivana ihre Arbeit machen.

»Ich schlage ein dezentes Make-up vor, vielleicht einen hellbraunen Lippenstift und ein wenig Lidschatten. Nicht zu viel, denn es sollte möglichst natürlich aussehen. Daher würde ich auch auf einen knalligen Nagellack verzichten und zu einem gedeckten Farbton greifen«, schlug Ivana vor.

»Gern«, antwortete ich.

»Wie, keine Diskussionen? Sie wollen keine Smokey Eyes, rote Lippen oder knallige Nägel?«

Sie klang überrascht, was wiederum mich verwunderte.

»Nein, dezent gefällt mir.« Die roten Lippen überließ ich Grace.

»Halleluja, endlich eine Frau, die mich in Ruhe meine Arbeit machen lässt.«

Ihre Reaktion ließ in mir die Frage entstehen, mit was für Frauen sie es normalerweise zu tun hatte. Aber ich schluckte sie herunter, denn mein Bauchgefühl sagte mir, dass dies die Art von privaten Details waren, die laut Alexander nichts in unserer Geschäftsbeziehung zu suchen hatten. Ivana schien davon allerdings nichts gehört zu haben, denn im Laufe des Abends stellte sie sich als sehr gesprächig heraus. Während sie meine Nägel lackierte, meine Augenbrauen zupfte und meine Haare in Lockenwickler legte, sprudelten die Worte aus ihr hervor wie Wasser aus einer Fontäne. Ich erfuhr, dass sie seit fünfundzwanzig Jahren für die Prestons arbeitete. Zunächst als Alexanders Kindermädchen und nachdem er herangewachsen war, als Mädchen für alles.

»Ich hatte damals eine Menge anderer Jobangebote«, erzählte sie, während sie meine Haare mit ein paar Nadeln aus meinem Gesicht steckte, damit sie mit dem Make-up anfangen konnte. »Aber die Prestons waren immer gut zu mir und ich liebte Alexander. Nachdem seine Mutter damals starb, war er allein mit seinem Vater. Ich brachte es nicht über mich, ihn zu verlassen. Also blieb ich. Bis heute habe ich es nicht einen Tag lang bereut.«

Ihre Worte brachten meinen Magen zum Rumoren. Nervös knetete ich meine Hände. Wenn Alexander erfuhr, welche Einblicke Ivana mir in sein Privatleben offenbarte, würde es sie und mich in große Schwierigkeiten bringen. Die Information über seine verstorbene Mutter überschritt eindeutig eine Grenze. Eine, derer Ivana sich nicht bewusst zu sein schien. Und jetzt, wo wir sie einmal überschritten hatten, musste ich gestehen, dass meine Neugier geweckt worden war. Alexander würde niemals von diesem Gespräch erfahren, außerdem ließ es sich jetzt nicht mehr rückgängig machen. Da konnte ich die Chance genauso gut nutzen und mehr über ihn erfahren.

»Wie kam er dazu, so früh ein eigenes Unternehmen zu gründen? Ich meine nicht, dass es schlecht ist. Es ist unglaublich, zu welchem Erfolg er *Preston Holdings* geführt hat, aber er war so jung.«

Selbstverständlich hatte ich ein wenig recherchiert. Wenn meine Quellen nicht logen, hatte Alexander kurz nach seinem achtzehnten Geburtstag mit den Planungen für das Unternehmen angefangen. Heute war er achtundzwanzig und *Preston Holdings* gehörte bereits seit Jahren zu den Top Playern am Immobilienmarkt.

»Sein Vater«, antwortete Ivana mit Schwermut in der Stimme. »Er hat immer sehr viel Druck auf Alexander ausgeübt. Eigentlich sollte er das Familienunternehmen weiterführen. Schließ bitte die Augen, damit ich den Lidschatten auftragen kann.«

Ihre Antwort warf tausend weitere Fragen auf, aber ich erinnerte mich an meinen Vorsatz, mich soweit wie möglich von Alexander fernzuhalten. Das beinhaltete auch, dass ich unnötige Informationen zu seiner Person ausblendete. Mich musste nur der Deal interessieren und wie ich meine Arbeit gut machen konnte. Alles andere würde ich ignorieren. Dass er keine leichte Kindheit gehabt hatte, ging mich nichts an.

Ein letzter Pinselstrich, dann ließ Ivana von mir ab und musterte das Ergebnis zufrieden. »Sehr schön. Jetzt suchen wir dir noch ein Kleid aus und dann darfst du in den Spiegel schauen.«

Die Wahl fiel mir nicht schwer, denn seitdem ich es gesehen hatte, war mein Herz an dem weinroten Abendkleid hängengeblieben. Ivana half mir hinein und als sie den Reißverschluss am Rücken zuzog, wusste ich, auch ohne es zu sehen, dass es wie eine zweite Haut saß. Perfekt, als wäre es eigens für mich gemacht worden.

»Im Schlafzimmer hängt ein großer Spiegel«, informierte Ivana mich und sah mich verzückt an. Aus dem Spiegel starrte mir eine Fremde entgegen. Langsam trat ich näher. Durch das geschickte Make-up wirkten meine Augen viel größer als vorher. Meine Wimpern waren dank der Mascara dicht und lang. Ein helles Braun schimmerte auf meinen Lippen und ließ sie voller wirken.

Meine Haare sahen aus, als stammten sie aus einer dieser Werbungen für super teure Haarpflegeprodukte. Sie glänzten und fielen in leichten Wellen auf meine Schultern über meinen Rücken. Als ich darüber strich, hätte es ebenso Seide sein können, die sich unter meinen Fingern befand. Und dann erst das Kleid. Bedächtig strich ich mit beiden Händen über den Stoff, der sich am Oberkörper eng an meine Haut schmiegte und nach unten hin etwas weiter ausfiel.

Ich dachte daran, wie ich im letzten Jahr wieder und wieder die Regale der Heilsarmee durchwühlt hatte, um halbwegs brauchbare Kleidung zu finden. Wie ich an Schaufenstern vorbeigelaufen war und mir irgendwann angewöhnt hatte, nicht mehr hinzusehen. Stockend hob und senkte sich mein Brustkorb, obwohl ich bereits mit aller Kraft um meine Fassung rang. Ich wollte jetzt auf keinen Fall losheulen. Als Ivana das Schlafzimmer betrat und hinter mir im Spiegel auftauchte, strich ich mir schnell eine Träne aus dem Augenwinkel.

»Danke«, flüsterte ich leise, nicht mehr imstande, meine Emotionen zu unterdrücken. Plötzlich freute ich mich auf den Abend, statt mich vor ihm zu fürchten. Was auch immer auf mich zukam, ich wollte den heutigen Tag genießen. Wollte das Beste daraus machen, damit ich mir morgen früh, wenn ich wieder in meinem schäbigen, durchgelegenen Bett aufwachte, sagen konnte, dass ich jede Sekunde voll ausgekostet hatte.

Kapitel -17-

Alex

Mit jeder Minute, die ich in der Bar wartete, wurde ich nervöser. Mir fielen dutzende Dinge ein, die heute Abend schiefgehen konnten. Ich Trottel hatte vergessen, mir eine glaubwürdige Geschichte für uns auszudenken. Irgendwie mussten wir uns schließlich kennengelernt haben. Wieso hatte ich nicht früher daran gedacht? Was, wenn man unsere Scharade durchschauen würde? Oder wenn … meine Gedanken wurden von leisem Gemurmel unterbrochen und der Tatsache, dass jeder in der Hotelbar sich dem Eingang zuwendete. Ich folgte ihren Blicken und alle Gedanken in meinem Kopf erstarben augenblicklich.

Alison stand im Eingang und sah einfach umwerfend aus. Ivana hatte ganze Arbeit geleistet, aber ich wusste, dass nicht einmal die Hälfte davon ihr Verdienst war. Mir war gleich bei der ersten Begegnung aufgefallen, wie anmutig, wie schön Alison war. Mit ihren großen Augen und ihren vollen Lippen, den weichen und gleichzeitig markanten Gesichtszügen. Ihre Anwesenheit erfüllte den Raum. Ohne dass sie es wusste, zog sie die ganze Aufmerksamkeit auf sich, auch wenn sie nur in abgetragenen Turnschuhen und einem weiten Pullover herumlief. Aber gerade jetzt bestand kein Zweifel daran, dass sie für dieses Kleid geboren worden war. Egal, wer heute Abend anwesend sein würde, Alison würde sie alle in den Schatten stellen.

Verlegen stand sie im Eingang und blickte sich suchend nach mir um. Als sie mich fand, straffte sie die Schultern etwas, ließ sich aber dennoch anmerken, dass ihr die plötzliche Aufmerksamkeit unangenehm war. Unwillkürlich musste ich schmunzeln. Die Frauen, mit denen ich normalerweise verkehrte, waren sich ihrer Wirkung auf Männer mehr als bewusst und setzten sie allzu gern ein, um ihren Willen zu bekommen. Alison hingegen hatte absolut keine Ahnung, was sie mit mir anstellte. Am liebsten hätte ich sie an mich gerissen und vor den gierigen Blicken der Männer versteckt. Was lächerlich war. Sie spielte schließlich nur meine Freundin. Außerdem beanspruchte ich Frauen niemals für mich. Es war mir egal, mit wem sie außer mir noch schliefen. Letztlich ging es mir nur um Spaß. Aber gerade in diesem Moment hätte ich einem Mann vermutlich den Arm gebrochen, hätte er versucht, sie zu berühren.

Ich versuchte dieses Gefühl zu unterdrücken und dagegen anzukämpfen. Das war nicht ich. Ich wurde nicht eifersüchtig. Aber als Alison vor mir stehen blieb, die Brüste durch das enge Kleid auf verboten gute Weise angehoben, ihr betörender Duft mir in die Nase stieg und sie ein schüchternes »Hey«, hauchte, vergaß ich für ein paar Sekunden allen Ernstes meinen eigenen Namen.

»Hey«, raunte ich meinerseits zurück und erkannte meine eigene Stimme kaum, so belegt klang sie. Herrgott, was passierte hier? Ich musste unbedingt cooler werden. »Du siehst unglaublich aus.« Am liebsten hätte ich mir mit der flachen Hand vor die Stirn geschlagen. Hatte ich das gerade wirklich gesagt? Und das in diesem schmalzigen Ton? Himmel. Aber das Lächeln, das daraufhin Alisons ganzes Gesicht strahlen ließ, weckte in mir den Wunsch, ein beknackter Romeo zu werden.

»Danke. Du siehst auch toll aus.«

Sie ließ den Blick über meinen schwarzen Anzug gleiten. Dazu trug ich eine weinrote Krawatte, perfekt auf ihr Kleid abgestimmt. Ivana hatte mir gesimst, für welches Alison sich entschieden hatte. Sicherheitshalber hatte ich zu jedem Kleid eine passende besorgen lassen. Ich war gern auf alles vorbereitet. Aber gerade jetzt fühlte ich mich mehr denn je mitten ins kalte Wasser geworfen.

»Wollen wir?«, fragte ich und hielt mich nur schwer davon ab, ihr meinen Arm zum Einhaken anzubieten. Stattdessen ließ ich ihr den Vortritt und nutzte die Chance, um einen Blick von hinten auf sie zu erhaschen. Der Portier öffnete uns die Tür und entließ uns in die kühle Abendluft. In wenigen Schritten erreichten wir meinen Mercedes, den ich für solche Anlässe nutzte und den der Chauffeur bereits vor einer halben Stunde vorgefahren hatte.

Galant hielt ich Alison die Tür auf und bot ihr meine Hand an, um ihr beim Einstieg zu helfen. Zögernd trat sie näher und musterte sie. Sofort bereute ich die Geste und wollte die Hand gerade zurückziehen, als sie danach griff. Ihre weiche Haut berührte meine, für einige Sekunden schmiegten ihre zarten Finger sich in meine rauen Hände. Dann saß sie im Wagen und das ungewohnte Gefühl war verschwunden.

Angespannt ließ ich mich neben ihr in die Lederpolster sinken. Mein Blick richtete sich starr geradeaus, während ihrer aus dem Fenster schweifte. Der Chauffeur startete den Wagen und in den ersten Minuten wechselten wir kein Wort miteinander. Das Schweigen war unangenehm, aber ich hätte auch nicht gewusst, wie ich es brechen sollte. Und warum.

»Ich saß noch nie in so einem schicken Auto.« Ein schüchternes Lächeln umspielte ihre Lippen, als sie mir ihren

Kopf zudrehte und auf eine Antwort wartete. Ich hasste Smalltalk. Deswegen fuhr ich für gewöhnlich ohne Begleitung.

»Wir sollten die Fahrt nutzen und uns eine gute Geschichte überlegen«, antwortete ich. Ihren ursprünglichen Gesprächsversuch ignorierte ich.

»Was für eine Geschichte?«

»Wie wir uns kennengelernt haben. Es wird Fragen geben und unsere Antworten sollten aufeinander abgestimmt sein.«

Kurz überlegte sie. »Dann sagen wir ihnen einfach, dass wir uns in der Kneipe kennengelernt haben, in der ich kellnere«, schlug sie vor. Tatsächlich wirkte sie sehr zufrieden mit ihrer Idee. Wenn es doch so einfach wäre.

»Ich kann gar nicht sagen, aus wie vielen verschiedenen Gründen das eine dumme Idee ist«, holte ich sie auf den Boden der Tatsachen zurück.

»Na, da bin ich mal gespannt.«

»Zum einen würde ich niemals in eine Kneipe gehen. Erst recht nicht, wenn sie sich in Brooklyn befindet. Zum anderen erwartet man von mir, dass ich mit Models ausgehe, nicht mit Kellnerinnen.«

Ihr Gesichtsausdruck wechselte von entspannt zu verletzt in weniger als zwei Sekunden. Am liebsten hätte ich mir selbst eine Ohrfeige verpasst. Aber es war die Wahrheit. Die Reichen blieben gern unter sich und wer eine Kellnerin in diese Kreise brachte, machte sich nicht beliebt.

»Hör zu, so war das nicht gemeint«, versuchte ich meinen Worten die Härte zu nehmen. »Ich wollte damit nur sagen, …«

»Nein, ich habe schon verstanden, wie es gemeint war. Keiner wird erfahren, dass du dich mit einer Kellnerin rumtreibst. Keine Sorge.«

Ich öffnete den Mund, um zu widersprechen und ihr zu sagen, dass nicht ich es war, der so dachte. Aber das wäre gelogen. Denn es war erst ein paar Tage her, seit ich sie mit ihrem Lebenslauf fertiggemacht hatte anstatt ein Bewerbungsgespräch mit ihr zu führen. Ich hatte ihr keine Chance geben wollen, stattdessen benutzte ich sie für meine Zwecke und bot ihr einen Job als Escort-Mädchen an. Ich war vieles. Ein Egoist. Ein chauvinistisches Arschloch. Ein Lügner und alles andere als ein Feminist. Aber eine Sache war ich nicht, rückgratlos. Also hielt ich meinen Mund und ließ sie mich berechtigterweise hassen. Wir nutzten die knapp dreißigminütige Autofahrt, um meine Version unseres Kennenlernens zu besprechen. Alison nickte und antwortete nur, wenn ich ihr eine direkte Frage stellte. Ansonsten starrte sie schweigend aus dem Fenster. Jedes Mal, wenn ich nach einem Gesprächsansatz suchte, damit sie mich endlich wieder ansah, erinnerte ich mich an meine eigenen Regeln und weshalb ich sie aufgestellt hatte. Kein Smalltalk, keine privaten Details, keine Freundschaft etc. Das hier war ein berufliches Treffen. Und nur weil diese Frau es schaffte, dass ich zum ersten Mal in meinem Leben so etwas wie Gewissensbisse verspürte, hieß das nicht, dass ich das alles vergaß. Es gab Gründe, weshalb ich mein Leben lebte, wie ich es lebte. Und diese Gründe wogen schwerer als Alison Mackenzies verurteilender Blick.

Kapitel -18-

Ally

Zum Glück war Alexander Preston kein Mensch, der sein wahres Gesicht lange verbergen konnte. Seine ungewohnte Nettigkeit, die schönen Kleider und dieses luxuriöse Hotel hatten mir die Sicht vernebelt. Fast hatte ich angefangen ihn zu mögen. Aber nur fast. Gott sei Dank hatte er mich rechtzeitig daran erinnert, wer er war. Was für ein Typ Mensch. Einer von denen, die sich selbst für etwas Besseres hielten. Die glaubten, dass ihnen die Sonne aus dem Arsch schien, weil sie reich waren. Der Kerl war sich zu schade, um mit einer Kellnerin gesehen zu werden, aber das Klischee vom Boss, der seine Mitarbeiterin fickt, erfüllte er gern. Vermutlich hatte er dabei überhaupt keine Bedenken gehabt.

Aber es war mir egal. *Er* war mir egal. Wie er sein Leben führte oder was er für Ansichten hatte, ging mich nichts an. Es spielte keine Rolle, denn in einem Monat würde ich ihn nie wiedersehen. Ich musste nur diese vier Wochen überstehen. Und den heutigen Abend. Stumm erinnerte ich mich selbst an meinen Vorsatz, diesen Abend, dieses Kleid, dieses Make-up, einfach alles zu genießen.

Alexanders Anweisung zufolge, sollte ich mich an die Frauen halten. Diese Mrs. Clark schien ihm besonders wichtig zu sein. Die Ehefrau seines potentiellen Geschäftspartners und wie es sich anhörte, kein besonders großer Fan von ihm. Was für eine Überraschung. Mein Job war es, ihn bei ihr anzupreisen, als wäre er eine prächtige Bio-Erdbeere, frisch vom Feld, handgepflückt, wie es sie kein zweites Mal gab. Gar nicht so einfach, wenn man bedachte, dass das, womit ich in Wirklichkeit arbeitete, eher einer verkümmerten Rosine glich.

Als wir endlich das Metalltor passierten und die lange Auffahrt hochfuhren, konnte ich meine Nervosität kaum verbergen. Wenn ich heute Abend versagte, würde Alexander den Deal sicher platzen lassen und ich konnte das Geld vergessen. Dabei brauchte ich es wirklich dringend. Mrs. Kelly hatte auf meine Nachricht geantwortet, dass sie mir bis zum Ende dieser Woche Zeit gab, ihr einen Scheck vorbeizubringen. Mehr konnte sie nicht für mich tun, also durfte jetzt nichts schiefgehen.

LED-Fackeln warfen ein romantisches Licht auf die Bäume und Gebüsche, die die Auffahrt säumten. Die Straße verlief in einer weiten Kurve, die Pflanzen fanden ein abruptes Ende und plötzlich tauchte eine Villa am Schluss der Straße auf, lichtdurchflutet und umgeben von einem Meer aus grünem Gras. Ich hatte etwas Protziges erwartet, mit Marmorsäulen, fünfzehn Gästezimmern und Skulpturen vor dem Treppenaufgang. Und genau das bekam ich.

Vor der Eingangstür hielt der Chauffeur den Wagen an. Ein junger Mann im Anzug kam uns entgegen und öffnete die Autotür. »Guten Abend, Sir. Herzlich willkommen«, richtete er sich mit einer leichten Verbeugung seines Oberkörpers an Alexander. Ein weiterer Mann löste sich aus dem Schatten der Bäume und öffnete die Tür auf meiner Seite, gerade als ich es selbst tun wollte. Meine Hand lag noch am Türgriff, weshalb es mich ruckartig nach vorn riss. Ich gab einen überraschten Laut von mir und blickte dann peinlich berührt zu meinem Gegenüber auf. Doch er ignorierte meine Tollpatschigkeit höflicherweise und lächelte bloß freundlich. »Guten Abend, Miss.«

»Hi«, ächzte ich, weil aus einem Auto auszusteigen mit einem engen bodenlangen Kleid wirklich nicht einfach war. Der junge Mann war so freundlich, mir seine Hand zu reichen.

Vor der Treppe wartete Alexander auf mich. Mit einer sanften Bewegung hielt er mich zurück, als ich ohne ihn hochsteigen wollte. Wiederwillig drehte ich mich zu ihm um und sah, dass er mir seine Hand hinhielt.

»Es wäre überzeugender, wenn du meine Hand hältst. Du kannst mich natürlich auch weiterhin ignorieren, aber dann wird das hier ein ganz schön langer Abend«, sagte er leise, sodass niemand außer uns es hören konnte. Ein leichtes Lächeln umspielte seine Lippen. Er hatte recht. Ich war als seine Freundin hier, da konnte ich ihn wohl schlecht den ganzen Abend ignorieren. Seufzend ergab ich mich und legte meine Hand in seine. Aber diese Berührung war anders. Vorhin am Hotel hatte ein gewisser Zauber in der Luft gelegen. Als wäre alles um uns herum elektrisch geladen und als ich Alexanders Haut berührte, durchfuhr mich ein heftiges Prickeln. Dieses Mal fehlte es und gerade, als ich dachte, dass der Zauber verflogen war, holte er ihn zurück. Sein Mund näherte sich mir und sein warmer Atem traf auf mein Ohr. Die kleinen Härchen in meinem Nacken stellten sich auf und ein Schauder ergriff mich, als er seine nächsten Worte in mein Ohr raunte.

»Bist du bereit?«

Drei kleine Worte und sein Daumen, der sanft über meine Wange fuhr, bis hin zu meinem Mundwinkel, wo er kurz verharrte. Der Ausdruck seiner Augen so intensiv, dass es mich fast verbrannte.

Genau da wurde die Haustür geöffnet. Ein heller Lichtschein fiel direkt auf uns und eine weibliche Stimme durchdrang das Rauschen in meinen Ohren und brach den Bann, den sein Blick auf mich ausübte.

»Alexander, Darling. Wir haben schon auf dich gewartet. Komm endlich rein und stell uns deine hinreißende Begleitung vor.«

Verlegen räusperte ich mich und brachte ein wenig Distanz zwischen uns. Am liebsten hätte ich seine Hand losgelassen, denn mein ganzer Körper kribbelte vor Nervosität, doch die schwarzhaarige Dame am Eingang beobachtete uns mit Argusaugen. Vielleicht war es auch besser so, denn gerade jetzt vertraute ich nicht darauf, dass meine wackligen Beine mich weit trugen.

Kapitel -19-

Alex

Der Partysalon war voll mit Gästen aus New Yorks oberster Schicht. Und wie ich es erwartet hatte, richteten sich alle Blicke auf Alison und mich. Ich konnte ihr ansehen, wie unangenehm ihr das war. Sicherheitshalber hielt ich ihre Hand fest, damit sie nicht weglaufen konnte. Außerdem mussten wir eine überzeugende Show liefern. Nur deswegen hatte ich sie nicht längst losgelassen. Das sagte ich mir zumindest immer wieder.

Bill Clark gesellte sich früh am Abend zu uns. Wie üblich trug er eine Anzughose mit Hemd, heute jedoch ganz leger ohne das Sakko. Die Ärmel hatte er bis zu den Ellbogen hochgekrempelt und der weiße Stoff spannte sich stramm um seine füllige Körpermitte. Er bewegte sich in New Yorks höchsten Kreisen, doch wie jeder wusste, legte er nicht viel Wert auf Oberflächlichkeiten. Deswegen wurde sein Bart immer grauer, sein Haar immer lichter und seine Erscheinung immer fülliger, ohne dass er wie alle anderen deswegen panisch zum Schönheitschirurgen rannte.

Bill schien sehr angetan von Alison. Er unterhielt sich angeregt mit ihr, wobei er immer wieder seinen grauen Schnurrbart zwischen den Fingern zwirbelte, wenn sie ihn mit ihren schlagfertigen Antworten zum Nachdenken brachte. Seine Frau ebenfalls, obwohl sie normalerweise das genaue Gegenteil ihres Mannes war. Spindeldürr mit einer lockigen schwarzen Mähne, die viel zu üppig für ihr schmales Gesicht erschien. Während ihr Mann die strenge Kleiderordnung der New Yorker High Society nicht so genau nahm, hielt sie sich stets strikt an jeden Dresscode und zählte voller Stolz zu New Yorks bestgekleideten Frauen über fünfzig. Zumindest laut irgendeinem Klatschmagazin.

Aber in diesem Punkt waren sie und ihr Mann sich einig. Sie mochten Alison.

Liane bombardierte sie mit Fragen und schien von jeder ihrer Antworten ganz entzückt zu sein. Das lief besser, als zu erwarten gewesen war. Nach ein paar Minuten hätte nicht einmal ich mehr sagen können, ob Alison sich noch unwohl fühlte oder ob sie sich an die ungewohnte Umgebung gewöhnt hatte. Sie machte das großartig. Und als Bill sie nach ihrer Meinung zum aktuellen Stand des Immobilienmarktes fragte und wo sie noch großes Potenzial sehe, verblüffte sie alle mit umfangreichem Wissen zu dem Thema. Dabei hätte es mich nicht wundern sollen. Schließlich kannte ich ihren Lebenslauf. Auch wenn sie den Abschluss an der Yale nie gemacht hatte, bedeutete es schon eine Menge, überhaupt erst angenommen zu werden.

Tatsächlich genoss ich dieses Schauspiel. Alison strich immer wieder wie beiläufig über meinen Arm. Wenn ich etwas erzählte, strahlte sie und als man sie nach unserem Kennenlernen fragte, ließ sie unsere grob zusammengewürfelte Geschichte wie etwas unglaublich Romantisches aussehen.

»Ich arbeite im Büro auf der anderen Straßenseite, direkt gegenüber von *Preston Holdings*. Wir sind uns häufiger über den Weg gelaufen und irgendwann hat er mich einfach angesprochen.«

»Und sie hat mir einen Korb gegeben«, ergänzte ich ihre Worte wie selbstverständlich, als erzählten wir das hier zum tausendsten Mal.

»Ja, ich hatte gerade erst eine schlimme Trennung hinter mir und war nicht bereit für etwas Neues.« Das mit der Trennung war neu. Improvisierte sie bloß oder steckte etwas Wahres dahinter?

»Aber Alex hat einfach nicht lockergelassen«, fuhr sie fort und meinen Spitznamen aus ihrem Mund zu hören, hatte etwas beängstigend Vertrautes. »Eines Morgens fing er mich vor der Arbeit ab mit Croissants und Café und bat mich um ein Frühstücks-Date. Ich konnte einfach nicht nein sagen. Wir haben auf den Treppenstufen vor *Preston Holdings* gesessen, obwohl es schrecklich kalt war. Aber das hat uns nicht gestört.«

»Oh, wie romantisch. Bill, ist das nicht romantisch?«, seufzte Liane, eine Hand fest auf ihre Brust gedrückt. Sie und Bill blickten mich erwartungsvoll an, deswegen drehte ich mich zu Alison, hob ihre Hand an meine Lippen und hauchte einen sanften Kuss darauf.

»Ich wusste, dass sie eine ganz besondere Frau ist und habe nicht aufgegeben.«

Ich erkannte den Moment, in dem sich etwas in Alisons Blick verschloss. Kein anderer bemerkte es, denn niemand außer uns kannte die Wahrheit. Niemand hier wusste, wie wir uns wirklich kennengelernt hatten. Was ich bei unserem ersten Aufeinandertreffen tatsächlich zu ihr gesagt hatte. Und dass ich sie heute bezahlte, damit sie mich hierher begleitete. Es sollte mir nichts ausmachen, aber ich fühlte mich wie ein verlogener Bastard.

Eine Sekunde lang wünschte ich mir, ich wäre tatsächlich die Art Mann, der sich so um eine Frau bemühte. Dann würde Alison mich jetzt nicht so ansehen.

»Da vorn ist der Vorsitzende der Baubehörde. Wir sollten ihn begrüßen gehen, Alexander«, wies Bill mich auf den soeben eingetroffenen Gast hin. Geschickt schnappte Liane sich Alison und lotste sie weg von uns, damit wir Männer ungestört übers Geschäft reden konnten. Ich wollte Alisons Hand nicht loslassen. Wollte sie nicht unter all diesen Menschen verlieren, wo ich sie nicht mehr sehen konnte. Nicht nach dem gerade eben. Aber als sie mir ihre Hand entriss, drehte sie sich nicht einmal nach mir um.

Seufzend folgte ich Bill, um den Vorsitzenden Williams zu begrüßen. Ich musste mich an den Plan halten. Die Zukunft von *Preston Holdings* hing davon ab. Das durfte ich nicht riskieren. Nicht für eine Frau.

Kapitel -20-

Ally

Alle Augen waren auf mich gerichtet. Und ich meinte wirklich ALLE. Geführt von der Gastgeberin, bewegte ich mich erleichtert auf das Buffet zu. Wenn ich etwas zu essen im Mund hatte, konnte mich wenigstens keiner mehr mit Fragen löchern.

Egal, wo wir langgingen, alle Blicke verfolgten mich und ich wäre am liebsten gerannt. Schnell und weit weg. Seit wann war es erlaubt, einen Menschen so offensichtlich zu begutachten, als wäre er ein Stück Vieh auf dem Markt? Hatte denen niemand beigebracht, dass das unhöflich war? Oder zählte Höflichkeit nicht mehr, wenn der Kontostand sich in Millionenhöhe bewegte?

Das falsche Lächeln rutschte mehr und mehr von meinem Gesicht. Mein Körper sank langsam in sich zusammen. Am liebsten hätte ich mich ganz klein gemacht, um mich vor den Blicken zu schützen. In diesem Kleid fühlte ich mich so nackt und ausgeliefert, dass ich dem Drang, meinen Oberkörper mit den Armen zu bedecken, nur schwer widerstehen konnte.

Der einzige Lichtblick war Liane Clark. Sie war überraschend bodenständig und natürlich. Etwas, was ihre äußere Fassade einen zunächst nicht annehmen ließ. Sie und ihr Mann mussten schon lange verheiratet sein und schienen noch immer glücklich miteinander. Jetzt wusste ich auch, warum Alexander eine Freundin brauchte, die ihn gut aussehen ließ. Wenn die beiden von seiner kleinen Tändelei mit der Sekretärin erfahren würden, wäre er für den

Bauauftrag schneller aus dem Rennen, als er das Wort Deal sagen konnte.

»Nun Alison, ich muss sagen, Ihre Beziehung zu Alexander überrascht mich«, gestand Liane und überreichte mir ein Glas Champagner. Mein drittes heute Abend und hoffentlich das letzte, denn langsam stieg mir der Alkohol zu Kopf. Was hätte ich jetzt nicht alles für eine Cola gegeben.

»Wie meinen Sie das?«, fragte ich, um Zeit zu gewinnen. Alex hatte bereits erwähnt, dass Liane kein großer Fan seiner Person war. Natürlich hatte ich damit gerechnet, dass sie ein „Frauengespräch" über ihn führen wollen würde. Details über unsere Beziehung und solche Sachen. Aber was verdammt sollte ich ihr denn bitte sagen?

»Verstehen Sie mich nicht falsch, ich möchte Ihnen nicht zu nahetreten oder Unruhe in ihre Beziehung bringen, aber Alexander hat einen gewissen Ruf«, antwortete sie vorsichtig und bedachte mich mit einem teils abwägenden, teils mitleidigen Blick. »In der Vergangenheit hat er öfter für negative Schlagzeilen gesorgt. Aufgrund … na ja, lassen Sie es mich sagen, wie es ist. Aufgrund seiner sexuellen Eskapaden.«

Himmel Herrgott nochmal! Was stimmte mit dem Kerl nicht? Da vögelte er sich jahrelang durch die Gegend, schamlos und unter den Argusaugen der Öffentlichkeit und jetzt, wo das Ganze langsam Konsequenzen hatte, kam Ally ins Spiel und rettete seinen Arsch? Aber ich sollte froh sein, hätte der Mann nicht einen so katastrophalen Ruf, wäre er nie und nimmer bereit, so viele Scheine lockerzumachen. Trotzdem musste mir alles aus dem Gesicht gefallen sein, denn Liane legte ihre Hände auf meine Schultern und strich besorgt über meine Arme.

»Oh Alison, es tut mir furchtbar leid. Es stand mir nicht zu, so etwas zu sagen. Bitte, nehmen Sie es mir nicht böse. Es ist nur, ich bin auch eine Frau und ich habe eine Tochter, fast in Ihrem Alter. Ich musste einfach sichergehen, dass Sie alles über ihn wissen.«

Bei ihren Worten fühlte ich wirklich so etwas wie freundschaftliche Zuneigung für diese Frau, die ich erst seit kurzem kannte. Ich konnte ihr keinen Vorwurf machen, denn ihre Absichten waren durch und durch gut.

»Keine Sorge, ich bin Ihnen nicht böse«, sagte ich aufrichtig. »Ich verstehe Sie sogar. Für mich war es am Anfang auch nicht leicht, Vertrauen zu Alex aufzubauen. Sein Ruf eilte ihm voraus, aber er hat mich davon überzeugt, dass er eine Chance verdient. Wir haben in der Anfangszeit viel geredet und ich glaube, dass es mir sehr geholfen hat, ihn zu verstehen.«

Die Lüge ging mir so leicht von den Lippen, dass ich mich vor mir selbst erschrak. Besaß ich einfach viel Kreativität und merkte es jetzt erst? Oder war hier so etwas wie Wunschdenken im Gange? So oder so, es funktionierte, denn Lianes zweifelnder Blick wich einem liebevolleren.

»Das klingt wahrhaft schön«, meinte sie seufzend.

»Ja«, schwärmte ich mit ihr, während in meinem Kopf das Wort *LÜGNERIN* in Dauerschleife lief. »Er hat alle meine Fragen ehrlich beantwortet und wie sich herausstellte, entsprach nicht alles der Wahrheit, was ich über ihn gelesen habe. Heute spielt seine Vergangenheit für mich keine Rolle mehr. Ich kann nur daran denken, wie wunderbar er zu mir ist.«

Liane nickte, sichtlich gerührt und griff nach meiner Hand, um sie fest zu drücken.

»Ich wünsche Ihnen beiden alles Gute. Und jetzt lassen Sie uns etwas essen. Ich bin schon am Verhungern.«

Erst jetzt bemerkte ich, dass wir auf unserem Weg zum Buffet einfach mitten im Saal stehengeblieben waren. Wir erreichten gerade die Anrichte, da wurde Liane von einer hochgewachsenen Blondine abgefangen, deren Blicke, die sie nach mir schoss, genauso gut Giftpfeile hätten sein können. Liane stellte uns einander vor und ich erfuhr, dass sie Gemma Bennet hieß und die Tochter eines namhaften Schmuckherstellers war. Widerwillig schüttelte sie meine Hand und verlor danach keine Sekunde, um mich loszuwerden.

»Liane, Sie müssen unbedingt mitkommen und Sharon begrüßen. Seit Ihrer Gala zu Thanksgiving schwärmt sie von Ihnen und möchte Sie unbedingt kennenlernen.«

»Oh, wie reizend. Da kann ich natürlich nicht nein sagen. Alison, Darling«, wandte sie sich an mich. »Ich bin sofort wieder bei Ihnen. Genießen Sie währenddessen das Buffet. Die Satée Spieße sind köstlich.«

Satée was? Bevor ich etwas erwidern konnte, zog Gemma sie fort und verschwand mit ihr in der Menge aus Abendkleidern und Sakkos.

Ohne zu wissen, was ich jetzt machen sollte, stand ich hilflos neben zwei anderen Gästen. Suchend ließ ich meinen Blick über die Umstehenden gleiten, konnte Alexander aber nirgends ausmachen. Ich war allein.

Ich stellte mein leeres Champagnerglas auf dem Tablett eines vorbeigehenden Kellners ab und lud mir ein paar der Häppchen auf den Teller. Der Appetit war mir schon lange vergangen, aber kostenloses Essen schlug man nicht aus. Nicht, wenn daheim bloß ein leerer Kühlschrank auf einen wartete.

Beide Hände voll, suchte ich nach einem Weg, der mich nach draußen führen würde. Ich musste an die frische Luft, denn ich hielt diese Duftwolke aus teuren Designerparfums keine Sekunde länger aus. Zum Glück fand ich schnell eine Terrassentür, die mich auf einen großen Balkon führte, mit Blick auf den von Fackeln erleuchteten Garten. Kühle Abendluft schlug mir entgegen und sofort begann ich zu frieren. Hätte ich bloß an eine Jacke gedacht, aber die lag im Wagen und den hatte der Chauffeur weggefahren. Trotz Kälte wollte ich nicht wieder reingehen. Dieser ganze Abend brachte mich verdammt noch mal aus dem Konzept. Alles war neu, was mich unheimlich verunsicherte. Es fühlte sich an, als würde ich mich auf Glatteis bewegen und dann war da noch Alexander. Mit seinen Worten, seinen Blicken, seinen liebevollen Berührungen, die mich verrückt machten. Weil es Lügen waren. Lügen, die so verdammt schön klangen, dass ich wünschte, sie wären wahr.

Hinter mir wurde die Tür geöffnet und die Musik von innen drang an mein Ohr. Ein Mann betrat die Terrasse und verharrte in der Bewegung, als er mich sah. Das Licht der Fackeln warf einen leichten Schimmer auf seine blonden Haare.

»Tut mir leid, ich habe nicht gesehen, dass jemand hier draußen ist. Ich will Sie nicht stören. Eigentlich brauchte ich nur einen Moment Ruhe von dem ganzen Trubel.«

»Sie stören nicht«, antwortete ich lächelnd. Er erwiderte es und trat neben mich an das Balkongeländer. »Ich bin Liam. Liam Stevens.«

»Alison Mackenzie, freut mich.«

Schweigend standen wir nebeneinander, bis er plötzlich unerwartet sein Sakko auszog und es mir über die Schultern legte. »Hier, es ist kalt und ich will nicht schuld sein, dass eine wunderschöne Frau sich eine Erkältung holt«, scherzte er in offensichtlicher Flirtlaune. Seine blauen Augen funkelten schelmisch.

»Dann sollte ich mich wohl bedanken«, erwiderte ich verlegen. Er war unglaublich attraktiv, auf eine andere Art als Alexander, aber er hatte etwas Erfrischendes. In jeder anderen Situation hätte ich mich vermutlich auf einen harmlosen Flirt eingelassen, aber ich war heute nicht privat hier.

»Also, Alison. Was führt dich auf eine Party wie diese? Du scheinst nicht viel Spaß zu haben, wenn du dich hier draußen verstecken wolltest«, versuchte Liam das Gespräch weiterzuführen.

»Ich brauchte nur etwas frische Luft«, log ich nicht besonders glaubwürdig.

»Keine Sorge, ich verstehe das. Solche Veranstaltungen sind schön, aber gleichzeitig sehr anstrengend.«

»Also bist du auch geflüchtet?«, fragte ich belustigt und beobachtete, wie seine Lippen sich zu einem Lächeln verzogen.

»Erwischt«, gestand er. »Ich muss beruflich hier sein, denn es ist immer wichtig, sich zu zeigen. Aber richtigen Spaß habe ich schon lange nicht mehr.«

»Warum nicht?«

Ich wusste zwar, warum ich keinen Spaß hatte, aber wäre ich ohne meine menschliche Fußfessel hier, hätte ich mich vielleicht amüsiert.

»Ach, wie soll ich das sagen«, antwortete er und fuhr sich mit den Fingern durch sein blondes Haar. Automatisch folgte mein Blick seiner Bewegung, durch die das Hemd sich um seinen Oberarm straffte und die harten Konturen eines trainierten Bizepses durchscheinen ließ. Verflucht sei mein Glück. Da traf ich monatelang keinen Mann und dann stand ausgerechnet jetzt ein skandinavisch aussehender Halbgott vor mir. »Die Gespräche sind immer dieselben. Wer trägt was, wer geht mit wem und wer hat eine neue Yacht gekauft.«

»Das klingt wirklich furchtbar«, scherzte ich, wusste aber genau, was er meinte. Selbst in der kurzen Zeit war mir die Oberflächlichkeit, die in diesen Kreisen herrschte, aufgefallen. »Was machst du beruflich, dass solche Partys zu deinen Pflichten zählen?«, fragte ich.

»Ich habe das Unternehmen meines Vaters übernommen und führe es weiter«, antwortete er knapp, ohne zu viele Details zu verraten. Offensichtlich redete er nicht gern darüber. Aber ich hatte kein Problem damit. Womit er sein Geld verdiente, war mir herzlich egal. Es war einfach schön, sich mit jemandem zu unterhalten, der keinen Stock im Arsch hatte. In den nächsten Minuten redeten wir über Gott und die Welt. Liam erzählte mir von seinen Reisen. Er hatte so viel von der Welt gesehen, dass ich wie gebannt an seinen Lippen hing. Wie gern würde ich mal verreisen. Leider war der einzige Urlaub, auf den ich zurückblicken konnte, ein Uniausflug nach Boston.

»Welchen Ort möchtest du unbedingt einmal sehen?«, fragte er nach einer Weile. Da musste ich nicht lange überlegen.

»Island. Ich will unbedingt die Nordlichter sehen.«

Davon träumte ich, seitdem ich als kleines Mädchen *Der Goldene Kompass* gelesen hatte.

»Das ist ein schönes Ziel«, sagte er und sah mich durchdringend an. »Warum hast du dir diesen Wunsch noch nicht erfüllt? Es ist zwar eine weite Flugstrecke, aber nicht unerreichbar.«

Richtig, Liam hielt mich für genauso vermögend wie den Rest der geladenen Gäste. Woher sollte er auch wissen, dass er sich mit einer Kellnerin unterhielt, wenn ich in diesem bezaubernden und sündhaft teuren Kleid vor ihm stand. Erneut wurde mir bewusst, dass das hier eine andere Welt war. Hier buchte man einfach einen Flug, wenn man die Nordlichter sehen wollte. First Class oder noch besser, man besaß einen Privatjet. In der Sommersaison versuchte dann jeder den anderen mit seinen Reisezielen und Urlaubsplänen zu übertrumpfen. Dass normale Menschen für eine solche Reise Monate, manchmal gar Jahre, sparen mussten, spielte für sie keine Rolle.

»Alison?«, unterbrach Liam meine Grübeleien. Er sah mich besorgt an. »Habe ich etwas Falsches gesagt?«

»Nein, nein. Alles in Ordnung«, wimmelte ich seine Sorge ab. »Momentan habe ich so viel um die Ohren, dass ich gar nicht an Urlaub denken kann.«

»Manchmal ist einfach nicht die richtige Zeit«, stimmte er mir zu. Doch er würde nie verstehen können, was ich wirklich meinte. Wie sollte ich nach Skandinavien reisen und Dad so lange alleinlassen? Was, wenn ihm genau dann etwas zustieß? Undenkbar. Liam schien meine Traurigkeit zu spüren, denn er rückte ein Stück näher, bis unsere Hände sich berührten. Sein Blick suchte meinen.

Plötzlich wurde die Balkontür mit einem Ruck aufgerissen. Erschrocken fuhr ich zusammen und wich vor Liam zurück, nur um einem wütenden Alexander gegenüberzustehen.

»Ich habe dich überall gesucht«, stieß er zwischen zusammengebissenen Zähnen hervor und musterte Liam, der noch immer viel zu dicht bei mir stand. Dieser ließ sich nicht im Geringsten aus der Ruhe bringen.

»Alexander Preston, was für eine Überraschung, dich heute Abend hier zu sehen. Ihr zwei kennt euch?« Überrascht blickte er zwischen uns hin und her, bis er zu begreifen schien. »Oh, verstehe. Ich lasse euch am besten allein. Es war mehr als schön, dich kennenzulernen, Alison. Keine Sorge, wir werden uns bald wiedersehen.«

Dann streifte er sanft sein Sakko von meinen Schultern und warf es sich lässig über den Arm. Seine Unverfrorenheit angesichts Alexanders überschäumender Wut machte mich wirklich nervös. Ich war kurz davor, ihn von mir zu schieben, um die Situation zu entschärfen, da ging er von allein.

Auf Alexanders Höhe blieb er noch einmal stehen und drehte sich zu mir um, zwinkerte ein letztes Mal zum Abschied und grinste dabei, als hätte er eine wichtige Schlacht gewonnen.

Die Beherrschung, die es Alexander kostete, ihm nicht an den Hals zu springen, war greifbar. Zum Glück war Liam schlau genug, um schnell zu verschwinden. So konnte Alex seinen vollen Zorn auf mich richten.

»Was sollte das werden?«, fuhr er mich an.

»Nichts, ich wollte nur etwas frische Luft und er hat mir Gesellschaft geleistet.«

Langsam kam er näher und ich wich so weit zurück, bis ich das kalte Marmorgeländer im Rücken spürte. »Gesellschaft leisten? Für mich sah das intimer aus, Alison. Erklärst du mir weshalb?« Er kam noch ein Stück näher, bis uns nur noch eine Handbreite voneinander trennte.

Sein Atem ging schwer, seine grünen Augen funkelten gefährlich und rieten mir, jetzt besser die Klappe zu halten. Selbstverständlich war ich dumm genug, das nicht zu tun.

»Weil du eine gestörte Wahrnehmung hast, vielleicht?«, provozierte ich ihn unnötigerweise und bereute es sofort. Er packte mich fest am Oberarm und zog mich in die hinterste Ecke des Balkons, wo wir vor den Blicken der Gäste geschützt waren. Dort drückte er mich gegen die Wand, seine Hände links und rechts meines Kopfes abgestützt. In seinen Augen funkelte Zorn, doch noch etwas anderes lag in seinem Blick. Etwas Intensiveres, vor dem ich mich mehr fürchtete.

»Es war harmlos. Er wollte nur nett sein«, versuchte ich ihn zu beruhigen und erreichte das genaue Gegenteil.

»Er flirtet mit meiner Freundin und ich soll mich beruhigen?«

»Ich bin nicht deine Freundin«, protestierte ich.

»Für diesen Monat schon. Muss ich dich an unsere Abmachung erinnern?«

Ich verneinte. Seine Regeln waren mir noch gut im Gedächtnis. Keine anderen Männer. Ich hatte mich wissentlich darauf eingelassen.

»Es ist doch gar nichts passiert!«, stieß ich hervor. »Würdest du dich bitte wieder beruhigen?«

Meine Worte hatten den absolut gegenteiligen Effekt. Ich sollte mir wirklich was Kreativeres überlegen. Gerade sah Alexander mich so an, als wollte er mich mit bloßen Händen in Stücke reißen.

»Wusstest du, dass er auch in der Baubranche tätig ist?«, fragte er und warf mich damit voll aus der Bahn.

»Was?«, rief ich schockiert.

»Offensichtlich hat er das nicht erwähnt, als er *nett* zu dir sein wollte.« Der selbstgefällige Ton, mit dem er mich darauf hinwies, gefiel mir ganz und gar nicht. Aber ich konnte nicht sagen, ob ich deswegen wütend wurde, oder weil Liam etwas so Wichtiges vor mir verheimlicht hatte. Hatte er es überhaupt verheimlicht? Schließlich hatte er nur nicht über das Thema reden wollen.

»Und wenn schon? Dann ist er eben in derselben Branche wie du. Er wusste nicht, dass ich mit dir hier bin. Wir haben zu keinem Zeitpunkt von dir gesprochen.«

Oh ja, jetzt war es eindeutig, dass meine Worte alles nur noch schlimmer machten.

»Interessant«, zischte Alexander gefährlich leise, sein Gesicht ganz nah an meinem, sodass sein Atem auf meinen Lippen kitzelte. »Gibt es noch mehr, wovon ich wissen sollte, Alison?«

Dieses Mal war ich schlau genug, die richtige Antwort zu kennen und schüttelte den Kopf.

»Gut«, knurrte er. »Dann hörst du mir jetzt gut zu. In Zukunft wirst du dich von anderen Männern fernhalten. Und wenn dich einer ansprechen sollte, vergiss nie, zu wem du jetzt gehörst. So etwas wird nicht noch einmal vorkommen.«

Die Bedrohlichkeit seiner Worte jagte einen Schauer durch meinen ganzen Körper. Die feinen Härchen in meinem Nacken richteten sich auf. Eigentlich hätte ich mich fürchten müssen, doch als ich in mich horchte, fand ich keine Angst. Trotzdem schlug mein Herz wie wild in meiner Brust, während mein Verstand sich fieberhaft fragte, warum seine Besitzansprüche mich nicht wütend machten.

»Warum? Weil du dafür bezahlst?«, brachte ich nur schwer und atemlos hervor. »Weil du Angst hast, dass ich deinen Deal gefährden könnte?«

»Nein. Weil es mich verrückt macht«, knurrte er. Ohne jede Vorwarnung lag seine Hand in meinem Nacken und seine Lippen pressten sich hart auf meine. Stöhnend zog er mich an sich und drang mit seiner Zunge in meinen Mund ein. Sein Kuss war nicht sanft, sondern hungrig und voller Leidenschaft. Seine Hände wanderten fordernd über meinen ganzen Körper, meinen Rücken, meinen Po, pressten mich dicht an ihn und nahmen mich vollständig gefangen. Es war falsch. So falsch. Aber es fühlte sich unglaublich richtig an. Ich ließ es geschehen. Ließ mich von dem Gefühl seiner Hände auf meiner Haut davontragen. Von dem Feuer einhüllen, das seine Lippen auf meinen entfachten. Seufzend ergab ich mich in seine Umarmung und küsste ihn, bis mir schwindlig wurde. Bis ich kaum noch Luft zum Atmen hatte und immer weiter. Verzweifelt grub ich meine Hände in sein Haar, suchte ihn, suchte Halt. Suchte nach einer Erklärung hierfür. Die es nicht gab. Mein Körper brannte aufgrund bisher ungekanntem Verlangen. Langsam wurde unser Kuss behutsamer. Vorsichtiger. Fragender. Bis Alex sich von mir löste, mein Gesicht fest in seinen Händen, die Stirn gegen meine gepresst. Atemlos standen wir einander gegenüber und ich wusste nicht, wie ich ihn ansehen sollte nach diesem Kuss, der mich so viel mehr hatte fühlen lassen, als richtig war. Mehr, als ich für möglich gehalten hätte.

»Was war das?«, flüsterte ich mit belegter Stimme. Endlich traute ich mich, ihm in die Augen zu sehen. Nur um festzustellen, dass er genauso überwältigt aussah wie ich. Offensichtlich verstanden wir beide nicht, was hier gerade passiert war. Doch plötzlich wich er meinem Blick aus. Es hätte seine nächsten Worte nicht mehr gebraucht, um zu verstehen.

»Das war ein Fehler«, antwortete er knapp, ließ mein Gesicht los und entfernte sich zwei Schritte von mir. »Es wird nicht wieder vorkommen.«

Sein Tonfall war so gleichgültig, so distanziert, dass es mich in den Wahnsinn trieb. Ich wollte ihn packen und schütteln, anschreien und beleidigen. Wie konnte er das tun? Wie konnte er mich so küssen wie kein anderer zuvor und dann so etwas sagen? Als zählte es nichts. Als bedeutete es so wenig, dass man es mit fünf Worten ungeschehen machen konnte. Aber ich tat nichts dergleichen. Nein. Ich würde mich vor ihm nicht noch mehr bloßstellen. Ich würde Haltung bewahren. »Keine Sorge, ich hatte nicht vor, das zu wiederholen«, antwortete ich daher und meinte es so. Ich würde diesem Kerl nie wieder so gefährlich nahekommen.

Kapitel -21-

Alex

»Alex, ich rede mit dir«, beschwerte Kane sich und warf ein Handtuch nach mir. »Den ganzen Tag über bist du mit den Gedanken woanders. Was ist so interessant, dass du dich nicht davon losreißen kannst?« Sein neugieriger Blick bohrte sich in mich, als könnte er die Wahrheit aus mir herauslesen. Das war typisch Kane. Er hatte ein Gespür dafür, wenn Menschen etwas vor ihm verbargen. Dabei verheimlichte ich ihm nicht wirklich etwas. Vielmehr hatte ich keine Lust, mit ihm darüber zu reden.

Kane hatte mich heute Mittag angerufen. Eine willkommene Ablenkung, denn ich hatte mich auf nichts konzentrieren können. Wir hatten uns vor zwei Stunden in unserem üblichen Spa getroffen, eine Runde im Fitnessraum trainiert und ein paar Saunagänge gemacht. Seit einer halben Stunde entspannten wir auf unseren Bambusliegen im Ruheraum. Im Hintergrund waren leise, melodische Klänge zu hören. In der Luft lag ein Hauch von Lavendel und die Temperatur war angenehm warm. Kane redete ununterbrochen und ich hörte ihm nicht zu, weil ich ständig … und ich meine ständig, an Alison denken musste.

An unseren unterkühlten Abschied gestern und an den unglaublich heißen Kuss. Dieser gottverdammte Kuss. Sie ausgerechnet mit Liam zu sehen, hatte mich rasend gemacht. Dass er sie berührt hatte, brachte etwas in mir zum Brodeln. Sie wirkten so vertraut. Zu vertraut.

Ich redete mir ein, dass ich wegen des Deals wütend war. Dass sie wichtige Informationen hätte ausplaudern können.

Aber ich belog mich selbst. Meine Wut richtete sich gegen die Tatsache, dass Liam sie zum Lachen gebracht hatte, während sie für mich nur Verachtung übrighatte.

Bis zu diesem Augenblick hatte ich geglaubt, dass ich immun gegen Eifersucht war. Aber dass Alison mich vergaß, nur weil Liam in ihrer Nähe war … ich hatte mich nicht mehr zurückhalten können. Ich hatte sie küssen müssen. Musste ihr zeigen, dass sie … dass sie was? Dass sie mein war? Was für ein Blödsinn.

Ich wollte nicht, dass eine Frau zu mir gehörte. Das hatte ich nie. Es war bloß ein schwacher Moment gewesen. Ein dummer Augenblick, in dem ich meine eigenen Regeln vergaß und mich hatte hinreißen lassen. Eigentlich hätte die Sache damit abgehakt sein müssen. Aber ich hatte mich auf nichts anderes konzentrieren können. Sobald ich mich an den Schreibtisch setzte, war das Bild wieder vor meinen Augen, wie sie mich angesehen hatte. Ihr Körper hatte eine eindeutige Sprache gesprochen. Alison Mackenzie reagierte genauso heftig auf mich wie ich auf sie. Und sie hatte etwas Fügsames und gleichzeitig Aufmüpfiges an sich, das mich rasend vor Verlangen machte. Am liebsten hätte ich sie gepackt, gegen die Wand gedrückt und all die schmutzigen Gedanken Wirklichkeit werden lassen, die ihre vollen Lippen und ihre unschuldigen Augen in mir weckten.

Ich schreckte zusammen, als ich plötzlich Kanes Hand auf meiner Stirn fühlte. »Was soll das, Mann?«, rief ich und schlug seinen Arm weg. Wenn ich solche Gedanken hatte, wollte ich nicht von ihm berührt werden. Verständnislos starrte ich ihn an, doch Kane lachte nur über mich. »Sorry, wollte nur nachsehen, ob du Fieber hast.«

»Wie kommst du denn auf die Idee?« Kane war mein bester Freund, seit ich denken konnte. Wir waren uns so ähnlich und in anderen Punkten doch so grundverschieden, dass ich mich oft fragte, wie wir beiden zusammen funktionieren konnten. Aber es klappte, denn wir hatten den größten Respekt voreinander und wir wussten, dass wir immer aufeinander zählen konnten. Kane und ich waren wie Brüder. Gemeinsam stark. Anders hätten wir es nie so weit nach oben geschafft.

»Wie ich darauf komme? Dana war gerade hier und hat uns unsere Drinks gebracht.« Erst jetzt fiel mir das Glas Whisky neben mir auf. »Du hast sie keines Blickes gewürdigt und das scheint der Armen schwer zugesetzt zu haben.«

Über seinen Kopf hinweg erhaschte ich einen kurzen Blick auf Dana, die den VIP-Bereich mit hängenden Schultern verließ. Durchaus möglich, dass es ihr die Laune verdorben hatte. Aber ich war dafür bekannt, dass ich selten mehr als einmal mit einer Frau schlief. Mehr versprach ich ihnen auch nicht. Bei mir wusste jeder, worauf er sich einließ. Einen heißen Fick und einen unkomplizierten Abschied.

»Und wenn schon. Ich bin nicht verpflichtet, Dana zu beachten, nur weil sie mir ihre Möpse ins Gesicht drückt.« Dana hatte gewusst, worauf sie sich einließ. Und sie hatte auch gewusst, dass es eine einmalige Sache bleiben würde.

Kanes Grinsen war, wenn möglich, noch breiter geworden. »Bist du nicht. Aber als sie sie dir das letzte Mal so präsentiert hat, hast du sie mit in den Massageraum genommen und es ihr …«

»Es ist nicht nötig, dass du ins Detail gehst«, unterbrach ich seinen Satz, weil ich noch zu gut in Erinnerung hatte, was Dana und ich im Massageraum getan hatten. Schlecht hatte sie sich nicht angestellt. Sie war offen für alles. Aber genau das langweilte mich in letzter Zeit. Seit ich es zu Geld gebracht hatte, musste ich mich nicht mehr anstrengen, um eine Frau rumzukriegen. Ganz im Gegenteil. Sie warfen sich mir förmlich zu Füßen, willig, alles mit sich machen zu lassen. Und dann kam Alison, die von mir verlangte, sie nicht zu berühren oder zu küssen und klarstellte, dass sie nicht mit mir schlafen würde. Und was machte ich? Konnte an nichts anderes denken, als ihre Regeln eine nach der anderen zu brechen.

»Schade, die schmutzigen Details sind das Beste an jeder Geschichte«, scherzte Kane und lenkte meine Aufmerksamkeit zurück auf unser Gespräch. Er setzte das Glas an seine Lippen und leerte den Whisky in einem Zug, ohne dabei die Miene zu verziehen. »Also, wie heißt sie?«

»Dana?«, versuchte ich mein Glück, obwohl ich ganz genau wusste, worauf er hinauswollte.

»Haha. Nein, ich rede von der Frau, die schon den ganzen Tag durch deinen Kopf geistert. Sie muss wirklich was Besonderes sein, wenn du ihretwegen die schöne Dana verprellst.«

»Sie ist nichts Besonderes«, stieß ich zwischen zusammengebissenen Zähnen hervor und tappte damit genau in Kanes Falle. Ein triumphierender Ausdruck breitete sich auf seinem Gesicht aus. Gerade, als er etwas sagen wollte, hob ich die Hand und brachte ihn wieder zum Schweigen. Mein Blick musste eindeutig gewesen sein, denn Kane gab keinen Ton von sich.

»Ich muss los«, bemühte ich mich ruhig zu sagen, dabei war ich auf hundertachtzig. Dann stand ich auf und ging in

Richtung der Duschen. Kane rief mir irgendwas hinterher, aber ich hörte ihn nicht. Dabei war ich nicht wütend auf ihn, sondern auf mich selbst. Denn der Gedanke an Ally, wie ihre Augen mich herausfordernd angefunkelt hatten, als sie behauptete, sie wolle unseren Kuss nie mehr wiederholen, ließ mich nicht los. Wieso machte es mich wütend, wenn es doch genau das war, was ich wollte?

Kapitel –22-

Ally

Finger fuhren sanft über meinen Körper. Folgten der Linie meines Schlüsselbeins, strichen über die nackte Haut meiner Brüste und wanderten tiefer. Ich zog scharf die Luft ein, als die weiche Berührung seiner Finger über meinem Bauch kitzelte und seufzte glücklich, als er sie weiter hinabwandern ließ. Starke Hände umfassten meine Beine und drückten sie auseinander, bis ich völlig entblößt dalag. Meine Augen waren geschlossen, doch als ich seinen Atem zwischen meinen Beinen spürte, riss ich sie erschrocken auf. »Alex, was ist mit unseren Regeln?«, hauchte ich ängstlich. Ich fühlte mich verletzlich und konnte gleichzeitig nicht erwarten, dass er es endlich tat.

»Scheiß auf die Regeln«, knurrte er. Sein Blick hielt meinen fest, dann senkte er seinen Kopf und presste seine Lippen fest auf meine intimste Stelle.

Stöhnend warf ich den Kopf in den Nacken und krallte meine Finger in die Bettdecke. Genoss, wie Alex meine Welt dazu brachte, sich schneller zu drehen. Wäre da nur nicht dieses störende Geräusch, das immer lauter wurde. Und lauter. Es war so penetrant, dass ich es nicht mehr ignorieren konnte. Je mehr ich mich darauf konzentrierte, desto weniger spürte ich von Alexanders Liebkosungen. Ich wollte den Moment mit ihm festhalten, aber ich entfernte mich immer weiter von der Situation. Bis das Klingeln meines Handys es endgültig schaffte, mich aus dem heißesten Traum aller Zeiten zu reißen.

Verwirrt schlug ich die Augen auf. Meine Bettdecke lag zusammengeknüllt auf dem Boden. Das Laken war zerwühlt und trotz der Kälte stand mein Körper in Flammen. Schwer atmend versuchte ich mich zu orientieren und die Situation zu verstehen. Aber wegen des lauten Klingelns meines Handys konnte ich einfach keinen klaren Gedanken fassen.

Hatte ich das wirklich geträumt? Oh Gott. Bei der Erinnerung daran, wie real der Traum sich angefühlt hatte, schoss mir die Hitze ins Gesicht. Geistesabwesend griff ich nach meinem Handy und beantwortete den Anruf.

»Hallo?«, sagte ich, noch immer atemlos.

»Endlich! Ich brauche dich in einer Dreiviertelstunde in meinem Büro«, schlug mir Alexanders Stimme entgegen und ließ die Bilder aus meinem Traum noch lebendiger werden.

»Oh, ähm … Hi«, antwortete ich verlegen und kniff die Augen zusammen. Oh Gott, ich hatte einen Sextraum von meinem Boss! Ich war ja sowas von am Arsch.

»Hast du verstanden, was ich dir gesagt habe?«, fragte er schroff. »Hast du etwa noch geschlafen?«

Schnell warf ich einen Blick auf die Uhr. Elf Uhr vormittags. Mein Kopf brummte noch immer vor lauter Verwirrung. Was eindeutig an zu wenig Schlaf lag. Schließlich hatte ich gestern noch eine Schicht in John´s Bar geschoben und war erst mitten in der Nacht nach Hause gekommen. Es hatte nichts mit meinem Traum zu tun. Nicht im Geringsten. Bei dem Gedanken stöhnte ich laut ins Telefon. Mich selbst zu belügen, funktionierte leider nicht. Ich wusste ganz genau, woher meine Verwirrung kam.

»Alison? Alles okay bei dir?«

»Ähm … Ja, alles okay. Alles super. Wirklich super.«

»Du verhältst dich merkwürdig«, stellte Alexander nüchtern fest.

»Ich? Nein.«

Eine kurze Pause entstand.

»Bist du allein?«, fragte Alexander plötzlich. Misstrauen lag in seiner Stimme.

»Ja. Ganz allein«, antwortete ich. Nur ich und meine unangebrachten Träume von dir. Wieder Schweigen.

»Wie dem auch sei. Komm zu meinem Büro. Ich warte vor dem Eingang auf dich.«

»Ich beeile mich«, sagte ich und schwang die Beine aus dem Bett.

»Und Alison?«

»Ja?«

»Jetzt sind es nur noch vierzig Minuten.« Dann legte er auf und überließ mich dem Schamgefühl, das sich von meinen Zehnspitzen bis zu meinem Kopf ausbreitete.

»Oh Gott«, stöhnte ich und vergrub mein Gesicht in meinen Händen. »Wie konnte ich nur?« Ich wollte mich nicht schuldig fühlen, trotzdem wurde ich das nagende Gefühl nicht los, dass dieser Traum nicht hätte sein dürfen. Während ich mich fertigmachte, wiederholte ich meine Vorsätze wie ein Mantra. Ich würde mich von Alexander fernhalten. Das zwischen uns war rein beruflich. Ich würde den Job gut machen, das Geld kassieren und Dad und mir eine bessere Zukunft bieten. In ein paar Wochen würde ich Alexander vergessen, als wäre ich ihm nie begegnet. Ich musste mich nur an meine Regeln halten.

»Scheiß auf die Regeln.« Die Worte hallten in meinem Kopf wider. Alexanders belegte Stimme. Sein heißer Atem auf

meiner Haut. Fluchend kniff ich die Augen zusammen und verscheuchte die Bilder aus meinen Gedanken.

»Reiß dich zusammen, Alison«, ermahnte ich mich selbst. »Du bist die Herrin deiner Gedanken.«

Wenn das mal stimmte. Denn irgendwas sagte mir, dass etwas anderes die Kontrolle über mein Denken übernommen hatte. Irgendein primitiver Urinstinkt, der in den letzten zwei Jahren geschlafen hatte und durch Alexanders Kuss wiederbelebt worden war. Das war typisch für mich. Da mied ich fast zwei Jahre lang jeglichen Kontakt zu Männern und dann suchte meine Libido sich ausgerechnet den aus, von dem ich mich am dringendsten fernhalten musste.

»Oh Alison, du hast ein Talent dafür, dich selbst in Schwierigkeiten zu bringen«, murmelte ich und zog meinen Wintermantel über. Zum ersten Mal freute ich mich auf die kalte Luft draußen. Eine Abkühlung, die ich jetzt brauchte. Denn offensichtlich scherte mein erhitzter Körper sich genauso wenig um die Regeln wie der Alexander aus meinem Traum.

Kapitel -23-

Ally

Vierzig Minuten später befand ich mich auf der unangenehmsten Autofahrt meines Lebens. Alex' Blick ruhte misstrauisch auf mir. Kein Wort verließ seine Lippen, während meine Gedanken immer wieder in verbotene Gefilde abschweiften. So nahe bei ihm zu sitzen, machte die Sache nicht unbedingt besser. Heute hätte ich gut und gern darauf verzichten können, ihn zu treffen. Denn offensichtlich stachelte seine Anwesenheit meine Fantasie noch mehr an. Doch Freunde der Clarks gaben einen Brunch im Bryant Park und Bill und Liane hatten uns eingeladen sie zu begleiten.

»Wer waren nochmal die Gastgeber?«, fragte ich bestimmt zum dritten oder vierten Mal. Aber ich konnte mir ihre Namen einfach nicht merken.

»Donald und Irene Bennet«, wiederholte Alexander, die Augen zu Schlitzen verengt und die Stirn nachdenklich gerunzelt. Wenn er mich weiterhin so anstarrte, würde sein Blick sich durch meinen Schädel hindurch direkt in meine Gedanken bohren. Was offensichtlich sein Plan war.

»Bennet? Der Name sagt mir was.« Ich versuchte darauf zu kommen, woher ich ihn kannte, aber es wollte mir einfach nicht gelingen.

»Die Familie ist in New York sehr angesehen. Vielleicht hast du mal was über sie gelesen«, antwortete Alexander und hörte endlich damit auf, mich mit seinen Augen zu durchbohren.

»Sind sie auch in der Baubranche?« Diese Information war wichtig. Schließlich wollte ich einen Vorfall wie beim letzten Mal unbedingt vermeiden.

»Nein. Sie produzieren und verkaufen Diamantschmuck.«

Bei den Worten verzog ich das Gesicht.

»Was?«, fragte er neugierig. »Ich dachte, Frauen lieben Diamanten.«

»Nicht jede Frau«, gab ich zurück.

»Du willst mir also sagen, dass du nicht verrückt nach *Frühstück bei Tiffany* bist?«

Ich schüttelte den Kopf.

»Also, um das klarzustellen: Ich liebe Audrey Hepburn. Aber ich habe *Blood Diamond* gesehen und mich über das Thema Diamanten informiert. Ich kann nicht verstehen, dass Menschen sich so sehr um die Teile reißen, dass sie akzeptieren, dass andere dafür unter grausamen Bedingungen arbeiten und sogar sterben müssen. Ich meine, es ist doch nur ein funkelnder Stein!«

»Ein sehr wertvoller, funkelnder Stein«, ergänzte Alexander.

»Wertvoll ist er doch nur, weil wir ihm so viel Bedeutung beimessen. Wie mit den meisten Dingen, die man kaufen kann«, argumentierte ich.

»Wie ist das denn gemeint?«

Interessiert drehte er sich in seinem Sitz, sodass er mich besser ansehen konnte. Am liebsten hätte ich mir auf die Zunge gebissen. Die meisten Leute hielten mich für verrückt, wenn ich über diese Dinge sprach. Aber bei dem Thema konnte ich mich einfach nicht zurückhalten.

»Ich meine, dass Menschen oft hinter den falschen Dingen her sind. Sachen, die nur auf den ersten Blick wertvoll erscheinen, es aber eigentlich nicht sind. Man braucht im Leben viel weniger, als man denkt. Und erst recht viel weniger Materielles. Trotzdem denken wir, dass wir glücklicher sind, wenn wir all diese Dinge besitzen. Aber ein Diamantring oder eine neue Handtasche sorgen nur kurzfristig dafür, dass wir uns besser fühlen. Und wenn das vorbei ist, machen wir uns auf die Suche nach dem nächsten Gegenstand, der uns falsches Glück verspricht.«

Alexanders Mundwinkel waren leicht nach oben gewandert, während er mir ruhig zugehört hatte. »Und was ist deiner Meinung nach erstrebenswert?«

Ich musste nicht lange darüber nachdenken, um die Antwort darauf zu wissen.

»Gesundheit. Freundschaft«, antwortete ich. »Und Liebe«, ergänzte ich nach ein paar Sekunden. Alexanders Augenbrauen zuckten kurz nach oben. Er bedachte mich mit einem amüsierten Blick, der mir das Gefühl gab, etwas total Lächerliches gesagt zu haben.

»Interessant«, murmelte er sarkastisch. »Und welche dieser drei Sachen gedenkst du mit dem Geld zu kaufen, das du von mir bekommst?«

Seine Worte waren wie ein Tritt in die Magengrube. Dachte er so von mir?

»Nichts davon«, antwortete ich und verschränkte die Arme abwehrend vor der Brust. Seinem Blick ausweichend.

»Nichts davon? Dann sag mir eins, Alison. Wenn Geld so unwichtig ist, wieso bist du dann bereit, so viel dafür zu tun?«

Sein Tonfall war so höhnisch, dass es wehtat. Und das war das Problem zwischen uns. Wenn wir redeten, ruinierten wir alles. Deswegen würde der Alexander aus meinem Traum immer ein Traum bleiben. Am liebsten hätte ich ihm die Wahrheit ins Gesicht geschleudert. Ihm gesagt, dass ich die Pflege meines schwerkranken Vaters finanzieren musste, weil das Heim ihn sonst auf die Straße setzen würde. Ich wollte sehen, wie dieser überhebliche Ausdruck aus seinem Gesicht fiel. Aber das war die Sache nicht wert. ER war es nicht wert, ermahnte ich mich selbst. Alexander Preston konnte von mir denken, was er wollte. Seine Meinung über mich zählte kein bisschen.

»Das geht dich nichts an«, antwortete ich schlicht und sah aus dem Fenster. Ein eindeutiges Zeichen, dass diese Unterhaltung beendet war.

Fünf Minuten später fuhren wir vor dem Bryant Park vor. Schon von Weitem sah ich das weiße Zelt, das auf der Wiese aufgebaut worden waren. Direkt vor der New York Library. Hand in Hand gingen Alexander und ich darauf zu, aber die Berührung war kalt und gefühllos. Ein Spiegelbild der Stimmung, die zwischen uns herrschte. Gemeinsam betraten wir das Zelt. Heizstrahler standen überall zwischen den Tischen und verbreiteten trotz der kalten Temperaturen draußen eine angenehme Wärme. Auf den Boden waren lange Holzplatten gelegt worden, um einen stabilen Untergrund zu schaffen. Die Tische waren mit blassrosa Decken bezogen und überall standen bunte Blumensträuße zur Dekoration herum. Ich fragte mich, warum jemand sich die Mühe gab, das alles hier draußen zu veranstalten, wenn man genauso gut eine Halle hätte mieten können. Aber ich verstand so einiges am Verhalten anderer Menschen nicht.

»Alexander!«, rief eine Frauenstimme vom anderen Ende Zeltes. Kurz darauf erschien eine unglaublich attraktive Blondine in meinem Sichtfeld und fiel Alexander stürmisch um den Hals. Jetzt wusste ich auch wieder, woher ich den Namen *Bennet* kannte. Gemma Bennet war mir schon auf Bill und Lianes Party unsympathisch gewesen. Dass sie Alexander jetzt an sich zog, die Hände um seine Oberarme geschlungen, und ihren Körper fest an ihn presste, während ich noch immer neben ihm stand und seine Hand festhielt, machte die Sache nicht wirklich besser.

»Ähm … Hallo?«, machte ich auf mich aufmerksam. Sofort fiel ihr genervter Blick auf mich.

»Oh, Hallo … Anita, richtig? Schön, dich wiederzusehen. Alex, du musst unbedingt mit zu meinen Eltern kommen. Sie haben dich seit unserem gemeinsamen Urlaub auf Maui nicht mehr gesehen und fragen schon die ganze Zeit nach dir.«

Dann zog sie ihn von mir weg, ohne mich eines weiteren Blickes zu würdigen.

»Ich heiße Alison«, erwiderte ich kopfschüttelnd. Doch da hatte Alexanders Hand sich schon von meiner gelöst. Ohne mich zu bitten, mitzukommen, folgte er Gemma durch die Menge.

Kapitel -24-

Ally

»Alison, wie gefallen Ihnen die Kaviar-Häppchen? Sind sie nicht vorzüglich?«

»Mhm?« Fragend drehte ich den Kopf in Maureen Williams Richtung. Liane hatte uns einander vorgestellt. Die beiden spielten jeden Dienstag und Freitag gemeinsam Tennis. Seit einer halben Stunde erzählte Maureen mir davon, wobei ich höchstens zehn Minuten zugehört hatte. Die restliche Zeit verschwendete ich damit, Alexander und Gemma zu beobachten. Die beiden unterhielten sich angeregt mit ihren Eltern. Scherzten, lachten und wirkten so vertraut. Der Anblick verursachte ein schmerzhaftes Stechen in meiner Brust. Wie nahe standen sie und Alexander sich? Was hatte sie mit Maui gemeint? War sie seine Ex-Freundin? Wieso sonst sollte er einen gemeinsamen Urlaub mit ihr machen?

»Alison?«, sagte Maureen nun etwas lauter und tippte mir leicht an die Schulter, um meine Aufmerksamkeit auf sich zu lenken.

»Wie bitte?«, fragte ich abwesend.

»Die Kaviar-Häppchen?« Sie hielt mir eins davon vor die Nase, sodass ich es nehmen musste. Strahlend wartete sie, dass ich es aß. Was blieb mir also anderes übrig?

»Schmeckt himmlisch«, log ich mit verzogener Miene, weil das labbrige Zeug in meinem Mund widerlich war. Als ich mich wieder zu Alexander und Gemma drehte, hätte ich am liebsten alles ausgespuckt. Sie himmelte ihn an, als sei er ein vom Olymp gesandter Gott. Und Alexander erweckte nicht den Eindruck, als hätte er ein Problem damit. Er sonnte sich regelrecht in ihrer Bewunderung.

»Sagen Sie, Maureen, was können Sie mir über Gemma erzählen?«, fragte ich leise und beugte mich zu ihr rüber, sodass uns keiner hören konnte. Maureen kam ebenfalls näher, den Blick nun auch auf die beiden Turteltäubchen gerichtet. Ihre Miene war besorgt und ihr Tonfall ernst.

»Genug, um zu sagen, dass ich meinen Mann nicht so lange allein mit ihr lassen würde.«

Mein Magen zog sich bei ihren Worten unangenehm zusammen und ein Gefühl stieg in mir auf, das ich nicht recht benennen konnte. War das Eifersucht? Niemals.

»Gemmas Eltern machen keinen Hehl daraus, dass sie ihre Tochter an einen reichen Mann verheiraten wollen. Während ihr Sohn in ein paar Jahren die Nachfolge seines Vaters antreten und die Leitung des Familienimperiums übernehmen wird, ist alles, was man von ihr erwartet, reich zu heiraten. Und sie hat schon lange ein Auge auf Alexander geworfen.«

Die letzten Worte raunte sie mir ins Ohr. Sie klangen wie eine Warnung. Das merkwürdige Gefühl in meinem Magen nahm überhand und sorgte dafür, dass ich keinen klaren Gedanken mehr fassen konnte. Am liebsten wollte ich zu ihnen gehen und Gemmas verdammten Arm wegschlagen. Aber ich unterdrückte das Bedürfnis. Trotzdem konnte ich mir das nicht länger mitansehen. Ich wollte bloß weg hier. Vielleicht hätte ich mich zu ihnen gesellen müssen, weil man das von Alexanders Freundin erwartet hätte. Aber ich würde es kein zweites Mal aushalten, wenn Alexander mich ignorierte und nur Augen für die wunderschöne Gemma hatte.

»Entschuldigen Sie mich einen Moment«, murmelte ich und ließ Maureen allein mit den restlichen Häppchen stehen. Mit gesenktem Kopf steuerte ich an den anderen Gästen vorbei, lief über die Wiese und erklomm die Treppenstufen zur New York Library. Als ich die ersten Regalreihen erreichte und der vertraute Duft von altem Papier mich einhüllte, konnte ich endlich wieder freier atmen. Was war nur los mit mir? Wieso störte es mich so, Alexander mit Gemma zu sehen? Das entsprach nicht meiner Art. Außerdem konnte er tun und lassen, was er wollte. So zu empfinden, ergab keinen Sinn. Schließlich *spielte* ich seine Freundin nur.

Ich erreichte die hintere Reihe im Fantasy-Bereich und lehnte mich mit dem Rücken an die Wand zwischen zwei Regalen. Seufzend legte ich den Kopf in den Nacken. Die alten Steine der Wand hatten die Kälte des Winters tief in sich eingesogen. Gänsehaut breitete sich trotz der schützenden Schicht aus Kleidung auf meinem Körper aus.

Ich schloss die Augen und genoss die Stille. Versuchte meine Gedanken zu ordnen, als Schritte sich näherten. Als ich die Augen wieder öffnete, stand Alexander am Ende des Gangs, mit der Schulter lässig an eins der Regale gelehnt, und beobachtete mich.

»Was tust du hier?«, fragte ich. Obwohl ich leise sprach, hallte meine Stimme laut von den Wänden wider.

»Herausfinden, warum du weggelaufen bist«, antwortete er und ließ den Blick beiläufig über die Buchrücken gleiten.

»Ich bin nicht weggelaufen.«

Ohne ein Wort zu sagen, kam er immer näher, bis er direkt vor mir stand. Ich lehnte noch immer an der Wand, weswegen er einen ganzen Kopf über mir aufragte. Die Hände neben meinem Gesicht abgestützt, beugte er sich leicht zu mir runter.

»Du lügst«, behauptete er leise, aber mit Gewissheit. Es war sinnlos, es abzustreiten. Ich konnte ihn nicht belügen und mich selbst auch nicht. Ich war weggelaufen. Und er hatte die Party verlassen, um mich zu suchen. Die Tatsache, dass er Gemma hatte stehenlassen, um mir zu folgen, besänftigte das nagende Gefühl in meinem Inneren etwas.

Seine Hand legte sich an meine Wange. Um ihn nicht ansehen zu müssen, schloss ich die Augen. Schmiegte mich unbewusst in seine Berührung.

»Du warst eifersüchtig«, stellte er fest, während sein Daumen über meine Unterlippe fuhr. Die Augen noch immer geschlossen, schüttelte ich den Kopf. Sein Finger brannte heiß auf meiner Lippe. Befreite die Erinnerungen an meinen Traum, die ich eigentlich längst vergessen haben wollte.

Scheiß auf die Regeln.

»Ich war nur wütend, weil dein Verhalten unseren Deal gefährdet hat«, verteidigte ich mich, konnte die Unsicherheit aus meiner Stimme aber nicht ganz verbannen.

»Schon wieder eine Lüge. Wieso sagst du mir nicht die Wahrheit, Ally?« Er hauchte meinen Namen, als wäre er etwas Kostbares, ließ seinen Daumen über meine Wange fahren und legte seine Finger in meinen Nacken, um mich festzuhalten.

»Fürchtest du dich so sehr vor der Wahrheit?« Er kam immer näher, das spürte ich. Spürte seine harte Brust gegen meine Hände drücken.

»Alex, bitte«, flüsterte ich. »Hör auf.« Mein Tonfall war verzweifelt und zweifelnd gleichzeitig. Weil ich nicht wusste, ob ich wirklich wollte, was ich sagte. Ob ich wirklich wollte, dass er aufhörte.

»Womit soll ich aufhören?«, fragte er in einem Tonfall, der verriet, dass er genau wusste, was er mir gerade antat.

»Wir hatten eine Abmachung. Regeln«, versuchte ich, ihn an unser Gespräch ganz am Anfang zu erinnern. Und mich selbst auch. Denn ich hatte schon wieder fast vergessen, warum das so eine schlechte Idee war. Die Hände auf seine Brust gelegt, versuchte ich ihn von mir zu drücken. Oder hielt ich ihn fest?

»Was, wenn ich dir sage, dass ich nicht aufhören kann?«

Endlich sah ich ihn an. Loderndes Verlangen stand in seinen Augen. Langsam nahm er mein Handgelenk und löste meinen Griff von seinem Hemd. Während er es zu seinem Mund führte, ließ er meinen Blick keine Sekunde lang los.

»Was, wenn ich mich nicht von dir fernhalten kann?«

Scheiß auf die Regeln.

Dann hauchte er einen zarten Kuss auf die Innenseite meines Handgelenks, der sich durch meine Haut direkt in meine Knie brannte und sie weich werden ließ. Einen Moment war ich wie erstarrt. Der Anblick von Alexanders vollen Lippen auf meiner hellen Haut ließ jeden Zweifel verstummen und nur noch einen Gedanken überleben. Ich wollte diesen Mund überall auf meinem Körper spüren.

»Scheiß auf die Regeln«, hörte ich die Worte dieses Mal aus meinem eigenen Mund. Mit einem kräftigen Ruck zog Alexander mich zu sich. Ich landete an seiner festen Brust und legte die Arme um seinen Hals, um ihn zu mir runterzuziehen. Doch Alexander ging in die Knie und hob mich hoch, als wöge ich nichts. Ich schlang die Beine um seinen Körper und ließ zu, dass er mich mit dem Rücken gegen die Wand drückte. Ein paar Sekunden sahen wir einander atemlos in die Augen. Dann küsste er mich und ich vergaß die Welt um uns herum. Seine Zunge drang in meinen Mund ein. Seufzend begrüßte ich sie, öffnete mich. Abseits jeglicher Kontrolle krallte ich meine Hände in seine Haare, zog ihn dichter zu mir und wollte mehr, immer mehr. In mir baute sich ein verzweifeltes Verlangen auf, das mich zwischen unseren Küssen wieder und wieder laut nach Luft schnappen ließ.

»Du bringst mich um den Verstand«, raunte Alex, während seine Finger den Saum meines Pullovers anhoben. Als er meinen Bauch berührte, seufzte ich wohlig. Das hier war noch viel besser als mein Traum. Stöhnend senkte er seine Lippen auf mein Schlüsselbein, liebkoste die weiche Stelle in meiner Halsbeuge mit seiner Zunge, während seine Finger tiefer glitten und den Knopf meiner Jeans erreichten. Genau dann schaltete mein Gehirn sich wieder an und ich merkte, was wir gerade im Begriff waren zu tun. Und ich erinnerte mich auch wieder daran, warum das hier so falsch war. Ich war nicht hierhergekommen, um Sex mit Alexander zu haben. Ich war vor ihm geflüchtet, weil sein Verhalten mich verletzt hatte. Jetzt mit ihm zu schlafen, würde alles nur schlimmer machen.

Auch wenn ich es tun wollte. Gott, wie sehr ich es gerade wollte!

»Alex«, hielt ich ihn zurück und nahm sein Gesicht in meine Hände, damit er mich ansehen musste. »Wir sollten … das ist falsch«, raunte ich. Ängstlich, weil ich nicht wusste, wie er auf eine Zurückweisung reagieren würde. Als wir uns beim letzten Mal geküsst hatten, war unser Abschied so frostig gewesen, dass ich jetzt noch Gänsehaut davon bekam. Wie würde es heute sein?

Aber Alexander überraschte mich, indem er nickte und seine Hand zurückzog. »Tut mir leid, ich habe mich gehen lassen.«

Seine Stimme klang betrübt. Verunsichert. Als hätte meine Zurückweisung ihn getroffen. Ich wollte ihm sagen, dass es okay war. Dass ich es genauso sehr gewollt hatte. Stattdessen sagte ich etwas anderes. »Können wir reden?«

»Worüber willst du reden?«

»Gemma«, antwortete ich leise und biss mir nervös auf die Unterlippe. Hoffnung flackerte kurz in seinen Augen auf, war jedoch so schnell wieder verschwunden, dass ich mich auch geirrt haben könnte.

»Was willst du wissen?«, fragte er und setzte mich auf dem Boden ab.

Kapitel -25-

Alex

Da saß ich nun, auf dem Boden der New York Library in einer der hintersten Regalreihen, umgeben von verstaubten alten Büchern, weil Alison reden wollte. Mir stand der Sinn so überhaupt nicht danach. Obwohl ein paar Fragen mir heftig auf der Zunge brannten. Wie zum Beispiel, warum sie heute Morgen am Telefon so außer Atem geklungen hatte. Sie behauptete, allein gewesen zu sein und doch klang es nicht so. Hatte sie die Regeln missachtet und einen Mann zu sich geholt? Der bloße Gedanke reichte aus, um mich die Hand zur Faust ballen zu lassen. Normalerweise hätte mich nur die Tatsache stören müssen, dass sie sich nicht an unseren Deal hielt. Doch seit dem Abend bei Bill und Liane, seitdem ich sie mit Liam gesehen hatte, wusste ich, dass da noch mehr war.

»Was willst du über Gemma wissen?«, fragte ich, ohne mir meine innere Unruhe anmerken zu lassen. Alison saß neben mir auf dem Boden und fuhr mit dem Finger über die Buchrücken der untersten Regalreihe. Ihren Blick hatte sie von mir abgewandt. Trotzdem wusste ich, dass sie mir zuhörte.

»Du hast dich heute Abend falsch verhalten«, sagte sie leise.

»Das ist keine Frage«, stellte ich fest. Seufzend drehte sie sich zu mir um. Wirkte plötzlich erschöpft und ausgelaugt. Am liebsten hätte ich den traurigen Ausdruck aus ihrem Gesicht fortgewischt.

»Okay. Warum hast du dich falsch verhalten?«

Sie musste mir nicht erklären, was sie mit falsch meinte. Sie musste mir auch nicht sagen, dass ich einen Fehler gemacht hatte. Das hatte ich in dem Moment begriffen, als ich Gemma gefolgt war und Alison hinter mir ließ. Die ganze Zeit über hatte ich gespürt, dass ich meine Aufmerksamkeit der falschen Frau widmete. Dass ich Ally nicht sich selbst hätte überlassen dürfen. Wieso ich es dennoch getan hatte?

»Deine offensichtliche Verachtung für mich macht es mir manchmal nicht leicht, in deiner Nähe zu sein«, rang ich mich zu einem Geständnis durch. Über meine Gefühle zu reden, war etwas, das ich immer vermied. Aber Alison ließ mir mit ihrer direkten Art kaum eine andere Wahl. Jetzt sah sie mich überrascht an.

»Meine Verachtung?«

»Ja, Alison.«

»Ich … das tue ich nicht. Ich verachte dich nicht.«

Sie tat es und sie wusste es. Und sie wusste, dass ich ihre Abneigung auch spüren konnte. Trotzdem hatte ich für einen kurzen Moment gehofft, dass die Anziehung zwischen uns andere Gründe haben könnte als rein körperliche.

»Du kannst es ruhig zugeben. Ich spüre es sowieso. In jedem deiner Worte. Immer, wenn du mich ansiehst. Du verbringst deine Zeit nicht gern mit mir, Alison, und das ist okay. Aber dann wundere dich nicht, wenn ich Gemmas Gesellschaft bevorzuge. Denn sie zeigt mir nicht mit jedem Schritt, wie abscheulich sie mich findet. Ich weiß, dass es ein Fehler war. Und dass die Leute sich das Maul darüber zerreißen werden. Aber ich bin auch nur ein Mensch und nach der Sache vorhin im Auto brauchte ich einfach eine kurze Pause von diesem … Spiel.«

Ich hatte ehrlich sein wollen, offensichtlich jedoch genau das Falsche gesagt. Wütend richtete Alison sich halb auf. Sie kniete nun vor mir und funkelte mich an. »Was hast du denn erwartet?«, rief sie und ihre Stimme hallte durch den Raum.

»Bei unserem ersten Treffen hast du mich aufs Tiefste beleidigt. Statt mir einen Job zu geben, lässt du mich deine Freundin spielen. Du entschiedest, was ich anziehe, was ich esse, ja sogar, was ich trinke! Und als wir zu Bill und Liane gegangen sind, warst nicht du derjenige, der MIR gesagt hat, dass er sich nicht mit einer Kellnerin sehen lassen kann?« Ihre Stimme war nun leiser, doch die Wut darin hatte sich verstärkt. Ein Zorn, von dem ich spürte, dass er sich nicht nur gegen mich richtete, weswegen ich ihr diesen Ausbruch nicht einmal übelnehmen konnte.

»Alison, ich möchte dich etwas fragen«, nutze ich den Moment, in dem sie Luft holte. »Du hast mich um einen Vorschuss in Höhe von zehntausend Dollar gebeten. Weswegen ich davon ausgehe, dass du dringend Geld gebraucht hast. Selbst wenn ich dir den Job als meine Assistentin gegeben hätte, wie wolltest du diese Summe in so kurzer Zeit auftreiben? Du hättest Monate gebraucht, um so viel zu sparen.«

Die Wut entwich ihrem Körper wie Luft aus einem zerplatzten Luftballon.

»Ich hätte zur Bank gehen können«, murmelte sie unsicher. Sie glaubte selbst nicht daran.

»Du wärst in der Probezeit gewesen. Keine Bank hätte dir das Geld geliehen. Nicht sofort.« Ich wartete, ob sie mir widersprach. Als sie nichts sagte, fuhr ich fort: »Wieso kannst du es nicht als glücklichen Zufall sehen, dass wir uns ausgerechnet jetzt begegnet sind? Ich brauchte jemanden, der mir bei dem Deal mit Bill hilft und du brauchtest dringend das Geld. Wir haben uns gegenseitig geholfen. Ich weiß, dass ich mich bei unserem ersten Treffen schrecklich benommen habe. Und es tut mir aufrichtig leid. Aber alles, was ich danach gesagt und getan habe, war einzig um des Deals Willen. Wir bewegen uns hier in einem Haifischbecken, Alison, und alles, was du falsch machst, ist ebenso einer meiner wunden Punkte. Eine Angriffsfläche. Also entschuldige bitte, wenn ich zu hart war. Es war nicht persönlich gegen dich gerichtet.«

Sie schwieg einen Moment. Dann nickte sie. »Schon vergessen.«

Ich richtete mich auf und kam ihr mit dem Oberkörper ein Stück näher. Sie hatte die Finger im Schoß verschränkt und blickte hinab.

»Warum versucht du nicht, das Ganze positiv zu sehen? Wir helfen uns gegenseitig aus einer Lage, aus der wir sonst nicht rausgekommen wären.«

»Alex?«, fragte sie leise und sah mich unsicher an. »Bitte lass mich nicht mehr allein. Ich fühle mich so unwohl unter all diesen Menschen. Ich passe nicht zu ihnen. Aber … aber wenn du da bist, ist es einfacher für mich.«

Mein Herz setzte einen Schlag aus. Hatte sie gerade wirklich gesagt, dass sie mich bei sich wollte?

»Ich lasse dich nicht mehr allein«, versprach ich mit rauer Stimme. »So etwas wie heute wird nicht wieder vorkommen.« Warum sollte ich meine Zeit auch mit Gemma verbringen, wenn Alison mich bei sich haben wollte? Am liebsten hätte ich sie auf meinen Schoß gezogen und geküsst, bis sie wieder diese süßen Seufzer von sich gab. Alison wollte nicht, dass ich sie allein ließ, aber wusste sie überhaupt, wie nahe ich ihr wirklich sein wollte? Nein, sie hatte keine Ahnung, was sie in meinem Inneren anstellte und das machte die Sache umso gefährlicher.

»Alex?«, fragte sie wieder. »War sie … also, wart ihr… du und Gemma? Wart ihr ein Paar?«

Wortlos starrte ich sie an, nicht fähig, eine Antwort zu formulieren. Hatte ich mich doch nicht getäuscht? War Alison eifersüchtig? Warum wünschte ich mir überhaupt, dass sie es war? Weil ich sie mit Liam gesehen hatte. Und der Gedanke, dass heute Morgen ein anderer Mann bei ihr gewesen sein könnte, mich innerlich zerriss.

»Nein, wir waren nie ein Paar. Wir hatten auch nie Sex und der Urlaub auf Maui, den Gemma erwähnt hatte, war rein zufälliger Natur. Wir waren zur selben Zeit am selben Ort.«

Ich verschwieg das Detail, dass Gemma es mit dem Sex mehr als einmal probiert hatte. Doch ihr Vater war ein angesehener Mann in New York und seine Tochter keine Frau, mit der man nur einmal schlief und sie dann von der Bettkante stieß. Das gäbe mehr Probleme, als der Spaß es wert war.

»Okay«, sagte sie und wirkte erleichtert. »Versteh mich nicht falsch, ich frage natürlich nur wegen des Deals. Ich denke einfach, dass ich solche Dinge wissen sollte. Wenn mich jemand darauf anspricht, sollte ich doch vorbereitet sein.«

»Natürlich«, bestätigte ich ihre Worte, suchte in ihrem Blick jedoch nach mehr. Redeten wir wirklich noch über den Deal? Oder ging es schon lange darüber hinaus? Und wenn ja, was hielt ich davon?

Ich ermahnte mich, meine eigenen Regeln einzuhalten. Ich war Alexander Preston. Mit diesem Namen verband man Macht, Reichtum, Erfolg. Aber keinen liebevollen Partner, der seiner Freundin Blumen brachte und ihr nachts romantische Worte ins Ohr flüsterte, während er mit ihr Liebe machte. Nur weil ich diese Art von Kerl jetzt spielte, hieß das nicht, dass ich es auch wirklich werden konnte. Nicht dauerhaft. Doch Alison verdiente genau das, daran hatte ich keinen Zweifel.

Deswegen musste ich mich mehr denn je an meine Regeln halten. Wir würden diesen Deal abschließen und dann würde ich sie gehenlassen. Damit sie etwas Besseres finden konnte.

»Dann sind wir uns einig? Wir begraben unser Kriegsbeil und ziehen das alles als Team durch?«, fragte ich. »Partner?« Ich streckte Alison meine Hand entgegen, damit sie einschlagen konnte. Sie zögerte, musterte mich und ich hätte zu gern die Gedanken gelesen, die hinter ihren aufgewühlten Augen tobten. Dann schlug sie ein.

»Partner«, flüsterte sie, beugte sich zu mir vor und hauchte mir einen zarten Kuss auf die Wange. Ich presste den Kiefer fest zusammen und drückte ihre Hand einen Moment lang zu stark, als ihre weichen Lippen auf meiner Haut lagen.

Ich hätte sie wegschicken sollen. Sofort. Denn in diesem Augenblick spürte ich den Wunsch, sie festzuhalten, so stark, wie ich ihn seit Jahren bei niemandem mehr gespürt hatte.

Kapitel -26-

Ally

Wir waren nicht wiederzuerkennen. Dieser Tag, dieses Gespräch, es änderte die Stimmung zwischen Alexander und mir rapide. Statt uns bei jeder Gelegenheit gegenseitig zu bekämpfen, arbeiteten wir Hand in Hand, um den Auftrag von Bill für ihn an Land zu ziehen. Meine *Was-mag-Alexander-Liste* wuchs stündlich, denn die wortkargen Zeiten zwischen uns waren Vergangenheit. Ich zog mich mit Freude so an, wie es ihm gefiel, widmete mich mit Begeisterung den Veranstaltungen, auf die er mich mitnahm und mein Lächeln war nicht länger aufgesetzt. Ich hatte wirklich Spaß. Wofür es genau zwei Gründe gab. Erstens sträubte ich mich nicht länger gegen den Gedanken, seine Freundin zu spielen. Stattdessen folgte ich Alexanders Vorschlag und sah es als etwas Positives. Eine glückliche Wendung des Schicksals. Denn was er an dem Tag in der Bibliothek zu mir gesagt hatte, war die Wahrheit. Ich hätte mich anstrengen können, so sehr ich es wollte, aber das Geld hätte ich auf andere Weise niemals so schnell auftreiben können. Ohne es zu wissen, hatte Alexander mich und meinen Dad vor einem schrecklichen Schicksal bewahrt. Mir die Wahrheit einzugestehen, führte dazu, dass ich so etwas wie Dankbarkeit empfand, womit ich niemals gerechnet hätte.

Doch der zweite Grund für meinen Stimmungsumschwung erschütterte mich noch viel mehr. Ich verbrachte schlichtweg gern Zeit mit Alexander und war weit über den Punkt hinaus, an dem ich diese Tatsache abstreiten konnte. Aufzuhören, in ihm den Mann zu sehen, der mir eine Chance vorenthalten hatte, bedeutete gleichzeitig, all die anderen Seiten an ihm zu erkennen. Ich beobachtete ihn in seinem natürlichen Umfeld und war gebannt von der Eleganz, mit der er sich unter seinen Geschäftspartnern bewegte. Neben Alexanders Selbstsicherheit und seinem kraftvollen Auftreten sahen sie alle aus wie kleine Lichter, die auf ein Minimum gedimmt worden waren, während er gleißend hell leuchtete. Die Leichtigkeit, mit der er dafür sorgte, dass jeder wie gebannt an seinen Lippen hing, war beeindruckend. Tatsächlich schienen Liane und Bill die Einzigen zu sein, die gegen seinen natürlichen Charme immun waren. Aber dafür hatte er mich.

Ich musste nicht einmal mehr lügen, wenn ich mich mit Liane in Gesprächen über ihn verlor. Es war, als hätte der Moment in der Bibliothek ein Portal geöffnet. Und nun kamen all die guten Eigenschaften an ihm, die ich vorher nicht hatte wahrhaben wollen, hinausgeströmt und verhinderten, dass ich sie noch länger ignorieren konnte.

Alexander war ein knallharter Geschäftsmann, der seinen Willen durchsetzte. Seinen Mitarbeitern und Geschäftspartnern gegenüber jedoch war er loyal. Ich erfuhr von den Zusatzleistungen, die er seinen Angestellten bot. Während andere Unternehmen in der Branche ihre Ausgaben auf ein Minimum reduzierten, hatte Alexander dafür gesorgt, dass er seinem Team einen noch attraktiveren Arbeitsplatz bot. So unterstützte er zum Beispiel Familien, die ihre Kinder in einer Tagesstätte unterbringen mussten mit finanziellen Zuschüssen. Am Ende jedes Quartals belohnte er den Einsatz seiner Mitarbeiter zusätzlich mit einer Gewinnbeteiligung und am Arbeitsplatz selbst sorgte er dafür, dass sie täglich mit frischem Obst, Suppen und Snacks versorgt wurden. So sehr

Alexander auch versuchte, es zu verbergen, im tiefsten Herzen war er ein guter Kerl. Immer öfter fragte ich mich, was ihn dazu veranlasst hatte, diese harte Fassade um sich selbst zu errichten. Diese Maskerade, mit der er allen das eiskalte Arschloch vorspielte.

Und noch etwas änderte sich. Immer öfter sah ich Alex an und wünschte mir, ich hätte damals einen Mann wie ihn an meiner Seite gehabt. Als Dad erkrankte und ich ganz allein mit allem war. Mein Ex-Freund Gabriel … was er mir angetan hatte, schmiss mich noch tiefer in das Loch, aus dem ich jetzt versuchte herauszukommen. Wäre Alexander stark genug gewesen, mich aufzufangen? Mich zu halten? Ich wusste nicht, woher ich diese Sicherheit nahm, aber etwas sagte mir, dass alles anders gewesen wäre, hätte ich Alexander zu dieser Zeit gekannt. Dennoch verheimlichte ich Dad genauso eisern vor ihm wie er seine Vergangenheit vor mir. Durch meine „Aufträge“ mit Alex war mein Besuchsplan bei Dad durcheinandergeraten. Ich konnte immer nur dann hingehen, wenn ich sicher sein konnte, dass Alexander mich nicht spontan brauchte. Also richtete ich meine Zeit bei Dad nach den Tagen aus, an denen Alexander wichtige Meetings hatte und ich sicher sein konnte, dass er von meiner Abwesenheit nichts mitbekam. Es war ermüdend und ich begriff nicht, warum ich diese Heimlichtuerei betrieb. Aber Dad war mein wunder Punkt. Den wollte ich schützen. Und solange Alexander nicht hundertprozentig offen zu mir war, musste ich es ihm gegenüber auch nicht sein. Obwohl ich mich immer mehr danach sehnte, dass wir diesen Zustand hinter uns ließen.

In weniger als einer Stunde würden wir uns mit Bill und Liane zum Essen treffen. Bei der Aussicht, Alexander heute wiederzusehen, vollführte mein Herz einen kleinen Hüpfer. Als ich mich vor dem Spiegel schminkte, lächelte ich verträumt vor mich hin. Selbst auf dem Weg zum Restaurant verlor ich meine gute Laune nicht. Vor dem Eingang wartete ich wie besprochen auf Alex. Als er lässig um die Ecke geschlendert kam, stockte mir der Atem. Statt eines Anzugs trug er heute eine schwarze Jeans mit einer dunklen Lederjacke darüber. Seine Haare waren zwar zurückgegelt, doch viel weniger penibel als sonst. So als hätte er nicht genug Zeit gehabt. Als er mich sah, verzog sich sein Mund zu einem schrägen Lächeln, das seine Augen funkeln ließ.

»Hey«, grüßte ich ihn und konnte das dümmliche Grinsen einfach nicht unterdrücken.

»Du siehst wunderschön aus«, hauchte er und zog mich in seine Arme. Offensichtlich war Alexander über seine Reaktion genauso überrascht wie ich. Zwei Sekunden später versteifte er sich merklich. Vermutlich realisierte er gerade, dass er mich im Arm hielt, ohne dass jemand dabei war, für den wir eine Show abziehen mussten. Obwohl ich seine Nähe genoss, löste ich unsere Umarmung ihm zuliebe. Ich spürte genau, wie sehr ihn die Situation überforderte. Wie stark er gegen sich selbst ankämpfte. Also beschloss ich, es ihm leicht zu machen und zog mich zurück. Als unsere Blicke sich trafen, lagen in seinen Augen tausend ungesagte Worte. Doch ich gab ihm nicht die Möglichkeit, eins davon auszusprechen. Zog ihn mit mir ins Restaurant. Denn ich fürchtete mich vor dem, was er sagen würde. Alex öffnete sich mir langsam, auch wenn es offensichtlich gegen seinen eigenen Willen geschah.

Ich wollte ihm nicht die Chance geben, etwas zu sagen, das das wieder zerstören würde. Denn das würde er. Da war ich mir sicher. Denn ich sah den inneren Kampf in seinen Augen.

An einem runden Tisch in der hinteren Ecke des Restaurants warteten Bill und Liane bereits auf uns. Beide hatten ein Glas Rotwein vor sich und unterhielten sich leise. Liane hatte sich zu ihrem Mann gebeugt, eine Hand auf seine Schulter gelegt und strahlte über das ganze Gesicht, während sie ihm zuhörte. Der Anblick war herzerwärmend. Die beiden waren so verliebt ineinander, dass selbst ein Blinder es sehen konnte. In den vergangenen Tagen hatte ich beobachtet, wie sie bei jeder Gelegenheit Händchen hielten und die Nähe des anderen suchten. Genau das wollte ich auch. Einen Partner, der mich auch nach so vielen Jahren noch innig liebte und so ansah wie Bill seine Frau. Unwillkürlich drückte ich Alexanders Hand etwas zu fest, woraufhin er mir einen fragenden Blick zuwarf.

Das Essen verlief angenehmer als alle Events, die wir bisher gemeinsam besucht hatten. Abseits von den Augen so vieler anderer konnten wir uns entspannt unterhalten. Bill ließ sich sogar zu ein paar albernen und stellenweise unanständigen Witzen hinreißen, für die seine Frau ihn sanft rügte. Auch Alexander taute auf. Je weniger er Bill wie einen potenziellen Geschäftspartner behandelte, den er beeindrucken wollte und einfach er selbst war, desto mehr schien Bill sich für ihn zu erwärmen.

Wir verbrachten einen wundervollen Abend und als Bill und Liane sich verabschiedeten, um noch etwas Zeit zu Hause mit ihren Kindern zu verbringen, war ich wirklich traurig, dass er schon endete. Was hauptsächlich daran lag, dass ich

Alexander damit hinter mir lassen und in mein kleines, karges Zimmerchen zurückkehren musste.

Ich griff bereits nach meiner Handtasche, da hielt Alex mich mit einer sanften Berührung an meinem Arm zurück. »Wollen wir noch einen Moment bleiben?«, fragte er für seine Verhältnisse sehr unsicher.

»Gern«, antwortete ich und strich den Stoff meines Kleides glatt, als ich mich hinsetzte. Plötzlich gerieten meine Hände ins Schwitzen und ich wurde verdammt nervös. War das eine Art Date? Oder ein kameradschaftliches Beisammensein? Ein Geschäftsessen? Während ich mir den Kopf zerbrach und versuchte, der Situation ein Etikett zu verpassen, winkte Alex den Kellner heran.

»Einen Whisky und eine Cola bitte«, sagte er und ich sah ihn mit gespieltem Entsetzen an.

»Alexander Preston. Haben Sie soeben tatsächlich eine simple Cola bestellt?«

»Ich bekenne mich schuldig«, antwortete er lachend und seine weißen Zähne blitzten hervor.

»Ich bin empört.« Die Hand auf die Brust gelegt, versuchte ich mich an einem entsetzten Gesichtsausdruck, scheiterte jedoch kläglich daran, Alexanders Charme zu widerstehen und stimmte in sein Lachen mit ein.

»Danke«, sagte ich an den Kellner gewandt, als er die Getränke brachte. »Woher der Sinneswandel?«, fragte ich Alexander und nippte an meiner Cola. Göttlich! Jetzt noch ein Stück Pizza dazu und mein Leben wäre vollkommen.

»Woran denkst du gerade?«

»Pizza«, antwortete ich wahrheitsgemäß und lachte über seinen verdutzten Gesichtsausdruck.

»Du strahlst so sehr, weil du an Pizza denkst?«

Ich nickte. Wenn ein Stück Teig mit einer dicken Schicht Käse einen nicht glücklich machen konnte, was dann?

»Dann lass uns eine bestellen«, schlug er vor und streckte sich nach der Karte aus.

»Oh nein, ich habe die *Pizza*, die sie hier anbieten, schon entdeckt. Wenn ich den Namen des Käses nicht aussprechen kann, den sie hier verwenden, dann kann das kein gutes Ende nehmen.«

Schmunzelnd legte er die Speisekarte wieder auf den Tisch. »Dann zeig mir, wo wir deiner Meinung nach eine bessere herbekommen.«

»Dein Ernst?«, fragte ich skeptisch und konnte mir ein Grinsen nicht verkneifen, als er nickte.

»Du hast die Entscheidungsfreiheit. Ich komme überall hin mit, wo du mich hinführst.«

Oh Alex, wenn du das mal nicht bereuen wirst.

»Wenn das so ist, Mr. Preston, herzlichen Glückwunsch. Ihnen wird die Ehre zuteil, beim besten Italiener in Brooklyn zu speisen.«

Bei dem Wort *Brooklyn* zwang er sich zu einem Lächeln.

»Ich weiß schon, warum ich normalerweise die Entscheidungen treffe«, murmelte er, folgte mir jedoch widerstandslos nach draußen.

Kapitel -27-

Alex

Es gibt diese Vorschläge, die man in dem Moment bereut, in dem man sie ausspricht. Dieser Moment zählte definitiv nicht dazu. Zwar konnte ich weder die Wahl des Restaurants noch die angebotenen Gerichte gutheißen, aber Alisons Gesichtsausdruck war tausend Stücke dieser zu fettigen und leicht verbrannten Pizza wert. Mit geschlossenen Augen saß sie vor mir, die Ellbogen auf den Tisch gestützt, der von einer rot weiß karierten Tischdecke bedeckt wurde, und biss genüsslich ein großes Stück ihrer Pizza ab. Ein langer Streifen Käse löste sich, Alison nahm ihn zwischen zwei Finger, legte den Kopf in den Nacken und ließ das Käseknäul in ihren geöffneten Mund fallen. Als sie verzückt stöhnte, konnte ich mir ein Lachen nicht mehr verkneifen.

»Was?«, fragte sie unverständlich, weil sie den Mund noch halbvoll hatte.

»Nichts«, wehrte ich ab, grinste aber immer noch von einem Ohr zum anderen.

»Lass mich raten, die Frauen, mit denen du normalerweise unterwegs bist, haben bessere Tischmanieren?«

Sie sagte das zwar, als wäre es etwas Schlechtes, aber meine Meinung hätte ihr in diesem Moment nicht weniger wichtig sein können. Unbeeindruckt davon, wie ich reagieren könnte, griff sie mit den Fingern direkt auf ihre Pizza, zog die Käseschicht ab und stopfte sich ein Stück in den Mund. Und genau diese Seite an ihr war es, die es mir immer schwerer machte, Abstand zu ihr zu wahren.

»Du machst nichts so wie die Frauen, die ich bisher kennengelernt habe«, flüsterte ich. Mehr zu mir selbst.

»Ist … ähm, ist das was Gutes?«, fragte sie unsicher. Statt einer Antwort konnte ich sie einfach nur anstarren. Wer war diese Frau, dass sie wie aus dem Nichts auftauchte und mein ganzes Leben auf den Kopf stellte? Mein ganzes Denken! Mein Blick verriet Alison mehr, als meine Worte es gekonnt hätten. Ihre Lippen teilten sich leicht. Eine zarte Röte breitete sich auf ihren Wangen aus. Zum ersten Mal hatte ich nicht das Bedürfnis, sie zu packen und zu verschlingen, nein. Ich wollte mit meinem Daumen sanft über ihre geröteten Wangen fahren. Ihre weiche Haut an meiner spüren. Ihre Wärme. Ich wollte die Stelle an ihrem Hals küssen, an der ihr Puls schlug und unter meinen Lippen schmecken, wie er sich für mich beschleunigte. Räuspernd wandte ich den Blick ab. Rang nach Fassung.

Irgendwas stimmte heute nicht mit mir. Vorhin diese Umarmung, die nicht nötig gewesen wäre. Dann kam ich mit ihr hierher, nur um ihr eine Freude zu machen. Und jetzt solche Gedanken. Mir wurde warm, viel zu warm und ein Gefühl, als würde ich die Kontrolle verlieren, beschlich mich.

Was ehrlich gesagt dafür sorgte, dass mir der Arsch auf Grundeis ging. Ich behielt IMMER die Kontrolle. Denn ich wusste, was passieren konnte, wenn ich es nicht tat.

»Schon okay, Alex. Du musst nicht antworten«, erlöste sie mich taktvoll aus der Situation. Wie heute vor dem Restaurant auch, war ich froh, dass sie mich nicht zu einem Gespräch zwang. Es war, als ahnte sie, dass sie nur verlieren konnte.

»Willst du dein Essen nicht einmal probieren?«, wechselte sie stattdessen das Thema. Ich hatte mich für die Pasta mit Meeresfrüchten in einer leichten Zitronensauce entschieden, in der Hoffnung, dass das halbwegs gesund und genießbar war. Aber das, was mir serviert wurde, sah alles andere als leicht aus. Fett sammelte sich unter den weichgekochten Nudeln und die Meeresfrüchte waren auch kein Hingucker.

»Ich konnte mich noch nicht dazu durchringen«, antwortete ich mit gerunzelter Stirn. »Ich bezweifle übrigens, dass es sich bei diesem Etablissement um ein echtes italienisches Restaurant handelt.«

Ihre Reaktion auf meine Aussage zeigte mir, dass ich damit den gesamten Fortschritt, den wir bei unserem Umgang miteinander gemacht hatten, gefährdete. Ihre Schultern spannten sich an und ich sah Enttäuschung über ihre Züge huschen, bevor sie wieder die neutrale Miene aufsetzte, die sie eigens für mich reserviert zu haben schien. Ob ich ein Idiot war? Eindeutig. Aber das war ein Gebiet, auf dem ich mich sicher fühlte.

»Bei deinen Vorfahren wundert es mich allerdings, dass es DIR überhaupt schmeckt«, verplapperte ich mich, bevor ich über meine Worte nachdenken konnte. Fuck, ich hatte mir selbst ins Bein geschossen. Kurz schloss ich die Augen und wappnete mich für das, was jetzt kommen musste. Alison sah mich lauernd an. Dicht an der Schwelle zu einem Wutausbruch.

»Was hast du da gerade gesagt?«, zischte sie und ich hätte mich für meine Unachtsamkeit ohrfeigen können.

»Ich …«, setzte ich an, brach jedoch ab.

»Du hast das gesagt, weil meine Großmutter aus Italien kommt, nicht wahr?«

Ich nickte. Lügen wäre zwecklos gewesen. Tom hatte mir die Information schon vor ein einer Weile zukommen lassen. Die ersten Ergebnisse seiner Recherche über Alison. Neben einer Version ihres polizeilichen Führungszeugnisses.

»Wieso, Alex? Woher weißt du davon?«, fuhr sie mich an. Ihre Hand lag zur Faust geballt auf dem Tisch und zitterte vor Wut.

»Am Anfang unserer Zusammenarbeit habe ich Tom gebeten, ein paar Dinge über dich herauszufinden.«

»Du hast jemanden beauftragt, damit er in meinem Privatleben herumschnüffelt?«, rief sie aufgebracht. »Wie konntest du nur?«

Seufzend fuhr ich mir mit der Hand durch die Haare. Ich stand zu dem, was ich getan hatte, auch wenn es nicht immer leicht war. Alisons Zorn würde verpuffen und dann würde sie einsehen, dass ich nicht anders hätte handeln können.

»Ich musste sichergehen, dass du nicht mit meinen Konkurrenten zusammenarbeitest und auch sonst keine Gefahr für mich darstellst.«

»Du hattest kein Recht, in meinem Leben rumzuschnüffeln«, schrie sie, völlig aus der Fassung gebracht. Sie stand so schnell auf, dass ihr Stuhl mit einem lauten Scheppern zu Boden fiel. Die anderen fünf Gäste im Restaurant sahen uns neugierig an. »Das ist MEIN Leben. Wenn du etwas wissen willst, hättest du fragen können. Und mich nicht hinter meinem Rücken ausspionieren lassen sollen. Ich dachte … ich dachte, es wäre jetzt anders zwischen uns. Aber du bist derselbe Arsch wie immer.«

Trauer schwang in ihrer Stimme mit und traf mich tiefer, als ihr Ärger es konnte. Ohne mich eines weiteren Blickes zu würdigen, nahm sie ihre Jacke und rauschte aus dem Restaurant.

»Alison«, rief ich, doch da war sie schon draußen. Durch die Scheibe sah ich, wie sie die Straße überquerte. Ich wollte ihr hinterher. Sie aufhalten und mich entschuldigen. Aber ich hielt mich selbst zurück. Denn am Ende behielt Alison recht.

Ich war derselbe Arsch wie immer.

Kapitel -28-

Ally

Ein paar Tage später befanden sich fast dreißigtausend Dollar in meinem Besitz. Die Vorzahlung von zehntausend Dollar und mein offizielles Honorar. Ich sah es schwarz auf weiß und konnte es doch nicht glauben.

Dreißig. Tausend. Dollar!

Der Mistkerl hatte doch tatsächlich sein Versprechen gehalten. Die Tage waren an mir vorbeigerast. Ich hatte Alexander zu drei weiteren Anlässen begleitet. Zwei Essen und eine Theateraufführung. Jeder Abend war schlimmer als der zuvor. Wir redeten nur, wenn andere Menschen anwesend waren. Sobald wir allein waren, schwiegen wir. Seine Nachrichten beschränkten sich auf den Ort und die Zeit unseres nächsten Treffens. Danach ließ er mich von seinem Chauffeur heimbringen. Er selbst fuhr nie mit uns. Abgesehen davon gab es keinerlei Kommunikation zwischen uns. Wenn keine Zeugen in der Nähe waren, existierte ich nicht für ihn. Keine Berührungen. Kein Blickkontakt. Nichts.

Wir fingen wieder bei null an. Nein, noch schlimmer. Wir befanden uns im Minusbereich und es war unerträglich. Besonders jetzt, wo ich wusste, wie wir zusammen sein konnten. Es zerriss mich. In hundert Einzelteile und machte mich so wütend. ER hatte Mist gebaut. ER hatte mir hinterherspioniert und mein Vertrauen missbraucht. Und jetzt bestrafte er mich für seinen eigenen Fehler. Er sollte derjenige sein, der sich schlecht fühlte. Dabei war ihm offensichtlich alles egal. Wie er es versprochen hatte. Er würde mich vergessen, sobald ich sein Büro zum letzten Mal verließ. Und ich war dumm genug gewesen, mehr in ihm zu sehen. Idiotin. Ich war eine dumme, naive Idiotin und ich bekam, was ich verdiente.

»Ally, würdest du bitte aufhören, die Zitrone zu zerquetschen?«

Karas Stimme riss mich aus meinem Wutrausch. Die Arme vor der Brust verschränkt, lehnte sie an der Küchentür der Bar und beobachtete mich dabei, wie ich zornig eine halbe Zitrone in meiner Faust zerquetschte. Eigentlich hatte ich sie für den Tequila in Scheiben schneiden sollen. Jetzt war nicht mehr übrig als eine Pfütze auf dem Küchenboden. Ungehalten pfefferte ich die Überreste der Schale gegen die Wand, wo sie klatschend abprallten und zu Boden fielen. Es fühlte sich so gut an, dass ich die zweite Hälfte gleich hinterherschmiss und alle anderen Zitronen, die sich noch auf meinem Schneidebrett befanden.

»Verrätst du mir, was das wird? Oder willst du erst noch ein paar Tomaten werfen?«

»Gute Idee«, rief ich und riss den Kühlschrank auf. Sogleich drückte Kara ihn wieder zu und packte mich an den Schultern.

»Rede mit mir! Bevor du noch die ganze Küche auseinandernimmst.«

»Es gibt nichts zu reden.«

»Ally!«

»Kara, lass mich!« Wütend riss ich mich von ihr los und stürmte ziellos in der Küche hin und her. In mir war so viel Zorn, dass ich nicht wusste wohin damit. Ich wollte schreien, schlagen, werfen, schimpfen, alles. Aber am liebsten wollte ich Alexander Preston genauso sehr wehtun, wie er mir wehtat.

»Dieser Hurenbock«, schrie ich. »Ich bringe ihn um.«

»Okay, das ist immerhin ein Anfang. Von wem reden wir?«

Kara stand gelassen neben dem Kühlschrank, als wäre dies eine alltägliche Szene. Aber für mich war es das nicht. Zuletzt hatte ich mich so hilflos vor Wut und ausgeliefert gefühlt, als die Sache mit Dad passiert war.

»Ally, rede!«

Schnaubend blieb ich stehen, die Hände in die Hüfte gestemmt. »Ich rede von Alexander. Diesem … diesem …«

»Hurenbock?«, schlug Kara vor, weil mir kein Wort einfallen wollte.

»Das trifft es nicht einmal ansatzweise.«

»Willst du mir nicht erzählen, was passiert ist?«

Die letzten Tage über hatte ich Karas Fragen mit knappen Antworten abgewehrt, aber jetzt war ich kurz davor zu platzen, wenn ich nicht mit irgendjemandem über die Sache redete.

»Ja. Aber dafür brauche ich Alkohol.«

Gesagt, getan. Uns blieb noch eine halbe Stunde Zeit, bis die Bar öffnete. Genug, um sich das Herz auszuschütten. Mit einer Flasche Tequila bewaffnet, machten wir es uns an einem der Tisch bequem und ich erzählte Kara alles, was vorgefallen war.

»Und jetzt redet ihr gar nicht mehr miteinander?«, fragte sie fünf Shots und zwanzig Minuten später.

»Nein, was auch nicht schlimm ist. Da gibt es nichts zu reden. Er ist ein Mistkerl und in weniger als drei Wochen bin ich ihn wieder los.«

»Ally?«

»Mhm?«, brummte ich. Den Kopf in die Hände gestützt. Ich vertrug einfach keinen Alkohol.

»Wieso stört es dich so sehr?«

»Was?«

»Sein Verhalten. Wieso nimmst du es dir so zu Herzen, dass er dich jetzt ignoriert?«

Ihr Blick durchbohrte mich. Vermutlich kannte sie die Antwort schon, bevor sie ihre Frage überhaupt gestellt hatte. »Du magst ihn, oder?«

»Er ist ein riesiges Arschloch«, antwortete ich mit einem wenig damenhaften Schnauben.

»Man kann auch auf ein Arschloch stehen.«

Das Schweigen zwischen uns wurde von meinem grummelnden Magen gefüllt, der sich gegen den vielen Tequila wehrte. Karas Worte sickerten nach und nach durch den Nebel aus Alkohol zu mir durch. »Ich stehe überhaupt nicht auf ihn. Oder denkst du doch?«

»Süße, das musst du mir sagen.«

Unmöglich. Nein. So dumm konnte ich nicht sein … oder?

»Nein, tue ich nicht«, stellte ich entschlossen klar und hoffte, dass die Botschaft auch bei meinem verwirrten Gehirn ankommen würde. Auf Männer wie Alexander ließ man sich nicht ein, wenn man ein bisschen gesunden Menschenverstand hatte. Die Tatsache, dass schon die Erinnerung an seinen hungrigen Kuss ausreichte, um eine Lawine der Leidenschaft in mir auszulösen, ließ ich außer Acht.

»Mir gefällt nur nicht, wie er mich behandelt. Er hat einen seiner Mitarbeiter auf mich angesetzt! Als wäre ich eine

Verbrecherin. Was, wenn er das mit Dad erfahren hätte? Ich … ich will nicht, dass er von ihm weiß.«

Kara sah mich abwägend an.

»Spuck es schon aus«, forderte ich sie auf. Ich sah doch genau, dass ihr etwas auf der Zunge lag.

»Okay, verstehe mich nicht falsch, aber ich kann nachvollziehen, warum er sich ein paar Infos über dich besorgen wollte.«

»Hey«, rief ich wütend. »Auf wessen Seite bist du überhaupt?«

»Ich meine doch nur, dass es in seiner Position verständlich ist. Er hat vermutlich eine Menge Konkurrenten, die ihm seinen Erfolg nicht gönnen. Solche Leute vertrauen niemandem schnell. Es ist doch ganz natürlich, dass er bei dir auf Nummer sicher gehen wollte.«

Fassungslos starrte ich meine Freundin an. »Verteidigst du ihn etwa?«

»Ally, wo liegt dein Problem wirklich?«, wich sie meiner Frage aus und sah mich besorgt an. Ich mochte diesen Blick nicht. Sorgte er doch dafür, dass ich mich unwohl fühlte.

»Mein Problem ist, dass er sich wie ein Vollarsch benimmt«, log ich. Okay, zum Teil entsprach es wirklich der Wahrheit.

»Ich denke eher, dass die Sache mit deinem Dad ein schwieriges Thema für dich ist. Du willst nicht, dass er davon erfährt, weil es dich verletzlich macht. Stimmst?«

Ich gab ein wenig damenhaftes Schnauben von mir. Aber Kara hatte verdammt nochmal recht. Ich hatte Angst, dass Alexander von Dads Krankheit erfahren könnte. Und meiner Vergangenheit? Warum? Weil ich mir seitdem Vorwürfe machte. Vorwürfe, dass ich alles hätte besser machen können.

Wenn ich mich anders verhalten, schneller gelernt hätte oder besser mit unserem Geld umgegangen wäre, dann befände ich mich heute nicht in dieser Notlage. Und Dad nicht in dem schäbigen Pflegeheim. Vielleicht wäre er bei mir. Oder wenigstens an einem sauberen Ort mit ein bisschen Grün vor seinem Fenster. Jetzt musste er auf irgendwelche Hochhäuser starren, wenn er aus dem Fenster blickte und seine einzige Tochter schaffte es kaum, ihn zu besuchen, weil sie ständig und immer arbeitete. Ich tat so viel. Hatte so viel getan. Aber nichts reichte. Alexander gehörte zu den Menschen, denen alles gelang. Was er anfasste, wurde zu Gold. Was, wenn er mich verurteilte? Wenn er das bestätigte, was ich seither dachte? Dass ich zu schwach war, um mich um meinen Dad zu kümmern. Dass jemand wie Alexander seinen Vater nicht so hätte leiden lassen. Es niemals so weit hätte kommen lassen.

Wut schoss durch meine Glieder. Wut auf Alexander. Auf Kara. Auf diesen dummen Tequila und darauf, dass ich die Schuldgefühle nicht loswurde, egal was ich tat. Wankend stand ich auf, wobei ich mich am Tisch festhalten musste.

»Was hast du vor?«, fragte Kara besorgt. Ihr sah man den Alkohol überhaupt nicht an. Gott, das war unfair. Sie hatte mehr getrunken als ich.

»Ich rufe ihn jetzt an.«

»Und was willst du ihm sagen?«

»Dass er ein mieser Kerl ist. Und dass man so nicht mit Menschen umgeht.«

Kapitel -29-

Alex

Den Blick auf die Stadt gerichtet, stand ich an der Fensterfront meines Büros. Statt zu arbeiten, beobachtete ich, wie die letzten Sonnenstrahlen hinter dem Horizont verschwanden. Ein absolut unproduktiver Tag neigte sich dem Ende. Ein Tag, an dem ich nichts geleistet hatte. Ich hasste es. Ich hatte mein Imperium nicht durch Faulheit oder Bequemlichkeit erschaffen. Es nicht zu so viel Geld gebracht, weil ich mich ablenken ließ. Ich bewegte mich, wenn andere stillstanden. Rannte, wenn sie gingen und entspannte, wenn sie in Eile waren. Ich tat Dinge grundsätzlich immer anders, als andere Menschen sie taten. Dachte weiter. Dachte um viele Ecken. Aber heute konnte ich verdammt nochmal nur an diese Frau denken und dass ich sie seit Tagen nicht mehr berührt hatte. Und seitdem auch keine andere Frau. Keine weckte auch nur das geringste Fünkchen Interesse in mir. Stattdessen verschwendete ich meine Zeit damit, mich schuldig zu fühlen. Dabei hatte ich mir nichts vorzuwerfen. Eine Überprüfung von Alison war unumgänglich. Es gehörte zu meinem Standard-Prozedere. Dass sie das jetzt persönlich nahm, war wirklich nicht mein Problem. Wieso bekam ich es dann also nicht aus dem Kopf? Wieso bekam ich sie nicht aus dem Kopf? Ich kannte die Antwort.

In den letzten Tagen war ich Alison so nahegekommen wie lange keinem anderen Menschen mehr. Darin lag mein Fehler. Ich hatte gegen meine eigenen Regeln verstoßen und ihr einen zu großen Raum in meinem Leben eingeräumt. Mich auf ihre Bedürfnisse eingelassen und sie kennengelernt. So ein

Blödsinn. Ich war selbst daran schuld, dass ich in dieser Misere gelandet war. Ich verdiente diesen unproduktiven Tag und noch viel mehr.

Das konnte so nicht weitergehen. Ich hatte schon ganz andere Dinge wieder in den Griff bekommen. War ein Meister der Selbstbeherrschung. Diszipliniert. Warum ausgerechnet Alison all das ins Wanken brachte, wusste ich nicht. Aber ich würde den Fehler beheben.

Ein Klopfen an der Tür forderte meine Aufmerksamkeit. Es konnte nur Grace sein, denn um diese späte Zeit war kaum noch jemand im Büro. »Herein«, rief ich und beobachtete sie dabei, wie sie mit einer Tüte hereinkam. »Was ist das?«

»Ich habe Essen bestellt. Sie sind seit Stunden hier, da dachte ich, dass Sie vielleicht hungrig sind«, erklärte sie mit einem Lächeln, das andere als entzückend beschrieben hätten.

»Ich habe keinen Hunger«, antwortete ich kühl und brachte sie damit völlig aus dem Konzept. Keine Ahnung, was sie geplant hatte, aber ich hatte ihr offensichtlich einen Strich durch die Rechnung gemacht.

»Oh … okay, dann nehme ich es wieder mit.«

Zögerlich griff sie nach der Tüte mit dem Essen, hielt jedoch in der Bewegung inne und wagte einen letzten Versuch. »Kann ich sonst etwas für Sie tun, Boss?«

Die Hände in den Hosentaschen, sah ich sie abwartend an. Vielleicht hatte ich schon eine Lösung für mein Problem gefunden. Es war kein direktes Nein, was ihr genügend Mut gab, weiterzureden.

»Sie können alles von mir verlangen. Egal was«, hauchte sie und biss sich keck auf die Unterlippe. Sie wollte verlegen aussehen, dabei sah man ihren aufgespritzten Lippen schon von weitem an, dass sie nicht schüchtern war.

»Komm her«, forderte ich. Sofort ließ sie die Tüte zurück auf den Tisch fallen und eilte zu mir. Kaum hatte sie mich erreicht, fingerte sie an meinem Hemd herum und öffnete die obersten Knöpfe. Stöhnend schmiegte sie sich an mich, küsste meinen Hals und ließ ihre Hände so gierig über meinen Körper wandern, dass selbst ich mich für einen Moment sexuell belästigt fühlte. Am Ende blieb mir nichts anderes übrig, als ihre Hände festzuhalten.

»Stopp.«

Erschrocken sah sie mich an, was sie jedoch nicht an dem Versuch hinderte, mich zu küssen. Als ich meinen Kopf daraufhin leicht von ihr wegdrehte, raunte sie: »Ich will dich« an meine Wange. Alles in mir sträubte sich dagegen, sie zu küssen. Denn ich wusste, dass es mich nur enttäuschen konnte. Nicht nachdem Ally ... Genug! Ich musste diese Frau vergessen. Selbst wenn das bedeutete, dass ich sie mir aus dem Kopf vögeln musste. Und wenn es die ganze Nacht dauerte. Wenn ich mit Grace fertig war, würde ich mich nicht einmal mehr an Alisons Namen erinnern.

»Geh zum Schreibtisch. Zieh dein Kleid aus«, befahl ich. Normalerweise hätte ich die Wirkung meiner Worte genossen, jetzt wollte ich es einfach nur hinter mich bringen. Es war etwas, das getan werden musste. Zum Glück verstand mein Schwanz das und spielte mit. Ungerührt beobachtete ich, wie Grace sich mit zitternden Händen das Kleid von den Schultern streifte. Raschelnd fiel es zu Boden. Die Hände auf die Holzplatte gelegt, stellte sie sich breitbeinig an den Tisch und streckte mir ihren Hintern entgegen. Noch bedeckte ein

String ihre Blöße, aber gleich würde auch der weg sein. Entschlossen trat ich hinter sie und drückte ihren Oberkörper auf die Tischplatte. »Sieh nach vorn.«

Grace gehorchte widerstandslos.

Ich nahm einen letzten tiefen Atemzug, dann öffnete ich meine Hose und zog sie gerade so weit runter, wie es nötig war. »Los Baby, ich will dich«, stöhnte Grace und rieb ihren Hintern an meiner Erektion.

»Bringen wir es hinter uns«, sagte ich und packte sie unsanft bei den Hüften. Mit zwei Fingern wollte ich ihren Slip zur Seite schieben, als mein Handy plötzlich laut auf der Tischplatte vibrierte und mich innehalten ließ.

»Lass es einfach klingeln«, bettelte Grace. Ohne sie zu beachten, griff ich danach. Als ich den Namen auf dem Display las, schlug mein Herz augenblicklich schneller.

»Baby, komm schon … ich will dich unbedingt spüren.«

»Verschwinde«, fuhr ich sie an und packte sie am Arm, um sie aus dem Zimmer zu ziehen, als sie nicht reagierte.

»Was soll das? Ich dachte, wir …«

»Ich sagte, verschwinde«, fuhr ich sie aufgeregt an. Ungeduldig wartete ich, bis sie ihr Kleid vom Boden aufgeklaubt hatte. Ihre Beleidigungen hörte ich gar nicht. Nur das Klicken des Türschlosses, als sie endlich gegangen war.

Ohne noch einmal durchzuatmen, nahm ich den Anruf an.

»Alison. Ich bin überrascht, dass du anrufst. Ich dachte …«

»Schieb dir deine Überraschung in den Arsch«, schrie sie so laut in den Hörer, dass ich das Telefon von meinem Ohr weghalten musste.

»Wie bitte?«

»Ich sagte, schieb dir deine verfickte Überraschung in deinen verfickten Arsch! Und deinen Möchtegern-Spionagemitarbeiter gleich hinterher.«

»Bist du betrunken?«

Die Worte waren eindeutig gelallt. Alison hatte getrunken. Sofort begann mein Herz zu rasen. Schweiß bildete sich auf meiner Stirn. Lang verdrängte Erinnerungen zerrten an meinem Bewusstsein.

»Das geht dich nichts an. Ich habe es satt, mich so von dir behandeln zu lassen. Du denkst, weil du Geld hast, kannst du alles machen. Aber soll ich dir was sagen? So behandelt man Menschen nicht!« Die Worte kamen nur langsam über ihre Lippen. Gedehnt.

»Ally. Wie viel hast du getrunken?«, fragte ich mit eindringlicher Stimme. Versuchte die Panik zu unterdrücken. Diese Angst, die mich all die Jahre begleitete. Ich musste wissen, wie es ihr ging.

»Nicht genug, um zu vergessen, was für ein mieses Schwein du bist«, antwortete sie, wobei sie das Wort *Schwein* kaum noch richtig aussprechen konnte. Einerseits hatte ich gerade beschlossen, dass ich mich von ihr fernhalten wollte. Andererseits war sie betrunken - sehr, wenn ich ihrer Stimme vertraute. Ich wusste, was Betrunkenen passieren konnte. Wie verletzlich sie waren …

Mein Herz setzte aus. Erinnerungen drängten sich schmerzhaft zurück in mein Bewusstsein. In mir schrie eine Stimme, dass ich es dieses Mal verhindern musste. Dass ich dieses Mal etwas tun musste, wenn ich schon damals nicht hatte helfen können.

Ich fasste einen Entschluss.

»Wo bist du? Ich komme zu dir.«

Das Telefon zwischen Ohr und Schulter geklemmt, zog ich meine Hose hoch und suchte nach meinen Autoschlüsseln.

»Ally, antworte mir«, drängte ich sie, weil nur das Geräusch ihres Atems mir verriet, dass sie noch am Telefon war.

»Ich muss weiterarbeiten. Bye«, war ihre einzige Reaktion auf meine Fragerei.

»Warte, leg nicht …« Sie hatte aufgelegt. Schnell wählte ich ihre Nummer, aber nur die Mailbox ging ran. Wieder und wieder versuchte ich es, obwohl ich genau wusste, dass sich das Ergebnis nicht ändern würde. Wütend presste ich das Telefon in meiner geballten Faust zusammen. Sie war allein und betrunken. Der Druck der Vergangenheit nahm mir die Luft zum Atmen. Mein Blut rauschte laut in meinen Ohren.

Ich musste zu ihr. Ich musste sie finden.

Es durfte sich nicht wiederholen.

Kapitel -30-

Ally

»Und, wie lief es?«, begrüßte Kara mich. Unbeholfen und leicht wackelig in den Beinen, stakste ich die Treppen hinunter.

»Ich glaube, ich muss kotzen«, war alles, was ich hervorbrachte.

»Erwarte nicht, dass ich deine Haare halte. Erzähl mir lieber, was du zu deinem sexy Boss gesagt hast.«

»Er ist nicht mein Boss«, protestierte ich. Gegen das Sexy ließ sich nun wirklich nichts sagen.

»Irgendwie ist er das schon. Immerhin bezahlt er dich. Also, erzähl schon und lass dir nicht immer alles aus der Nase ziehen.«

Ich setzte mich auf die unterste Treppenstufe und nahm das Glas Wasser an, das Kara mir entgegenhielt. Erst nach einem großen Schluck fühlte ich mich bereit zu reden.

»Ich habe ihm die Meinung gegeigt und dann aufgelegt.«

»Gut gemacht. Ich bin stolz auf dich und jetzt komm, wir müssen arbeiten. Wenn John dich schon wieder betrunken hier rumhängen sieht, flippt er aus.«

Das klang, als wäre ich die Säuferin des Jahres. Und das aus dem Mund der Frau, die mich beide Male abgefüllt hatte. Trotzdem rappelte ich mich auf und machte mich an die Arbeit. Ein bisschen Ablenkung würde mir guttun.

Kurz darauf öffnete Kara die Türen und wenige Minuten später trudelten die ersten Gäste ein. Es war Donnerstag und heute würde eine Menge los sein. Bier zum halben Preis zog die Kundschaft in Scharen an. Keine Stunde nachdem wir geöffnet hatten, waren fast alle Tische besetzt. Kara hatte mich gezwungen, noch mindestens einen ganzen Liter Wasser zu trinken, damit der Alkohol aus meinem Körper gespült wurde. Es half sogar, das schwummrige Gefühl in meinem Kopf zu vertreiben. Auch meine Gedanken klärten sich nach und nach. Was nicht unbedingt toll war, denn langsam dämmerte mir, was ich getan hatte. Total betrunken bei Alexander anzurufen und ihn zu beschimpfen, zählte wohl kaum zu meinen glorreichsten Momenten. Wie sollte ich ihm nach der Aktion wieder gegenübertreten? Am liebsten wäre mir gar nicht, aber das war unmöglich. Ich brauchte dieses Geld. Ich war fest entschlossen, mir damit ein neues Leben aufzubauen. Gemeinsam mit Dad und Kara.

»Heute ist die Hölle los«, stöhnte ich und stellte ein paar schmutzige Gläser auf der Theke ab, damit Kara sie spülen konnte. Meistens hielten wir es so, dass sie die Bar übernahm und ich den Gastraum. Was vermutlich auch gut so war, denn Kara auf die Gäste loszulassen, glich beinahe Körperverletzung.

»Springt wenigstens ordentlich Trinkgeld für uns raus?«, fragte sie und bereitete mir drei große Weizen vor.

»Bisher sind es vierzehn Dollar und ein Burrito-Gutschein vom fetten Phil.«

»Ein Burrito-Gutschein? Wie kommt … Ähm … Ally? Ist das …« Erschrocken stockte sie mitten im Satz, murmelte irgendetwas Unverständliches und zeigte mit dem Finger auf den Eingang. Ich drehte mich um und hätte vor Schreck fast laut aufgeschrien, als ich sah, wer dort auf dem Treppenabsatz stand und sich suchend in der Bar umsah. Alexander Preston höchstpersönlich.

»Was macht der denn hier?«, zischte ich Kara zu und ging automatisch in Deckung.

»Der sieht ganz schön wütend aus. Sicher, dass du ihm am Telefon nur die Meinung gesagt hast?«

»Jetzt, wo du es sagst, ich war vielleicht ein bisschen unhöflich dabei«, gestand ich. Kara bedachte mich mit einem mitleidigen Blick, der schon fast etwas von Abschiednehmen hatte. Wenn ich mir Alexanders zusammengekniffene Augen, seine geballten Fäuste und die angespannte Körperhaltung so ansah, kam mir nur ein Gedanke. Noch blieb genug Zeit, um wegzulaufen.

»Kara, versteck mich. Schnell, bevor …«

»Zu spät. Er kommt rüber.«

Bevor ich überhaupt die Zeit hatte, mein Schicksal zu betrauern, erreichte Alex uns. Oder eher mich, denn Kara verzog sich so weit hinter die Bar, dass man sie im Schatten fast nicht mehr ausmachen konnte. Verräterin.

»Heeey, du hier«, flötete ich gespielt überrascht.

»Willst du mich verarschen?«, schrie er, packte mich bei den Schultern und schüttelte mich. »Du rufst mich an, völlig betrunken, und dann legst du einfach auf und schaltest dein Handy aus. Ich habe dreiundzwanzig Mal versucht, dich zu erreichen, Ally. Dreiundzwanzig Mal!«

Die Tatsache, dass er meinen Spitznamen benutzte, entging mir keinesfalls. Ich war sogar dumm genug, dass es mir gefiel. Aber das Detail, auf das ich mich stürzte, was selbstverständlich ein anderes. Wieso sollte ich mir auch nicht das Leben schwer machen und die Situation noch mehr zuspitzen?

»Also, nur, um das richtig zu verstehen … Mein Handy ist ausgeschaltet und du rufst trotzdem dreiundzwanzig Mal an?«

Der Blick, den er mir daraufhin schenkte, hätte einen ausgewachsenen Eber auf der Stelle tot umfallen lassen. Anstelle einer Antwort schnaubte er wütend und sah sich angewidert in der Kneipe um. »Wo treibst du dich überhaupt rum?«, fragte er abschätzig.

»Entschuldige bitte, nicht jeder kann ein schickes Büro im fünfundzwanzigsten Stockwerk mit Blick über Manhattan haben«, erwiderte ich sarkastisch.

»Du arbeitest hier?« Seine Stimme war eine Mischung aus Schock, Wut und Sorge. »Das ist kein Ort für eine Frau.«

»Das ist ein Ort für jeden, der dringend Geld verdienen muss.«

»Du hast Geld«, stellte er nüchtern klar und ich versuchte mich von ihm loszureißen. Seine Hände hielten mich noch immer an den Schultern fest. Aber egal, wie sehr ich mich seinem Griff entziehen wollte, er ließ nicht locker. Dabei war ich ihm schon wieder viel näher, als ich sein sollte. »Was willst du hier?«, fragte ich ungehalten und versuchte nochmal, mich loszumachen.

»Dich mitnehmen.«

»Was?«, rief ich laut. »Auf keinen Fall.«

»Du hast getrunken und ich werde dich nicht in dieser … dieser Absteige alleinlassen. Unter keinen Umständen. Du kommst mit.«

Sofort wollte er mich zum Ausgang ziehen, aber ich stemmte die Füße in den Boden. »Ich werde nirgendwohin mit dir gehen! Du spinnst ja. Du kannst mir nicht vorschreiben, was …«

Ohne groß zu fackeln, packte er mich bei den Hüften und warf mich über seine Schultern, als wöge ich so viel wie ein Kleinkind. »Hey, was soll das?«, schrie ich und schlug gegen seinen Rücken, zappelte und wollte mich befreien, aber sein starker Arm lag auf meinen Beinen und hielt mich an Ort und Stelle. »Kara! Kara, tu doch was!« Aber meine beste Freundin stand nur mit tellergroßen Augen hinter der Theke und starrte uns ungläubig hinterher.

Kapitel -31-

Alex

Seit fünf Minuten stand ich vor dem Gebäude, in dem sich Allys Wohnung befand und sagte kein Wort. Stumm starrte ich es an und überlegte, was ich jetzt tun sollte. Eigentlich hatte ich sie einfach sicher nach Hause bringen wollen. Ihre betrunkene Stimme zu hören, hatte eine alte Sicherung in mir durchbrennen lassen. Aber wenn ich mir dieses heruntergekommene Haus jetzt ansah, fühlte es sich nicht im Geringsten so an, als würde ich sie an einem sicheren Ort zurücklassen. »Hier wohnst du?«, fragte ich zum wiederholten Mal.

»Ja. Immer noch. Würdest du jetzt endlich die Türverriegelung öffnen, damit ich heim kann? Wenn ich deinetwegen schon nicht arbeite, will ich wenigstens ein bisschen schlafen. Mein Schädel brummt.«

»Du hättest nicht so viel trinken dürfen«, wies ich sie zurecht.

»Es war nicht viel. Ich vertrage einfach nichts«, verteidigte sie sich schwach.

»Dann erst recht nicht.« Kurz überlegte ich, dann fällte ich eine Entscheidung. Vermutlich die zweite falsche heute Abend. »Ich begleite dich rauf.«

»Nein. Das will ich nicht.«

Ohne auf ihre Proteste zu achten, stieg ich aus und ging um den Wagen herum, um ihre Tür zu öffnen. Ich musste sehen, wie sie wohnte. Von außen sah es vermutlich schlimmer aus, als es in Wirklichkeit war. Aber bevor ich sie alleinließ, musste ich mein Gewissen beruhigen.

»Du kannst wirklich gehen. Ich verstehe sowieso nicht, warum du heute Abend gekommen bist«, brummte sie an der Haustür, steckte aber trotzdem den Schlüssel ins Schloss, um aufzuschließen. Ich hätte ihr gern eine Antwort gegeben, nur dafür müsste ich zunächst einmal selbst verstehen, was zum Teufel mich heute Abend geritten hatte. Warum war ich hier? Ich kannte den Grund. Tief in mir wusste ich, was heute passiert war. All die Jahre hatte ich mich selbst belogen, wenn ich sagte, dass ich mit der Vergangenheit abgeschlossen hatte.

Ich folgte Ally durch ein verschmutztes Treppenhaus. Vor einigen der Wohnungen standen Schuhe. Bei anderen wiederum gab es nicht einmal ein Namensschild. Die Wände waren stellenweise verschmiert. Auf den Geruch, der hier vorherrschte, wollte ich gar nicht eingehen. Im dritten Stock öffnete Ally eine braune Holztür, die alles andere als sicher aussah. Jeder halbwegs ausgewachsene Mann hätte sie eintreten können.

»Du kannst jetzt gehen«, versuchte sie nochmal, mich loszuwerden. Mit einem Kopfnicken bedeutete ich ihr, dass sie vorgehen sollte. Ich würde mit reinkommen. Auch, wenn es gegen alle meine Regeln verstieß. »Na schön«, fauchte sie. »Aber sei leise. Pete schläft.«

»Pete?«, fragte ich viel zu laut, wobei die nackten Wände das Echo meiner Stimme durch das Treppenhaus warfen. »Du wohnst mit einem Mann zusammen?«

»Sscch, nicht so laut.« Sie packte mich bei der Hand, zog mich in die Wohnung und verschwand mit mir sofort hinter der ersten Tür rechts, schloss sie jedoch erst, nachdem sie misstrauisch in den Flur gelugt hatte. »Ich glaube, er hat uns nicht gehört.«

In der Zwischenzeit hatte ich genug Gelegenheit gehabt, die volle Pracht des Schuhkartons zu bestaunen, in dem Alison wohnte. »Alison, hier lebst du? Das kann nicht dein Ernst sein!« Ihre trotzige Reaktion ging ihr auf halber Strecke verloren und sie blickte beschämt zu Boden. Nervös kratzte sie die Haut an ihren Fingernägeln ab.

»Es gibt Obdachlosenhäuser, die besser eingerichtet sind«, sagte ich ehrlich schockiert über die Zustände, in denen sie lebte. Und was suchte dieses winzige Waschbecken hier? Ally schwieg noch immer.

»Ich verstehe es nicht, Ally. Erkläre es mir. Du hast kürzlich dreißigtausend Dollar von mir bekommen. Nächste Woche bekommst du noch mehr. Was hält dich hier? Du könntest das Geld nehmen und dir eine schöne Wohnung mieten. Herrgott, du könntest die ganze verdammte Jahresmiete auf einen Schlag bezahlen.« Zum Ende hin war meine Stimme immer lauter geworden, weil ich Allys zerbrechlichen Anblick an diesem widerlichen Ort nicht ertrug.

»Warum hast du ein Messer auf dem Nachttisch?«

Im selben Moment, als ich das Messer entdeckte, klopfte es an der Zimmertür. Das leise Geräusch ließ Alison ängstlich zusammenschrecken. Kurz darauf drückte jemand die Türklinke herunter und versuchte reinzukommen. Aber die Tür war verschlossen. Warum schloss Alison in ihrer eigenen Wohnung ab? Man musste kein Genie sein, um eins und eins zusammenzuzählen.

»Ally, bist du das?« drang eine schmierige Stimme durch die Tür zu uns.

»Ist das Pete?«, fragte ich ruhig, aber Alisons gesamter Körper zitterte und sie gab mir keine Antwort. Stattdessen sah sie sich wie ein gehetztes Tier auf der Suche nach einer Fluchtmöglichkeit im Raum um. Das genügte mir. Ich ignorierte ihr erschrockenes Keuchen, als ich sie von der Tür wegschob und den Schlüssel im Schloss drehte. Eine Hand am Türrahmen abgestützt, öffnete ich.

Ein vom Alkohol gerötetes Gesicht sah mir entgegen, die Augen zu misstrauischen Schlitzen verengt. Pete war groß, aber nicht größer als ich. Seine Statur war halbwegs breit gebaut, wobei ich sofort sah, dass es sich nur um Fett und nicht um Muskeln handelte. Trotzdem verstand ich, warum er auf eine Frau einschüchternd wirken konnte. Dieser Bastard hatte etwas an sich, das meinen Würgereiz weckte.

»Gibt es ein Problem?«, fragte ich ihn ruhig und lenkte seine Aufmerksamkeit wieder auf mich. Denn für meinen Geschmack sah er Alison schon viel zu lange mit seinen lüsternen Glubschaugen an.

»Ich wollte zu Ally«, antwortete er. Ich nickte.

»Alison, komm her.« Ohne den Blick von Pete abzuwenden, streckte ich die Hand nach ihr aus. Gott sei Dank tat sie wenigstens einmal das, was ich ihr sagte. Sobald ich ihre Hand in meiner spürte, zog ich sie dicht an meinen Körper und schlang einen Arm um ihre Taille, um sie fest an mich zu pressen. Ihr Puls schlug so heftig, dass ich ihn an meinem Körper spüren konnte. Sie hatte Angst und das machte mich rasend vor Wut. Solange ich bei ihr war, würde ihr niemand wehtun. Es wurde Zeit, dass auch dieser Pete das verstand.

»Du wirst dich von Alison fernhalten. Sollte ich mitkriegen, dass du sie nochmal ansprichst, sie auch nur anblinzelst, kriegst du ein Problem mit mir. Verstanden?«

Pete sah zwischen ihr und mir hin und her, dann entschied er sich, meine Warnung zu ignorieren und richtete seine nächsten Worte direkt an Ally.

»Alison, wer ist dieser Spinner?«

Wieso mussten manche Menschen es immer auf die harte Tour lernen? Ohne Vorwarnung schoss ich vor, packte Pete am Stoff seines Shirts und drückte ihn so fest gegen die Wand im Flur, dass es in der ganzen Wohnung hallte. Hinter mir gab Alison einen erschrockenen Laut von sich. Als Pete sich bewegen wollte, schlug ich ihn erneut gegen die Wand. Beim dritten Mal verstand er es endlich und hielt still. »Ich habe gesagt, du wirst sie nie wieder ansprechen. Du kannst entweder auf mich hören oder dir von mir die Zähne ausschlagen lassen. Hast du mich verstanden, Pete?«, fragte ich eindringlich und kam ihm dabei ganz nah. Sein süßlich stinkender Atem drang an meine Nase und ich hätte am liebsten angewidert das Gesicht verzogen. Eilig nickte Pete und ich ließ ihn erleichtert los, nicht ohne ihn noch einmal von Alisons Zimmer wegzuschubsen. »Verschwinde.«

»Und du«, fuhr ich zu Alison herum, die alles reglos beobachtet hatte und jetzt wieder verängstigt zusammenzuckte. »Du packst jetzt deine Sachen.«

»Wieso soll …«, setzte sie zu einem Protest an, aber ich unterbrach sie ungehalten.

»Du wirst jetzt SOFORT deine Sachen packen. Strapaziere meine Geduld nicht über, Alison.«

Als sie daraufhin eine Sporttasche aus dem Schrank zog und unsicher ein paar Kleidungsstücke reinwarf, ging es mir immer noch nicht schnell genug. Mit drei Schritten war ich bei ihr, nahm ihr die Tasche aus der Hand und schmiss alles hinein, was mir wichtig erschien. Dann nahm ich ihre Hand, verschränkte ihre Finger mit meinen und zog sie raus aus diesem Drecksloch. Ich ertrug ihren Anblick, umgeben von diesem Elend, keine Sekunde länger. »Warte«, rief sie, schüttelte meine Hand ab und eilte zurück in ihr Zimmer. Gerade als ich dachte, dass sie sich mir erneut widersetzen wollte und mich entschloss, sie jetzt einfach hier rauszutragen, tauchte sie wieder auf. In der Hand hielt sie eine Tasse mit dem Wappen der Yale University darauf. »Jetzt können wir gehen.«

Ohne mich anzusehen, legte sie ihre Hand unsicher wieder in meine und wartete, dass ich unsere Finger miteinander verflocht. Mein Herz setzte zwei Schläge lang aus, nur um dann weiterzurasen. Ihre Hand fest in meiner, führte ich Alison raus aus dieser Absteige.

Kapitel -32-

Ally

Alexanders Wut war greifbar. Sie war so allgegenwärtig, dass ich mich nicht einmal traute, ihn zu fragen, wo wir hinfuhren. Ich hätte ihm Karas Adresse durchgeben können, sie hätte mich sicher für ein paar Tage bei sich aufgenommen und wenn ein bisschen Gras über die Sache gewachsen wäre, könnte ich zurück nach Hause. Aber Alexanders Hände, die das Lenkrad so fest umschlossen, dass das Weiß der Knöchel deutlich hervortrat, hielten mich davon ab. Seine Kiefer mahlten und ich sah, dass er um sein letztes bisschen Beherrschung rang. So ohne Kontrolle hatte ich ihn noch nie gesehen.

Ich war schlau genug, um zu verstehen, dass heute Abend etwas passiert war. Aber ich verstand nicht, was. War er wütend auf mich? Aber das ergab keinen Sinn. Okay, ich hatte ihn betrunken angerufen und ihm ein paar unschöne Dinge an den Kopf geworfen. Aber das war es nicht, das spürte ich. Sein Zorn richtete sich nicht gegen mich, was ich noch viel weniger verstand. Und warum nahm er mich überhaupt mit? Selbstverständlich war ich dankbar, dass er mich da rausgeholt hatte, denn an Petes Augen konnte ich genau sehen, dass er wieder einen über den Durst getrunken hatte und deswegen war ich froh, dass ich diese Nacht nicht in seiner Nähe verbringen musste.

»Wo fahren wir hin?«, fragte ich, mein letztes Fünkchen Mut zusammenklaubend. Seine Hände schlossen sich noch fester um das Lenkrad, wenn das überhaupt möglich war. Ich wartete nur darauf, dass es zu Staub zerfiel. Hätte er mir jetzt nicht geantwortet, ich hätte sicher nicht nochmal den Mut gefunden, ihn in diesem Zustand anzusprechen. Aber nach kurzem Schweigen redete er.

»Wir fahren zu mir.«

»Was?«, entfuhr es mir ungläubig.

»Du wirst eine Weile bei mir bleiben. Das Gästezimmer ist sehr geräumig, du wirst dich wohl darin fühlen.«

Ich konnte nicht glauben, was ich gerade hörte. »Was ist, wenn ich überhaupt nicht bei dir wohnen möchte?«

»Ich habe dich nicht nach deiner Meinung gefragt, Alison. Du wirst bei mir wohnen, ob du willst oder nicht. Und dann werden wir in Ruhe nach einer vernünftigen Wohnung für dich suchen.«

»Warum machst du das?«, flüsterte ich dankbar, denn mir wurde klar, dass es tatsächlich einen vor Wut tobenden Alexander Preston gebraucht hatte, um mich aus diesem Drecksloch rauszuholen. Ich träumte zwar immer davon, dort wegzukommen, fand aber nicht den Mut, den entscheidenden Schritt zu wagen.

»Weil ich keine Lust habe, dass Pete dich vergewaltigt und ich es am Morgen in der Zeitung lesen muss. Das würde mir nur unnötig das Frühstück verderben.«

Oh, da war er wieder. Arschloch Alex, wie er leibt und lebt. Wie hatte ich diesen Kerl vermisst. Trotzdem sagte mein Gefühl mir, dass mehr dahintersteckte und dass seine fiesen Worte nur ein billiges Ablenkungsmanöver waren. Also schön, ich würde das Spiel mitspielen. Aber nur für den Moment. Erschöpft von den heutigen Ereignissen, überrollte die Müdigkeit mich. Eigentlich hatte ich die Augen nur für ein paar Minuten schließen wollen, aber kaum hatte ich mich im

Sitz zurückgelehnt, wiegte das sanfte Brummen des Motors mich in den Schlaf.

Es war das Geräusch einer zuschlagenden Autotür, das mich weckte.

Als ich die Augen öffnete, befand ich mich allerdings nicht mehr im Wagen, sondern direkt in Alexanders Armen. Die harten Muskeln seiner Oberarme drückten in meinen Rücken und mein Gesicht war im Schlaf an seine trainierte Brust gefallen, die man auch durch das Hemd hindurch gut spüren konnte. Sein männlicher Duft umhüllte mich und weckte in mir den dringenden Wunsch, meine Lippen über das freie Stück Haut an seinem Hals gleiten zu lassen. Mhm, Pinie und Sandelholz. Köstlich.

»Du bist wach.« Seine rauen Worte vertrieben den Traum aus meinem Kopf nicht. Sie entfachten ihn weiter, bis aus einer kleinen Flamme ein brennendes Feuer wurde. Seit dem Abend im Restaurant war ich ihm nicht mehr so nahegekommen. Jetzt, wo unsere Körper sich wieder berührten, spürte ich, wie groß die Sehnsucht gewesen war.

Als ich merkte, dass er mich absetzen wollte, reagierte mein Körper, bevor mein Kopf Einwände dagegen erheben konnte. Ich schlang die Arme um seinen Hals und hielt mich an ihm fest. Mein Gesicht war seinem plötzlich ganz nah. »Nicht«, flüsterte ich. Ich wusste, dass ich das hier bereuen würde. Spätestens morgen früh. Aber jetzt wollte ich ihm so dringend nahe sein, dass es mir alles wert gewesen wäre. Alex schien es nicht anders zu gehen. Statt mich abzusetzen, zog er mich enger an sich. Seine Hände pressten sich in meinen Körper. Ich spürte die Anspannung, die von ihm ausging. Das nervöse Zittern seines Körpers. In dem Wunsch, ihm das zu nehmen, legte ich meine Lippen sanft auf seine. Dieser Kuss war anders. Er war vorsichtig. Zärtlich. Und so gefühlvoll, dass es schmerzte.

Nur mit größter Mühe schaffte ich es, mich von ihm zu lösen. Die Augen geschlossen, verharrten wir beide kurz, bevor Alexander mich langsam absetzte.

Als meine Füße den Boden berührten, hielt ich die Augen weiter geschlossen. Seine Arme lagen um meinen Körper, doch nur langsam fand ich den Mut, ihn anzusehen. Seine grünen Augen waren so aufgewühlt, als tobte darin ein Sturm. Aber zwei Dinge erkannte ich deutlich. Da war Angst in seinem Blick. Aber auch Verlangen.

»Ally, ich …«, setzte er an, aber ich unterbrach ihn. Über manche Dinge schwieg man besser so lange, bis die Zeit reif war, darüber zu reden.

»Schon okay. Du musst nichts sagen.« Er sah mich an und ich glaubte, so etwas wie Dankbarkeit zu erkennen. Da stand er vor mir, einer von New Yorks erfolgreichsten Geschäftsmännern, der jede wirtschaftliche Hürde mit Bravour meisterte und seine Ziele mit Präzision verfolgte, aber offensichtlich eine riesige Angst vor Gefühlen hatte.

»Wo sind wir?«, fragte ich, um das Thema zu wechseln und sah mich um. Erst jetzt erkannte ich, dass wir uns in einer Tiefgarage befanden. Romantisch.

Er räusperte sich, bevor er mit belegter Stimme antwortete: »Wir sind bei mir. Auf der Upper Eastside. Du hast die ganze Fahrt hierher verschlafen.«

Ich hatte mir bereits denken können, dass der CEO von *Preston Holdings* keine bescheidene Bude bewohnte. Aber ein Blick durch die Tiefgarage verriet mir, dass wir uns in einem besonders noblen Gebäude befinden mussten. Hier zählte ein einfacher Porsche noch zu den Schnäppchen. Ich fragte mich, wie sich mein altes mit Rost bedecktes Fahrrad zwischen all den Luxusschlitten machen würde.

»Woran denkst du?«, fragte Alexander, der mein belustigtes Mienenspiel beobachtet hatte.

»Ach nichts, ich habe nur die hübschen Autos hier bewundert.«

Er folgte meinem Blick, der an einem nachtblauen Maserati hängengeblieben war. Okay, ich hatte mir nie viel aus Autos gemacht, aber das Teil war schick!

»Wenn du willst, können wir morgen eine kleine Spritztour damit machen.«

»Er gehört dir?«, rief ich ungläubig und meine Stimme hallte von den Wänden wider.

»Die meisten Autos hier gehören mir.«

Ganz cool und gelassen drückte er den Knopf des Aufzugs, aber ich erkannte genau, dass seine Mundwinkel immer wieder kurz nach oben zuckten. Kleiner Angeber.

Gemeinsam betraten wir den Aufzug. Laut den Knöpfen hatte das Gebäude zehn Stockwerke. Elf, wenn man das Penthouse mitzählte. Geschickt fischte Alex einen Schlüssel aus seiner Sakkoinnentasche und steckte ihn in das kleine Schloss unter den Aufzugtasten. Erst dann ließ sich der Knopf mit der Aufschrift PH drücken. Ungläubig starrte ich ihn an. »Du wohnst im Penthouse?«

Jetzt konnte er sich ein fettes Grinsen nicht mehr verkneifen und genoss das Angeben sichtlich. Es war ihm gegönnt. Wer so erfolgreich war, dass er sich ein Penthouse im Wert von

Gott weiß wieviel Millionen Dollar in Manhattan leisten konnte, durfte sich auch darüber freuen.

»Ich habe es gekauft, als *Preston Holdings* das erste Mal einen großen Auftrag an Land gezogen hat. Das war ein bedeutender Schritt für die Firma.«

Ich erkannte sofort, dass sein Stolz sich nicht auf sein Vermögen bezog, sondern auf seine Leistung, eine Firma aus dem Nichts so weit gebracht zu haben.

»Was für ein Auftrag war das?«, fragte ich ernsthaft interessiert. Alexander gehörte zu den Menschen, denen man stundenlang zuhören konnte, wenn sie etwas erzählten. Er hatte eine einnehmende Ausstrahlung, die einen regelrecht an seine Worte fesselte.

»Es war ein Großprojekt im Meatpacking District. Das ist einer von New Yorks Trendstadtteilen. Damals sind die Reichen wie verrückt dorthin gepilgert. Vor allem die jüngere Generation. Wir haben dort einen großen Wohnkomplex errichtet mit insgesamt fünf Gebäuden und mehr als fünfunddreißig Wohnungen. Jede davon konnte, noch bevor die Baumaßnahmen starteten, für mehrere Millionen verkauft werden.«

»Das ist unglaublich.« Bewundernd suchte ich nach Worten, wurde aber vom Öffnen der Aufzugtüren abgelenkt. Und davon, dass ich freien Blick auf Alex' Zuhause hatte. Als ich wie angewurzelt im Aufzug stehen blieb, legte er die Hand auf meinen unteren Rücken und schubste mich sanft hinaus. Hinter mir betätigte Alex einen Schalter und aus verschiedenen Deckenspots erhellte sanftes Licht den Raum.

»Wow«, entwich es mir und ich saugte jedes Detail seines Zuhauses förmlich in mich auf. Die Wohnung war schlicht eingerichtet, in gedeckten Farben. Alles schien funktional und hatte doch Stil. Der Raum, in dem ich mich befand, war ein riesiges Wohnzimmer mit offener Wohnküche und einem großzügigen Essbereich. Eine Treppe mit drei Stufen führte zu einem Durchgang und verriet, dass es hier noch weiterging. Die ganze Wand am Essbereich bestand aus einer Glasfront. Durch die Dunkelheit draußen konnte ich nur wenig vom Balkon erkennen, aber ich hoffte, dass er mit Blick auf den Central Park war.

»Gefällt es dir?«, fragte Alex und wirkte dabei unsicherer, als ich es von ihm kannte. Es hatte den Anschein, als brachte er nicht oft Gäste hierher. Der Gedanke, dass das etwas Besonderes war, gefiel mir besser, als es gut für mich sein konnte.

»Gefallen? Es ist der Hammer«, gestand ich und ich drehte den Kopf zu ihm. Seine Hand lag noch immer auf meinem Rücken. Mittlerweile brannte sich die Berührung durch den Stoff und machte mich wahnsinnig. Die Hitze, die davon ausging, übertrug sich auf meinen ganzen Körper. Erst da wurde er sich bewusst, dass er mich noch immer anfasste.

»Das Gästezimmer ist da vorn«, sagte er rau und deutete mit dem Finger in die Richtung. Ich brauchte einen Moment, bis ich mich von seinem Gesicht losreißen konnte und mich in Bewegung setzte. Alex eilte voraus und öffnete eine Tür zu unserer rechten Seite.

Das Zimmer war wunderschön, aber ich hatte kaum einen Blick dafür übrig. Ich konnte nur den Mann ansehen, der neben mir stand und mich fragen, was sich heute Abend zwischen uns geändert hatte.

Kapitel -33-

Alex

Es war unmöglich, mit diesem Ständer Schlaf zu finden. All meine Gedanken kreisten um Ally, die nur wenige Meter weiter lag. So nah. So leicht erreichbar für mich. Warum hatte ich sie hergebracht? Ich kannte die Antwort, kannte sie zu gut und wollte sie doch nicht wahrhaben. Nach all den Jahren, in denen ich dachte, diesen Teil hinter mir gelassen zu haben, hatte er mich eingeholt. Hatte mich ohne Vorbereitung eiskalt erwischt.

Stöhnend fuhr ich mir mit den Händen über das Gesicht. Wie sollte es jetzt weitergehen? Ally war hier. Und obwohl ich mein überstürztes Verhalten, sie ohne nachzudenken mitzunehmen, bedauerte, bereute ich nicht, dass sie bei mir war. Was mich fertig machte, war nur, dass ich so offensichtlich die Kontrolle verloren hatte und ich wusste, wie schwer es war, das Ruder wieder zu übernehmen, wenn man erst einmal lockergelassen hatte.

Aber das war allein mein Problem und hatte rein gar nichts mit Alison zu tun. Sie steckte offensichtlich in Schwierigkeiten und brauchte das Geld dringender, als sie zugab. Warum sonst sollte sie in einer heruntergekommenen Bude wohnen, in der es nach billigem Essen stank und wo ein Mitbewohner nur darauf wartete, dass sie die Zimmertür unverschlossen ließ. Bei der Erinnerung an seine lüsternen, lauernden Blicke schoss mein Puls vor Wut in die Höhe. Nein, es war gut, dass ich sie hierhergeholt hatte. Jetzt musste ich nur überlegen, wie es weiterging. Unsere Abmachung war noch etwas mehr als zwei Wochen gültig. Danach hatte sie einhunderttausend

Dollar. Damit könnte sie ein neues Leben anfangen. Ein Geschäft aufbauen oder studieren gehen. Ich würde eine Lösung finden. Und bis dahin blieb sie bei mir.

Seufzend stand ich auf, lief ins angrenzende Badezimmer und gönnte mir eine kalte Dusche, um wieder zu mir zu kommen. Anschließend trocknete ich mich nachlässig ab und zog ein paar weite Boxershorts über. Mein Handy verriet mir, dass es halb vier am Morgen war.

Leise öffnete ich meine Tür und ging in die Küche. Vor dem Gästezimmer musste ich meine Füße zwingen, weiterzugehen und nicht stehenzubleiben. Im Wohnbereich steuerte ich auf meine Küchenzeile zu, warf die Kaffeemaschine an und klappte den Laptop auf, der auf dem Esstisch stand. Wenn ich schon nicht schlafen konnte, würde ich wenigstens etwas Produktives leisten.

Während der Kaffee durch die Maschine lief, öffnete ich das Mailprogramm und rief Toms Mail-Adresse auf. Mit wenigen Worten wies ich ihn an, mir mehr Informationen über den Deal und meine mögliche Konkurrenz zu beschaffen. Wenn nötig, sollte er Liane und Bill beschatten, ihnen auf Schritt und Tritt folgen und herausfinden, wen sie trafen. Von der Sache hing viel ab und seine bisherigen Ergebnisse waren mehr als enttäuschend. Wenn es so ergebnislos weiterging, sah ich keine Verwendung mehr für Tom. Genauso schrieb ich es ihm auch.

Wozu sein horrendes Gehalt zahlen, wenn er sich als Geldverschwendung erwies?

Ich nahm den ersten Schluck meines Kaffees, als ich hörte, wie sich die Tür des Gästezimmers öffnete. Sofort spannte sich mein Körper an. Kurz darauf erschien Alisons Gestalt im

Türrahmen, halb im Schatten und halb erhellt durch das Licht der Küchenleuchten, die ich eingeschaltet hatte.

»Wieso bist du noch wach?«, fragte ich, die Hände fest um die Tasse geschlossen. Sie trug nur kurze Shorts und ein weites T-Shirt. Definitiv ohne BH. Um das zu erkennen, brauchte ich nicht viel Licht.

»Das könnte ich dich genauso gut fragen«, erwiderte sie und klang nicht im Mindesten müde. Als ich nicht antwortete, rollte sie mit den Augen. »Ich konnte nicht schlafen und habe gehört, dass du wach bist. Ich dachte, vielleicht willst du Gesellschaft. Es ist langweilig, einfach so rumzuliegen und nicht einschlafen zu können.«

Gesellschaft? Wann hatte ich zuletzt einfach so Gesellschaft von einer Frau gehabt? Kane kam hin und wieder vorbei, um zu zocken oder das ein oder andere Bier zu kippen, aber Frauen hatte ich lange keine mehr hier gehabt. Vor allem nicht, wenn ich sie nicht sofort vögelte und im Anschluss wieder wegschickte.

»Willst du auch einen Kaffee?«, fragte ich daher unbeholfen. Obwohl ich ihr lieber gesagt hätte, dass sie sofort zurück ins Zimmer gehen und sich etwas Ordentliches anziehen sollte. Am besten etwas mit vielen Reißverschlüssen und Knöpfen, das es mir schwer machte, an sie ranzukommen, weil ich wirklich kurz davor war, meine Selbstbeherrschung in den Wind zu schießen und meine Hände unter ihr Shirt zu legen und über ihre Brüste gleiten zu lassen. Und wenn ich sie erst einmal in der Hand hätte, würde ich so schnell nicht mehr loslassen. Mein Schwanz meldete sich wieder zu Wort, ihm schien die Idee gut zu gefallen und ich betete, dass das Zimmer dunkel genug war, damit Alison nichts davon mitbekam. Da rettete ich sie vor ihrem perversen Mitbewohner, um sie dann hier mit einer notgeilen Monsterlatte zu konfrontieren.

»Kaffee? Um vier Uhr morgens?«

»Ich habe auch andere Getränke«, antwortete ich mir rauer Stimme und beobachtete, wie sie immer näherkam. Ihre Augen huschten kurz über meinen freien Oberkörper und viel zu schnell wieder weg. Ihre geröteten Wangen verrieten mir, woran sie dabei gedacht haben musste. Fuck drauf, sie war eine erwachsene Frau. Ein Ständer würde sie schon nicht zu Tode erschrecken. Wenn sie so hier herumlief, musste sie mit den Konsequenzen leben.

Doch Alison steuerte an mir vorbei direkt auf den Kühlschrank zu und öffnete ihn. Nachdenklich stand sie davor, bevor sie entschlossen eine Flasche Orangensaft herauszog. Mir entging die Selbstverständlichkeit nicht, mit der sie sich hier wie zuhause fühlte und verdammt war ich, es gefiel mir. »Gläser stehen im oberen Schrank links«, sagte ich, als sie sich suchend umsah.

Ruhig befüllte sie sich ein Glas, um sich damit direkt gegenüber von mir an den Esstisch zu setzen.

»Woran arbeitest du?« Interessiert beugte sie sich zu mir vor, um einen Blick auf den Bildschirm zu haben, wobei ihre Brüste gegen die Tischplatte stießen. Sie war mir so nah, ich müsste sie nur packen und in weniger als einer Minute wäre ich in ihr und würde sie hart auf dem Tisch nehmen.

»Gehören diese Immobilien *Preston Holdings*?«, fragte sie und riss mich mit ihrer unschuldigen Frage aus meinen verbotenen Träumen.

»Ja«, antwortete ich und versuchte zu ignorieren, dass ihre Haare über meinen nackten Oberarm strichen. »Ich habe sie kürzlich erworben. Einige werden renoviert, manche ganz umgebaut. Dann verkaufe ich sie mit Profit weiter.«

»Die hier sieht wunderschön aus.« Mit dem Finger deutete sie auf die kleine Ansicht einer Maisonette-Wohnung in Williamsburg. Einem Stadtteil in Brooklyn, der sich zunehmender Beliebtheit erfreute. Ich hatte die Immobilie günstig bei einer Zwangsversteigerung bekommen und war mir sicher, dass ich eine Menge aus ihr rausholen konnte. Mit einem Klick vergrößerte ich die Ansicht und startete eine Diashow der Bilder. Aber statt sie mir anzusehen, beobachtete ich Ally und ihre Augen, die beim Anblick der Altbauwohnung zu leuchten anfingen.

»Sie ist wunderschön. Ich mag diesen alten Charme. Mit den richtigen Möbeln würde sie unglaublich gemütlich aussehen. Hier«, sie zeigte auf eines der Bilder. »Dort könnte man eine ganze Wand voller Bücherregale aufstellen und davor eine riesige Sofalandschaft. Da würde ich von morgens bis abends liegen und lesen.«

Hätte ich Ally den ganzen Tag auf einer riesigen Sofalandschaft, würde ich ganz andere Dinge mit ihr machen. Gott stehe mir bei, neben dieser Frau konnte ich keinen einzigen Gedanken fassen, der nichts mit hemmungslosem Sex zu tun hatte.

»Eigentlich hatte ich vor, die alten Holzböden rausreißen zu lassen und durch moderne Fliesen mit Fußbodenheizung zu ersetzen. Die Wände werden neu verputzt und die alten Fenster durch neue mit dickerer Scheibe und elektrischen Rollläden ersetzt.«

Sie sah mich an, als hätte ich ihr gerade gesagt, dass ich Disneyland Paris abreißen und eine Wohnsiedlung daraus machen wollte.

»Du kannst diese schöne Wohnung doch nicht einfach so zerstören, indem du sie zu einer modernen Hightech-Höhle umbaust«, rief sie entgeistert und brachte mich damit zum Lachen. »Glaub mir, wenn du die Böden abschleifen lässt und neu lackierst und ein paar einladende Holzmöbel reinstellst, bekommst du sie für zwanzig Prozent mehr los, als du sie gekauft hast. Alt ist wieder im Trend.«

»Wenn du das sagst, sollte ich darüber nachdenken.« Schmunzelnd beobachtete ich, wie sie bestätigend nickte.

»Das solltest du. Nicht jeder will in einer supermodernen Bude wohnen.« Ihr Blick glitt auffällig durch mein Penthouse.

»Dir gefällt also nicht, wie ich wohne«, scherzte ich und kam ihr meinerseits näher, bis unsere Nasenspitzen sich fast berührten. »Dabei hätte ich schwören können, dass du dich hier ziemlich wohlfühlst.«

»Wer sagt denn, dass das an der Wohnung liegt?«, antwortete sie herausfordernd.

»Ally«, flüsterte ich leise. Meine Selbstbeherrschung war am Ende. Sie spielte mit dem Feuer, ohne eine Ahnung zu haben, wie nah sie dem Abgrund dabei kam. Wenn wir nicht aufpassten, würde ich sie mit mir hinabziehen. »Du solltest versuchen, noch ein bisschen zu schlafen«, sagte ich und hoffte, dass sie wenigstens dieses Mal auf mich hören würde. Nur dieses eine Mal.

»Alexander Preston«, hauchte sie, wobei ihre Augen mutig funkelten. »Ich kann nicht fassen, dass ausgerechnet du ein Feigling bist.«

Ally erhob sich und ging mit wiegenden Hüften davon. Sprachlos starrte ich ihr hinterher. Hatte sie mich gerade einen Feigling genannt? In meinem eigenen Haus? Das konnte ich nicht auf mir sitzen lassen.

Im Flur holte ich sie ein und wirbelte sie herum. Ihren erschrockenen Aufschrei erstickte ich mit meinen Lippen, packte sie am Hintern und hob sie hoch. Automatisch schlang Ally ihre Beine um mich und als ich sie an die kalte Wand drückte, stöhnte sie leise in meinen Mund und gewährte meiner Zunge Einlass.

»Ich werde dir zeigen, was für ein Feigling ich bin«, knurrte ich zwischen zwei Küssen und zog ihr das Shirt ungeduldig über den Kopf. Ihre wohlgeformten Brüste reckten sich mir entgegen und ich ließ meine Zunge fordernd über ihre Knospen gleiten. Leckte und saugte, bis Ally sich seufzend in meinen Armen wandte.

Ungeduldig trug ich sie zurück ins Wohnzimmer und setzte mich so auf die große Sofalandschaft, dass Ally breitbeinig über mir saß. Ihre Brüste auf der perfekten Höhe. Die Hände in ihren Po gepresst, widmete ich mich ihnen, bis Alison über mir erstickte Laute von sich gab. »Alex, bitte«, brachte sie mühsam hervor und krallte ihre Hände in meine Schultern.

»Willst du, dass ich dich kommen lasse?«, fragte ich und hauchte sanft über ihre Brustwarzen. Sofort breitete sich eine Gänsehaut auf ihrem ganzen Körper aus. »Ja«, stöhnte sie flehend.

»Wirst du mir gehorchen?«, fragte ich und schob eine Hand zwischen uns und zog mit dem Daumen leichte Kreise zwischen ihren Beinen. Berührte sie durch den Stoff ihrer Hose nur so sanft, dass es sie in den Wahnsinn trieb.

»Ja.«

»Ja, was?« Mein Daumen verharrte, bis ich die Antwort bekam, die ich haben wollte.

»Ja, ich werde dir gehorchen«, rief sie und drückte ihren Unterleib gegen meine Hand. Zufrieden zog ich meine Hand zurück und ließ sie über ihren Po gleiten, während ich Allys Mund mit einem stürmischen Kuss eroberte. Langsam glitt ich an ihrem Schenkel hinab, fuhr mit der Hand unter ihre kurzen Shorts und lenkte meine Finger zwischen ihre Beine. Keuchend klammerte sie sich an mich und erwiderte meinen Kuss noch gieriger, als ich langsam in sie eindrang. Dann verharrte ich.

»Warum hörst du auf?«, fragte sie heiser.

»Ich will, dass du es tust.«

»Was?« Erstaunen, aber auch Scham, zeichnete sich in ihrem Gesicht ab, weil sie genau verstand, was ich von ihr forderte. »Ich kann nicht …«

»Du kannst. Und du wirst. Hast du etwa schon vergessen, dass du mir gehorchen wolltest?«

Ein leichtes Kopfschütteln.

»Dann nimm dir, was du haben wolltest, Ally.«

Einige Sekunden regte sie sich nicht und ich sah den Kampf, der in ihrem Inneren tobte. Und ich erkannte den Moment, in dem sie sich entschloss, sich mir vollständig hinzugeben. Ihre braunen Augen hielten meinen Blick fest, als sie sich langsam auf meine Hand hinabsenkte und meine Finger tiefer in sich aufnahm. Ein lautloses Stöhnen teilte ihre Lippen, bevor sie ihr Becken wieder anhob, nur um es erneut hinabzusenken. Es dauerte nicht lange, bis sie endlich ganz losließ. Den Kopf in den Nacken gelegt, schloss sie die Augen und bewegte sich immer schneller über mir. Fasziniert beobachtete ich, wie Alison sich mit meiner Hand selbst zum Orgasmus brachte. Sie hatte nie schöner ausgesehen und ich sog ihren Anblick in mich auf, brannte ihn mir ins Gedächtnis. Ihre vollen Brüste tanzten vor meiner Nase und ich konnte nicht anders, als sie in den Mund zu nehmen, daran zu lecken und in ihre zarten Knospen zu beißen. Mein Ständer drückte hart gegen ihren Unterleib. Ich wusste nicht, wann ich eine Frau zuletzt so sehr gewollt hatte. So dringend gebraucht.

Keuchend krallte sie ihre Hände in meine Haare, bevor ihre Hüften unkontrolliert zuckten und sie sich laut stöhnend ihrem Höhepunkt ergab. Erschöpft sank sie gegen meine Brust, schwer atmend, die Wangen leicht gerötet.

»Ich würde dir ja gern eine Pause gönnen, Schönheit«, raunte ich und warf sie längs auf das Sofa, damit ich mich über ihr positionieren konnte. »Aber wir zwei haben noch einiges vor. Du musst lernen, was es bedeutet, mit dem Feuer zu spielen.«

Endlich konnte ich ihr auch den letzten Rest überflüssigen Stoff vom Leib zerren. Während ich mich selbst von meinen Shorts befreite, betrachtete ich sie, wie sie nackt und zufrieden auf meiner Couch lag, die Augen voller Verlangen und die Lippen feucht und geschwollen von meinen Küssen. Gott, ich würde sie die ganze Nacht nehmen und wusste schon jetzt, dass selbst das nicht genug war. Ohne weitere Zeit zu verlieren, war ich über ihr und drückte mich zwischen ihre Beine, die sie bereitwillig für mich öffnete. In ihrem Gesicht suchte ich nach einem letzten Anzeichen von Zweifeln.

»Worauf wartest du, Feigling?«

»Du hast es nicht anders gewollt.«

Ich umfasste ihren Nacken und stieß mit meiner Zunge tief in ihren Mund. Gleichzeitig drang ich langsam in sie ein. Ich wollte ihr etwas Zeit geben, sich an mich zu gewöhnen, doch Ally hob ihre Hüften ungeduldig an und nahm mich damit automatisch ein Stückchen tiefer in sich auf. Sie wollte nicht, dass ich vorsichtig war. Sie flehte darum, dass ich ihren Körper eroberte, ihn in Besitz nahm und ich würde ihr geben, was sie brauchte.

Ich zog mich aus ihr zurück, nur um gleich darauf fest und tief in sie zu stoßen. Ein Aufschrei löste sich von ihren Lippen, doch ihre Beine öffneten sich noch weiter für mich. Ally schenkte mir ihren Körper, bedingungslos, und ich war nicht mehr in der Lage, dieses Geschenk abzulehnen. Mein Schwanz pulsierte schmerzhaft und verlangte Erlösung. Schnell und hart stieß ich immer wieder in sie, nahm sie so lange, bis ihre Schreie durch meine Wohnung hallten. Als sie unter mir erzitterte, ließ auch ich endlich los und kam.

Erschöpft sank ich auf ihre Brust. Mein Herz schlug mit ihrem um die Wette. Nur ihre Finger fuhren sanft über meine Schultern. Kaum eine spürbare Berührung. Ansonsten regte sich keiner von uns. Keiner sagte etwas.

Normalerweise stünde ich längst unter der Dusche und Ally wäre bereits auf dem Weg nach draußen. Aber das hier war anders. Untypisch für mich. Aber gut.

Ally musste die Stille falsch interpretiert haben. Sie begann sich unter mir zu regen und versuchte, sich von meinem Körper zu befreien. Gezwungenermaßen gab ich ihr den Freiraum, den sie brauchte, um aufzustehen, doch als sie vom Sofa aufstand und weggehen wollte, packte ich sie am Arm und zog sie zu mir zurück. Mit einem erschrockenen

Aufschrei landete sie direkt auf meinem Schoß. Ihre großen Augen blickten mich verwirrt an, ihr Mund war rot und geschwollen. Ihre lange blonde Mähne vom Sex völlig durcheinander. Gott, sie sah so verführerisch aus.

»Wo willst du so schnell hin?«, fragte ich sie und hielt ihre Arme hinter ihrem Rücken fest, damit sie mir nicht entkommen konnte.

»Ich … ich weiß nicht, ich wollte in mein Zimmer. Ich dachte …« Sichtlich überfordert von meiner Frage hielt sie mitten in ihrem Satz inne und sah mich an, als erwartete sie, dass ich ihr die Antwort lieferte. Aber die konnte ich ihr auch nicht geben. Ich verstand es selbst nicht.

»Ich dachte du willst, dass ich gehe«, brachte sie schließlich leise hervor. Ich durchforstete meine Gedanken nach einem Anzeichen dafür, dass ich wollte, dass Ally ging. Aber das Einzige, was ich fand, war heißes Verlangen, das schon wieder in mir wuchs und der Gedanke, dass ich ihre Brüste direkt vor meiner Nase hatte.

Meinen Trieben folgend, nahm ich eine ihrer Brustwarzen in den Mund, befeuchtete sie mit meiner Zunge und saugte daran. So lange, bis Ally seufzte und sich willenlos in meinen Armen ergab.

»Ich will auf keinen Fall, dass du gehst, Alison Mackenzie. Denn ich bin noch lange nicht mit dir fertig.«

Ich versenkte mich erneut tief in ihr und spürte genau, dass ich auch hiernach nicht genug von ihr haben würde. Als sie erschöpft von unserem Liebesspiel in meinen Armen einschlief, zog ich sie dicht an mich und schloss die Augen. Draußen dämmerte bereits der Morgen und mir kam die Erkenntnis, dass es vielleicht niemals genug sein würde.

Kapitel -34-

Ally

Als ich aufwachte, war Alex nicht mehr bei mir. Ein Teil von mir war enttäuscht, ein Teil erleichtert. Denn ich wusste nicht, wie dieses »Der Morgen danach«-Ding zwischen uns ablaufen würde. Unter normalen Umständen wäre das schon merkwürdig. Aber so wie die Dinge standen, hatten wir *merkwürdig* weit hinter uns gelassen. Ich war froh, eine Galgenfrist bekommen zu haben, bevor ich ihm nach unserer Nacht unter die Augen treten musste.

Die Erinnerung an seine Berührungen, seine Worte, die Dinge, die er mich hatte tun lassen… In Sekundenschnelle stand mein Körper in Flammen. Was machte er nur mit mir? Ich hatte mir geschworen, mich von ihm fernzuhalten. Wie lange war das her? Keine zwei Wochen.

Aber ich würde lügen, wenn ich behauptete, dass die Aktion gestern von ihm aus gegangen war. Die letzten Tage mit Alex hatten eindeutig etwas verändert. Ich musste nur noch verstehen, was. Was ich wusste, war allerdings, dass Alex mich entgegen meiner Erwartungen nicht weggeschickt hatte. Ich war in seinen Armen eingeschlafen. Ein ungewohntes Gefühl. Ungewohnt schön.

Seufzend schob ich die Decke von mir. Eine Dusche würde mir guttun und mir helfen, meine Gedanken zu ordnen. Wenn ich mich nicht ablenkte, würde ich noch wahnsinnig werden. Ich durfte mich jetzt bloß nicht in diese Sache hineinsteigern. Auf gar keinen Fall. Ich hatte einen Deal mit Alex. Nur weil wir miteinander geschlafen hatten und er mich danach nicht sofort rausschmiss, hieß das nicht, dass er mich nach dem Deal nicht fortschicken würde. Zwischen uns hatte sich nichts geändert. Oder doch?

Ich gehörte nicht zu den Frauen, die daran glaubten, dass eine Nacht alles anders machte. Aber wünschte ich mir nicht genau das?

Das Leben war eben kein Märchen und ich sollte mich darauf vorbereiten, dass ich Alex in ein paar Wochen nie wiedersehen würde. Und das ging am besten, indem ich mich um mein eigenes Leben kümmerte.

Nach einer heißen Dusche ging ich ins Gästezimmer und suchte in meiner Tasche achtlos nach irgendwelchen Klamotten, die ich mir überzog. Meine Haare föhnte ich trocken und versteckte sie in einem unordentlichen Dutt auf meinem Kopf. In der Küche fand ich etwas Orangensaft und bereitet mir schnell einen Toast mit Marmelade zu. Erst als ich mich an die Theke setzte, entdeckte ich Alexanders Notiz.

Musste zu einem dringenden Meeting.
Fühl dich wie zuhause. Ich bin am Abend wieder zurück.
Alex

Diese einfache Nachricht ließ mein dummes Herz höherschlagen. Denn sie bedeutete, dass er an mich gedacht hatte, als er das Haus verließ. Trotzdem blieb ich bei meinem Entschluss. Was nicht bedeutete, dass ich die Nachricht komplett ignorierte. Sorgfältig zusammengefaltet verstaute ich sie in meinem Portemonnaie. Ein Andenken an eine schöne Nacht. Egal wie ungewiss alles andere war.

Dann zog ich mir Jacke und Schuhe an, griff nach meiner Handtasche und stopfte das letzte Stückchen Toast in meinen Mund. Kauend betrat ich den Aufzug. Erst da fiel mir ein, dass ich gar keinen Zweitschlüssel hatte. Wie sollte ich später wieder reinkommen? Aber darüber würde ich mir dann Sorgen machen, wenn es soweit war. Jetzt musste ich dieses Penthouse mit all den Erinnerungen an die vergangene Nacht erst einmal hinter mir lassen. Denn ich traute mir selbst nicht. Vielleicht wäre ein langer Tag auf New Yorks kalten Straßen genau die Abkühlung, die ich brauchte. Ich würde ein wenig shoppen gehen. Immerhin befanden sich knapp dreißigtausend Dollar auf meinem Konto und mein Kleiderschrank bestand aus abgetragenen Klamotten. Außerdem musste ich Dad sehen. Bei meinem letzten Besuch hatte er geschlafen. Zwar hatte ich Mrs. Kelly ausrichten lassen, dass ich dort war, aber es war dennoch etwas anderes. Ich vermisste ihn und er mich auch, da war ich mir sicher. Auch wenn er mich oft nicht mehr erkannte.

Ich würde mir einen schönen Tag machen und Alexander irgendwie aus meinem Kopf kriegen. Bis heute Abend war er sowieso beschäftigt, das hatte er ja selbst geschrieben. Und wieso sollte ich im Haus hocken und auf ihn warten?

Prompt wählte ich die eine Nummer, die ich mittlerweile in- und auswendig kannte.

»Wer stört?«, meldete sich Karas verschlafene Stimme nach mehrmaligem Klingeln.

»Ich bin´s. Hast du noch geschlafen?«, fragte ich ungläubig und warf einen Blick auf das Handy. Es war schon zwölf Uhr.

»Wieder. Ich habe wieder geschlafen. Heute ist mein freier Tag, falls du es vergessen hast. Also, gibt es was Wichtiges oder störst du einfach so?«

»Wie schnell kannst du dich anziehen und nach Manhattan kommen?«, fragte ich aufgeregt.

Kapitel -35-

Ally

Dreißig Minuten später wartete ich vor einer riesigen Starbucks-Filiale in der Fifth Avenue an der Ecke zur neunundvierzigsten Straße auf Kara. In der Hand hielt ich zwei große Becher mit Salted Caramel Brownie Hot Chocolate und einem extra Schuss Espresso darin. Außerdem befanden sich zwei von diesen abgefahrenen Salaten in meiner Handtasche. Die mit fettarmem Fleisch, getrockneten Tomaten und dem guten Käse. Nicht diesem Zeug, das sie in der Brooklyn Bakery verkauften und das nach Plastik schmeckte.

Während ich versuchte, mich von den Menschenmassen nicht umrennen zu lassen, hielt ich nach Kara Ausschau. Kaum sah ich sie um die Ecke biegen, eilte ich ihr entgegen und drückte ihr einen Becher in die Hand. »Großer Starbucks-Becher? Fifth Avenue? Alison, gibt es etwas, das du mir sagen willst?«, begrüßte sie mich.

»Ich habe beschlossen, etwas von dem Geld auf den Kopf zu hauen«, eröffnete ich ihr meinen Plan für heute.

»Also hast du deinen Arsch verkauft für ein bisschen Extrageld«, schlussfolgerte sie und erntete dafür einen Schlag auf den Arm von mir.

»Hey, nimm das zurück. Oder ich behalte den Salat, den ich eigentlich für dich gekauft habe.«

»Okay, jetzt willst du mich aber auf den Arm nehmen«, antwortete sie ungläubig. »Du hast Kaffee UND Salat? Alison, wie ist die Luft so weit oben?«

»Weißt du was? Es ist dein Lieblingssalat und er gehört jetzt mir.«

»Okay, okay, warte. Ganz ruhig. Gib mir den Salat.«

Lachend griff ich in meine Tasche und zog die beiden Salate raus. Dann setzten wir uns auf eine freie Bank und während Kara sofort über ihr Essen herfiel, erzählte ich ihr, was passiert war. »Ich habe mit ihm geschlafen«, platzte es aus mir heraus. Seit unserem Telefonat lagen mir die Worte auf den Lippen. Ich gehörte nicht zu den geheimnisvollen Frauen, die solche Dinge lange für sich behielten. Und jetzt gerade hatte ich Redebedarf. Und zwar richtig.

»Du hast was?«, rief Kara unverständlich, während sie versuchte, ein viel zu großes Salatblatt im Mund zu behalten.

»Wow, das ist echt sexy.« Mit einer Serviette wischte ich ihr etwas Soße von der Wange.

»Erzähl mir lieber, was bei dir sexy war!«, rief sie. »War er gut? War er groß? War er gut UND groß? Gott, das ist so spannend!«

Mein Gesicht lief hochrot an und ich grinste nur dümmlich von einem Ohr zum anderen.

»Heilige verfickte Scheiße. Er war gut UND groß! Ich bin ja so neidisch. Und jetzt erzähl mir alles. Und mit alles meine ich Details.«

»Es ist einfach so passiert. Ehrlich gesagt habe ich es vielleicht ein wenig provoziert, aber mit ihm in seiner Wohnung zu sein, hat mir das Hirn vernebelt. Ich konnte an nichts anderes mehr denken. Diese Anziehungskraft war… ach Kara, ich weiß nicht, wie ich es sagen soll. Da war einfach so viel Leidenschaft.«

»Okay, wie es aussieht, verstehen wir zwei etwas anderes unter Details. Nicht das, worauf ich gehofft hatte, aber ich nehme, was ich kriegen kann. Und jetzt wiederhole das … du warst in seiner Wohnung?«

»Gestern Abend, als er mich aus der Bar getragen hat. Übrigens danke nochmal für deine Hilfe«, sagte ich vorwurfsvoll und Kara zuckte mit den Schultern und schnitt eine Grimasse, als wollte sie sagen *gern geschehen.* »Da hat er mich in meine Wohnung gebracht und darauf bestanden mit reinzukommen. Er war total wütend und dann kam auch noch Pete. Kara, es war der Wahnsinn. Du hättest dabei sein sollen. Pete wollte zu mir und Alex hat ihm klargemacht, dass er ab sofort kein Wort mehr mit mir reden darf! Er ist so stark.«

»Heiß«, zischte Kara und wackelte mit den Augenbrauen.

»Süße, du nimmst dieser Geschichte gerade jeglichen Erotikfaktor.«

»Sorry, erzähl weiter.«

»Danach hat er mich quasi gezwungen, mit zu ihm zu kommen. Er sagte, dass er mir helfen will, eine ordentliche Wohnung zu finden und dass ich solange bei ihm bleibe.«

»Und aus lauter Dankbarkeit hast du es ihm dann richtig besorgt?«

»Kara!«, rief ich empört. »So war das nicht. Eigentlich hat er es mir so richtig besorgt«, fügte ich lachend hinzu. Jetzt war es an mir, übertrieben zweideutig mit den Augenbrauen zu wackeln. Wann hatte ich mich zuletzt so unbeschwert gefühlt?

»Und wie soll es jetzt weitergehen?«, holte Kara mich auf den Boden der Tatsachen zurück. Ich wusste, dass sie mich und Alexander meinte und diese Frage stellte ich mir schon, seitdem ich heute die Augen geöffnet hatte. Aber eben, weil ich nicht mehr darüber nachdenken wollte, hatte ich Kara angerufen.

»Jetzt gehen wir erst einmal shoppen.« Entschlossen packte ich sie bei der Hand und zog sie hinter mir her.

Kapitel -36-

Ally

Zehn Minuten später flanierten wir über die Fifth Avenue und ließen den Blick über die bunt gefüllten Schaufenster gleiten. Ich hatte mich bei Kara eingehakt und in der Hand trugen wir unseren zweiten Kaffee für diesen Tag. Wenn schon, dann richtig. Die ersten Geschäfte, an denen wir vorbeikamen, lagen definitiv nicht in meiner Preisklasse. Nicht einmal mit Alexanders Geld auf meinem Konto. Als wir nach einer Stunde einen Michael Kors Store betraten, hoffte ich, dass ich wenigstens hier fündig werden würde. Beim Betreten des Ladens musterten die Verkäuferinnen uns abwägend. Vermutlich überlegten sie, ob aus uns was rauszuholen war. Als ich willkürlich nach einem Preisschild griff und es herumdrehte, traf mich beinahe der Schlag. Verdammt, war das teuer! Wenn auch nicht so teuer wie Chanel und Co. Aber für jemanden, der Second-Hand-Preise gewohnt war, doch eine ganz schöne Hausnummer.

Eigentlich hätte ich rückwärts wieder rausstolpern müssen. Aber hatte ich es nicht verdient, ein wenig von dem Geld sinnlos auf den Kopf zu hauen? Wie lange träumte ich schon von ein paar tollen Outfits, die meine Persönlichkeit besser widerspiegelten als die abgetragenen Sachen aus der Heilsarmee? Seit Dads Krankheit lebte und arbeitete ich für seine Pflege. Von Alison, dem Mädchen, das sich für Mode und Designs interessierte, war nicht mehr viel übriggeblieben. Höchste Zeit, es zurückzuholen.

Nachdem wir uns ein paar Minuten lang umgesehen hatten, sprach uns eine der Verkäuferinnen an. Sie trug einen engen schwarzen Rock, der ihr bis über die Knie reichte. Dazu eine kurzärmlige, schwarze Bluse. Ihr Haar war zu einem strengen Zopf zurückgebunden. Als ich darauf achtete, fiel mir auf, dass alle Mitarbeiterinnen mehr oder weniger dasselbe Outfit trugen.

»Guten Tag, die Damen. Willkommen bei Michael Kors. Darf ich Ihnen behilflich sein?«

»Hi, sehr gern«, antwortete ich ein wenig unsicher. »Ich wollte mir ein paar neue Outfits zusammenstellen. Am liebsten wären mir Kleidungsstücke, die ich vielseitig kombinieren kann.« Wenn ich schon Geld verprasste, dann wenigstens halbwegs sinnvoll. Ganz kam ich wohl nicht aus meiner Haut, aber es war ein Anfang.

»Haben Sie einen bestimmten Stil im Kopf?«, fragte die Verkäuferin.

Ich überlegte. Früher hätte ich die Frage sofort beantworten können. Heute musste ich länger nachdenken. Die Alison, die ich für Alexander war, würde sich für elegante und gleichzeitig sexy Outfits entscheiden. Die Alison, die als Kellnerin in John´s Bar tätig war, würde auf etwas Bequemes, Funktionales setzen. Die Alison, die ihren Vater pflegte, ebenfalls. Und die Ally von früher? Die hatte enge Jeans, bauchfreie Tops und kurze Kleider getragen. Aber was wollte die Ally von heute? Von all diesen Personen, wer war ich wirklich?

Die Verkäuferin wartete geduldig, bis ich meine Gedanken sortiert hatte. »Ich wünsche mir etwas Weibliches, Verspieltes, aber auf eine schlichte Weise. Und ein bisschen sexy geht vermutlich auch in Ordnung.«

Die Dame nickte, wobei sie die Stirn nachdenklich in Falten legte und machte sich gleich ans Werk. Sie bat Kara und mich, bei den Umkleidekabinen Platz zu nehmen und bot und etwas zu trinken an. Dann warteten wir gespannt auf das, was sie uns präsentieren würde.

Die nächste halbe Stunde verbrachten wir mit dem Anprobieren der neuen Kleidung. Kara beurteilte jedes Outfit kritisch und sorgfältig. Sie war die beste Shoppingbegleiterin, die man sich wünschen konnte. Ich wollte sie überreden, sich auch etwas auszusuchen, aber sie weigerte sich. Sagte immer nur, dass sie alles hätte, was sie brauchte. Doch immer wieder erwischte ich sie dabei, wie sie zu einer Handtasche schlich, wenn ich mich gerade umzog und sie sich unbeobachtet fühlte.

Nachdem ich mich durch den Haufen an Kleidern, Hosen, Blusen und Pumps gekämpft hatte, fühlte ich mich wie nach einem intensiven Workout. Geloht hatte es sich aber. Kara und ich verließen den Laden mit vollen Tüten und einem fetten Grinsen im Gesicht. »Fühlt sich ein bisschen an wie bei Sex and the City«, sagte ich verträumt und freute mich, dass ich die Chance hatte, einen so wundervollen Tag mit meiner besten Freundin zu verbringen. In den letzten Monaten hätte ich mir das wirklich nicht träumen lassen.

»Wenn wir in Sex and the City wären, wäre ich definitiv eine Carrie«, behauptete Kara und brachte mich damit zum Lachen.

»Carrie? Bei deinem Mundwerk bist du mehr eine Samantha!«

»Pfff, wie auch immer. Du willst ja nur Carrie sein.«

»Oh Gott! Nein, sie ist viel zu unvernünftig und sexuell sehr sprunghaft. Ich sehe mich eher als eine Charlotte.«

»Ach ja?«, sagte Kara und sah mich mit einem skeptischen Blick an. »Du weißt aber schon, dass Charlotte ihrem Ehemann den Anus geleckt hat?«

Ich stolperte und fiel fast über meine eigenen Füße. Geschockt starrte ich Kara an, die mir einen *Wirklich-wahr-Blick* schenkte.

Es war schon fast Nachmittag, als wir uns entschieden, eine Runde im Central Park spazieren zu gehen. Wobei aus einer Runde eher ein paar Meter wurden und aus dem Spazieren dann doch Sitzen auf einer Parkbank und das ausgiebige Beobachten der Menschen, die tatsächlich die Motivation aufbrachten, sich zu bewegen.

»Was hast du jetzt vor?«, fragte Kara nach einer Weile.

»Dad besuchen.«

»Ich meinte mit Alexander, du Dummkopf.«

»Oh das«, antwortete ich schulterzuckend. »Keine Ahnung. Nichts?«

»Nichts? Wirklich? Hattest du zwischenzeitlich einen Schlaganfall oder weigerst du dich einfach nachzudenken?«

»Hey, was soll das denn heißen?«, rief ich empört. »Alex und ich haben einen Deal. Nur weil wir miteinander geschlafen haben, heißt das nicht, dass ich mich ihm jetzt an den Hals werfen muss.«

»Das habe ich auch nicht gesagt. Aber ich habe heute genug gehört, um zu verstehen, dass du den Typ magst. Und obwohl am Anfang einiges dagegengesprochen hat, scheint er ein guter Kerl zu sein. Oder liege ich da falsch?«

»Nein«, gestand ich. Ich mochte diesen Dummkopf wirklich.

»Dann solltest du ihm das auch zeigen. Wenn ihr jetzt anfangt, irgendwelche Spielchen zu spielen, damit keiner verletzlich dasteht, dann wird das schneller in einer Katastrophe enden, als du gucken kannst. Denn da draußen stehen ein Haufen Bitches Schlange, um an einen Kerl wie Alexander Preston ranzukommen. Und die kämpfen mit allen Mitteln. Damit meine ich, dass sie ohne zu zögern auf die Knie gehen und deinem Kerl den Schwanz lutschen, wenn er es will.«

»Kara«, rief ich entsetzt. »Sowas kannst du doch nicht einfach so sagen!«

»Was? Es ist die Wahrheit.«

Dass es die Wahrheit war, wusste ich. Augenblicklich hatte ich Graces Bild vor den Augen. Sie hatte sich auf genau diese Art an ihn rangemacht. Ob sie gerade in seiner Nähe war? Ob er … nein, das würde er nicht tun! Oder?

Bei der Vorstellung von Alex und Grace konnte ich mich gar nicht schnell genug ablenken. Ob tatsächlich die Möglichkeit bestand?

»Kara«, flüsterte ich und sah sie besorgt an. »Ich muss dich was fragen.«

»Ob du zugenommen hast? Nein.«

»Nicht das. Etwas anderes. Es geht um Alex. Ich weiß, dass er etwas mit seiner Sekretärin hatte. Denkst du …« Ich ließ den Satz unbeendet, aber an Karas Gesicht sah ich, dass sie verstand. Ihr Ausdruck wechselte von belustigt zu ernst in zwei Sekunden.

»Ich will dich nicht anlügen, Ally. Die Möglichkeit besteht.«

Die Wahrheit fühlte sich an, als hätte mich jemand angeschossen. Kara hatte recht. Selbstverständlich bestand die Chance, dass er Grace vögelte. Er hatte es vorher getan, warum sollte er damit aufhören? *Wegen mir*, meldete sich eine Stimme in meinem Hinterkopf.

»Jetzt mach nicht so ein Gesicht. Es gibt für alles eine Lösung. Wenn du die Mundwinkel noch ein bisschen mehr hängen lässt, berühren sie deine Schultern«, zog Kara mich spielerisch auf. Das machte sie gern, wenn sie mich von meinen Sorgen ablenken wollte.

»Was soll es da bitte für eine Lösung geben?«, fragte ich und zwang mich, nicht mehr so verzweifelt dreinzuschauen. Ein Lächeln brachte ich aber beim besten Willen nicht zustande.

»Vor allem solltest du dich nicht in irgendwas hineinsteigern. Es bringt nichts, wenn du ihn jetzt mit Anrufen bombardierst und einen auf eifersüchtig machst, weil seine Assistentin wie ein Victoria's Secret Model aussieht. Glaub mir, das wird ihn schneller von dir wegtreiben, als ein Stein im Wasser versinkt. Zeig ihm, dass du ein eigenes Leben hast. Er soll sehen, dass du dich nicht an ihn klammerst, weil du dich gestern an ihn geklammert hast, wenn du verstehst, was ich meine. Männer wollen es gern mal ein bisschen schwer haben. Du weißt schon, Jagdinstinkt und so.«

Verwirrt sah ich sie an. Also sollte ich einen auf schwer zu haben machen? Nachdem wir es schon getan hatten? Klar. Logisch. Ein Kinderspiel.

»Hast du nicht gerade gesagt, dass ich keine Spielchen spielen soll? Ganz ehrlich, du verwirrst mich.«

»Wow, Ally. Man merkt, dass du lange keine Dates mehr hattest. Zeig ruhig, dass du Interesse an ihm hast. Aber dabei sollst du dich ihm nicht aufdrängen. Er muss von allein zu dir kommen. Verstehst du?«

Ich verstand nicht, aber ich nickte. Jedes weitere Wort hätte mich noch mehr verwirrt. War das mein Problem? Dass ich es den Männern zu leicht machte? Mein Ex-Freund hatte sich nie um mich bemühen müssen. Rückblickend war ich für ihn immer verfügbar gewesen. Ich hatte ihm ein sicherer Hafen sein wollen. Jemand, auf den er sich verlassen konnte. Aber was ich erreicht hatte, war, als selbstverständlich wahrgenommen zu werden. Und irgendwann dann als ersetzbar. Kara hatte recht, dieser Fehler würde mir nicht nochmal passieren.

»Wo gehen wir jetzt hin? Ich habe keine Lust, hier zu erfrieren«, fragte Kara und blickte sich in alle Richtungen um. Ich nutzte den Moment und zog eine schwarze Handtasche aus der Einkaufstüte, um sie ihr unter die Nase zu halten. »Was … wo kommt die denn her?«, rief sie ungläubig.

Es war die Tasche, die Kara heute immer wieder in die Hand genommen und angestrahlt hatte. Während sie kurz abgelenkt war, hatte ich die Verkäuferin gebeten, die Tasche heimlich mit abzurechnen und dann unter den anderen Einkäufen zu verstecken. Jetzt drückte ich sie Kara mit einem fetten Grinsen in die Hand. »Für dich. Weil ich dich liebe«, flüsterte ich und fand mich sofort in einer stürmischen und sehr seltenen Umarmung von Kara wieder.

»Ich liebe dich auch.«

Arm in Arm schlenderten wir noch eine Weile durch den Central Park und suchten uns ein Restaurant zum Essen.

Danach verabschiedete Kara sich und ich wollte meinen Dad besuchen. Mein Handy zeigte zwei entgangene Anrufe von Alexander an. Mein erster Reflex war es, ihn sofort zurückzurufen. Aber Karas Worte im Hinterkopf, hielt ich mich zurück. Sollte er ruhig warten.

Kapitel -37-

Alex

»Wo ist die verdammte Pearson-Akte?«, schrie ich und Grace zuckte merklich zusammen.

»Ich bringe sie Ihnen sofort, Sir.«

Aufgeregt stöckelte sie auf den zu hohen High Heels durch mein Büro und verschwand im Vorzimmer, um hastig Schränke und Schubladen zu durchwühlen.

»Grace, wie lange soll ich noch auf die Akte warten?«, rief ich ihr hinterher, obwohl sie den Raum gerade erst verlassen hatte. Mit hochrotem Kopf stürmte sie zurück und brachte mir die Akte. »Hier, Sir. Ich habe sie.«

»Herzlichen Glückwunsch, Grace. Sie haben Ihren Job gemacht«, antwortete ich sarkastisch und setzte mich mit der Akte an meinen Schreibtisch. In dem Moment lugte Melissa durch die Tür.

»Mr. Preston, ich wollte Sie nochmal wegen der Angelegenheit bezüglich …«

»Verfickte Scheiße, kann man hier nicht einmal in Ruhe arbeiten?«, schrie ich. »Raus. Alle beide. Sofort!«

Mit geduckten Köpfen schlichen sie davon und zogen die Tür hinter sich zu. Erneut griff ich nach meinem Handy und wählte zum fünften Mal in dieser Stunde Alisons Nummer. Nichts. Es klingelte, aber sie ging nicht ran. Die Überwachungskameras in meiner Wohnung zeigten mir, dass sie das Penthouse schon vor Stunden verlassen hatte. Wo war sie, verdammt? Ich hatte ihr klipp und klar gesagt, dass sie jederzeit erreichbar zu sein hatte. Wütend schleuderte ich die

Akte vom Tisch, als sich die Tür öffnete. Grace hatte wirklich Eier, dass sie sich nochmal hier rein traute.

»Darling«, gurrte sie und kam lasziv lächelnd näher. »Du wirkst angespannt. Ich kann dir helfen, wenn du mich nur lässt.«

Bei Gott, es fehlte nicht mehr viel und ich würde meine Hände um ihren dürren Hals legen und zudrücken. »Verschwinde, Grace«, knurrte ich.

Ohne sie weiter zu beachten, griff ich nach meinem Mantel und stürmte aus dem Büro. Ich würde Alison finden und dann würde sie dafür bezahlen, dass sie nicht gehorcht hatte. Gestern noch war sie in meinen Armen eingeschlafen, ganz das zahme Lamm und ein paar Stunden später trieb sie mich in den Wahnsinn. Eigentlich hätte doch sie diejenige sein müssen, die mich anrief. Die meisten Frauen suchten nach dem Sex meine Nähe. Alison hingegen machte wieder einmal alles anders, als ich es erwartete. Nicht unbedingt zu meinem Vergnügen.

Im Gehen wählte ich Toms Nummer. Er hob ab, noch bevor ich den Aufzug erreichte. »Guten Tag, Mr. Preston. Was kann ich für Sie tun, Sir?«

»Ich schicke dir gleich eine Nummer zu. Orte das dazugehörige Handy für mich. Ich erwarte deinen Rückruf in fünf Minuten.«

Dann legte ich auf und leitete ihm Alisons Kontakt weiter. Es dauerte genau fünf Minute, um mit dem Aufzug runter ins Parkhaus zu fahren, in meinem Jaguar einzusteigen und durch die Ausfahrt nach draußen zu preschen. Genau als der Empfang sich wiederherstellte, klingelte mein Telefon. Toms

Stimme ertönte durch die Freisprechanlage im ganzen Wagen.

»Ich konnte das Handy leicht über das Mobilfunknetz orten. Derzeit hält sich die Person, die Sie suchen, in Queens auf. In der Barlow Street. Am Ende der Straße gibt es ein großes Gelände, auf dem mehrere Gebäude stehen. Genauere Angaben sind leider nicht möglich, Sir«, fügte er entschuldigend hinzu und ich nickte, obwohl Tom das nicht sehen konnte.

»Danke Tom, schick mir den Standort aufs Handy.«

Ein paar Sekunden später klingelte mein Handy erneut und ich bekam einen GPS-Standort von ihm. Ungeduldig startete ich das Navi und fädelte mich in den überladenen Feierabendverkehr ein. Jedes Mal, wenn die Autos vor mir zum Stehen kamen, wuchs mein Zorn weiter. Was hatte Alison in Queens zu tun? Hatte sie doch einen Freund, von dem sie mir nichts erzählt hatte? Ich würde es herausfinden.

Als ich endlich in die Barlow Street einbog, war es bereits dunkel. Nur ein paar orange Straßenlampen und die Scheinwerfer meines Wagens erhellten die Straße. Mehr Licht brauchte es allerdings auch nicht, um zu erkennen, wie heruntergekommen das Viertel war. Keine von Queens besten Ecken, wobei Queens allgemein als keine gute Ecke galt. Aber wie es aussah, hatte Alison einen Hang zu solchen Orten. Immer wieder zog es sie ins Ghetto, dabei könnte sie gerade ein heißes Bad in meinem Whirlpool nehmen. In ein paar Minuten hätte ich Feierabend gemacht und ihr Gesellschaft geleistet. Stattdessen fuhr ich an umgekippten Mülltonnen vorbei und suchte sie.

Ich hatte mich so in meine Wut hineingesteigert, dass ich das Ende der Straße fast nicht wahrnahm. Es dauerte ein paar Sekunden, bevor ich das Eingangsschild am Empfangsgebäude las. Doch sobald ich verstand, was ich da vor mir hatte, verpuffte mein Zorn. Zurück blieben nur tausende Fragezeichen. Ein Pflegeheim? Wir hatten nie über Privates geredet. Alison hatte ihre Familie mit keinem Wort erwähnt, ich meine ebenso wenig. Es waren die Grenzen, die ich selbst gesetzt hatte und die ich ein für alle Mal überschritt, wenn ich dort hineinging. Ich wusste nicht, was mich dort erwartete, aber ich verstand, dass es kein Zurück gab, wenn ich erst einmal hineinging.

Bevor mein Kopf die Pros und Kontras abwägen konnte, hatte etwas anderes das Kommando in mir übernommen. Wie ferngesteuert zog ich den Schlüssel ab und der Motor verstummte. Ich ließ das Auto am Straßenrand geparkt zurück und stieg die wenigen Stufen zum Eingang hoch. Unangenehmes künstliches Licht begrüßte mich - sowie eine korpulente, ältere Dame, die mich neugierig musterte.

»Guten Abend, suchen Sie jemanden?«, fragte sie mich unverhohlen, denn dies war kein Ort, an den es Fremde oft verschlug.

»Guten Abend«, grüßte ich zurück. »Ich suche eine Freundin. Ich kann sie telefonisch nicht erreichen, aber sie sagte, dass sie heute hier sein würde. Sie hat heute Mittag wohl versehentlich meinen Haustürschlüssel eingesteckt und jetzt stehe ich vor verschlossener Tür. Dürfte ich nur kurz zu ihr?«

Ich setzte mein unschuldigstes Lächeln auf, sofern ich diesen Ausdruck überhaupt draufhatte und hoffte, dass die

Alte mir die Show abkaufen würde. Aber ich hätte ihr wohl schlecht sagen können, dass ich Alison bezahlte und sie mir nicht gehorcht hatte, weswegen ich ihr Handy orten ließ, was mich letztendlich hierherführte.

»Wie heißt denn Ihre Freundin?«

»Alison Mackenzie.«

Jetzt musterte sie mich eindeutig misstrauisch. »Ich kenne Alison schon lange. Sie hat noch nie einen Freund erwähnt.«

Warum waren Menschen so anstrengend? Wieso konnte sie mich nicht einfach zu Alison bringen? Stattdessen ging sie mir auf die Nerven.

»Wir kennen uns noch nicht allzu lange«, erwiderte ich in einem Tonfall, der sagte, dass sie da auch gut und gern allein hätte darauf kommen können. Der misstrauische Zug in ihrem Gesicht blieb, aber sie nickte und gab mir einen Wink mit der Hand, ihr zu folgen.

Während wir einen langen Gang entlanggingen, sah ich mich nach links und rechts um. Die Wände waren vergilbt und der Boden bestand aus einem alten PVC Belag, der stellenweise Wellen warf. Nichts hier sprach von Geborgenheit oder Sicherheit. Dennoch verrieten die Geräusche hinter den Türen mir, dass die meisten Zimmer belegt waren. Wer seine Angehörigen hierherbrachte, war entweder herzlos oder hatte keine andere Wahl. Mit jedem Schritt fiel mir das Atmen schwerer. Als wir vor der drittletzten Zimmertür ankamen, deutete die Pflegerin mit einem Kopfnicken an, dass Ally dort drinnen war. Dann verschwand sie und ließ mich allein mit der Entscheidung, ob ich anklopfen sollte.

Meine Brust war wie zugeschnürt und mein Herz schlug unnatürlich laut. Einen Augenblick lang überlegte ich umzudrehen, wieder in mein Auto zu steigen und zurück nach Manhattan zu fahren. Dieses Erlebnis hier würde mir mehr über Alison verraten, als ich jemals über einen anderen Menschen hatte erfahren wollen. Ohne zu wissen, ob ich bereit war, drückte ich die Türklinke runter und betrat das Zimmer.

Kapitel -38-

Ally

Wie gelähmt starrte ich Alexander an, als stünde der Tod höchstpersönlich vor mir. Außerstande, etwas zu sagen. Sein Blick glitt zwischen mir und Dad hin und her und blieb dann auf meiner ausgestreckten Hand ruhen, in der ich ein Stück Käsebrot hielt.

Heute war kein guter Tag. Seit ich hergekommen war, hatte Dad sich immer wieder panisch in seinem Bett aufgerichtet und wollte aus dem Zimmer stürmen, weil er glaubte, im falschen Raum zu sein. Ich erklärte ihm jedes Mal ruhig, dass das hier sein Zimmer sei und dass alles gut wäre, aber meine Worte konnten ihn nicht beruhigen. Es hatte zwei Stunden gedauert, bis ich ihn überreden konnte, sich hinzulegen und sich von mir etwas zu essen geben zu lassen. Dennoch war sein Blick immer wieder hektisch zur verschlossenen Tür gehuscht, als fühlte er sich eingesperrt. Jetzt starrte er Alexander nicht weniger überrascht an als ich. Nur dass er sich über sein Erscheinen aus irgendeinem Grund freute.

»Gabriel, du hier! Wie schön, dass du mich besuchen kommst«, rief er plötzlich fröhlich in die Stille hinein. Der erste zusammenhängende Satz, den er heute sprach und er verwechselte Alexander mit meinem Ex-Freund. Als sein Name fiel, zuckte ich zusammen. Ihn zu hören, bereitete mir körperliche Schmerzen. Alex stand immer noch wie angewurzelt in der Tür.

»Was hast du hier zu suchen?«, zischte ich panisch, warf das Stück Brot auf einen Teller und ging zu ihm. »Woher wusstest du, dass ich hier bin?« Das konnte doch kein Zufall sein.

Außer Kara wusste niemand von Dad und sie würde niemals jemandem etwas verraten. Ich vertraute ihr blind, wie also hatte Alexander es herausgefunden?

Gerade wollte ich ihn drängen zu antworten, als Dad wieder versuchte aus dem Bett zu steigen. Weil er heute besonders wacklig auf den Beinen war, eilte ich zu ihm. Er trug nur ein dünnes Unterhemd, obwohl es eiskalt war. Aber alle anderen Kleidungsstücke riss er sich immer wieder vom Leib. »Dad, du musst liegenbleiben, bitte«, versuchte ich ihn zurück aufs Bett zu schieben, damit er nicht stürzte oder sich eine Erkältung holte. Die Situation war mir unangenehm. Dass Alexander Dad in so einem Zustand sah. Ich wollte Dad helfen und gleichzeitig Alexander aus dem Zimmer schmeißen. Die Überforderung, beides nicht tun zu können, ließ meinen Puls in die Höhe schießen. Tränen brannten mir in den Augen und ich hätte am liebsten laut aufgeschrien vor Wut. Genau das hatte ich verhindern wollen. »Dad«, flehte ich mit brüchiger Stimme. »Bitte bleib liegen.«

»Ich will Gabriel begrüßen«, rief er bloß und kämpfte gegen meinen Griff an.

»Dad, bitte …«

Plötzlich spürte ich Alexanders Wärme dicht hinter mir. »Sie sollten sich besser hinlegen. Es ist eiskalt heute. Ich setze mich zu Ihnen ans Bett.«

Ich atmete keuchend aus, glaubte nicht, dass das hier wirklich passierte. Alexanders Worte hallten noch in meinen Ohren nach, da hörte ich schon das Geräusch des Stuhles, den er sich heranzog. Misstrauisch beobachtete Dad ihn und erst als Alexander saß, ließ er sich von mir wieder ins Bett bugsieren. Verloren stand ich neben Dads Bett, Alex saß direkt neben mir, und ich wusste nicht, was ich tun sollte. Die Zeit zurückdrehen und verhindern, dass Alex von meinem Vater erfuhr. Aber das ging nicht. Also setzte ich mich langsam auf meinen Stuhl, die Hände unter meine Oberschenkel geschoben, damit keiner bemerkte, wie stark ich zitterte. Die ganze Zeit über drückte Alexanders Knie an meinen Oberschenkel, weil es in diesem Zimmer so verdammt eng war. Verwirrt und überfordert quetschte ich mich an ihm vorbei und setzte mich auf die Fensterbank auf der anderen Seite des Bettes. Dad griff nach Alexanders Hand und hielt sie fest. »Schön, dass du mich besuchen kommst, Gabriel«, wiederholte er. Bei Gabriels Namen huschte Alex' Blick kurz zu mir, aber vor Dad ließ er sich nichts anmerken.

»Ich freue mich auch, dass wir uns wiedersehen«, erwiderte er und ließ zu, dass Dad ihn weiterhin festhielt. Mein Herz setzte drei Schläge aus und mein Verstand konnte das Bild des fürsorglichen Alexanders nicht verarbeiten. Gerade als die Stille unerträglich wurde, füllte Dads laut knurrender Magen sie.

»Wie wäre es, wenn Sie etwas essen, während wir uns unterhalten?« Tatsächlich ging Dad auf seine Forderung ein und griff ganz selbstständig nach dem Brot, das ich ihm vorher hatte aufzwingen müssen. Vielleicht lag es an Alexanders dominanter Natur, aber bei ihm benahm Dad sich weniger bockig.

»Wie lief die letzte Footballsaison? Bist du noch der beste Spieler im Team?«, fragte er kauend und innerlich stöhnte ich auf. Dads Erinnerung lag fast zehn Jahre zurück. Gabe war damals im Highschool Footballteam gewesen und ein so guter Spieler, dass er tatsächlich ein Sportstipendium für die

Yale bekommen hatte. Ich wollte Dad erklären, dass das schon lange her war, doch Alex spielte die Rolle ohne mit der Wimper zu zucken mit.

»Die letzte Saison lief noch besser als erwartet. Am Wochenende haben wir wieder ein Spiel.«

Begeistert klatschte Dad in die Hände. »Erzähl mir mehr«, bat er voller Aufregung.

Auffordernd zeigte Alexander auf das nächste Stück Brot. Fasziniert beobachtete ich, wie Dad es ohne zu murren nahm und davon abbiss. Erst als er kaute, erzählte Alexander weiter. Ich bemerkte sofort, dass er nie in seinem Leben Football gespielt hatte, aber Dads Augen strahlten vor Freude und ich verspürte eine Welle von Dankbarkeit. Tränen sammelten sich erneut in meinen Augenwinkeln. Ich brauchte eine kurze Auszeit.

»Möchtest du einen Tee, Dad?«, suchte ich nach einem Vorwand zu verschwinden und wurde ungeduldig von Dad abgewimmelt.

»Ich würde einen Kaffee nehmen«, bat Alex an seiner Stelle und sah mich mit seinen grünen Augen so durchdringend an, dass es mir einen Schauer über den Rücken jagte. Seine Mundwinkel deuteten ein Lächeln an und seine linke Hand hielt noch immer Dads umfasst. Aufgewühlt stürmte ich aus dem Zimmer. Draußen lehnte ich mich an die kalte Wand und schloss die Augen, als könnte ich das Bild dadurch vergessen, aber es hatte sich in mein Innerstes gebrannt und dort würde es vermutlich die Ewigkeit überdauern. Fahrig wischte ich meine schwitzigen Hände an meiner Jeans ab und fuhr mir mehrmals über mein Gesicht, um die Tränen wegzuwischen, die ich einfach nicht zurückhalten konnte. Ein Schluchzen stieg in meiner Brust auf. Beide Hände auf den Mund gepresst, versuchte ich es zu unterdrücken. In dieser Stellung verharrte ich so lange, bis mein Atem sich langsam beruhigte und ich nicht mehr das Gefühl hatte, einem Zusammenbruch nahe zu sein. Ich zwang mich, ruhig zu atmen. Irgendwann stellte sich das Zittern ein. Erst dann stieß ich mich von der Wand ab und traute mich, ein paar unsichere Schritte in Richtung Aufenthaltsraum zu machen, wo die Getränke standen.

Ich bereitete Alex einen Kaffee zu, für Dad und mich wählte ich einen Kamillentee. Ich stellte die Tassen auf ein kleines Tablett und machte mich auf den Rückweg, als Mrs. Kelly mir entgegenkam. »Dein Freund macht einen netten Eindruck«, grüßte sie mich und musterte mich neugierig. »Wieso hast du mir nie von ihm erzählt?«

»Ähm« Schnell suchte ich nach einer Antwort. »Es hat sich einfach noch nicht ergeben.«

Was Besseres fiel mir auf die Schnelle nicht ein. Bevor sie mich weiter mit Fragen löchern konnte, quetschte ich mich an ihr vorbei und ging zurück ins Zimmer, wo Alex und Dad noch immer in derselben Position saßen. Der einzige Unterschied war Dads leergegessener Teller.

Ohne Alex anzusehen, stellte ich seine Tasse vor ihm ab und ging zurück an meinen Platz auf der Fensterbank. Immer wieder suchte er meinen Blick, aber ich hielt den Kopf gesenkt und starrte auf meine ineinander verschränkten Hände. Tausend Fragen schossen durch meinen Kopf, bis ich glaubte, dass er gleich platzen müsste.

Als Mrs. Kelly um kurz vor acht an der Tür klopfte und uns mitteilte, dass die Besucherzeit zu Ende war und Dad etwas

Ruhe bräuchte, war ich fast schon erleichtert. Mit einem Kuss auf die Wange verabschiedete ich mich bei Dad, dann eilte ich den Flur entlang in Richtung Ausgang. Draußen lief ich ziellos über die Straße, kam aber nur wenige Schritte weit. Alexander griff fest um meinen Oberarm und zog mich so heftig zurück, dass ich gegen seine harte Brust stieß.

In seinem Blick lag unverkennbare Wut und ich war mir sicher, dass er sie bisher nur geschickt unterdrückt hatte. »Steig in den Wagen«, forderte er leise, den Kiefer fest zusammengebissen.

Während er den Motor startete und die Barlow Street hinter sich ließ, schwiegen wir. Genau wie gestern Abend spürte ich, dass er wütend war. Nur dieses Mal wusste ich, wieso. Dabei hatte er keinen Grund. Ich hatte nichts Falsches getan. Er hingegen schon. Je mehr ich darüber nachdachte, wie er mich gefunden hatte, desto weniger gefielen mir die möglichen Antworten. Hatte er mich verfolgt? Oder verfolgen lassen?

»Wie …«, setzte ich zu meiner Frage an, doch er unterbrach mich abrupt.

»Du wirst mir jetzt einige Fragen beantworten. Und wenn aus deinem Mund etwas anderes als Antworten kommen, Alison, dann Gnade dir Gott.«

Obwohl ein Teil von mir es einfach darauf ankommen lassen wollte, entschied der vernünftige Part in mir, besser nicht mit dem Feuer zu spielen.

»Das war dein Dad?«

»Ja.«

»Was fehlt ihm?«

»Er hat Alzheimer«, antwortete ich betreten und er nickte, als hätte er sich das bereits gedacht, wollte es aber noch einmal von mir hören.

»Und wieso ist er in diesem furchtbaren Pflegeheim?«

Automatisch ging ich in eine Abwehrhaltung. Genau deswegen hatte ich nicht gewollt, dass er davon erfuhr. Vorwürfe. So viele, die ich mir selbst schon machte. Da konnte ich seine nicht auch noch gebrauchen.

»Du nennst es ein furchtbares Heim, aber das ist alles, was wir uns leisten konnten. Ich bin froh, dass ich überhaupt einen Platz für Dad bekommen habe.«

Er dachte über meine Worte nach, während die Wut in mir weiter und weiter anstieg. Für wen hielt er sich, dass er mir Vorwürfe machte? Ich wusste, dass es keine optimale Lösung war, aber ich hatte keine andere Wahl. Ich gab mein Bestes und es wäre schön, wenn das zur Abwechslung mal jemand gesehen hätte.

»Was ist mit Verwandten?«, bohrte er weiter.

»Es gibt nur Dad und mich.«

Mehr Worte brauchte es nicht. Mum war früh gestorben. Onkel und Tanten hatte ich nie gehabt, denn meine Eltern waren beide Einzelkinder, ebenso wie ich.

»Ihr müsst doch Ersparnisse gehabt haben, Alison. Irgendwelche Rücklagen. Ihr könnt doch nicht völlig unvorbereitet gewesen sein.«

»Was willst du von mir hören?«, schrie ich plötzlich, weil irgendwo tief in mir drin ein Geduldsfaden riss, der schon lange überfällig war. »Ich musste die Uni abbrechen, um bei Dad zu sein. Seine Pflege war teuer und die Ersparnisse waren viel zu schnell aufgebraucht. Wir mussten unser Haus verkaufen und ich war froh, dass das Geld gereicht hat, um unsere Schulden zu bezahlen. Denkst du, dass ich meinen Vater gern dort lasse? Dass ich ihn nicht lieber in ein schöneres Heim bringen würde, wo er ab und zu Sonnenlicht ins Zimmer bekommt und das Essen sich nicht alle drei Tage wiederholt? Denkst du, ich lasse ihn dort, weil ich zu geizig bin und nicht mehr bezahlen will? Ich sag dir mal was, Mr. Mir-steht-die-Welt-offen: Im Gegensatz zu dir gibt es Menschen, die froh sind, wenn sie ihre Miete bezahlen können. Und ich rede von der Miete für ein heruntergekommenes, stinkendes Scheißzimmer, in dem du dich zusätzlich noch von deinem perversen Mitbewohner begrapschen lassen musst.«

Ich hatte die Worte herausgeschrien. Jetzt lag nur mein schweres Atmen zwischen uns. Fast bereute ich meinen Ausbruch schon, als Alexander die drei magischen Worte flüsterte, die seinen Mund vermutlich nicht allzu oft verließen.

»Tut mir leid.«

Auf alles andere wäre mir sofort eine Erwiderung eingefallen. Darauf nicht. Ich hatte auf Abwehr geschaltet, nicht auf Versöhnung.

»Und wer war Gabriel?«, nahm Alex mir die Aufgabe ab, die richtigen Worte zu finden.

»Mein Ex-Freund«, murmelte ich nach einer Weile und sank in meinem Sitz zusammen. Mein Blick glitt aus dem Auto und suchte das Weite. Die letzten zwei Stunden waren anstrengender gewesen als die gesamte letzte Woche. Ich fühlte mich emotional geschlaucht. Dads schlechter Zustand heute, dann Alexanders Auftauchen und jetzt die Fragerei.

Ob ich es wollte oder nicht, es brachte alte Erinnerungen an die Oberfläche, die ich lange hatte begraben wollen. Der schöne Nachmittag mit Kara lag gefühlte hundert Jahre zurück.

»Du redest nicht gern über ihn«, stellte Alex fest und in der Fensterscheibe sah ich, wie sein Blick kurz auf mir ruhte, bevor er sich wieder auf die Fahrbahn richtete. Ich schüttelte den Kopf und beobachtet weiter die Straßenlaternen, die verschwommen an mir vorbeizogen.

»Hast du noch Gefühle für ihn?«

Die Frage kam so plötzlich und war so weit hergeholt, dass ich laut auflachen musste. Als ich dabei zu Alexander sah, hatte er den Kiefer wieder aufeinandergepresst und umfasste das Lenkrad eine Spur fester. Der Witz ging dann wohl auf seine Kosten.

»Ich habe schon lange keine Gefühle mehr für Gabriel«, stimmte ich einen Ton versöhnlicher an und beobachtete, wie sich seine Haltung leicht entspannte. Dann fuhr ich fort: »Es sind nur leider keine schönen Erinnerungen an diese Zeit gebunden, deswegen rede ich nicht gern darüber.«

Er nickte verstehend. »Erzählst du mir trotzdem, was passiert ist?«

»Wenn es sein muss«, gab ich seufzend nach. Er würde ohnehin nicht lockerlassen, bevor er seine Antworten hatte.

»Gabe war meine erste Liebe. Das dachte ich zumindest. Heute frage ich mich, ob es wirklich Liebe war oder nur Freundschaft.«

Alexanders Blick ruhte auf mir, doch er unterbrach mich nicht. Wofür ich ihm sehr dankbar war, denn es fiel mir leichter, alles in einem Rutsch zu erzählen und die Sache schnell hinter mich zu bringen.

»Auf jeden Fall standen wir uns sehr nahe und verbrachten jeden Tag miteinander. Wir gingen in dieselben Kurse, hatten denselben Freundeskreis. Gabriel wollte sogar, dass wir uns eine gemeinsame Wohnung in der Nähe des Campus suchen. Dann passierte die Sache mit Dad und unsere Pläne mussten warten.«

Natürlich war mir nicht entgangen, dass sich unsere Beziehung verändert hatte. Von dem unbeschwerten Paar, das mit seinen Freunden Party machte, herumalberte und das Leben in vollen Zügen genoss, war nicht mehr viel übriggeblieben. Wie auch? Nachdem ich die Uni geschmissen hatte, sahen wir uns höchstens am Wochenende. Ich zerriss mich beinahe selbst bei meinen Bemühungen, regelmäßig eine Aufpasserin für meinen Dad zu finden, damit ich Gabriel besuchen konnte. Damit wir dort weitermachen konnten, wo wir aufgehört hatten. Als hätte sich nichts verändert. Als lebten wir nicht in unterschiedlichen Welten.

Aber er entglitt mir, das spürte ich ganz genau. Und ich konnte es ihm nicht verübeln. Wir waren jung, wer wollte sich da eine solche Last aufladen? Obwohl ein Teil von mir immer auf seine Unterstützung gehofft hatte, wagte ich nicht, es von ihm zu verlangen. Das wäre nicht fair.

Hätte er die Beziehung beendet, wäre das schmerzhaft, aber etwas, das ich verzeihen konnte. Wofür ich allerdings keine Vergebung aufbrachte, niemals, war die Art und Weise seines Betrugs. Wie er mich hintergangen hatte.

»Nur dass Gabe nicht warten wollte«, fuhr ich fort. »Stattdessen hat er mich lieber betrogen. Mit meiner damaligen besten Freundin Tanja.«

Alex zog scharf die Luft ein und unterdrückte einen Fluch. Obwohl mir nicht danach zumute war, erwischte ich mich beim Lächeln. Ich hatte diese Geschichte niemals jemandem erzählt. Es war schön, sich endlich zu öffnen.

»Ich erwischte sie, als ich Gabe mit einem spontanen Besuch überraschen wollte.

Ich hatte die Pflegerin für zwei Tage gerufen, eine Tasche gepackt und mich darauf gefreut, dass es in dieser Zeit nur ihn und mich geben würde.«

Keine Sorgen. Nur zwei verliebte Menschen.

Ich hätte sein Zimmer im Studentenwohnheim nicht einmal betreten müssen, um es zu wissen. Denn ich hörte sie im ganzen Flur. Trotzdem zwang ich mich, die Tür zu öffnen. Ich musste es sehen. Musste mit eigenen Augen sehen, wer bei ihm war. Zu dem Zeitpunkt dachte ich, dass mich die Unwissenheit verrückt machen würde. Später bereute ich es oft genug, denn so verlor ich auf einen Schlag zwei der wichtigsten Menschen in meinem Leben. Noch schlimmer waren ihre Rechtfertigungen, ihre falschen Entschuldigungen und dann die Vorwürfe, die sie mir machten, um ihr eigenes Handeln gutzureden. *Du hast dich so verändert. Bist ständig schlecht drauf und willst nichts mehr unternehmen.* Noch heute stieg Übelkeit in mir auf, wenn ich daran dachte. *In deiner Gegenwart haben wir uns nicht mehr wohlgefühlt. Du hast alle runtergezogen mit deinem traurigen Getue.* Getue. So hatten sie es genannt. Als hätte ich mir das alles ausgesucht. In diesem Moment hatte ich ihnen gewünscht, dass ihnen dasselbe passieren würde. Ich war nicht stolz darauf, dass ich einen solchen Hass auf sie empfand, aber ich wollte, dass sie verstanden, was sie mir antaten.

»Na ja, den Rest kannst du dir wahrscheinlich denken. Ich erwischte sie quasi inflagranti und sah beide nie wieder«, schloss ich das Thema ab.

In diesen Tagen starb die alte Ally einen qualvollen, langsamen Tod. Die neue Ally vertraute niemandem mehr außer sich selbst.

Ich arbeitete ein paar Wochen als Putzfrau in einem Krankenhaus in unserem alten Wohnort, bevor ich den Platz im St. Nicholas Heim für Dad bekam. Mit der Zusage zogen wir beide um. Er nach Queens, ich nach Brooklyn und zum ersten Mal in meinem Leben trennten sich unsere Wege. Ich bekam die Stelle in John´s Bar und besuchte Dad so oft wie möglich.

»Er muss ein großer Feigling gewesen sein, wenn er dich so hintergeht. Du verdienst etwas Besseres«, sagte Alex und zog mich zu sich. Sein vertrauter Duft hüllte mich ein und vertrieb die schlechten Erinnerungen. Seine Arme gaben mir ein Gefühl von Geborgenheit und etwas sagte mir, dass Alex kein solcher Feigling gewesen wäre. Hätte ich damals einen Mann wie ihn an meiner Seite gehabt, wer weiß, vielleicht wäre alles ganz anders gekommen.

»Und jetzt zu dir. Wie hast du mich gefunden?«, fragte ich.

Ich glaubte etwas wie Verlegenheit über sein Gesicht huschen zu sehen, aber bevor ich es richtig ausmachen konnte, war es bereits verschwunden und die altbekannte gefasste Miene kehrte wieder an ihren Platz zurück. »Ich habe dein Telefon orten lassen.«

Bei den Worten hätte ich am liebsten mein Handy bei voller Fahrt aus dem Fenster geschmissen und Alexander direkt hinterher. »Bitte was?«

Ich drehte meinen Körper in seine Richtung und starrte ihn ungläubig an. »Du hast was getan?«

»Dein Telefon geortet«, wiederholte er trocken. Unbeeindruckt. Als wäre er sich keiner Schuld bewusst.

»Sag mal, spinnst du?«, schrie ich ihn an. »Wie kommst du dazu, mich zu verfolgen? Bist du irgendein verrückter Psychopath?«

»Du warst nicht in der Wohnung und hast nicht auf meine Anrufe reagiert. Wir hatten eine Regel, Alison, und die hast du gebrochen. Ich habe nur entsprechend darauf reagiert.«

»Ich fasse es nicht, dass du mir schon wieder hinterherspioniert hast! Du kannst nicht einfach … Moment mal … Woher wusstest du, dass ich nicht in der Wohnung bin?« Mit zusammengekniffenen Augen lauerte ich misstrauisch auf eine Reaktion von ihm. Daher entging mir das verräterische Zucken seines Augenlids nicht.

»Oh mein Gott, bitte sag mir nicht, dass du Kameras in deiner Wohnung hast.«

»Alison, ich lebe in einem Penthouse, das mehrere Millionen Dollar wert ist. Dachtest du allen Ernstes, dass auch nur die geringste Chance besteht, dass ich es nicht rund um die Uhr überwachen lasse?«

Das klang zwar einleuchtend, aber der Gedanke, dass die ganze Zeit über Kameras liefen und er sie missbraucht hatte, um mich zu überwachen, gefiel mir nicht. Plötzlich kam mir ein noch schlimmerer Gedanke. »Hattest du … ich meine … die Kameras. Waren sie gestern Abend angeschaltet?«

Keine Antwort war auch eine Antwort.

»Du hast uns beim Sex gefilmt?«, schrie ich hysterisch. »Was bist du? Ein Perverser?«

»Beruhige dich, bitte. Die Kameras laufen ständig. Ich habe sie nicht eingeschaltet, um dich bewusst aufzunehmen. Aber ja, sie liefen.«

»Du wirst dieses Video sofort löschen.«

»Sicher? Wir könnten es uns gemeinsam ansehen«, schlug er mit einem unverschämten Grinsen vor.

»Du wirst es löschen. Oder das nächste Video, das deine Kameras aufzeichnen, ist das Hauptbeweisstück in deinem Todesfall.«

Jetzt war er es, der lachte. Ein lautes, kehliges Lachen, das in meinem Körper vibrierte. Die Situation war so absurd. Mein Leben hatte sich innerhalb weniger Tage so sehr verändert, nichts war wie vorher. Und jetzt kannte Alex mein Geheimnis. Wusste mehr über mich als irgendein anderer Mensch. Eigentlich müsste ich wütend sein, weil er mich verfolgt hatte. Schon wieder auf unverzeihliche Weise in mein Privatleben eingedrungen war. Aber andererseits war ich froh. Erleichtert, dass ich die Last der Vergangenheit endlich nicht mehr allein trug. Dass es jemanden gab, der von meinem Ex wusste. Nicht einmal Kara hatte ich das erzählt. Mal wieder hatte es Alexanders Sturkopf gebraucht, der keine Geheimnisse zuließ, um mich aus meiner Festung des Schweigens zu befreien.

Ja, ich hätte wütend sein sollen. Aber ich konnte nicht anders und musste in sein Lachen mit einstimmen. Mit Alexander zu lachen, war leicht. Natürlich. Alles fühlte sich mit ihm leichter an. Sogar streiten.

»Wir löschen das Video später gemeinsam«, sagte er, als wir in seine Straße einbogen und er den Wagen in die Tiefgarage lenkte. »Unter einer Bedingung.«

»Und die wäre?«

»Sowas wie heute wird nicht mehr vorkommen. Ich will dich immer erreichen können, Alison.«

»Und wenn nicht? Verfolgst du mich dann wieder? Willst du mich beim nächsten Mal mit einem Peilsender ausstatten?«

Ich saß noch immer so, dass ich ihn ansehen konnte. Als der Wagen stand und Alex den Motor abschaltete, drehte er sich seufzend zu mir. Seine Finger näherten sich meinem Gesicht. Sanft strich er eine Strähne von meiner Wange.

»Ally, hör zu. Es gibt Eigenschaften, die habe ich nun einmal. Sie gehören zu mir und ich werde mich in der Hinsicht nicht ändern. Ich behalte gern die Kontrolle und das wird auch in Zukunft so sein. Ich würde dich anlügen, wenn ich etwas anderes behaupten würde.«

Gebannt hing ich an seinen Lippen, die mir im engen Wageninneren immer näherkamen.

»Kannst du das akzeptieren?«, flüsterte er.

Ich wollte ihn fragen, wieso das überhaupt eine Rolle spielte. Ob ich überhaupt eine andere Wahl hatte. Schließlich hatten wir eine Vereinbarung. Obwohl das mittlerweile nicht mehr das Einzige war, was mich an ihn band. Aber seine Nähe vernebelte meine Gedanken und sein sanfter Tonfall nahm mich völlig ein. Von seinen Lippen hypnotisiert, nickte ich leicht.

»Gut«, raunte er. »Dann können wir uns jetzt wichtigeren Dingen zuwenden.«

Plötzlich lag seine Hand in meinem Nacken und er zog mich zu sich. Seine Lippen drückten hart auf meinen Mund und ich öffnete ihn seufzend. Seine Zunge liebkoste meine und gab mir einen Vorgeschmack auf das, was noch folgen würde.

Kapitel -39-

Alex

Ich schob Alison in den Aufzug und griff fest in ihren Po, um sie hochzuheben. Sofort schlang sie Arme und Beine um mich und ich drückte sie gegen die Innenwand. Erneut eroberte ich ihren Mund. Nahm ihre Lippen in Besitz. Ich wollte sie verschlingen, ihren Duft inhalieren. Mir alles von ihr ins Gedächtnis brennen.

Als ich meine Erektion zwischen ihre Beine drückte, seufzte sie leise auf und zog mich mit ihren Beinen dichter zu sich. Stöhnend rieb ich mich an ihr - wie ein Teenager, der sich nicht beherrschen konnte und im selben Moment wurde mir klar, dass ich es vermutlich nicht einmal mehr bis in meine Wohnung schaffen würde. Ich musste sie haben. Hier und jetzt. Mein Verlangen ließ alle anderen Instinkte aussetzen. Es gab nur sie.

Schnell setzte ich Ally ab und drehte sie mit dem Rücken zu mir. Mit einem kräftigen Ruck zog ich ihre enge Hose samt Slip runter und ihr perfekter Arsch begrüßte mich. »Alex«, stieß sie panisch hervor. »Wenn jemand kommt.«

Mein Verstand arbeitete gerade noch genug, um den Notschalter zu betätigen. Mit einem letzten Ruck kam der Aufzug zum Stehen. Das verschaffte mir ein paar Minuten, die ich gut nutzen würde. Ich nahm Allys Hände und platzierte sie über ihrem Körper an der Wand. Den anderen Arm schlang ich um ihre Taille und zog ihren Arsch dicht zu mir. Dann knöpfte ich meine Hose auf und versenkte meinen pochenden Schwanz mit einem einzigen tiefen Stoß in ihr. Sie stöhnte laut auf und warf den Kopf in den Nacken. Ich zog sie dichter an mich, umschlang ihren Körper von hinten und legte meine Lippen an ihren Hals. Saugte und leckte die empfindliche Haut, während ich tief in ihr war. So lange, bis sie vor Lust wimmerte.

Mich mit Ally zu vereinen, fühlte sich wie Erlösung und Strafe gleichzeitig an, weil ich wusste, dass jede ihrer Berührungen mich ein bisschen mehr in die Sucht trieb.

Unsere Körper bewegten sich automatisch miteinander. Ally gab sich mir bedingungslos hin, überließ mir die Führung. Ihr Körper machte es mir leicht, darin zu lesen und zu verstehen, was sie brauchte.

Wir waren nicht sanft, das hier war reine Lust. Ihr Stöhnen erfüllte das Innere des Aufzugs, trieb mich an, sie schneller und härter zu nehmen. Mich wieder und wieder in ihr zu versenken. Bis sie mit einem lauten Aufschrei kam. Wenige Sekunden später wurde ich selbst von einem so intensiven Höhepunkt überwältigt, dass ich einen lauten Aufschrei nur unterdrücken konnte, indem ich meine Zähne in Alisons Schulter versenkte, in ihr zartes Fleisch biss und meinen Schwanz immer wieder unkontrolliert in sie trieb, bis der Nebel aus meinem Gehirn verschwand.

Allys Stirn sank gegen die Wand, wo sie schwer atmend verharrte. Ich ließ meinen Kopf erschöpft auf ihre Schulter fallen, küsste ihren Hals und umfasste ihre Brüste. So verharrten wir mehrere Minuten. Wortlos. Ließen nur unsere Körper sprechen. Obwohl ich so heftig wie noch nie gekommen war, wurde mein Schwanz in ihr bereits wieder hart. Allys leises Stöhnen verriet mir, dass sie es auch spürte.

Mit einer Hand betätigte ich den Schalter und der Aufzug setzte sich wieder in Bewegung. »Wir haben eine lange Nacht vor uns«, hauchte ich und biss sanft in ihr Ohrläppchen. Genoss, wie meine Worte sie vor Erregung erschaudern ließen.

Kapitel -40-

Ally

Die nächsten Wochen zog so schnell an mir vorüber wie keine Zeit zuvor in meinem Leben. Dennoch schaffte ich es, einzelne Momente festzuhalten. Die Feste und Essen, zu denen ich Alex begleitete, fühlten sich surreal an. Diese Menschen lebten in einer anderen Welt. In einer anderen Realität und ich fand nichts daran, das mir gefiel. Hatte der Luxus mich anfangs noch völlig bezaubert, fühlte ich mich davon jetzt nur noch erschlagen. So viel Überfluss. So viel Angeberei. Und Alex mittendrin. Aber dann, hin und wieder, fand das echte Leben seinen Weg durch diese dicke Wolke aus Schein und Trug und ich lernte Alex von einer Seite kennen, die er nur wenigen Menschen offenbarte. Wir verbrachten viel Zeit miteinander. Wegen des Deals, aber hauptsächlich, weil wir uns seine Wohnung teilten. Unweigerlich lernten wir uns dabei immer besser kennen.

So erfuhr ich zum Beispiel, dass er jeden Morgen um sechs Uhr auf seine Terrasse ging und für fünfzehn Minuten einfach dastand und die Stadt beobachtete. Allein. Und dass er lachte, wenn ich stolperte und mir den Fuß anstieß. Dass er noch herzlicher lachte, wenn er auf seinem Laptop lustige Hundevideos anschaute, wenn er sich unbeobachtet fühlte. Ich wusste, dass er sein Bett immer akribisch genau bezog, aber sein Handtuch nach dem Duschen achtlos auf den Boden warf. Hätte jemand gefragt, hätte ich ihm außerdem sagen können, dass Alex morgens immer denselben Shake frühstückte. Und da ich ihm so oft dabei zugesehen hatte, hätte ich ihn blind für ihn zubereiten können.

Ich wusste so viel und dennoch viel zu wenig. Denn da war ein Teil, den Alex eisern für sich behielt. Er sprach nie über seine Eltern. Erwähnte seine Vergangenheit mit keinem Wort. Als hätte sein Leben erst mit der Gründung von *Preston Holdings* angefangen. Auch über den Grund für seine Wut, als er mich betrunken gefunden hatte, wollte er nicht mehr reden. Er hatte mir ein striktes Alkoholverbot auferlegt. Solange ich mich daran hielt und jederzeit erreichbar war, verhielt er sich ruhig. Aber ich merkte, wie nervös er wurde, wenn ich ein paar Minuten nicht in seiner Nähe war. Wenn ich nicht sofort abnahm, sondern er mehrmals anklingeln musste. Es machte ihn nervös, unleidlich, teilweise sogar zornig.

Ich wusste, dass mehr dahinterstecken musste. Niemand wurde als Kontrollfreak geboren. Niemand kam so misstrauisch auf die Welt. Das Leben hatte ihn so werden lassen und weil ich das verstand, machte ich es ihm einfach. Obwohl ich mir gewünscht hätte, dass wir mehr miteinander redeten. Dass er sich mir anvertraute.

Hinzu kam die Tatsache, dass unser Deal in weniger als einer Woche auslief. Die Clarks liebten uns. Was zu großen Teilen daran lag, dass ich Liane in den vergangenen Wochen fünf Mal zum Lunch begleitet hatte. Sie schwärmte regelrecht von Alexanders und meiner jungen Liebe. Es versetzte sie in ihre Jugend zurück und ich ließ es zu, versuchte mich von der Lüge, die ich erzählte, zu distanzieren. Aber jedes Mal, wenn ich verliebt von Alexander erzählte, verschwammen die Grenzen ein bisschen mehr.

Heute traf ich mich wieder mit ihr. Wir würden gemeinsam Kaffee trinken und dann nach einem Kleid für die Oper am Wochenende suchen. Bill hatte eine eigene Loge gemietet, weil er und seine Frau Stammgäste waren und für dieses Wochenende wollten sie uns einladen. Zur Feier des Vertragsabschlusses, der am Morgen nach dem Opernbesuch stattfinden sollte. Wir hatten es geschafft, den Deal an Land zu ziehen. Alex würde das Bauvorhaben für die Clarks umsetzen und sich eine goldene Nase verdienen. Bevor er am Morgen ins Büro gefahren war, hatte er mir seine schwarze Kreditkarte in die Hand gedrückt und gesagt, dass ich mir das schönste Kleid aussuchen sollte, das ich fand. Dann hatte er sich mit einem leidenschaftlichen Kuss verabschiedet. Jetzt stand ich in seiner Küche, fertig angezogen und aufbruchsbereit. Aber statt loszugehen, starrte ich noch immer auf die Karte. In den letzten Tagen hatte mich ein mulmiges Gefühl beschlichen. Eine Ahnung, dass etwas falsch lief. Völlig falsch. Aber ich begriff nicht, was es war, denn zu viel auf einmal prasselte auf mich nieder. Ich konnte kaum Luft holen, geschweige denn innehalten und alles in Ruhe auf mich wirken lassen. Aber das Gefühl wuchs von Tag zu Tag und eine böse Vorahnung legte sich wie ein schwerer Stein in meinen Magen.

Mit einem Kopfschütteln vertrieb ich die trüben Gedanken. Jetzt war keine Zeit dafür. Ich durfte Liane nicht warten lassen, denn ich wollte auf keinen Fall der Grund dafür sein, dass der Deal in letzter Sekunde platzte. Noch etwas wackelig auf den hohen Schuhen, die ich jetzt immer öfter trug, stöckelte ich durch die Wohnung und rief den Aufzug. Unten würde Alexanders Fahrer bereits auf mich warten, um mich zum Café zu bringen und mich nach der kleinen Shoppingtour wieder abzuholen.

Tatsächlich parkte Bernard direkt vor der Haustür. Kaum dass er mich sah, stieg er aus, umrundete den Wagen und hielt mir die Tür auf. »Guten Tag, Ms. Mackenzie.«

Ich grüßte ihn freundlich und schenkte ihm ein Lächeln, ohne mir anmerken zu lassen, wie unangenehm das alles für mich war. Ich war es gewohnt, Dinge allein zu tun. In meinem Leben hatte es nie einen Bernard oder eine Ivana gegeben. Ich wusste, dass Alexander es gut meinte, aber dass er mich nichts allein machen ließ, dass er mich mit Luxus und Bequemlichkeiten überschüttete, trieb mich fast in den Wahnsinn. Ich wusste nicht mehr, wann ich zuletzt selbst etwas gekocht hatte. Und jedes Mal, wenn jemand mir etwas abnahm, das meine Aufgabe gewesen wäre, verlor ich mich selbst ein bisschen mehr.

Seufzend lehnte ich mich zurück, steckte meine Kopfhörer in die Ohren und startete die Musik auf meinem Handy. Bernard hatte die Adresse und ich brauchte ein paar Minuten für mich.

In Alexanders Anwesenheit spürte ich so viel, dass seine Abwesenheit manchmal wie Luftholen war. Er gab mir Sicherheit, Geborgenheit, aber gleichzeitig brachte er mich an meine Grenzen, warf mich immer wieder ins Ungewisse, nur um mich dann im letzten Moment aufzufangen. Alles erinnerte mich an unsere erste Begegnung. An meinen Gedanken von damals, dass Alexander von allem zu viel war. Dass seine Präsenz mich leicht erdrücken könnte und dass ich doch nicht genug von seiner Nähe bekam.

Ich war so in Gedanken versunken, dass ich nicht merkte, wie der Wagen zum Stehen kam. Erst Bernards Berührung an meiner Schulter holte mich zurück. Er stand in der offenen

Tür und hielt sie mir auf. Kalter Wind traf mein Gesicht, obwohl die Sonne sich heute großzügig zeigte. Schnell verstaute ich meine Kopfhörer.

»Danke, Bernard«, murmelte ich, atmete tief durch und setzte mein überzeugendstes Lächeln auf. Kaum hatte ich das schicke Café im französischen Stil betreten, entdeckte Liane mich.

»Alison, ma chère, hier bin ich«, rief sie mit einem schlecht imitierten französischen Akzent und winkte mich lachend zu sich rüber. Noch breiter lächelnd, ging ich ihr entgegen und erwiderte ihre herzliche Umarmung. Ich mochte Liane, sie war kein schlechter Mensch. Aber wir stammten aus zwei verschiedenen Welten und wenn ich ihr nicht ständig etwas vorspielen würde, gäbe es zwischen uns keinerlei Gemeinsamkeiten. Das machte unsere Treffen für mich anstrengend.

»Der Espresso hier ist wundervoll. Dieses kräftige Aroma, du musst dir unbedingt einen bestellen.« Noch ehe ich meine Jacke ausgezogen hatte, gab sie einem der Kellner bereits einen Wink und bestellte einen Espresso. für mich. Ohne auf meine Antwort zu warten. Ich genehmigte mir ein innerliches Seufzen, äußerlich ließ ich mir nichts anmerken. Als mein Getränk gebracht wurde, bestellte ich mir noch ein Wasser. Danach hörte ich Liane dreißig Minuten lang ununterbrochen dabei zu, wie sie von der Oper schwärmte. An den richtigen Stellen nickte ich, klatschte aufgeregt in die Hände und strahlte sie mit großen Augen an. Nach der halben Stunde fühlte ich mich ausgelaugt. Als Liane die letzten Bissen ihrer Bruschetta verdrückt hatte, konnten wir endlich aufbrechen. Wenige Gehminuten weiter befand sich das Atelier eines aufstrebenden Jungdesigners. Liane hatte es sich zur persönlichen Aufgabe gemacht, seine Mode zu verbreiten und ihm die nötige Bekanntheit zu ermöglichen. Sie brachte all ihre Freunde dorthin und tatsächlich zählte es wohl als Ehre, dass sie mich ebenfalls mitnahm. Ich selbst hatte noch nie etwas von ihm gehört, aber als ich einen ersten Blick auf seine Entwürfe erhaschen konnte, war ich an Bord. Jeder Schnitt und jedes Design schrien förmlich sein Talent hinaus und ich war sicher, dass er es noch weit bringen würde. Ich probierte gerade einen Traum aus Rosé an, als Liane ihren Kopf durch die Kabinentür steckte.

»Schätzchen, es gibt einen kleinen privaten Notfall, deswegen muss ich dich leider alleinlassen. Aber keine Sorge, bei Lorenzo bist du in den besten Händen.«

Ich sprach mein Bedauern aus, wünschte ihr eine schnelle Lösung des Problems und bat ihr meine Hilfe an. Insgeheim war ich jedoch froh, als ich ihr hinterhersah. Die unverhoffte Freizeit zauberte zum ersten Mal an diesem Tag ein echtes Lächeln auf mein Gesicht.

»Ganz ehrlich, das Kleid steht Ihnen hervorragend«, sagte Lorenzo plötzlich. Liane hatte ein schwarzes Gewand für mich favorisiert, aber mir persönlich gefiel dieses Modell besser.

»Es betont Ihre Figur ganz wundervoll und wenn sie Ihre Haare zu einem eleganten Zopf flechten, werden Sie aussehen wie eine Prinzessin.«

Strahlend warf ich einen letzten Blick in den Spiegel. Das Kleid hatte mich von der ersten Sekunde an überzeugt. Jetzt gab es lediglich eine letzte Frage. »Lorenzo, Sie haben nicht zufälligerweise eine passende Krawatte zu dem Kleid?«

Zwanzig Minuten später verließ ich den Laden. Lorenzo hatte das Kleid wegen ein paar letzter Änderungen abgesteckt und würde es mir vor dem Wochenende liefern lassen. Zusammen mit einer passenden Krawatte für Alexander. Als ich glücklich den Bürgersteig entlangschlenderte, gefror mein Lächeln beim Anblick des schwarzen Mercedes zu Eis.

»Bernard«, rief ich ihm entgegen, als er die Fahrertür öffnete und ausstieg. »Was machen Sie denn hier?«

»Mrs. Clark hat Mr. Preston angerufen und ihn davon in Kenntnis gesetzt, dass Sie Ihr Treffen leider früher verlassen musste. Daraufhin hat der Boss mich beauftragt, Sie hier abzuholen und sicher nach Hause zu bringen.«

Wut kochte in mir hoch. Ich wusste ja, dass wir einen Deal hatten, aber das hier ging zu weit. Alexander behandelte mich wie seine Gefangene. Er ließ mir keine Luft zu atmen, keinen Platz, mich zu entfalten und wenn das so weiterginge, würde ich ersticken.

»Sagen Sie dem Boss, dass ich mir heute ein paar Stunden frei nehme.«

Dann drehte ich mich auf dem Absatz um und ging davon. Bernard eilte mir hinterher und versuchte, mich zurückzuhalten. »Aber Miss, Sie können nicht einfach gehen. Der Boss hat mir klare Anweisungen gegeben.«

»Er wird es überleben, Bernard.«

»Er schon, aber ich nicht, Miss. Er wird sehr wütend auf mich sein.«

Letztendlich waren es diese Worte, die mich stoppten. Ich wollte nicht, dass Bernard meinetwegen Probleme bekam. Aber ich wollte mich auch nicht länger wie eine Leibeigene behandeln lassen.

»Sagen Sie ihm einfach, dass ich schon weg war, als Sie angekommen sind. Dann sind sie aus dem Schneider.«

»Aber Ms. Alison …«, stotterte er hilflos.

»Bitte verstehen Sie mich doch. Ich will mich einfach für ein paar Stunden wie ein normaler Mensch fühlen«, flehte ich und endlich nickte er verständnisvoll.

»Ich werde sagen, dass es einen Stau gab und ich Sie deswegen nicht mehr rechtzeitig gefunden habe.«

Dankbar fiel ich ihm um den Hals. »Danke. Das rechne ich Ihnen hoch an.«

Dann eilte ich zur nächsten U-Bahn-Station. Wer hätte gedacht, dass eines Tages der Geruch von getrocknetem Urin dafür verantwortlich sein würde, dass ich mich wieder normal fühlte.

Kapitel -41-

Ally

Drei Straßen weiter fühlte ich mich sicher davor, dass Bernard es sich anders überlegen könnte. Ich fand ein kleines Café und setzte mich hinein.

Nicht ein so schickes, wie Liane es ausgesucht hatte, aber mir gefiel es.

Tische und Stühle sahen wie ein wild zusammengewürfeltes Sammelsurium aus Flohmarktschnäppchen aus, aber an der Wand standen Regale voller Bücher. Das überzeugte mich. Ich bat den Mitarbeiter, mir das süßeste Getränk auf der Karte zuzubereiten. Nach dem lausigen Espresso brauchte ich etwas Vernünftiges zu trinken. Dann machte ich es mir mit einem Thriller von einem unbekannten Autor in einem Sessel am Fenster gemütlich. Kurz darauf stellte der Kellner mein Getränk vor mir ab. Ich betrachtete den Berg aus Sahne und Schokosoße und war einfach nur glücklich. Es dauerte nicht lange, bis mein Handy klingelte. Ich hatte nichts anderes erwartet. Seufzend wartete ich, bis Alexander auflegte, dann tippte ich eine schnelle Nachricht an ihn.

Es geht mir gut, bitte mach dir keine Sorgen.
Ich will einfach ein wenig Zeit für mich.
Bernard trifft keine Schuld, also lass den armen Mann in Ruhe.
Ich bin heute Abend wieder zurück.

Als er daraufhin nochmal anrief, drückte ich ihn weg.

Schon die ersten Seiten des Thrillers packten mich und katapultierten mich mitten ins Geschehen der Geschichte. Die Beschreibungen waren so bildlich, dass ich trotz der Wärme, die im Café herrschte, eine Gänsehaut bekam.

»Alison?« Erschrocken fuhr ich zusammen. Dabei stieß ich mit dem Knie an den instabilen Holztisch und er wackelte so sehr, dass ein Teil des Sahnebergs auf der Platte landete. Irritiert starrte ich die Person an, die sich unbemerkt an mich herangeschlichen hatte.

»Liam?«, fragte ich überrascht. Sein Lächeln war genauso einnehmend wie auf der Party der Clarks. Mit einer Geste fragte er, ob er Platz nehmen konnte und ich nickte, noch immer verwirrt, dass wir uns ausgerechnet hier wieder begegneten. New York war wirklich ein Dorf.

»Ich habe dich von draußen gesehen und musste einfach Hallo sagen. Wir konnten uns an dem Abend ja nicht wirklich verabschieden.«

Damit deutete er auf Alexanders Reaktion an, als er uns zusammen gesehen hatte. Und die war alles andere als begeistert gewesen. *Genauso wenig wie er jetzt begeistert wäre, wenn er es wüsste,* schoss es mir durch den Kopf.

»Was führt dich hierher?«, fragte er und musterte die Sauerei, die ich auf dem Tisch angerichtet hatte. Schnell legte ich eine Serviette darüber und versuchte den Großteil aufzuwischen.

»Ich hatte einen Termin in der Nähe und wollte mir danach ein bisschen Freizeit gönnen.«

Er nickte verstehend. »Eine Beziehung mit Alexander Preston zu führen, ist sicher anstrengend.«

Bei dem Wort Beziehung wäre ich fast nochmal zusammengezuckt. »Nein, so ist es nicht …«, setzte ich zu einer Erklärung an, denn ich wollte Alexander auf keinen Fall schlechtreden. »Er ist nicht anstrengend. Nur …«

»Schon gut, Alison. Du musst mir nicht erklären, wie er ist. Wir haben zusammen studiert und ich kenne seine fordernde Art. Alexander ist ein Mann, der sich im Leben nimmt, was er will. Es muss viel Kraft kosten, neben so jemandem zu bestehen.«

Ich fühlte mich, als hätte er mich angeschossen, so sehr trafen seine Worte ins Schwarze. War es möglich, neben Alex zu stehen und nicht von seinem Schatten verschluckt zu werden?

»Seid ihr deswegen keine Freunde mehr?«, spielte ich auf seine offensichtliche Abneigung an.

»Wir waren nie wirklich welche.«

»Warum?«

»Zu verschieden.«

Ich gab einen merkwürdigen Laut zwischen Seufzen und Stöhnen von mir und zuckte mit den Schultern. Mein Zeichen für, *was sollte ich dazu sagen?*

»Liam, wieso hast du mir nicht erzählt, dass du auch in der Baubranche bist?« Alexander hatte behauptet, dass Liam mir diesen Fakt absichtlich vorenthalten hatte. Um mich auszuspionieren. Dafür sprach, dass Alex und er Konkurrenten waren. War Liam auch hinter dem Deal her? Dagegen sprach allerdings, dass Liam auf der Party nicht gewusst hatte, dass ich Alexanders Freundin war. Er hatte es erst herausgefunden, als Alex hereingeplatzt war. Und danach hatten wir nicht wirklich eine Chance gehabt, uns weiter zu unterhalten.

»Ganz ehrlich? Mein Job ist kein Thema, das ich direkt beim ersten Gespräch anschneide. Keine Ahnung warum, aber ich finde es gibt wichtigere Dinge, über die man sich unterhalten kann. Ich wusste nicht, dass es für dich so eine große Rolle spielt.«

»Tut es nicht«, wehrte ich sofort ab. Welche Arbeit jemand ausübte, könnte mich nicht weniger interessieren. »Ich habe mich einfach nur gefragt, ob ...«

Ich ließ den Satz unbeendet. Wie fragte man jemanden, ob er einen hatte ausspionieren wollen, ohne dabei unhöflich zu sein?

»Lass mich raten«, kam Liam von allein auf den springenden Punkt. »Alexander denkt, dass ich dich benutzt habe, um an irgendwelche Infos ranzukommen. Vermutlich dreht er wieder ein großes Ding und wird paranoid.«

Also wusste Liam gar nichts von dem Bauvorhaben und dem Deal? Was er sagte, ließ darauf schließen, aber könnte es stimmen?

»Ally«, fuhr er sanft fort. »Was Alexander treibt, ist mir egal. Ich fand dich einfach sympathisch und mochte es, Zeit mit dir zu verbringen. Wenn du dich damit wohler fühlst, vermeiden wir das Thema Arbeit einfach. Wie klingt das?«

Lächelnd nickte ich. Das klang gut. Liam erweckte wirklich nicht den Anschein, als wollte er über mich an Informationen herankommen.

»Du liest gern?«, wechselte Liam das Thema und streckte seine Arme nach dem Thriller aus. Lächelnd betrachtete er den Klappentext und legte das Buch zurück auf den Tisch. »Klingt sehr spannend.«

»Ich bin nicht weit gekommen, aber der Anfang war gut.«

»Wusstest du, dass jeden Dienstag ein Straßenmarkt in Chinatown ist? Dort gibt es immer viele Bücher. Manchmal findet man richtige Schätze.«

»Heute ist Dienstag«, stellte ich fest und Liam zwinkerte vielsagend.

»Willst du mich begleiten? Ich war lange nicht mehr dort und zu zweit macht es sicher mehr Spaß.«

Ich hätte schwören können, dass eine Stimme in meinem Kopf Alexanders Namen brüllte und mir sagte, dass er überhaupt nicht begeistert davon wäre. Irgendwie fühlte ich mich, als würde ich ihn hintergehen, dabei waren wir gar kein echtes Paar und außerdem lief zwischen Liam und mir nichts. Wir waren höchstens auf dem Weg, Freunde zu werden. Und daran war nichts Verwerfliches. Deswegen schlug ich der Stimme mit einem fetten Knüppel auf den Kopf und brachte sie zum Verstummen.

Liam war nett und das machte es leicht, sich mit ihm zu unterhalten. Nicht wie Liane und die ganzen anderen. Außerdem lud er mich auf einen Straßenmarkt ein. Etwas so Bodenständiges hatte ich wirklich vermisst.

»Bin dabei«, antwortete ich begeistert. Bevor wir gingen, fotografierte ich das Buch ab. Vielleicht hatte ich ja Glück und fand es auf dem Markt.

»Prima, dann lass mich nur kurz nachfragen, wie wir von hier aus am besten dorthin kommen«, sagte er und ging zum Kellner, um ihn nach der schnellsten U-Bahn-Verbindung zu fragen.

»Hätten wir das nicht auch einfach googlen können?«, fragte ich, als er wieder zurückkam.

»Klar, aber ich mag es altmodisch. Deswegen gehe ich auch auf einen Straßenmarkt, statt mir meine Bücher online zu bestellen.«

Seine Antwort gefiel mir. Seine Einstellung noch mehr. Er schien andere Werte zu haben als die Leute, die Alex mir vorgestellt hatte.

»Altmodisch klingt super«, sagte ich und folgte ihm nach draußen.

Wir gingen zur nächsten U-Bahn-Station, wo Liam zwei Tickets für uns zog. Als mein Handy erneut klingelte, musste ich nicht erst auf das Display schauen, um zu wissen, dass es Alexander war. Obwohl es mir schwerfiel, weil ich wusste, dass er sich sorgte, drückte ich ihn weg und schaltete mein Telefon aus. Ich konnte nicht zulassen, dass sein Schatten mich verschluckte. Ich brauchte Raum für mich.

Kapitel -42-

Alex

Ich stand vor dem Café, in dem Ally noch vor wenigen Minuten gewesen sein musste. Wieso war ich nicht schneller hier gewesen? Jetzt hatte ich sie knapp verpasst und konnte sie auch nicht mehr erreichen. Nachdem sie mich einfach so weggedrückt hatte, musste sie ihr Handy ausgeschaltet haben. Wut stieg in mir auf und ich konnte sie nur schwer unterdrücken. Jetzt musste ich einen klaren Kopf bewahren, sonst würde ich sie nie finden. Ein anderes Gefühl gesellte sich zu der Wut. Angst … und sie ließ sich nicht so einfach beiseiteschieben. Warum hörte sie nicht auf mich und ersparte uns das?

Nachdem ich die Wahrheit nur schwer aus Bernard herausbekommen hatte, war ich sofort aufgebrochen. Tom hatte Alisons Handy leicht orten können, aber jetzt musste ich warten, bis es sich erneut ins Netz einwählte. Erst dann wüsste ich, wo ihr Standort war. Bis dahin konnte ich nur nutzlos hier herumstehen.

Trotzdem entschied ich mich, ins Café zu gehen. Ein Blick verriet mir, dass Ally sich hier drinnen vermutlich wohlgefühlt hatte. Es hatte genau den Charme, auf den sie so viel Wert legte. Hinter der Theke entdeckte ich einen Mitarbeiter und sprach ihn an. »War diese Frau vorhin hier?«, fragte ich und hielt mein Handy hoch, auf dem ich das Foto von Alisons Lebenslauf hatte. Der junge Kerl nickte, wobei sein kurzer Zopf an seinem Hinterkopf auf- und abhüpfte. »Sie hat nicht zufällig gesagt, wo sie hingehen wollte?«

»Da war so ein Kerl bei ihr. Hat was von einem Straßenmarkt geredet.«

Ein Kerl? Was für ein verdammter Kerl? Am liebsten hätte ich ihn gepackt, über die Theke gezogen und so lange geschüttelt, bis er mir alles sagte.

»Können Sie ihn bitte beschreiben?«, presste ich zwischen zusammengebissenen Zähnen hervor.

»Ähm … groß, etwa so«, er hielt die Hand in die Höhe, »blond und schick angezogen«, stammelte der Mitarbeiter und man merkte ihm an, dass er sich wünschte, ich würde einfach verschwinden.

Das konnte nur… nein. Diese Beschreibung könnte auf jeden passen. Trotzdem tauchte sofort Liams Gesicht vor meinem inneren Auge auf. Und warum sollte Alison mit ihm mitgehen? Aber mein Instinkt sagte mir, dass es stimmte. Und auf meine Instinkte war Verlass.

»Was für ein Markt?«, bohrte ich mit bedrohlicher Stimme nach. Ich musste wissen, wo sie war. Sofort.

»Hey, ganz ruhig … ich weiß auch nicht genau. Sie …« Es war offensichtlich, dass er mehr wusste. Wahrscheinlich hielt er mich für einen eifersüchtigen Exfreund oder so und wollte die beiden nicht in Schwierigkeiten bringen. Aber für unnötige Heldentaten fehlte mir jetzt wirklich die Geduld.

»Was. Für. Ein. Markt.« Meine Stimme glich mehr einem Knurren und ich hatte mich weit über die Theke gebeugt. Jetzt konnte ich seine Angst fast schon riechen. Erbärmlich. *Sag mir einfach, was ich wissen will und ich verschwinde. Dummer Junge.* Gerade jetzt sollte er meine Wut nicht auf sich ziehen.

»In Chinatown. Der Mann hat nach dem Weg dorthin gefragt«, gab er mir endlich die Antwort, die ich wollte und er stöhnte erleichtert auf, als ich ging.

»Oh Alison, Gnade dir Gott, wenn ich dich auf diesem Straßenmarkt finde und Liam bei dir ist«, sagte ich zu mir selbst und ballte die Hände zu Fäusten.

Kapitel -43-

Ally

Der Markt war der Wahnsinn. Schon als wir um die Ecke bogen, hörte ich die Menschenmenge und tausende Eindrücke prasselten auf mich ein. So viele Farben, verschiedenste Waren und eine kunterbunte Mischung aus Touristen und Einheimischen.

»Und, habe ich zu viel versprochen?«, fragte Liam mit einem verschmitzten Grinsen.

»Kein bisschen«, gestand ich und sah mich glücklich um. Das war genau die Ablenkung, die ich brauchte, um mich wieder halbwegs normal zu fühlen. An einem der ersten Stände blieben wir stehen und kauften eine Waffel in der Eistüte, gefüllt mit allerlei Obst und Schokosoße.

»Ich weiß zwar nicht, ob ich heute noch mehr Zucker vertrage, aber ich werde es herausfinden«, scherzte ich, biss ab und schloss genüsslich die Augen. »Okay, wow. Ich werde das essen, bis ich tot umfalle.«

»Das wollen wir lieber nicht riskieren«, erwiderte Liam sanft und kam mir ein Stückchen näher. Sein Blick hielt meinen fest und mit dem Daumen wischte er mir sanft etwas Schokosoße aus dem Mundwinkel. Eine intime Geste, die mich verwirrte. »Du hattest da was«, sagte er, die Hand noch immer an meinem Gesicht. Irgendwie schien er mir immer näherzukommen und das Ganze wurde mir zu schnell zu romantisch. Ich war mit Alex zusammen. Zumindest offiziell. Und Liam wusste das. Ich wich einen Schritt zurück und räusperte mich verlegen.

»Liam«, setzte ich an, doch er unterbrach mich.

»Komm, lass uns weitergehen. Du musst unbedingt die Kunstecke sehen.«

Ich beschloss, den unangenehmen Moment ebenso wie er zu ignorieren. Vielleicht hatte ich mir seinen Annäherungsversuch auch nur eingebildet und er wollte bloß nett sein. Auf jeden Fall würde ich stärker darauf achten. Liam und ich könnten höchstens gute Freunde werden. Mehr nicht. Alles andere gehörte bereits einem anderen Mann. Obwohl ich mir nicht einmal sicher war, ob er es wirklich wollte. Seufzend vertrieb ich die Gedanken an Alex. Für schlechte Laune hatte ich noch mehr als genug Zeit. Heute wollte ich nur ein bisschen Spaß haben.

Deutlich entspannter schlenderte ich hinter Liam her. Wir sahen Stände mit Kleidung, Schmuck, frischem Obst und Gemüse. Auch einen Feinkosthändler mit Käse, Oliven und Eingelegtem aller Art besetzte einen Stand. Es war wie Tausendundeine Nacht in der Chinatown-Version. Bei einer älteren Dame kaufte ich zwei schwarze Armbänder mit Drachenanhänger. Eins für Kara und eins für mich. Und als wir zu dem Stand mit den Büchern kamen, verlor ich fast den Verstand. Auf Tischen, Stühlen und überall auf dem Boden vor dem Stand lagen Kisten voller Bücher. Manche neu, andere alt. Einige in gutem Zustand, die anderen so zerlesen, dass man den Titel auf dem Buchrücken kaum mehr erkennen konnte. Ich bat Liam, meine Handtasche zu halten, damit ich in Ruhe stöbern konnte. Während ich aufgeregt von einer Kiste zur anderen hüpfte, stand er lachend daneben.

»Hätte ich gewusst, was für eine Freude man dir mit Büchern machen kann, hätte ich dich in die New York Library gebracht. Ein traumhafter Anblick.«

»Ich weiß«, murmelte ich. Dort hatten Alex und ich zum ersten Mal wirklich geredet. Seitdem war so viel zwischen uns passiert. Wieso hatte ich dennoch das Gefühl, dass wir weiter voneinander entfernt waren denn je?

Zu Liam sagte ich jedoch: »Carrie wollte dort heiraten.«

»Wer?«

Entgeistert blickte ich von den Büchern auf, nur um ihm ein schockiertes Kopfschütteln zu schenken. Der Mann lebte in New York und kannte Sex and the City nicht. Kara hätte ihn gesteinigt.

»Also, du willst mir sagen, dass DU als New Yorker die wahrscheinlich bekannteste Serie weltweit nicht kennst, die … oh Überraschung … in New York spielt? Wer bist du, Mister? Du fährst U-Bahn, gehst auf Märkte in Chinatown und bist freundlich … Sicher, dass du zur High Society gehörst? Denn du passt so gar nicht in das Klischee. Oder bist du insgeheim ein Spion, der allen anderen etwas vorspielt?«

Lachend fuhr er sich mit der Hand durch die blonden Haare und sah dabei zum Niederknien aus. Dabei blitzten zum ersten Mal seine Grübchen auf, die nicht zu dem ansonsten sehr markanten Gesicht passen wollten.

»Vielleicht hast du bisher nur die falschen Leute getroffen. Nicht jeder auf der Upper East Side ist ein aufgeblasener, geldorientierter Frauenheld.«

Sofort war meine gute Laune weg. Fortgeweht wie ein Blatt in einem Wirbelsturm. »So wie du ihn siehst, ist er nicht«, erwiderte ich leise.

»Dann siehst du mehr in ihm als alle anderen.«

Dass er so über Alex redete, versetzte mir einen Stich. Ich wollte diese Dinge nicht hören, wollte lieber das Bild des

Mannes bewahren, das ich mir in den letzten Wochen gemacht hatte. Mich an die guten Dinge erinnern, wie seinen Umgang mit Dad oder dass er mir raus aus meinem verrottenden Apartment geholfen hatte. »Lass uns bitte das Thema wechseln.«

»Es tut mir leid, Alison. Aber es ist die Wahrheit. Ich kenne Alexander seit meiner Jugend und er benutzt Menschen solange sie ihm behilflich sind. Danach lässt er sie fallen und vergisst sie, als hätte es sie nie gegeben.«

Mein Blick glitt zu Boden, denn mein Gesichtsausdruck hätte zu viel verraten. Alexanders Worte kamen mir in den Sinn. Eigentlich waren sie nie weg gewesen, denn sie verfolgten mich wie ein dunkler Schatten. Selbst nachts wurde ich oft wach und hörte sie. Wieder und wieder.

Ich werde dich in dem Moment vergessen, in dem du mein Büro mit deinem Scheck in der Hand verlässt.

Würde er mir das wirklich antun?

»Ally.« Liams Finger legten sich unter mein Kinn und hoben mein Gesicht zu ihm an. »Ich wollte dich nicht traurig machen. Ich will nur nicht, dass du verletzt wirst. Du bist so anders als die anderen Frauen, die ich normalerweise treffe. Du verdienst mehr.«

Dann ging alles ganz schnell. Liams Körper war mir plötzlich so nahe, dass wir dieselbe Luft atmeten. Seine Lippen näherten sich meinen und noch während ich nach einer angemessenen Reaktion suchte, wurde er von mir weggezerrt.

Das Nächste, das ich sah, war Alexanders wutverzerrte Grimasse und seine Faust, die mitten in Liams Gesicht landete. Mit einem lauten Aufschrei erwachte ich aus meiner

Starre. Die Leute um uns gerieten in Tumult. Brachten sich außer Reichweite, während die beiden Männer wieder und wieder aufeinander losgingen. Als Liams Ellbogen Alexander hart an der Schläfe traf und die Haut über seiner Augenbraue aufplatzte, stieß ich einen panischen Schrei aus. Dann sah ich, wie die ersten Schaulustigen ihre Handys zückten und wusste, dass ich handeln musste. Wenn dieses Video im Internet kursierte, wäre das ein Skandal. Und den konnten wir uns kurz vor dem Geschäftsabschluss mit den Clarks nicht leisten. Mutig sprang ich zwischen die beiden und versuchte, sie auseinanderzuhalten. Ich sah eine Faust aus dem Augenwinkel auf mich zufliegen. Dann packte Alexander mich und wirbelte mit mir im Arm herum, sodass der Schlag seinen Rücken traf. Vor Schmerz stöhnte er so laut, dass ich die Vibration davon an meinem Körper spürte.

»Liam«, schrie ich. »Hör auf! Hör auf!« Denn Liam schlug noch immer auf Alex ein, der aufgehört hatte, sich zu wehren und stattdessen seine volle Konzentration darauf richtete, dass ich nichts abbekam. Irgendwie schaffte ich es, mich loszumachen und stürmte auf Liam zu, der erst da zu bemerken schien, dass der Kampf zu Ende war.

»Was findest du an ihm, Alison?«, schnaubte er und wischte sich das Blut weg, das aus seiner Nase quoll.

»Verschwinde«, zischte ich.

Kopfschüttelnd wich er zurück. »Du wirst schon sehen, was du davon hast.« Dann verschwand er in der Menge der Gaffer, die sich langsam zerstreute. Ich packte mir die zwei Jungs, die ein Handy in der Hand hatten. Ich brauchte nicht lange, um sie davon zu überzeugen, das Video zu löschen. Zwei Minuten später war ich zweitausend Dollar ärmer. Aber immerhin würde es kein Prügelvideo von New Yorks erfolgreichstem Immobilienunternehmer geben. Gott, die Presse hätte sich das Maul zerrissen.

Erst als ich sicher war, dass sonst keiner mitgefilmt hatte, ging ich zu Alexander zurück. Mein Herz klopfte immer noch laut in meinen Ohren und mein ganzer Körper zitterte. Alles fühlte sich surreal an. Ich holte ein Handtuch aus meiner Tasche und strich damit sanft über die Stelle an seiner Augenbraue, aus der viel zu viel Blut quoll.

»Das muss genäht werden«, flüsterte ich, denn etwas an Alexanders Blick nahm mir den Mut laut zu sprechen.

»Wolltest du ihn küssen?«

Ich schüttelte den Kopf.

»Und was wäre passiert, wenn ich dich nicht rechtzeitig gefunden hätte?«

»Dann …«

»Dann hätte er dich geküsst, Alison.«

Ich wusste nicht, was ich darauf erwidern sollte, daher schwieg ich. Manchmal war es besser, nichts zu sagen. Und gerade jetzt fühlte es sich an, als könnte ich nur die falschen Worte wählen.

»Willst du nichts sagen?«

»Ich habe das Gefühl, ich kann nur verlieren«, antwortete ich. »Egal, was ich sage, du würdest mir sowieso nicht glauben.«

»Probiere es«, forderte er mich auf. Das Gesicht eine emotionslose Maske.

»Ich wollte ihn nicht küssen. Und ich hätte auch nicht zugelassen, dass er mich küsst.« Ich glaubte fest daran, dass ich aus meiner Starre erwacht wäre und den Kuss verhindert hätte.

»Das sah für mich aber anders aus. Soll ich dir sagen, was ich gesehen habe? Die Frau, die meine Freundin spielt, wie sie mit einem meiner Konkurrenten flirtet. Und wenn ich nicht rechtzeitig gekommen wäre, dann hättest du mich vor allen bloßgestellt.«

Darum ging es ihm? Um den Deal? Ein Tritt in den Magen hätte weniger wehgetan als seine Worte.

»Denkst du wirklich, dass er das nicht alles geplant hat? Er wollte über dich an mich rankommen und du warst so dumm, auf seine Masche reinzufallen!«, rief Alexander wütend, aber ich sah ihn gar nicht mehr an. Tränen sammelten sich in meinen Augen. Meine eigenen Gedanken rasten so laut, dass sie seine Worte fast übertönten.

»Ich fasse es nicht, dass deinetwegen beinahe der ganze Deal geplatzt wäre. Hast du ihm von uns erzählt? Weiß er von unserer Abmachung?«

Ich schüttelte den Kopf. »Nein. Er weiß nicht, dass du mich nur bezahlst. Dass ich dir ansonsten scheißegal bin.«

Natürlich sollten die Worte eine Provokation sein. Ich wollte eine Reaktion von ihm. Wollte, dass er auf meinen Schmerz einging. Dass er etwas sagte, um seine Worte von vorhin wiedergutzumachen. *Sag mir, dass ich dir etwas bedeute. Dass ich mehr bin als eine Unterschrift auf einem Blatt Papier.*

»Na dann hast du immerhin nicht alles ruiniert.«

Ich drehte mich um und ging langsam davon, weil meine Beine mich kaum noch trugen. Die Worte, die ich hatte hören wollen, kamen nicht. Ich musste hier weg. Doch Alex packte mich am Oberarm und zog mich mit sich. Ich hatte nicht einmal mehr die Kraft, mich dagegen zu wehren. Irgendwann kamen wir an seinem Wagen an. In der Scheibe spiegelte sich unser Bild. Alex' markante Züge waren verhärtet. Er würdigte mich keines Blickes, schien von meiner Anwesenheit regelrecht angewidert zu sein. Als ich meinem Spiegelbild in diesem Moment in die Augen sah, las ich die Wahrheit darin.

Ich war dumm genug gewesen, mich in diesen Mann zu verlieben. Jetzt konnte ich nur noch zusehen, wie mein Herz Stück für Stück gebrochen wurde.

Kapitel -44-

Alex

Seitdem wir zurück in meinem Penthouse waren, hatte Alison ihr Zimmer nicht mehr verlassen. Und damit meinte ich das scheiß Gästezimmer, das ich ihr ganz am Anfang angeboten hatte. Sie hatte all ihre Sachen zusammengesucht, sie herübergetragen und seitdem verbarrikadierte sie sich da drinnen.

Ich war bestimmt schon fünfzehn Mal an der Tür vorbeigeschlichen. Einmal glaubte ich, sie weinen zu hören und dieses Geräusch brachte mich fast um den Verstand. Ich wollte die Tür eintreten. Wollte zu ihr, sie in den Arm nehmen und festhalten, bis ihr Schmerz nachließ. Der Schmerz, den ich zu verantworten hatte.

Aber immer, wenn ich einen Schritt auf sie zugehen wollte, kam mir das Bild von ihr und Liam in den Kopf. Ausgerechnet Liam. Wie sich seine schmierigen Lippen ihr genähert hatten. Hätte er sie geküsst, hätte ich ihn umbringen müssen. Allein der Gedanke war unerträglich.

Ein Klingeln forderte meine Aufmerksamkeit. Durch die Kamera sah ich direkt in Ivanas rundes Gesicht. Dank der ganzen Aufregung hatte ich ganz vergessen, dass sie heute vorbeikommen wollte. Seufzend betätigte ich den Türöffner und wartete, bis sie oben war. »Hier, nimm das«, sagte sie kaum, dass sie oben angekommen war und drückte mir eine schwere Tüte mit Einkäufen in die Hand.

»Was ist das?«, fragte ich und warf einen Blick hinein.

»Das habe ich Alison mitgebracht. Das arme Ding sah beim letzten Mal ganz mager aus.«

Bei ihrem Namen zuckte ich kurz zusammen, was Ivana nicht entging. Skeptisch musterte sie mich.

»Und da bringst du ihr eine ganze Tüte voller Süßigkeiten mit?«, versuchte ich abzulenken, jedoch erfolglos. Ivana ging ein paar Schritte in die Wohnung rein und horchte in die Stille. Dann drehte sie sich zu mir um, Wut bahnte sich einen Weg in ihre Gesichtszüge. Ivana liebte Alison, daran bestand kein Zweifel. Ally hatte sie mit ihrer bodenständigen Art um den Finger gewickelt.

»Wo ist Alison?«, fragte sie lauernd. Als ich nicht antwortete, stach sie mit ihrem spitzen Fingernagel in meine Brust. »Alexander Walther Preston! Was hast du getan?«

Bei jedem Wort stach sie ein weiteres Mal zu. Beschämt wich ich ihrem Blick aus. Wenn ich ihr erzählte, was passiert war, würde Ivana mich steinigen. Für andere mochte ich vielleicht der furchteinflößende Geschäftsmann sein. Für Ivana war ich aber noch immer der kleine Junge, der nachts aus Angst vor Monstern ins Bett machte. Dieses Image wurde man nie wieder los.

»Alison«, rief sie plötzlich laut und ihre kratzige Stimme wurde von den Wänden zurückgeworfen. »Alison!«

Dann widmete sie sich wieder mir. »Wehe dir, dass du diesem armen Mädchen wehgetan hast.« Drohend bohrte sie ihren Finger weiter in meine Brust, obwohl ich stetig ein Stückchen zurückwich. Gerade, als ich glaubte, den Schreck überwunden und meine Sprache wiedergefunden zu haben, öffnete sich die Tür zu Allys Zimmer leise.

Ihr Kopf lugte hervor und zum ersten Mal seit dem Vorfall sah ich ihr Gesicht. Es war, als würde mir eine Fremde entgegenblicken. Ihre Augen waren vom Weinen gerötet, ihre

Lider geschwollen. Ihr Mund war nicht wie üblich zu einem strahlenden Lächeln verzogen und auch sonst drückte ihr Gesicht nichts als Schmerz aus. Ihre sonst so stolze Haltung war verschwunden. Stattdessen hatte sie die Arme um den Körper geschlungen, hielt den Kopf gesenkt und ließ die Schultern hängen. Das war meine Schuld und es brachte mich um.

»Ally …«, stieß ich leise hervor und ging einen Schritt auf sie zu. Aber da hatte ich meine Rechnung ohne Ivana gemacht.

»Was hast du getan?«, schrie sie und befreite ihren Fuß schneller von ihrem Hausschuh, als ich gucken konnte. Im Takt ihrer Worte schlug sie damit auf mich ein und ich konnte nichts anderes tun, als in Deckung zu gehen. »Habe. Ich. Dir. Nicht. Gesagt. Du. Sollst. Sie. Gut. Behandeln.«

Gerade so schaffte ich es, mich hinter die Küchentheke zu flüchten, da flog mir ihr Schuh schon um die Ohren. Erst das Geräusch der sich schließenden Tür gab mir den Mut, aus meinem Versteck aufzublicken. Keine Spur von Alison oder Ivana. Beide waren im Gästezimmer verschwunden.

Himmelherrgott nochmal, da gehörte man zu den reichsten Männern der Stadt und wurde dennoch von seinem ehemaligen Kindermädchen mit einem Hausschlappen verprügelt.

Kapitel -45-

Ally

Mit Ivana zu reden, fühlte sich wie Erlösung an. In den letzten Stunden hatte ich immer wieder überlegt, Kara anzurufen. Aber wie hätte sie mir helfen sollen? Sie hätte mich gedrängt, meine Sachen zu nehmen und zu gehen. Mich nicht noch weiter verletzen zu lassen. Aber dazu war ich nicht bereit. Hatte ich mir anfangs noch eingeredet wegen unseres Deals nicht gehen zu wollen, hatte die Wahrheit mich längst eingeholt. Ich hatte mich in Alex verliebt, trotz all seiner Macken, und ich war nicht bereit, kampflos aufzugeben.

Jetzt lag ich seit dreißig Minuten mit dem Kopf in Ivanas Schoß, klagte mein Leid und ließ mir von ihr behutsam über die Schultern streicheln. Der Arm, auf den ich mich bettete, war längst eingeschlafen und schmerzte höllisch, aber es war eine willkommene Ablenkung von dem emotionalen Schmerz.

»Er ist ein Idiot, aber ich kenne ihn gut genug, um zu wissen, dass du ihm nicht egal bist.«

Bei Ivanas Worten drehte ich leicht den Kopf und sah sie an. Wie gern wollte ich ihr glauben. Wie gern wollte ich, dass sie die Wahrheit sagte. Der Gedanke, egal zu sein, eine weitere unbedeutende Person in seinem Leben zu sein, war mehr, als ich ertragen konnte.

»Ich bin mir da nicht so sicher«, verlieh ich meinen Zweifeln Ausdruck. »Er war so kalt, so gemein und gleichgültig.«

Mir kamen noch immer die Tränen, wenn ich an seine harschen Worte dachte.

»Weißt du, mein liebes Kind, Alexander mag den meisten furchtlos vorkommen. Er spielt den knallharten Geschäftsmann seit Jahren und er spielt diese Rolle gut. Aber in ihm steckt immer noch mein alter, kleiner Alex und dieser Junge war seit Beginn ein Feigling.«

»Wovor sollte ER denn Angst haben?«, fragte ich höhnisch und schnaubte.

»Davor, verletzt zu werden«, flüsterte Ivana sanft und brachte mich damit zum Verstummen.

»Er lässt nur wenige Menschen an seinem echten Leben teilhaben, Alison und dafür gibt es einen einfachen Grund … Angst. Je mehr er liebt, desto mehr kann er verletzt werden. Die Gründe dafür liegen in seiner Vergangenheit, aber es ist nicht mein Recht, dir davon zu erzählen. Das muss er machen.«

Lange schwieg ich. Ließ die neuen Informationen auf mich wirken und versuchte zu entscheiden, was ich damit anfangen sollte. Bestätigte Ivana nicht gerade, was ich längst vermutet hatte? Dass die Gründe für Alex' Verhalten irgendwo in der Vergangenheit lagen? Sein Zwang zur Kontrolle. Sein Misstrauen. Seine Distanziertheit.

»Und du denkst wirklich, dass ich ihm etwas bedeute?«, fragte ich schließlich leise, aber nicht wenig hoffnungsvoll.

»Ich denke es nicht, ich weiß es. Nachdem er dich hierhergeholt hat, hat er mich losgeschickt, damit ich alles besorge, was du brauchst. Er hatte sogar eine Liste. Ich weiß wirklich nicht, wann der Mann sich zuletzt Gedanken um etwas gemacht hat, das nichts mit seiner Arbeit zu tun hatte. Und denk nicht, dass mir entgangen ist, dass ihr in einem Bett schlaft.«

Schamesröte überzog mein ganzes Gesicht. Jetzt könnte ich ein Loch im Erdboden wirklich gut gebrauchen, um darin zu versinken.

»Er hat noch nie eine andere Frau in diese Wohnung gelassen, Ally. Seine Privatsphäre ist sein Heiligtum und dass er dich hierher mitgenommen hat, sagt mir mehr, als tausend Worte es könnten.«

Mein Herz hüpfte aufgeregt in meiner Brust und mein ganzer Körper zitterte. Außer mein eingeschlafener Arm. Der schrie vor Schmerz.

»Und was soll ich jetzt deiner Meinung nach machen?«, fragte ich zögerlich.

»Rede mit ihm. Lass ihn erklären und gib dich nicht zufrieden, bevor du alle Antworten bekommen hast.«

»Und wenn er gar nicht reden will?«

»Vertrau mir. Er wird es wollen, wenn du ihm die Chance gibst.«

»Einverstanden«, sagte ich entschlossen, wobei ich mir überhaupt nicht so sicher war. »Ich werde mit ihm reden.«

An der Tür drückte Ivana mich noch ein letztes Mal an sich, dann ging sie zurück ins Wohnzimmer.

»Wehe dir, du vermasselst es, Alexander. Ich werde dir jedes Haar an deinem Kopf einzeln ausreißen«, drohte sie. Dann fiel die Haustür ins Schloss und ich trat unsicher ins Wohnzimmer, nur um einem etwas verwirrten Alexander gegenüberzustehen.

»Hey«, sagte ich leise und hob unbeholfen die Hand. Ein paar Schritte ging ich auf ihn zu, bevor ich unsicher stehen blieb. Mein Herz wollte, dass ich zu ihm rannte und ihm um den Hals fiel, weil ich seine Nähe vermisst hatte. Weil ich vermisste, wie es zwischen uns sein konnte. Aber mein Verstand hielt mich zurück. Sagte mir, dass er es war, der einen Schritt auf mich zugehen sollte.

Tatsächlich tat er das auch. Nicht weniger unbeholfen als ich, aber er kam. Als er vor mir stand, zog er mich in eine sanfte Umarmung und hielt mich fest. Zuerst fühlte es sich ungewohnt an. Er hatte mich nie einfach in den Arm genommen und etwas an der Steifheit seiner Berührung verriet mir, dass er es auch bei anderen nicht allzu oft getan hatte. Doch nach einigen Augenblicken verlor sich dieses merkwürdige Gefühl und wir schmiegten uns mehr und mehr in die Berührung des anderen. Seufzend legte ich meinen Kopf an seine Brust und atmete seinen mittlerweile so vertrauten Duft ein.

»Ich denke, wir müssen reden«, murmelte er an meinem Haaransatz und seine Lippen hinterließen ein Kitzeln auf meiner Kopfhaut. Ich nickte an seiner Brust und schlang meine Arme ein wenig fester um ihn. Ja, wir mussten reden. Dringend. Aber ich hatte eine höllische Angst davor, was dieses Gespräch für uns bedeuten könnte. Deswegen weigerte ich mich, diesen Moment loszulassen, bis Alexander es tat. Sanft verschränkte er unsere Finger ineinander, wie er es in der Nacht tat, als er mich aus meiner Wohnung gerettet hatte. Dann ging er mit mir zu der riesigen Couch, auf der wir uns in derselben Nacht das erste Mal geliebt hatten. Bei der Erinnerung wollte ich mich mit etwas Abstand von Alex hinsetzen, aber er zog mich dicht zu sich und legte meine Beine über seinen Schoß, sodass unsere Körper sich an tausenden Stellen berührten. Automatisch schlang ich meine Arme wieder um ihn und barg meinen Kopf an seiner

Schulter. Weil ich wusste, dass er mir so nicht in die Augen sehen konnte, fiel mir das Reden leichter.

»Ich wollte Liam nicht küssen. Und ich hätte es auch nicht getan.«

»Das sah für mich anders aus. Wie kann ich wissen, dass du ihm nicht nahekommen wolltest? Dass du seine Avancen nicht erwidert hättest?«

»Kannst du nicht.« Und genau da wusste ich, dass wir uns jetzt sehr schnell dem Kern des Problems näherten. »Du musst mir einfach vertrauen.«

Sein Körper verspannte sich merklich unter meinem. »Vertrauen«, stieß er in einem nicht zu deutenden Tonfall hervor, als bereitete es ihm Schwierigkeiten, das Wort auszusprechen. »Man kann niemandem vertrauen, Alison. Niemandem. Merk dir das besser jetzt, als es später auf die harte Tour zu lernen.«

Seine Worte machten mich unendlich traurig. Traurig wegen ihm, denn mir wurde klar, dass die Wurzeln seiner Probleme noch viel tiefer lagen, als ich es anfangs geglaubt hatte.

»Willst du damit sagen, dass ich dir nicht vertrauen kann? Denn ich vertraue dir«, startete ich einen neuen Versuch und sah ihm dieses Mal in die Augen. Behutsam nahm er mein Gesicht zwischen seine Hände und hauchte einen sanften Kuss auf meinen Mund.

»Alison«, sagte er leise. »Ich will sagen, dass du wundervoll bist. Bildschön und intelligent. Aber auch naiv. Du glaubst an das Gute im Menschen, aber das macht dich unvorsichtig. Du solltest anderen gegenüber misstrauisch sein. Immer. Selbst bei mir.«

»Also ist das ein Ja. Ich kann dir nicht vertrauen?«, fragte ich verletzt. Ich wollte Abstand zwischen unsere Körper bringen und auch zwischen unsere Herzen, aber Alexander hielt mich fest.

»Was ich sage, ist, dass es so etwas wie Vertrauen nicht gibt. Egal, wie sehr zwei Menschen sich lieben, auf Dauer wird niemand die Bedürfnisse eines anderen über seine eigenen stellen.«

Seine Worte verliehen mir Flügel und rissen sie mir gleichzeitig wieder aus. Da sprach er von Liebe und deutete gleichzeitig an, dass alle Menschen Egoisten waren. »Glaubst du etwa auch nicht an die Liebe?«, fragte ich ehrlich schockiert, denn das war doch die eine Sache, auf die jeder zählte, oder? War es die Liebe zu seinem Partner, zu seinen Freunden oder Eltern. Die Liebe zu seinem Haustier. Selbstliebe. Suchte nicht jeder Mensch in irgendeiner Form nach Liebe?

»Du verstehst mich falsch. Ich denke, dass es etwas wie Liebe gibt. Temporär. Woran ich nicht glaube, ist die Ewigkeit.«

Zum ersten Mal glaubte ich zu verstehen, was er sagte. Wenn ich es auch nicht nachvollziehen konnte. Aber es zeigte mir, dass Alex irgendwann in seiner Vergangenheit von einem geliebten Menschen so tief verletzt worden war, dass er sich hierhin entwickelt hatte.

»Möchtest du mir sagen, wessen Schuld es ist, dass du so denkst?«, fragte ich freiheraus und spürte sofort, dass es ein Fehler gewesen war.

»Nein«, antwortete er kühl, schob meine Beine von sich und stand so schnell auf, dass ich nicht einmal die Chance hatte, ihn bei mir zu halten. »Für das Hier und Jetzt spielt meine Vergangenheit keine Rolle mehr.«

Schnell stand ich auf und eilte ihm hinterher in die Küche, wo ich ihn dabei beobachtete, wie er sich ein Glas Wasser befüllte. »Aber vielleicht, wenn du darüber redest ...«

Wütend stellte er das Glas so laut auf der Theke ab, dass ich vor Schreck zusammenzuckte. Wasser schwappte über und benetzte die Holzoberfläche, verteilte sich langsam, während ich Alex erschrocken ansah.

»Alison, wir sind hier nicht in irgendeiner Hollywoodschnulze, wo ich in meine schmerzhafte Vergangenheit zurückreise und sie mit deiner Hilfe bewältige, damit unserer Liebe nichts mehr im Weg steht. Ich habe nicht mein Leben lang darauf gewartet, dass du kommst und mich heilst. Meine Vergangenheit liegt schon lange hinter mir und wer ich heute bin, bin ich, weil ich es sein möchte. Du kannst akzeptieren, was ich dir anbiete oder du kannst weiterhin versuchen, etwas aus mir herauszubekommen, das dort nie war. Aber dann wirst du verlieren.«

»Und was bietest du mir an?«, fragte ich schnell und zu verzweifelt, denn er entglitt mir. Glitt so weit weg, dass ich ihn nicht mehr erreichen konnte. Gerade hatte er noch davon gesprochen, dass er mich wundervoll fand und jetzt war er so weit in sich zurückgezogen, an einem Ort, an den ich ihm nicht folgen konnte, weil er mich nicht ließ.

Sein Gesichtsausdruck entspannte sich kaum merklich. Aber genug, um den festen Knoten in meiner Brust ein wenig zu lösen und mir ein paar Atemzüge zu erlauben.

»Das, was wir jetzt haben, ist gut«, sagte er und kam wieder einen Schritt näher auf mich zu.

»Das, was wir jetzt haben, endet in fünf Tagen«, flüsterte ich und spürte, wie sich Tränen ihren Weg nach oben bahnten.

»Ally«, raunte er sanft und fuhr mit dem Daumen über meine Wange, um eine einzelne Träne fortzuwischen. »Dann lassen wir es nicht enden. Bleib bei mir, auch wenn unser Deal vorbei ist.«

»Du willst, dass ich bleibe?«, flüsterte ich und lehnte mein Gesicht in die Berührung seiner Hand. Der Schmerz in mir ließ ein wenig nach und ich wünschte mir, dass er etwas sagen würde, um ihn ganz verschwinden zu lassen. Aber das tat er nicht.

»Ja, bleib. Wir können eine schöne Zeit zusammen haben. Niemand sagt, dass du schon in fünf Tagen gehen musst.«

Aber dass ich gehen musste, verrieten seine Worte mir dennoch. Ich verlor ihn und deswegen suchte ich nach jedem verdammten Zipfel, an den ich mich klammern konnte. Nur, um ihn festzuhalten. Ein bisschen länger, denn die Ewigkeit wollte er mir nicht geben. Und ich war nicht stark genug, um zu gehen, obwohl ich es musste. Denn die Ewigkeit war genau das, was ich mir wünschte. Vielleicht hatte Alex recht. Vielleicht konnte man nicht einmal sich selbst vertrauen, denn ich verriet mich für ein paar weitere Tage mit ihm.

Als er mich fest in seine Arme zog und zügellos küsste, ließ ich es zu. Er verlor keine Zeit, mich auszuziehen. Sein breiter Körper drängte mich gegen die kalte Edelstahltür des Kühlschranks. Sein Arm schob sich unter mein Bein, hab es an und im nächsten Augenblick spürte ich seine Härte in mir. Mein ganzer Körper sehnte sich nach ihm. Nach seiner Nähe. Aber was hier geschah, hatte nichts mit inniger Leidenschaft zu tun. Es war harter, distanzierter Sex. Er nahm mich, ohne mich anzusehen, ohne mich zu küssen. Aber mein Körper war so bedürftig nach ihm, dass ich selbst hier nicht die Notbremse zog.

Als ich mitten in der Nacht noch immer hellwach dalag und Alex musterte, der mir den Rücken zugewandt hatte und seelenruhig schlief, wusste ich, dass er wirklich recht gehabt hatte.

Kein Mensch konnte seine eigenen Bedürfnisse auf Dauer hinter die eines anderen Menschen stellen. Ich hatte meine eigenen Wünsche verleumdet, um mir mehr Zeit mit ihm zu erkaufen. Aber mir dämmerte bereits jetzt, dass der Preis, den ich zahlte, zu hoch war.

Kapitel -46-

Ally

Die fünf Tage bis zu unserem Opernbesuch verbrachten wir größtenteils mit Vorbereitungen. Ich musste wegen des Kleides noch zweimal zur Anprobe, um letzte Änderungen vornehmen zu lassen. Alexander ließ sich eigens für diesen Abend einen Anzug von Versace maßschneidern und sein Auto von Grund auf reinigen. Trotzdem schafften wir es, Dad nochmal besuchen zu gehen und er freute sich unglaublich, Alex zu sehen, auch wenn er ihn wieder verwechselte. Alexander ließ sich davon nicht stören, sondern beantwortete Dad geduldig alle Fragen zu seinem letzten Footballspiel, das ihn brennend zu interessieren schien.

Wir hatten fast wieder zu unserer alten Form zurückgefunden. Zu dem Punkt vor unserem Streit, der weitestgehend vergessen war. Und dennoch schwebte er in einigen Momenten wie eine dunkle Wolke über mir, die ich jedes Mal ein bisschen verzweifelter wegschob. Obwohl die letzte Auszahlung noch ausstand, war mein Kontostand auf eine unglaubliche Summe von fast siebzigtausend Dollar angewachsen. Nie zuvor hatte ich so viel Geld besessen und so wenig Ahnung gehabt, was ich damit tun sollte. Alles, was ich wollte, war nicht käuflich. Aber ich würde lange keine Probleme mehr haben, die Rechnungen im Pflegeheim zu bezahlen und allein damit war eine große Last von meinen Schultern genommen worden. Sobald wieder Ruhe in mein Leben eingekehrt war, konnte ich nach einem besseren Platz für Dad suchen. Trotzdem wusste ich nicht, was ich machen sollte, wenn der Deal vorbei war. Natürlich, Alex hatte mich gebeten, zu bleiben. Aber ich wollte mehr sein als die Frau an Mr. Prestons Seite. Sollte ich zurück in die Bar gehen? Tatsächlich vermisste ich das Drecksloch, weil es vertraut war. Sicher war. Aber nur weil ich Angst vor der Zukunft hatte, durfte ich nicht dorthin zurückgehen. Das würde ich spätestens dann bereuen, wenn der erste Gast mich wieder begrapschte. Ich musste einen neuen Weg für mich finden, auch wenn es mir Angst machte. Und ich musste ihn schnell finden, denn mit jedem Tag, der verging, hatte ich zunehmend das Gefühl, dass mir die Zeit davonlief.

Aber nicht jetzt. Heute verdrängte ich lieber und das ging am besten mit einer großen Portion Eis. Neben dem gefrorenen Obst und Gemüse für Alexanders Shake hatte ich dank Ivana auch immer genügend davon im Kühlfach. Vier Wochen waren nicht genug Zeit gewesen, um ihn von den Vorzügen von *Ben & Jerry's'* zu überzeugen.

Da ich allein war, machte ich mir nicht die Mühe, mir eine Schüssel zu nehmen. Ich würde das Eis direkt aus dem Becher löffeln, viel übrigbleiben würde sowieso nicht. Draußen schien zwar die Sonne, aber ich hatte keine Lust, rauszugehen. Kara arbeitete, Alexander musste auch irgendwas Dringendes erledigen. Sogar Ivana hatte ich gefragt, aber die war an ihrem freien Wochenende draußen in New Jersey und besuchte ihre Verwandten. Und allein wollte ich nicht gehen. Die Angst, dass es wieder eine Kluft zwischen uns reißen könnte, war noch zu groß. Wir hatten uns gerade erst vertragen und ich spürte den Nachhall des Streits immer noch.

Also entschied ich mich für einen gemütlichen Mittag auf der Couch, zog mir eins von Alexanders Shirts über, das für mich fast schon als Kleid herhalten konnte und stellte mich darauf ein, den Tag mit *Brooklyn 99* zu verbringen. Meiner absoluten Lieblingsserie auf der ganzen weiten Welt, denn nichts konnte einen besser aufmuntern als Mr. sexy Terry Crews.

Ich kuschelte mich unter die flauschige Decke, startete die Serie, schob den ersten Löffel Eis in den Mund und dachte mir, dass jeder Tag wie dieser sein sollte, als ich prompt aus meinen Träumen gerissen wurde. Irgendwer klingelte an der Tür Sturm. Wer zum Teufel war das? Alex würde so sicher nicht klingeln. Ivana auch nicht. Und sonst kannte ich niemanden, wie mir gerade auffiel.

»Bitte lass es keine eifersüchtige Ex sein«, murmelte ich und schlich zur Kamera an der Haustür. Als gäbe es irgendwen, vor dem ich mich gerade verstecken musste. Aber das Display blieb schwarz, entweder war die Kamera kaputt oder jemand hielt die Hand davor. Das Klingeln brach ab und noch während ich überlegte, was ich jetzt tun sollte, vernahm ich das Surren des Aufzugs. Oh nein! Derjenige war doch nicht etwa auf dem Weg nach oben? Ich trug nur ein verdammtes T-Shirt!

Aber der Aufzug bewegte sich aufwärts daran bestand kein Zweifel mehr. Spätestens, als sich die Türen öffneten und ein fremder Mann vor mir stand, der mich interessiert musterte.

»Ähm … kennen wir uns?«, fragte er und kratzte sich am Hinterkopf.

Eigentlich hätte ich ihn das fragen sollen, aber ich war zu sehr damit beschäftigt, herauszufinden, wie weit ich das Shirt noch runterziehen konnte. Offensichtlich nicht weit genug.

»Hi«, grüßte ich nervös und schlich rückwärts und gebeugt aus dem Zimmer, damit das Shirt wenigstens die Hälfte meines Schenkels bedeckte. Der Fremde musterte mich immer noch. Offensichtlich hatte ihm niemand Manieren beigebracht, sonst würde er jetzt wegsehen. »Bin sofort … bleib einfach dort stehen.«

Ich legte die letzten Meter zu meinem Zimmer zurück und schlug die Tür hinter mir zu. Was passierte hier gerade? Ich wollte Alex anrufen, aber mein scheiß Handy lag noch im Wohnzimmer, also würde ich wohl oder übel dorthin zurückmüssen. Ich zog die erstbesten Leggings an, die ich finden konnte. Das rettete jetzt zwar auch nicht mehr viel, aber halbnackt zu bleiben, war wohl auch keine Alternative.

Als ich ins Wohnzimmer zurückmarschierte, hatte der Kerl es sich doch tatsächlich auf der Couch mit meinem Eis gemütlich gemacht. »Hey, das war für mich gedacht«, rief ich und riss ihm das Eis aus der Hand. »Wer bist du überhaupt? Und warum hast du einen Schlüssel?«

Gelassen lehnte er sich in den Polstern zurück, verschränkte die Arme vor der Brust und ließ seinen Blick über mein Erscheinungsbild wandern, was mir wiederum Zeit gab, ihn in Augenschein zu nehmen. Er war groß, sogar größer als Alex und ebenso breit gebaut. Man sah auf Anhieb, dass er viel trainierte. Seine Gesichtszüge waren glatter, weniger markant als Alexanders, was ihm ein jungenhaftes Aussehen verlieh. Aber seine dunkelblauen Augen machten das wieder wett. In Kombination mit seinen schwarzen Haaren gab er wirklich einen stattlichen Mann ab. Wahrscheinlich brachte er reihenweise Frauen dazu, verzückt aus ihren Höschen zu hüpfen. Bevor ich Alexander getroffen hatte, hätte ich mich vermutlich auch zu ihm hingezogen gefühlt, aber jetzt wirkte er auf mich viel zu … ich wusste es nicht. Aber er war nicht Alexander und das war das einzige Argument, das zählte.

»Ich bin Kane«, sagte er und der geschmeidige Ton seiner Stimme eignete sich sicherlich bestens dazu, Frauen einzulullen. »Alex ist mein bester Kumpel und ich habe einen Schlüssel für seine Wohnung, weil irgendjemand die Pflanzen gießen muss, wenn er weg ist.«

»Hier gibt es keine Pflanzen«, antwortete ich unbeeindruckt.

»Erwischt. Dann nehme ich an, dass du der Grund bist, weswegen er seit Wochen nicht auf meine Anrufe reagiert?«

Meine Antwort war ein einfaches, aber vielsagendes Schulterzucken. Wer wusste schon, weshalb Alex etwas tat und etwas anderes nicht.

»Verrätst du mir deinen Namen?«

»Alison.«

»Sonderlich gesprächig bist du nicht, Alison«, neckte Kane mich und schnappte sich den Eisbecher zurück.

»Sorry, ich war nicht auf Überraschungsbesuch eingestellt«, antwortete ich und ging einen zweiten Löffel für mich holen. Meinen hatte Kane sich gerade so genüsslich in den Mund geschoben, dass ich ihn nie wieder anfassen würde. Dann setzte ich mich im Schneidersitz neben ihn. Zwar immer noch misstrauisch, aber er hatte mein Eis und ich nicht genug Willenskraft, um ihn länger künstlich auf Distanz zu halten.

»Wohnst du hier mit ihm?«

Kurz überlegte ich, wieviel ich Kane verraten konnte. Aber wenn er wirklich Alex' bester Freund war, war es vermutlich nicht schlimm, wenn er ein paar Details bekam. Also nickte ich.

»Wie lange schon?«

»Fast vier Wochen«, antwortete ich und beugte mich vor für einen weiteren Löffel Eis.

»Vier Wochen«, wiederholte er kopfschüttelnd. »Also ist das alles deine Schuld.«

»Was?«, rief ich überrascht, den Löffel noch halb im Mund.

»Seit vier Wochen muss ich allein auf Tour gehen, ohne Wingman und jetzt weiß ich auch, weshalb. Er hängt hier mit dir fest.«

Wenn ich eins und eins zusammenzählte, kam ich nur auf eine logische Erklärung. »Du redest davon, Frauen aufzureißen?«

»Selbstverständlich. Wovon sonst?«

Er sah mich an, als wäre ich schwer von Begriff. Natürlich, wie konnte ich auch so dumm sein zu glauben, dass Männer etwas anderes unternahmen als Frauen zum Vögeln aufzugabeln. Dumme Alison.

»Und du brauchst Alexander so dringend dafür, weil du ohne ihn keinen hochkriegst?«

Ungläubig starrte er mich an.

»Süße, glaub mir, er steht stramm wie ein Soldat. Wenn du willst, zeige ich es dir.« Er lachte verschmitzt und zwinkerte mir zu.

»Lass mal, wenn ich Lust auf eine schrumpelige Minisalami bekomme, liegt im Kühlschrank noch eine ganze Packung.«

Kurz glaubte ich, dass mir mein freches Mundwerk gleich volle Kanone um die Ohren fliegen würde, aber Kane lachte herzlich.

»Okay, ich weiß jetzt, was er an dir findet. Du bist schlagfertig. Nicht schlecht.«

Von da an war das Eis gebrochen. Kane erzählte mir ein wenig über sich. Die beiden kannten sich wohl schon seit ihrer Kindheit. Es brauchte kein Genie, um zu erkennen, wie nahe sie sich standen. Obwohl sie unterschiedlicher wohl kaum hätten sein können. Kane war offen, charmant und herzlich, obwohl auch er eine gewisse Bad-Boy-Ausstrahlung an sich hatte. Er schien von festen Beziehungen genauso wenig zu halten wie Alex, wobei ich Kane diese Show viel weniger abnahm.

»Erzählst du mir, wie ihr euch kennengelernt habt?«, war er schließlich an der Reihe, nachdem ich ihn seit dreißig Minuten mit Fragen löcherte.

»Nein«, antwortete ich kopfschüttelnd. »Das soll er dir erzählen.«

Ich hatte Alex versprochen, mit niemandem über den Deal zu reden und ich wusste nicht, ob Kane eine Ausnahme von diesem Fall bildete. Der schien allerdings gleich zu begreifen, dass es kein normales Kennenlernen sein konnte.

»Ich verstehe, Alex macht es wirklich immer wieder spannend.«

Eine Weile schauten wir zusammen *Brooklyn 99* und ihm zuliebe fing ich bei Staffel Eins an. Er zeigte sich von der Serie mindestens genauso begeistert wie ich, wodurch ich ihn noch ein bisschen mehr mochte. Wir teilten das Eis, bis keins mehr übrig war und bestellten dann Pizza. Ein weiterer Pluspunkt für Kane. Endlich jemand, der Pizza mit mir aß und nicht versuchte, mich von magerer Pute zu überzeugen.

Vierzig Minuten später kam die Pizza und nachdem wir wie Ausgehungerte darüber hergefallen waren, schlug Kane vor, dass wir zocken könnten. Als wäre es sein Zuhause, kramte er aus einem der Schränke eine XBox hervor und schloss sie an den Fernseher an. Dann legte er ein Spiel mit dem Namen *Halo* ein und erklärte es mir in wenigen Sätzen. Viel verstand ich nicht, nur dass die Welt untergegangen war und ich einen Typen spielte, den alle den Masterchief nannten und gemeinsam mit einer künstlichen Intelligenz namens Cortana in Form einer blauen Frau, die in meinem Kopf steckte, zu verschiedenen Planeten reiste, um keine Ahnung was auch immer zu tun. Mir gefiel die Grafik und dass ich Aliens in den Kopf schießen konnte.

»Du stellst dich gar nicht mal so dumm an«, kommentierte Kane einen meiner Schüsse, nachdem wir einen Massenangriff überlebt hatten.

»Danke«, murmelte ich und scannte die Umgebung nach weiteren versteckten Angreifern ab. Im Hintergrund vernahm ich das Geräusch des Fahrstuhls, der sich erneut öffnete. Als ich mich umdrehte, blickte ich direkt in Alexanders überraschtes Gesicht. Wie angewurzelt blieb er im Eingang stehen und versuchte wohl gerade zu verstehen, was hier vor sich ging.

»Jo, Alex. Da bist du ja, Mann«, rief Kane und würdigte ihn nur eines kurzen Blickes, weil ein weiterer Gegner unsere Aufmerksamkeit forderte. Die Dinger waren aber auch wirklich hartnäckig und schwer umzubringen.

»Was genau ist hier los?«, fragte Alex lauernd und kam näher. Sein Blick glitt über mich, Kane, die leeren Pizzakartons und die Controller in unserer Hand.

»Alison?«, sagte er, nachdem ich nicht sofort antwortete.

»Oh, ich dachte das wäre offensichtlich. Kane ist vorbeigekommen und hat mir beigebracht, wie man *Halo* spielt.«

»Und wir haben Pizza gegessen«, ergänzte Kane lachend.

»Habt ihr das?« Irgendwas an Alex Tonfall verriet mir, dass er nicht ganz so begeistert von der Situation war. Kane drückte auf Pause und drehte sich zu ihm.

»Du hast mir gar nichts von Ally erzählt«, stichelte er mit einem fetten Grinsen im Gesicht. »Dabei ist sie so hinreißend. Irgendetwas sagt mir, dass du sie vor mir verheimlichen wolltest. Hattest du Angst, dass ich ihr besser gefallen könnte als du?«

Alexander funkelte ihn so wütend an, dass ich Mühe hatte, ein Lachen zu unterdrücken. Neben Ivana schien Kane der einzige Mensch zu sein, der ihm Widerworte gab.

»Alison, würdest du uns kurz alleinlassen?«, wandte er sich zähneknirschend an mich, aber ich zuckte nur mit den Schultern und vergrub mich tiefer in der Couch.

»Nö, ist ziemlich gemütlich hier.« Ich hätte schwören können, dass ich seinen Kiefer knacken hörte.

»Die Frage, wer von euch beiden die Hosen anhat, erübrigt sich dann wohl«, scherzte Kane und wir mussten beide laut lachen. Als er mir die Hand zum High Five hinhielt, schlug ich ein.

Alex beobachtete uns und schien nicht zu verstehen, wie ihm gerade geschah. Er stand kurz davor, einem von uns an den Hals zu springen. Gleichzeitig zuckten seine Mundwinkel immer wieder nach oben, weil er sich das Lachen verkniff.

»Kane ist vorhin vorbeigekommen, weil er nach dir sehen wollte. Er hatte wohl Sehnsucht nach seinem Wingman.« Das letzte Wort setzte ich mit den Händen in Anführungszeichen.

»Hatte er das?«, fragte Alex und konzentrierte sich wieder ganz auf Kane.

»Jep. Du hast dich seit Wochen nicht gemeldet und ich habe mir Sorgen gemacht, dass du vielleicht schwerkrank bist oder so. Jetzt weiß ich, dass du bloß deine Eier bei der süßen Ally gelassen hast«, antwortete Kane und lachte über seinen eigenen Spruch. Damit hatte er den Bogen eindeutig überspannt. Schneller als ich gucken konnte, schwang Alex sich über das Sofa und stürzte sich auf ihn. Die beiden gerieten in eine heftige Rangelei. Mit einem Aufschrei sprang ich von meinem Platz, weil ich sonst unter den zwei massigen Körpern zerquetscht worden wäre. »Hört auf«, schrie ich und suchte fieberhaft nach einem Weg, mich in Sicherheit zu bringen. »Jungs! Das kann doch nicht euer Ernst sein.«

Aber die beiden würdigten mich keines Blickes. Halb ernst, halb lachend, gaben sie sich voll ihrem Kräftemessen hin.

»Du dreckiger Bastard«, schrie Kane und stieß sie beide von der Couch, sodass sie krachend auf dem Boden landeten. Sie stießen gegen den Tisch und unsere Gläser fielen laut klirrend zu Boden. »Hört auf, ihr Idioten!«, schrie ich wieder und beobachtete, wie Kane die Überhand gewann. Sah ganz so aus, als bräuchte der große Alexander Preston meine Hilfe. Na schön.

Weil ich auf die Schnelle nichts fand, das ich Kane über den Kopf ziehen konnte, tat ich das Zweitbeste, das mir einfiel. Mit Anlauf sprang ich auf seinen Rücken und klammerte mich an ihm fest. Dann biss ich ihm so fest in die Schulter, wie ich konnte.

»AAAAHHHH«, schrie er voller Schmerzen und versuchte, mich abzuschütteln. Keine Chance, ein Piranha war nichts im Vergleich zu mir. »Nimm sie weg! Sie frisst mich auf!«

Endlich ließ er von Alex ab, der lachend auf dem Boden lag. Ihn so unbeschwert und locker zu sehen, brachte mich dazu, von Kane abzulassen.

Ich konnte den Blick nicht von Alex lösen, der mit durcheinandergebrachten Haaren lachend auf dem Teppich lag. Sein Shirt war ein Stück hochgerutscht, sodass sein Sixpack zu sehen war. Er sah göttlich aus.

»Ich glaube, ich brauche ein Pflaster. Oder am besten eine neue Schulter«, fluchte Kane spaßig und verschwand im Badezimmer.

Ich wollte wieder zurück auf die Couch krabbeln, doch Alex packte mich am Handgelenk und zog mich zu sich auf den Boden, sodass ich auf seiner Brust landete. Seine starken Arme umschlangen mich eng und drückten mich an seinen Körper.

»Du wolltest mich also retten?«, fragte Alex an mich gewandt und wackelte vielsagend mit den Augenbrauen.

»Natürlich, ich konnte ja schlecht dabei zusehen, wie er dein schönes Gesicht zu Brei verarbeitet«, versuchte ich mich an einer schlagfertigen Antwort.

»Das wäre nicht passiert. Vorher hätte ich ihn auseinandergenommen.«

»Sicher …«, wollte ich zum Widerspruch ansetzen, doch Alex küsste jeden Protest weg. Seine Zunge bahnte sich ihren Weg in meinen Mund und ich ließ sie seufzend ein. Ich wollte in diesem Kuss ertrinken. Schmiegte mich tiefer in seine Arme und wurde fast verrückt, weil es immer noch nicht genug war. So hatte er mich ewig nicht mehr geküsst. Voller Gefühl. Voller …

»Wow, wartetwenigstens, bis ich weg bin«, rief Kane empört und kam zurück ins Zimmer. Ich senkte beschämt den Blick und wäre am liebsten unter die Couch gekrochen. Aber Alex hielt mich zurück. Lachend zog er mich an seine Brust und mein Herz schlug tausend Saltos.

Später saßen wir zu dritt auf der Couch und sahen uns einen Film an, auf den ich mich nicht konzentrieren konnte. Denn anstatt sich wie sonst neben mich zu setzen, hatte Alex mich zwischen seine Beine gezogen, sodass mein Rücken an seiner festen Brust lehnte. Immer wieder streiften seine Lippen sanft meinen Nacken. Sein Daumen fuhr unsichtbare Linien auf meinem Oberschenkel nach und hinterließ eine Gänsehaut auf meinem ganzen Körper. Mein armes Herz beruhigte sich nicht und mein Körper war kurz davor, vor lauter Hitze abzuheben und in Flammen aufzugehen.

Kanes Blicke huschten immer wieder zu uns herüber. Verstohlen musterte er uns und ich glaubte, etwas wie Zufriedenheit in seinem Gesicht zu erkennen. Aber ich konnte nicht viel darüber nachdenken, denn meine Gedanken wurden beherrscht von der Tatsache, dass Alex mich zum ersten Mal so behandelte, als gehörte ich zu ihm. Das hier war kein Schauspiel. Keine Lüge. Das hier waren er und ich im normalen Leben. Mit seinem besten Freund auf der Couch bei einem gemütlichen Filmabend. So, wie wir sein könnten.

Kapitel -47-

Ally

Die Aufzugtüren schlossen sich und verschluckten Kane. Nach Stunden ging er endlich und das längste Vorspiel aller Zeiten hatte ein Ende. Ich stand mitten im Raum und beobachtete, wie die beiden Freunde sich verabschiedeten. Bevor Kane gegangen war, hatte er Alex noch etwas ins Ohr geflüstert und mich dabei angesehen, aber mir blieb gar keine Zeit nachzufragen. Denn mit dem Geräusch des sich in Bewegung setzenden Aufzugs verschwand die Starre meines Körpers. Ich rannte in seine Arme und ließ mich fallen, schlang die Hände um seinen Hals, zog ihn zu mir herunter und küsste ihn so stürmisch, dass mir die Luft wegblieb. Mit fahrigen Handgriffen versuchte ich, sein Shirt zu fassen zu bekommen und es ihm über den Kopf zu ziehen. Als ich es endlich schaffte, warf ich es blindlings weg und widmete mich seiner Hose. Meine Finger bekamen den Knopf kaum zu fassen, so eilig hatte ich es. Alexanders Lachen vibrierte an meinem Körper. Er drückte mich gegen die Wand und hielt meine Arme mit einer einzigen Hand über meinem Kopf fest.

»Ganz ruhig, wir haben alle Zeit der Welt«, flüsterte er dicht an meinem Ohr und verteilte quälend langsam Küsse an meinem Hals, immer weiter runter, bis seine Lippen den Ansatz meiner Brüste streiften. Zu schnell zog er sich wieder zurück und ich stöhnte gequält auf. Der Mann hatte gut reden. Ich wartete seit Stunden.

Mit der anderen Hand umfasste er mein Kinn. Sein Daumen näherte sich meinem Mund und mir kam eine Idee, wie ich ihn vielleicht davon überzeugen konnte, sich doch nicht so viel Zeit zu lassen.

Meine Zunge schnellte hervor, fuhr sanft über die Spitze seines Daumens, liebkoste sie. Alex' Atem beschleunigte sich. Mit geweiteten Augen sah er mich an, doch ich ließ mich nicht beirren. Ich öffnete meine Lippen leicht und nahm seinen Daumen tiefer in den Mund. Leckte und saugte abwechselnd daran, während Alex direkt vor meinen Augen immer mehr die Kontrolle verlor.

Ohne Vorwarnung packte er mich bei der Hüfte, warf mich über seine Schulter und trug mich weg. Vor Überraschung schrie ich laut auf. »Du hast es so gewollt«, sagte er, trug mich am Gästezimmer vorbei und öffnete seine Schlafzimmertür. Ehe ich mich versah, landete ich auf seinem riesigen Bett. Alex blieb vor mir stehen. Den Blick auf mich gerichtet, die grünen Augen verheißungsvoll glänzend, knöpfte er langsam seine Hose auf. »Warte!«, beeilte ich mich zu sagen, bevor er sich komplett auszog. »Das will ich machen.«

Er schien irritiert, gehorchte jedoch und hielt inne. Langsam stieg ich vom Bett, ging zu ihm und hakte meine Finger unter den Bund seiner Hose. Genüsslich zog ich sie samt seiner Shorts bis zu seinen Knöcheln herunter, wobei ich selbst nach und nach tiefer in die Knie sank. Genau auf der richtigen Höhe blieb ich stehen und blickte zu Alexander auf. Seine Augen hielten meine fest und fielen fast aus den Höhlen, als ich das erste Mal sanft mit der Zunge seine Spitze leckte.

»Alison, du musst nicht …«, raunte er, aber ich unterband jedes weitere Wort, indem ich ihn langsam in meinen Mund gleiten ließ. Was auch immer das Ende seines Satzes gewesen wäre, war jetzt nur noch ein lautes Stöhnen. Seine Hände lagen auf meinen Schultern, ich spürte das Zittern in ihnen, hörte seinen ungleichmäßigen Atem und genoss das Gefühl. Um ehrlich zu sein, hatte ich das hier nie gemocht. Aber mit Alex war alles anders und ich liebte es zu sehen, wie ich ihm Lust bereiten konnte. Und wie dieses Mal er es war, der sich fallen ließ.

Immer wieder fuhr ich mit der Zunge an seinem Schaft entlang, mal sanft, mal fest. Ließ sie über seine Spitze tanzen. Mal behielt ich ihn im Mund, dann ließ ich ihn langsam hinausgleiten, nur um ihn gleich danach erneut in mir aufzunehmen und Alex' erleichtertes Seufzen zu hören. Es war göttlich und ich hätte ewig so weitermachen können, wenn Alex mich nicht irgendwann gestoppt hätte.

»Was…?« Verwirrt sah ich ihn an und wollte protestieren, als er mich zum Bett schob und ich rückwärts darauf landete.

»Wenn du so weitermachst, komme ich auf der Stelle. Und das wäre sehr schlecht, denn ich habe noch einiges mit dir vor, Ally.«

Ich lief hochrot an. Warum auch immer ich in dieser Situation noch Schamgefühl besaß … Ich biss mir aufgeregt auf die Unterlippe. Dann war es auf einmal Alexander, der vor mir kniete. Mit seinen Händen griff er nach meinen Fußknöcheln und zog mich zu sich, bis ich direkt an der Bettkante lag. »Alex«, lachte ich und versuchte, meine Schenkel zusammenzupressen, aber er war eindeutig stärker als ich. Seine Hände teilten meine Beine, als wäre es das Leichteste der Welt und sein Mund verteilte sanfte Küsse auf der Innenseite meiner Schenkel. Laut lachend warf ich den Kopf in den Nacken und versuchte zu entkommen, denn sein Atem kitzelte unglaublich und um ehrlich zu sein, machte sein Kopf zwischen meinen Beinen mich extrem nervös. Aber Alex ließ sich nicht beirren und bevor ich mich darauf vorbereiten konnte, lag sein Mund auf meiner empfindlichsten Stelle und Weglaufen war keine Option mehr für mich. »Oh Gott«, schrie ich und bäumte mich unter ihm auf, als er das erste Mal an mir saugte. Auf diesen Gefühlssturm war ich definitiv nicht vorbereitet gewesen. Mein Verstand kapitulierte vor so vielen Empfindungen und mein Körper konnte sich nicht entscheiden, ob er vor der Intensität wegrennen oder sich mitten in sie hineinstürzen wollte.

Aber Alex' starker Griff hielt mich an Ort und Stelle fest, während seine Zunge mal schnell, mal langsam ihren Weg fand. Er leckte und saugte an genau den richtigen Stellen und brachte mich mehr und mehr um den Verstand, bis ich nur noch ein winselndes Etwas war, das sich verzweifelt an seine Haare klammerte. Sein Rhythmus wurde immer schneller, die Bewegungen immer heftiger und fordernder. Er trieb mich erbarmungslos zum Höhepunkt und mit einem lauten Aufschrei kam ich so heftig, dass mein ganzer Körper sich aufbäumte und zuckte. Aber Alex hielt mich die ganze Zeit fest, machte weiter und reizte meinen Orgasmus bis zur letzten Sekunde aus. Bis ich erschöpft und benommen in die Matratze zurücksank. Mein ganzer Körper kribbelte.

Bevor ich überhaupt einen klaren Gedanken fassen konnte, war Alex über mir und plötzlich tief in mir drin. Ich spürte den Höhepunkt in meinem ganzen Körper nachhallen und ihn jetzt in mir zu haben, verstärkte die Gefühle so sehr, dass es mir fast die Tränen in die Augen trieb. Hiervon würde ich nie genug kriegen. Ich würde mich gänzlich darin verlieren.

In ihm ertrinken. Alex bewegte sich in mir, glitt aus mir hinaus, um sofort wieder in mich zu stoßen. Dieses Mal nahm er mich langsam und intensiv. Drang tiefer in mich ein und kostete jeden Zentimeter meines Körpers aus. Das gab mir verdammt nochmal den Rest.

Seine Hände umfassten mein Gesicht.

»Ally, sieh mich an«, forderte er mich auf und ich verlor mich in dem, was ich in seinen Augen las. »Du bist wunderschön«, flüsterte er und küsste mich sanft. Fuhr mit der Zunge behutsam über meine Unterlippe und bewegte seine Hüften in einem langsamen Takt weiter, der mich fast um den Verstand brachte.

»Alex«, seufzte ich an seinem geöffneten Mund.

»Wie soll ich dich jemals wieder gehen lassen? Du machst mich süchtig«, raunte er und hielt mich, wenn möglich, noch fester.

»Dann lass mich nicht gehen.« Ich umfasste seinen Rücken, zog ihn dichter an mich, schlang die Beine um seine Hüften und konnte mein Bedürfnis nach seiner Nähe doch nicht stillen.

»Ich will, dass du glücklich bist«, sagte er leise und sah mich unentschlossen an. So als zweifelte er daran, dass er derjenige war, der mich glücklich machen konnte.

»Sehe ich für dich unglücklich aus?«, fragte ich. Jetzt war ich es, die sein Gesicht festhielt und ihn zwang, mich anzusehen. Ihn zwang, die Wahrheit zu sehen.

Ich hatte mich nie so lebendig gefühlt wie mit ihm.

Nie so stark.

Nie so verletzlich.

In den letzten Monaten war mein Herz mehr und mehr abgestumpft. Eine Notwendigkeit, damit ich all das ertragen konnte, was mir aufgebürdet wurde. Alex hatte mir da rausgeholfen.

Endlich schüttelte er den Kopf. »Nein. Du siehst nicht unglücklich aus«, flüsterte er. »Aber dafür unglaublich verführerisch - mit deinen geröteten Wangen und deinen vollen Lippen.«

Sofort war ich wieder voll im Spiel und reckte mich ihm seufzend entgegen. »Dann hör endlich auf zu reden und mach weiter«, flehte ich und bewegte mein Becken auffordernd unter ihm.

Mit einem erregten Stöhnen nahm Alex seine Bewegungen wieder auf, versenkte sich tief in mir. Nahm mich so gefühlvoll, dass die Empfindungen mein Herz zum Überlaufen brachten.

Ich konnte mich nur an ihm festhalten und hoffen, dass er mich auffing, wenn ich unter ihm in tausend Teile zersplitterte. Unser Sex fühlte sich an wie ein einziger langer Höhepunkt und als Alex stöhnend in mir kam, sackte er gleich darauf auf mir zusammen. Meine Hände fuhren über seinen verschwitzten Rücken, kraftlos und doch nicht in der Lage, ihn loszulassen. Wir schliefen so ein, wie wir uns geliebt hatten und ich wusste genau, dass ich nach dieser Nacht nie wieder zum Vorher zurückwollte. Was auch immer heute passiert war, das hier war nicht bloß Sex gewesen, wie wir ihn sonst hatten. Das hier war Liebe. Ich spürte es in meinem ganzen Körper und ich wollte es nie wieder loslassen.

Kapitel -48-

Ally

Der wunderschöne Traum, den ich hatte, verschwand nach und nach. Etwas kitzelte mich an der Nase und brachte mich unsanft zurück in die Realität, obwohl ich gern noch länger in dem Traum verweilt wäre. Als ich die Augen öffnete, sah ich Alex, der mit einer meiner Haarsträhnen sanft über mein Gesicht strich. Er hatte den Kopf auf die Hand gestützt, sodass er mich beobachten konnte. Unsere Beine waren unter der Decke ineinander verschlungen. Da begriff ich, dass es gar kein Traum war. Die letzte Nacht war Wirklichkeit. Pures Glück durchströmte mich und entlockte mir trotz Müdigkeit ein breites Lächeln.

»Guten Morgen, Schönheit«, begrüßte Alex mich und hauchte mir einen sanften Kuss auf die Stirn.

»Guten Morgen«, antwortete ich schläfrig und vergrub den Kopf an seiner Schulter. Die Wärme, die von seinem Körper ausging, hätte mich ohne Probleme wieder in den Schlaf wiegen können.

»Ich würde dich ja gern weiterschlafen lassen, aber wir haben heute ein straffes Programm.«

Stöhnend wehrte ich mich dagegen, dass er uns die Decke stehlen wollte. »Wenn wir uns beeilen, haben wir noch Zeit, in Ruhe zu zweit zu frühstücken. Spätestens in einer halben Stunde wird hier die Hölle los sein«, sagte er.

Frühstück zu zweit war ein gutes Argument. Dafür lohnte sich das Aufstehen.

»Na gut, aber vorher will ich schnell duschen«, forderte ich.

»Was hältst du davon, wenn wir zusammen duschen?«, schlug Alexander vor und fuhr mit seiner Hand unter mein Shirt, über meinen nackten Rücken und immer weiter runter, bis er meinen Po umfasste und fest zupackte.

»Ich bezweifle, dass es dann schnell gehen wird«, kicherte ich, hinderte ihn aber nicht daran, mich weiter zu berühren.

»Oh, ich hatte nicht das Gefühl, dass es dich stört, wenn es ein wenig länger dauert.« Vielsagend zwinkerte er mir zu und ich schlug ihm spielerisch auf die Schulter. »Ganz im Gegenteil«, raunte er und zog mich auf seinen Schoß. Augenblicklich spürte ich seine Härte zwischen meinen Beinen, wie sie gegen den Stoff meiner Shorts drückte.

»Du bist … Warte! Ist da jemand in der Wohnung?«

»Ich höre nichts«, murmelte Alex abgelenkt, zog mein Shirt ein Stück hoch und umschloss eine meiner Brustwarzen mit seinen Lippen. Ein heißes Ziehen schoss durch meinen Körper. Automatisch fand mein Körper eine rhythmische Bewegung, um sich an Alex zu reiben. Aber ein erneutes Geräusch aus der Küche lenkte mich ab.

»Alex«, drängte ich panisch. »In der Küche ist jemand.«

»Da ist niemand. Ivana kommt frühestens in einer halben Stunde.«

Dann widmete er sich der anderen Brust und ich beschloss, dass ich mir das Geräusch eingebildet hatte. Ergeben seufzte ich und zog mein Shirt über den Kopf. Es landete achtlos in einer Ecke und ich vergrub meine Hände in Alex' Haar. Den Kopf in den Nacken gelegt, genoss ich das Gefühl seiner Lippen auf meinem Körper.

Plötzlich flog die Zimmertür mit einem lauten Schlag auf.

»Guten … Oh du meine Güte.«

Mit einem lauten Aufschrei warf ich mich auf die andere Seite des Bettes, wo ich über die Kante rutschte und mit viel Gepolter auf dem Boden landete. Die Arme vor den Oberkörper geschlungen, kauerte ich mich zusammen und wünschte, der Platz unter dem Bett wäre breit genug für mich. Alexanders lautes Lachen erfüllte den ganzen Raum und ich hätte ihn erwürgen können. Von wegen *Ivana kommt frühestens in einer halben Stunde*.

»Ich bin in der Küche und tue so, als hätte ich das nie gesehen«, rief Ivana und schloss die Tür ruckartig. Kurz darauf vernahmen wir das Klirren von Gläsern und ich hätte schwören können, dass sie sich erst einmal einen Drink genehmigte.

»Du kannst rauskommen«, informierte Alex mich noch immer lachend. Nur zaghaft schob ich meinen hochroten Kopf über die Bettkante. Wütend funkelte ich Alex an.

»Wie es aussieht, war da wirklich jemand in der Küche«, scherzte er, als wäre das Ganze der größte Witz des Jahres.

»Ach«, machte ich und stampfte an ihm vorbei ins angrenzende Badezimmer. Er eilte mir hinterher, aber ich stoppte ihn an der Tür. »Was soll das werden?«, fragte ich, die Hand auf seine Brust gedrückt, um ihn wegzuschieben.

»Ich dachte, wir duschen zusammen.«

»Das hättest du wohl gern. Ich will nicht, dass Ivana denkt, dass wir Sex haben, während sie nebenan sitzt. Du wirst schön im anderen Bad duschen gehen. Wozu hast du sonst zwei Bäder?«

»Ally, Ivana weiß, dass wir Sex haben. Das ist dir klar, oder?«

»Natürlich ist mir das klar«, erwiderte ich augenrollend. »Aber sie muss es ja nicht live miterleben.«

»Sie hat gesehen, wie du halbnackt auf mir saßt und mir deine Brüste ins Gesicht gedrückt hast. Ich glaube, es ist zu spät, um das unschuldige Pärchen zu spielen«, neckte er mich und brachte sich danach in Deckung, um meinem Schlag auszuweichen.

»Daneben«, rief er, dann verschwand er um die Ecke. Aber anstatt duschen zu gehen, wie ich es vorgehabt hatte, konnte ich nur daran denken, dass er gerade von uns als Pärchen geredet hatte. Ein fettes Grinsen schlich sich auf mein Gesicht und auch, als ich fünf Minuten später endlich unter heißem Wasser stand und mich einseifte, verschwand es nicht. Vermutlich würde ich es den ganzen Tag dümmlich zur Schau tragen.

Dreißig Minuten später erschien ich frisch geduscht und mit getrockneten Haaren in der Küche. Ich hatte mich extra nicht geschminkt, weil ich wusste, dass Ivana mein Make-up heute wieder übernehmen würde. In der Küche traf ich Alex, der sich seinen allmorgendlichen Shake zubereitete. Von Ivana fehlte jede Spur. Erleichtert, dass ich diese unangenehme Begegnung noch etwas verschieben konnte, ging ich zu ihm. Im Gegensatz zu mir war er schon fein herausgeputzt in Anzug und Hemd. Männer hatten es so leicht.

»Gehst du schon?«, fragte ich leicht enttäuscht, weil ich gedacht hatte, dass wir uns gemeinsam auf die Oper vorbereiten würden.

»Leider«, antwortete er und zog mich in seine Arme. »Ich will schnell etwas aus dem Büro holen. Danach treffe ich mich mit Mr. Clark. Wir werden ein paar letzte Details besprechen und dann heute Abend zu euch stoßen. Das heißt, dass wir uns erst in der Oper sehen werden.«

Die Enttäuschung musste mir ins Gesicht geschrieben stehen, denn er küsste mich zärtlich. »Ich freue mich jetzt schon auf dich«, flüsterte er an meinen Lippen und küsste mich gleich ein zweites Mal. Leidenschaftlicher.

Ein Räuspern hinter uns ließ uns auseinanderfahren. Im Türrahmen stand Ivana, die Arme verschränkt und die Augenbrauen skeptisch gehoben.

»Ivana, dein Timing heute ist wirklich nicht das Beste«, scherzte Alexander, nahm mein Gesicht in seine Hände und drückte mir einen liebevollen Kuss auf die Stirn. »Bis später«, murmelte er, dann stieg er in den Aufzug und verschwand aus meinem Blickfeld.

Ivana trat neben mich und legte einen Arm um meine Schulter. »Es freut mich, dass ihr euch vertragen habt.«

»Mich auch«, antwortete ich und grinste vor mich hin. Ich war kurz davor, vor lauter Glück zu platzen.

»Du tust ihm wirklich gut«, sagte Ivana, dann klatschte sie in die Hände und bedeutete mir damit, dass wir loslegen mussten. Während sie sich zuerst um meine Frisur kümmerte und anschließend das Make-up machte, dachte ich darüber nach, was für ein Wunder es war, dass Alex sich mir doch noch geöffnet hatte. Zumindest weiter, als ich es jemals für möglich gehalten hätte. Wenn ich vor ein paar Tagen noch gezweifelt hatte, wusste ich jetzt, dass wir auf dem richtigen Weg waren. Wir würden es schaffen.

Kapitel -49-

Alex

»Dann fehlt jetzt nur noch eins ... Ihre Unterschrift.« Feierlich hielt Bill mir seinen Mont-Blanc-Kugelschreiber entgegen. »Wir beide werden Großes vollbringen, Alexander.«

Das würden wir und dieses Projekt würde mich an die Spitze des Immobilienmarktes katapultieren. Ich würde ein ganz neues Viertel erschaffen. Hunderte Wohnungen, alle davon im höheren Preissegment angesetzt. Geschäfte, Hotels. Dieser Deal enthielt so viele Projekte, dass er mir genug Arbeit für die nächsten fünf Jahre einbrachte. Bills Unterschrift glänzte noch feucht auf dem Papier. Jetzt musste ich meine nur danebensetzen. Diese Unterschrift war hunderte Millionen wert. Schwungvoll unterzeichnete ich den Vorvertrag.

Wir hatten es tatsächlich geschafft. Ich erinnerte mich an den Tag, als Ally und ich unseren Deal geschlossen hatten. War es wirklich erst vier Wochen her? Es kam mir vor, als lägen Welten dazwischen.

»Sie scheinen mit den Gedanken woanders zu sein«, riss Bills Stimme mich aus den Grübeleien.

»Tut mir leid«, entschuldigte ich mich. »Ich wollte nicht unhöflich sein.«

»Keine Sorge, mir ging es damals mit Liane nicht anders. Frisch verliebt zu sein, ist etwas Wunderbares. Heute haben wir drei Kinder und im Herbst feiern wir unseren fünfundzwanzigsten Hochzeitstag.«

»Das mit Alison und mir …«, setzte ich zum Wiederspruch an, doch dann fiel mir ein, dass ich Bill besser noch eine Weile etwas vorspielen sollte. »Es ist kompliziert«, beendete ich meinen Satz schließlich, weil er mich erwartungsvoll ansah.

Bill nickte verständnisvoll. »Liebe ist nicht immer einfach. Sie stellt uns vor große Herausforderungen und zwingt uns manchmal auch, das ein oder andere Opfer zu bringen. Aber lassen Sie sich das von einem Mann mit viel Lebenserfahrung sagen: Nichts geht über die Liebe. Ich würde Liane immer wieder heiraten.«

Liebe? Heirat? Mein Magen zog sich immer mehr zusammen, bis ich nur noch flach atmen konnte. Ich war kein Mann, der heiratete. Oder jemanden liebte … War es das, was Alison erwartete? Hatte ich ihr ungewollt falsche Hoffnungen gemacht?

»Ich denke, dass Ally und ich davon noch weit entfernt sind«, scherzte ich lockerer, als ich mich fühlte. »Wir kennen uns noch nicht lange.«

In diesem Moment drängte sich alles andere so weit in den Hintergrund, dass ich sogar vergaß, meine Rolle zu spielen. Eigentlich sollte ich mich freuen, dass Bill uns unsere Show abgekauft hatte. Wir hatten sie gut gespielt. Zu gut.

Bill lachte bloß und wedelte mit dem Finger vor meinem Gesicht herum. »Diese Ausreden kenne ich. Machen Sie sich nichts vor. Ich habe sie beide miteinander erlebt und sogar Wildfremde spüren die Liebe zwischen ihnen. Aber es ist normal, dass ein Mann kalte Füße bekommt, wenn es ernster wird.«

Wenn es ernster wird? Mein Gesicht musste aschfahl geworden sein. Ich schob den Kaffee von mir, den Bills

Sekretärin mir erst vor wenigen Minuten gebracht hatte. In meinem Magen tobte plötzlich ein Sturm. Aber Bill war zu sehr mit seinen Erzählungen beschäftigt, um meinen Stimmungswechsel zu bemerken.

»Ich war in Ihrem Alter nicht unbedingt ein Unschuldslamm. Mit zwanzig Jahren stieg ich ins Familienunternehmen ein und was soll ich sagen … die Damen mochten schon damals Herren in guten Positionen. Liane musste mir quasi die Pistole auf die Brust setzen, damit ich mich von meinem wilden Singleleben trennte.«

Ich wünschte, er würde die Klappe halten und aufhören zu erzählen. Jedes Wort war wie ein Peitschenhieb, der mir meine Fehler vor Augen führte. Heute lief mein Deal mit Ally offiziell aus. Ein Monat. Mehr hatten wir nicht vereinbart. Ja, ich wollte, dass sie länger blieb. Ich genoss ihre Gesellschaft. Ihr Lachen und besonders ihren Körper. Aber für immer? Davon hatte ich nie gesprochen. Ebenso wenig wie von Monogamie oder einer Beziehung. Konnte es sein, dass Alison mich falsch verstanden hatte? Oder hatte ich mich selbst so sehr gehenlassen, dass ich ihr unbeabsichtigt falsche Hoffnungen gemacht hatte? Ich mochte Alison. Sie war ein anständiges Mädchen und ich wollte nicht, dass sie verletzt wurde. Aber wir mussten dringend miteinander reden, das wurde mir jetzt klar. Ich hatte zwar immer wieder gesagt, was sie von mir erwarten konnte und was nicht, aber ich musste sichergehen, dass wir noch in dieselbe Richtung steuerten.

»Vielleicht sollten wir uns langsam auf den Weg machen«, schlug ich vor. Draußen ging die Sonne bereits unter. Die Vorstellung in der Oper begann bald und sicherlich war Ally schon auf dem Weg dorthin. Vielleicht konnte ich sie vorher kurz abfangen und mit ihr reden. Der Gedanke, sie könnte uns als Paar sehen, ließ mich nicht mehr los. Ich brauchte Gewissheit und Alison auch, damit sie sich nicht länger etwas vormachte. Egal, wie nahe wir uns in den letzten Wochen gekommen waren, ich stand zu meinen Worten von damals. Alexander Preston war kein Mann für eine feste Bindung.

Bill trank seinen Kaffee in einem Zug leer, stellte die Tasse klirrend auf dem Tisch ab und zwängte sich in sein schwarzes Sakko. »Ich bin jetzt schon froh, wenn ich dieses unbequeme Teil wieder ausziehen kann«, murrte er und bedeutete mir mit einer Hand, vorzugehen.

Sein Sakko war mir scheißegal. Denn ich trug etwas viel Unbequemeres bei mir und das würde ich so schnell nicht ablegen können. Die Gewissheit, dass ich einen Fehler begangen hatte.

Kapitel -50-

Ally

»Ohhhh!« Verzückt klatschte Liane in die Hände, als sie mich in meinem Kleid sah und Ivana rollte zum zehnten Mal in dieser Stunde genervt mit den Augen. Sie mochte Liane nicht, wobei ich glaubte, dass das auf Gegenseitigkeit beruhte. »Sie sehen wunderschön aus. Wie eine echte Prinzessin.«

Lorenzo hatte ganze Arbeit geleistet. Das Kleid schmiegte sich perfekt an meinen Körper. Der ausladende Rock wippte bei jeder Bewegung mit. Euphorisch drehte ich mich um meine eigene Achse und beobachtete, wie er sich aufbauschte und mit mir flog. Ivana gab einen panischen Laut von sich und eilte zu mir, um zu kontrollieren, ob meine Hochsteckfrisur noch saß. Wie auch immer sie das angestellt hatte, sie hatte meine Haare zu einem kleinen Meisterwerk aufgetürmt. Ich konnte es kaum erwarten, dass Alex mich so sah. In meiner winzigen Handtasche lag bereits die Krawatte, die ich passend zu meinem Kleid für ihn geholt hatte. Hoffentlich würde sie ihm gefallen. Vor vier Wochen hätte ich nicht gedacht, dass ich mich so sehr auf diesen Abend freuen könnte. Denn eigentlich hätte er ein Ende bedeuten sollen. Jetzt jedoch markierte er einen Neuanfang. Jeder Tag, den wir nach dem heutigen Abend miteinander verbrachten, hätte nichts mehr mit unserer Abmachung zu tun. Jeder Tag war dann einer, den Alex mit mir verbringen *wollte*.

»Wir sollten losfahren. Ich will nicht zu spät kommen«, drängte Liane, die heute Abend noch andere Gäste begrüßen wollte. Wie es aussah, hatten Bill und sie mehrere Logen gemietet, Freunde und Geschäftspartner eingeladen und sogar eine kleine Afterparty organisiert.

Ivana musste mir mit meinem üppigen Kleid in den Aufzug helfen und später aufpassen, dass ich es nicht in der Autotür einklemmte. Als ich endlich im Wagen saß, ließ ich das Fenster herunter, um mich von ihr zu verabschieden. »Du siehst wunderschön aus«, flüsterte sie und hauchte mir einen Kuss auf die Wange. »Er wird nur Augen für dich haben.«

Ich hoffte, dass sie recht behielt. Die Vorfreude, Alex wiederzusehen, nachdem wir den ganzen Tag kein Wort miteinander hatten sprechen können, kribbelte bis in meine Füße.

Als wir um die Ecke bogen und die Oper in Sicht kam, entdeckte ich als erstes seinen Wagen. Kurz darauf auch Bill und ihn, die ein paar Meter weiter weg standen und sich unterhielten. Sie sahen uns kommen und Bill winkte uns zu. Irgendetwas an der Szene sorgte dafür, dass ein kleiner Stich durch meinen Körper fuhr. Nur wusste ich nicht, was. Ich schob das Gefühl entschlossen beiseite und konzentrierte mich stattdessen auf meine Freude. Der Fahrer öffnete uns die Tür und ich steuerte direkt auf Alex zu. Sofort zog er mich in seine Arme. »Du siehst wunderschön aus«, schwärmte er in einem für ihn untypischen Ton und küsste mich auf den Mund. Doch die Berührung fühlte sich nicht wie sonst an. Kribbelte nicht bis in die Fußspitzen. Nein, sein Kuss sorgte dafür, dass ein eisiger Schauer über meinen Körper hinwegzog. Die Erkenntnis, dass er eine Show für Bill und Liane abzog, traf mich wie ein Schlag. Verwirrt suchte ich in seinem Gesicht nach Antworten, aber er wich meinem Blick aus.

Plötzlich konnte ich kaum noch atmen. Ich wollte Alex packen und anschreien, damit er mich ansah. Wollte ihn fragen, was vorgefallen war und warum er sich so unendlich weit weg anfühlte. Aber ich konnte nicht. Liane und Bill dirigierten uns bereits zum Eingang der Oper. Auf dem Weg zu unserer Loge stellten sie uns all ihren Bekannten vor. Ich schüttelte Hände, lächelte in Gesichter und nickte höflich, wenn es angebracht war. Dabei wollte ich nur einen Moment lang ungestört mit Alex sein und dass das Ziehen in meiner Brust endlich verschwand. Ich wollte wieder durchatmen können.

Als der erste Akt begann, konnte ich mich nicht auf die wunderschöne Stimme der Sängerin konzentrieren, die den ganzen Saal erfüllte. Andere Gäste hatten ihretwegen eine Gänsehaut. Ich hingegen hatte sie aufgrund der Kälte, die von Alexander ausging. Reglos saß er neben mir, die Hände auf seinen Oberschenkeln abgelegt. Steif. Ich wollte nach einer davon greifen, ihn festhalten und wieder eine Brücke zwischen uns herstellen, aber er wendete sich von mir ab. In dem Moment durchzog ein erster Riss mein Herz.

Ich entschuldigte mich leise bei Liane und verließ die Loge. Orientierungslos lief ich die Gänge des Theaters entlang, die menschenleer waren, weil keiner solch eine schöne Aufführung einfach verlassen würde. Verzweifelt lehnte ich mich gegen eine Wand und versuchte meine Beine mit schierer Willenskraft davon abzuhalten, unter mir nachzugeben.

»Das sieht fast so aus, als wäre jemand aus seinem Märchen erwacht und hätte erkannt, dass der Traumprinz eigentlich der Bösewicht ist.«

Ich wandte mich der Stimme zu und blickte in Liams Gesicht. Na super. Sein *Ich habe es dir doch gesagt* hatte mir gerade noch gefehlt.

»Liam, ich habe jetzt wirklich keine Kraft für so was.«

»Hey.« Bedacht trat er näher. Statt Hohn las ich echte Besorgnis in seinen Augen. »So war das nicht gemeint. Tut mir leid. Geht es dir gut?«

Verzweifelt öffnete ich den Mund zu einer Antwort, fand aber keine Worte, die meine Gefühle beschrieben. Konnte nicht sagen, was sich so plötzlich verändert hatte. Ich spürte es nur.

»Ich weiß es nicht.« Tränen erstickten meine Stimme und ich hielt mir die Hand vor den Mund, um ein lautes Schluchzen zu unterdrücken.

»Ally, ganz ruhig. Erzähl mir, was passiert ist.« Liam umarmte mich und strich sanft mit der Hand über meinen Rücken. »Alles wird gut.«

»Irgendetwas hat sich verändert«, schluchzte ich und vergrub das Gesicht an seiner Schulter. Ich stand kurz vor einem Zusammenbruch und war froh, dass Liam mich hielt. Trotz aller Missverständnisse, die zwischen uns lagen. Jetzt gerade war er ein echter Freund. »Heute Morgen war alles gut, aber jetzt ist er so … abweisend.«

Liam setzte zu einer Antwort an, als Schritte ertönten. Wenige Sekunden später kam Alexander um die Ecke und erstarrte, als er Liam und mich sah. Seine Gesichtszüge verhärteten sich, seine Augen glitten abfällig an mir hinab und blieben an Liams Hand hängen, die noch immer auf meinem Rücken lag. Sofort brachte ich Distanz zwischen uns, aber Alex wirbelte auf dem Absatz herum und ging davon.

»Warte«, schrie ich und rannte ihm hinterher. Als ich seinen Arm festhalten wollte, entriss er ihn mir so ruckartig, dass ich stolperte.

»Alex, bitte«, flehte ich, aber der harte Zug um seine Mundwinkel wich nicht. Seine sonst so strahlenden Augen hatten ein tiefes Dunkelgrün angenommen.

»Hier ist der Schlüssel«, sagte er tonlos, griff in seine Sakkotasche und warf mir seine Haustürschlüssel zu. »Geh deine Sachen holen und verschwinde.«

»Warum sagst du das?«, fragte ich mit erstickter Stimme und konnte die Tränen nicht zurückhalten.

»Alison, geh. Am besten nimmst du Liam gleich mit.«

»Nein, warte!« Ich hielt ihn fest und verhinderte so, dass er zurück in die Loge ging. »Du musst mir glauben, da läuft nichts zwischen uns. Er war nur zufällig hier und …«

»So zufällig, wie er vor ein paar Tagen bei dir war?«, fuhr Alex scharf dazwischen und schüttelte meine Hand ab. »Es reicht. Wir sind hier fertig.«

»Nein«, schrie ich verzweifelt und hielt ihn erneut vom Gehen ab. »Alex …« Tränen erstickten jedes weitere Wort. Ich begriff nicht, was gerade geschah. Spürte nur, wie mir mein Herz aus der Brust gerissen wurde. Plötzlich öffnete sich die Tür der Loge. Liane und Bill steckten die Köpfe heraus. Der Tumult musste sie angezogen haben. Jetzt wechselten sie besorgte Blicke. »Was ist hier los?«, fragte Bill, während Liane zu mir eilte und einen Arm um meine Schulter legte. »Schätzchen, was hast du bloß?«

»Ally, ich denke es wird Zeit, ihnen die Wahrheit zu sagen«, mischte sich plötzlich Liam ein. Die Hände lässig in die

Hosentaschen gesteckt, schlenderte er auf uns zu. Verständnislos sah ich ihn an. Welche Wahrheit?

»Wenn du es nicht sagen willst, mache ich es.« Kurz wartete er, ob ich etwas sagen wollte, dann schüttelte er enttäuscht den Kopf. Ich verstand immer weniger, aber die Warnungen in mir wurden laut.

»Alison und ich sind verliebt. Sie hat mir alles von eurem Deal erzählt und es wird Zeit, dass wir diese Show beenden.«

»Was?«, schrie ich entsetzt, aber keiner beachtete mich.

»Was für eine Show?«

»Wovon redet er?«

»Welcher Deal?«, fragten Bill und Liane durcheinander. Doch die einzige Stimme, die ich hörte, war Alexanders.

»Ist das wahr? Du hast mich verraten, weil du ihn liebst?«

»Nein! Alex, das stimmt nicht! Er lügt!«, schrie ich, weil meine ganze Welt zerfiel, aber keiner mir zuhörte.

»Alison, es macht keinen Sinn, ihm etwas vorzuspielen. Es ist vorbei. Ich verstehe, dass er dir viel Geld angeboten hat, damit du seine Freundin spielst, aber du kannst unsere Liebe nicht länger leugnen.«

Dann wandte er sich Liane und Bill zu.

»Alexander hat ihr Geld gegeben, damit sie seine Freundin spielt und euch auf seine Seite zieht. Er wusste, dass er das nicht allein schaffen wird. Also brachte er Alison ins Rennen. Aber ich kann nicht zulassen, dass er sie weiterhin auf diese Weise ausnutzt.«

Alexanders Blick traf meinen und meine Beine drohten mir den Dienst zu versagen. Mein Herz schlug langsamer. Blieb fast stehen.

»Er lügt«, flüsterte ich kraftlos, obwohl ich hätte schreien sollen.

Lianes und Bills entsetzte Ausrufe drangen nur verzerrt zu mir durch. Schockiert schlug Liane sich die Hand vor den Mund und wich vor mir zurück. Ich hörte Worte wie *Lügnerin* und *Hochstaplerin,* aber alles, worauf ich mich konzentrieren wollte, war Alexander. Das, was ich in seinen Augen las, raubte mir den Verstand. Ich schüttelte den Kopf und formte stumm das Wort *Bitte* mit den Lippen. Er musste mir glauben. Er durfte nicht … lieber Gott, ich würde sterben. Ich war mich sicher, dass der Schmerz mich gleich umbringen würde.

»Du hast die ganze Zeit über ein falsches Spiel gespielt? Du hast MICH verraten -für ihn? Hast sogar mit mir geschlafen, um das Ganze glaubwürdiger zu machen?«

Ich schüttelte heftig den Kopf, schluchzte und suchte verzweifelt nach Worten. Doch der Hass, der mir entgegenschlug, ließ mich kleiner und kleiner werden.

»Es war meine Schuld«, fuhr Alexander schließlich mit kalter, distanzierter Stimme fort. »Ich hätte nicht mehr von einer Frau erwarten dürfen, die sich für Geld verkauft.«

Seine Worte töteten mich auf hundert verschiedene Arten. Mein Herz zersplitterte in tausend Teile und meine Welt zerbrach in Millionen Scherben. Ich wankte, als hätte mich jemand angeschossen und legte meine Hand auf die Stelle an meiner Brust, von wo aus der Schmerz meinen ganzen Körper auffraß.

Langsam wich ich einen Schritt zurück, dann noch einen, während ich noch immer nach Atem rang. Das Blut rauschte laut in meinen Ohren. Mein Körper zitterte und ich verstand, dass ich sofort von hier verschwinden musste, wenn ich nicht noch mehr gedemütigt werden wollte.

Ich drehte mich um und rannte. Fort von dem Mann, dem ich mein Herz geschenkt und der alle meine Träume mit einem einzigen Satz zerstört hatte. Fort von demjenigen, ohne den ich nicht sein konnte und der mich jetzt zwang, ihn für immer zu verlassen.

Kapitel -51-

Alex

Bill legte einen Arm um seine schockierte Frau und führte sie zurück in die Loge. »Alexander, unser Vertrag ist hiermit nichtig«, fuhr er mich scharf an. »Sie werden von meinen Anwälten hören.« Dann verschwanden sie, doch ich konnte nur auf die Stelle starren, an der Ally noch vor wenigen Sekunden gestanden hatte und die jetzt so leer war wie das riesige Loch in meiner Brust. Liams schadenfrohes Lachen drang an meine Ohren. Kraftlos wandte ich ihm den Kopf zu.

Ich begriff meinen Fehler, als ich in seine gehässigen Augen sah. »Du wusstest etwas Gutes noch nie zu schätzen, Preston. Alison ist ohne dich besser dran. Vorausgesetzt, sie erholt sich von deiner Demütigung.«

»Ihr habt unter einer Decke gesteckt. Ich musste sie fortschicken«, erwiderte ich und wurde immer unsicherer, weil Liams Lächeln mit jedem Wort breiter wurde, bis ich seine weißen Zähne sehen konnte. Ein Lächeln, dass ich noch zu gut in Erinnerung hatte. »Du hast gelogen?«

Fassungslos starrte ich ihn an, während sein Körper vor Lachen bebte, und begriff, was ich getan hatte. »Du verdammter Bastard!«

Ich stürmte auf ihn zu und drückte ihn gegen die Wand, die Faust zum Schlag erhoben. Liams guter Laune tat das keinen Abbruch.

»Du kannst auf mich einschlagen, sooft du willst, aber das ändert nichts an der Wahrheit, Alexander. Du warst schon immer egoistisch und hast anderen misstraut. In deinen Augen war niemals jemand gut genug, um des großen

Alexander Prestons würdig zu sein. Alles, was ich getan habe, war deine eigenen Schwächen gegen dich auszunutzen. Den Rest hast du nur dir allein zu verdanken.«

»Nein«, antwortete ich, weil ich nicht wollte, dass seine Worte wahr waren.

»Oh doch. Und das weißt du.«

»Warum? Worum ging es dir wirklich? Ging es dir um den Deal? Oder um Alison?«

Wieder lachte Liam laut auf. Nicht amüsiert, sondern so boshaft. Angewidert lie0 ich von ihm ab und wich einen Schritt zurück.

»Weder noch«, antwortete Liam leise uns verringerte die Distanz zwischen uns wieder. »Weder noch, Alexander.«

Sein Gesicht spiegelte etwas wider, das Besessenheit verdammt ähnlich kam. Ein Schauer lief über meinen Körper. Der Scheißkerl war doch irre.

»Worum dann?«, bemühte ich mich ruhig zu bleiben, obwohl ich ihm am Liebsten ins Gesicht geschlagen hätte.

»Darum, dich fallen zu sehen, Alexander. Es ging immer nur darum, den großen Alexander Preston von seinem Thron zu stoßen.«

»Du spinnst«, stieß ich hervor, doch Liam hörte nicht zu.

»Noch bevor ich dich überhaupt traf, stand ich schon in deinem Schatten. Unsere Väter waren jahrelang Geschäftspartner, bevor sich ihre Wege trennten. Aber davon wusstest du nichts, habe ich recht? Warum hätte dein Vater dir auch erzählen sollen, dass er seinen besten Freund hinterlistig aus dem gemeinsamen Unternehmen kickte. Zwar zahlte er unserer Familie eine ordentliche Abfindung, aber wir alle wissen, wer die großen Summen eingesteckt hat. Er allein. Während dein Vater einen Mantel des Schweigens über die ganze Geschichte gelegt hat, gab es bei uns Zuhause kaum ein anderes Gesprächsthema. Mein Vater hasste eure Familie und war gleichzeitig süchtig nach euch. Er verfolgte jeden deiner Schritte. Alexander der Wunderknabe. Was meinst du, wie oft ich mir das anhören musste? Als wir uns an der Universität trafen, war ich entschlossen, die alten Geschäftsbeziehungen wieder aufleben zu lassen. Du und ich, wir hätten schaffen können, woran unsere Väter gescheitert waren. Ich wollte dein Freund sein. Dein Partner. Aber du… du hattest nur Augen für dich selbst. Niemand war dir gut genug, um an deiner Seite zu bestehen.«

Ich schluckte hart. Mein Vater war ein Arschloch, das wusste ich bereits. Aber hiervon hörte ich zum ersten Mal. Auch wenn es schon Jahre zurücklag, erinnerte ich mich daran, wie ich Liam damals kennengelernt hatte. Er belegte fast dieselben Kurse wie ich, lief mir ständig über den Weg, versuchte mich auf Unipartys in Gespräche zu verwickeln. Ich hatte das alles für Zufall gehalten. Fehlanzeige.

»Du hast alle meine Versuche, eine Freundschaft zu dir aufzubauen im Keim erstickt. Aber weißt du, Alex. Während ich versuchte dir näherzukommen, habe ich dich beobachtet. Ich habe mitbekommen, wie du Frauen das Herz gebrochen hast, wie du Freunde ausgetauscht hast, wenn sie dir nichts mehr genützt haben und wie du skrupellos immer nur an deinen eigenen Profit gedacht hast. Und weißt du, was mir da klargeworden ist?«

»Was?«, stieß ich hervor, auch wenn ich die Antwort nicht hören wollte. Weil ich sie bereits kannte.

»Dass du genauso bist, wie dein Vater. Egoistisch und Selbstverliebt. Nicht im Stande eine wahrhafte Beziehung zu einem anderen Menschen aufzubauen. Da wurde mir klar, dass wir niemals Partner sein würden. Die Geschichte unserer Väter hätte sich wiederholt. Also beschloss ich, einen anderen Weg zu gehen. Den der Rache. Ich wurde zu deinem größten Mitbewerber. Deinem härtesten Konkurrenten. Und während ich dich nie aus dem Auge ließ, wartete ich nur auf den richtigen Moment, um dich von deinem Tron zu stoßen.«

Schockiert starrte ich Liam an. Der Hass, der in jedem seiner Worte brodelte, erschreckte ich zutiefst. Dass wir Konkurrenten waren, wusste ich. Schließlich arbeiteten wir in derselben Branche. Wenn es um Geld und Macht ging, hörte bei den Meisten die Freundschaft auf. Aber das hier… Liam hatte Jahre seines Lebens danach ausgerichtet, mir eins auszuwischen.

»Ich bin nicht wie er. Ich bin nicht wie mein Vater«, protestierte ich halblaut. Liam ignorierte die Worte, als hätten sie nie meinen Mund verlassen.

»Dadurch, dass du Alison heute die kalte Schulter gezeigt hast, hast du mir mein Vorhaben erleichtert. Die Arme war ganz aufgelöst. Und statt ihr zu glauben, hast du dich dazu entschieden, sie vor allen hier zu beleidigen. Sie bis aufs Blut zu demütigen und fortzuschicken. So eine mitleidlose Aktion hätte ich nicht einmal dir zugetraut.« Aufgelöst fuhr ich mir mit den Händen über das Gesicht und schloss kurz die Augen. Als ich sie wieder öffnete, starrte Liam mich an und wartete augenscheinlich auf eine Reaktion von mir.

»Woher wusstest du es?« Wie konnte er von unserem Deal erfahren haben, wenn nicht von Alison? Ich verstand es nicht. Wir waren so vorsichtig gewesen.

»Weißt du das wirklich nicht?«, spottete er höhnisch und da fiel es mir wieder ein. Der Straßenmarkt. Unser Streit.

»Du hast uns belauscht?«, fragte ich ungläubig. Ein Ausdruck des Triumphes breitete sich auf seinem Gesicht aus. Da wurde mir alles klar. Ohne auf eine Antwort zu warten, rannte ich den Flur entlang, Liams schallendes Lachen im Nacken. Ich musste sie einholen. Sie durfte noch nicht weg sein. Ich durfte sie nicht verlieren. Als ich die großen Treppenstufen am Eingang hinabrannte und auf die leere Straße stürmte, wusste ich, dass ich zu spät war. Wie verrückt wirbelte ich herum, suchte die Dunkelheit mit meinen Augen ab.

»Alison«, rief ich ihren Namen, jedes Mal ein bisschen verzweifelter. Jedes Mal mit mehr Gewissheit, dass ich sie für immer verloren hatte.

Kapitel -52-

Alex

Eine Woche. So lange dauerte es, bis ich sie fand. Tom hatte die ganze Stadt nach ihr abgesucht, aber Alison war wie verschollen. Ihr Zimmer in der alten Wohnung war leergeräumt. Ihr ehemaliger Mitbewohner wusste nur, dass sie mitten in der Nacht still und heimlich all ihre Sachen genommen hatte und verschwunden war. Spurlos, denn auch an ihrer alten Arbeitsstelle hinterließ sie kein Lebenszeichen. Sie war nach unserem Streit nicht dorthin zurückgekehrt. Nicht einmal bei ihrer Arbeitskollegin und Freundin Kara konnten wir sie finden.

Die Angst, dass sie die Stadt ohne ein Wort verlassen haben könnte, nagte in diesen Tagen schwer an mir. Und noch etwas: Die Erkenntnis, dass Ally nicht gefunden werden wollte. Sie hinterließ keine Spuren, die mich zu ihr führen könnten. Sie kannte mich, wusste von Tom und den Mitteln, die mir zur Verfügung standen. Das alles ließ nur einen Schluss zu: Sie wollte mich nicht sehen. Aber ich konnte nicht aufhören, sie zu suchen. Nicht die Hoffnung verlieren, dass sie mir eine Chance geben könnte, mich zu erklären. Tagsüber lief ich oft durch die Straßen, über den Markt in Chinatown, besuchte das Café, in dem sie mit Liam gesessen hatte und ging immer wieder durch ihre alte Wohngegend, in der Hoffnung, dass sie mir zufällig begegnen würde. Dass sie ganz plötzlich da wäre, hinter einer Ecke hervorkam und einfach vor mir stand. Es passierte nie, dennoch hörte ich nicht auf, darauf zu hoffen.

Die ständige Sehnsucht nach ihr, die Ungewissheit und die Schuldgefühle, die an mir nagten, verhinderten, dass ich einen klaren Gedanken fassen konnte. Nicht einmal der Deal interessierte mich noch. Obwohl er noch vor wenigen Tagen mein gesamtes Denken bestimmt hatte. Obwohl ich bereit gewesen war, alles zu tun, um ihn an Land zu ziehen. Es war unwichtig. Das Geld, dass ich verloren hatte. Bills Anwälte, die noch mehr aus mir rausklagen wollten. Mein Ruf, der einen so großen Schaden genommen hatte, dass ich fürchten musste, noch weitere Geschäftspartner zu verlieren. Nichts davon zählte. Denn das Wissen, dass ich etwas noch Wertvolleres, als all das gefunden und es achtlos zerstört hatte, machte mich Wahnsinnig. Ich war so besessen davon, Alison zu finden, so gefangen in meinen eigenen Denkmustern, dass ich das Naheliegende übersah. Ich nahm an, dass Alison verschwunden war, vielleicht sogar die Stadt verlassen hatte, weil es das war, was ich in solch einer Situation getan hätte. Aber Ally war nicht wie ich. Sie war besser.

Daher kam mir die entscheidende Idee viel zu spät. Es gab eine Person, die sie niemals zurücklassen würde. Ihren Vater. Ich erinnerte mich an unser Gespräch, als ich zu ihr sagte, dass es so etwas wie Liebe nicht gab. Dass niemand die Gefühle und Bedürfnisse eines anderen Menschen auf Dauer über seine eigenen stellen konnte. Wie dumm von mir. Hatte sie in diesem Moment an ihren Vater gedacht? Daran, wie sehr sie sich selbst für ihn aufgeopfert hatte?

Nein, Ally war besser als ich, selbstloser. Und deswegen würde sie ihren Vater niemals alleinlassen. Kurz fürchtete ich, dass sie ihn in ein anderes Heim gebracht haben könnte. Aber das würde viel Zeit und Vorbereitung erfordern. Ihr Vater war schwerkrank. Ihn an eine neue Umgebung zu gewöhnen, musste vorsichtig angegangen werden. Niemals würde sie ihn einfach so aus seinem gewohnten Umfeld reißen, um mir zu entkommen.

Von da an saß ich Tag für Tag vor dem Pflegeheim und wartete. Wartete und betete, dass sie irgendwann hier auftauchen würde. Dass ich sie gut genug kannte.

Mich nicht irrte.

»Wir stehen schon seit Stunden hier«, beschwerte Kane sich, der mir heute Gesellschaft leistete. »Wieso gehst du nicht einfach rein und bestichst die Mitarbeiter? Irgendwer wird ihre neue Adresse haben - oder zumindest ihre Handynummer.«

Kein Argument hatte ihn davon abhalten können, heute mitzukommen. Ich wusste, dass er sich Sorgen um mich machte, aber gerade wollte ich keinerlei Ablenkung. Denn wenn ich Alison verpasste, würde ich vermutlich jemanden umbringen.

»Was genau hast du nochmal vor, wenn du sie verrückterweise tatsächlich hier finden solltest?« fragte Kane weiter.

Erschöpft seufzte ich und lehnte mich im Sitz zurück. Für einen kurzen Moment schloss ich meine Augen, die höllisch brannten. Als hätte ich seit Tagen ohne zu blinzeln auf einen Bildschirm gestarrt. »Ich weiß es nicht. Mit ihr reden«, antwortete ich matt. Ich wusste nicht, was ich sagen sollte, was ich machen könnte, damit sie mir verzieh.

»Bro, darf ich ehrlich zu dir sein?«

»Bitte«, forderte ich ihn mit noch immer geschlossenen Augen auf. Wenn Kane ehrlich wurde, konnte das wirklich hart sein. Denn er nahm kein Blatt vor den Mund. Trotzdem hatte ich nicht damit gerechnet, dass die folgenden Worte mich so treffen würden.

»Ich habe dich mit Alison zusammen erlebt und sie war verdammt nochmal das Beste, das dir in den letzten Jahren passiert ist. Aber du hast es vermasselt - und zwar richtig. Anstatt einfach zu deinen Gefühlen zu stehen, die mal nebenbei bemerkt sogar ein Blinder sehen kann, hast du dich für die feige Variante entschieden. Du hast sie von dir gestoßen. Du wolltest sie fortschicken, wie du deine ganzen Nutten immer wegschickst, wenn du mit ihnen fertig bist. Und dann hast du nochmal einen obendrauf gesetzt und sie auf eine ganz miese Art und Weise beleidigt. Ich meine, das Mädchen hat einen kranken Vater. Sie hat sich auf deinen Deal eingelassen, damit er nicht aus dem Heim fliegt. Aus diesem verdammt schäbigen Heim«, rief er und wedelte mit der Hand in Richtung des Gebäudes. »Wieso um alles in der Welt sollte sie dir verzeihen? Du hast sie verloren, Alex. Leb damit und versuch es beim nächsten Mal besser zu machen.«

Er hatte recht. Ich war Abschaum. Hatte das Kostbarste verloren, was mir das Leben seit Jahren geschenkt hatte. Ein besserer Mann als ich hätte das akzeptiert. Hätte Kanes Ratschlag befolgt und seinen Frieden damit geschlossen, um es beim nächsten Mal anders zu machen. Aber ich war kein guter Kerl. Ich war ein Egoist. Und der Gedanke, Alison für immer verloren zu haben … nein, ich konnte das nicht einfach akzeptieren.

»Alison gehört zu mir«, knurrte ich wütend und ballte die Hände zu Fäusten, weil ich nicht ertrug, dass jemand das anzweifelte. »Ich werde sie zurückholen und irgendwann wird sie mir verzeihen.«

Kane starrte mich ungläubig an. »Du klingst wie ein Besessener. Was willst du machen? Sie zwingen, dir zu vergeben?«

Doch ich hörte ihm gar nicht mehr zu. Ich sah auf den Eingang des Gebäudes und erstarrte. Gleichzeitig schlug mein Herz zum ersten Mal seit Tagen wieder kräftig in meiner Brust. »Ally«, raunte ich mit erstickter Stimme, wohlwissend, dass sie mich nicht hören konnte. Sie stand mit dem Rücken zu mir, doch ich würde sie überall auf der Welt wiedererkennen. Die blonden Haare, die in der Sonne glänzten. Die schmale Statur, die jeden im Dunklen darüber ließ, wieviel Power in ihr steckte. Ich musste sofort zu ihr. Schnell öffnete ich die Tür, sprang aus dem Wagen und machte den ersten Schritt in ihre Richtung, als Kane sich mir in den Weg stellte. »Verschwinde«, zischte ich und schubste ihn weg. »Ich muss zu ihr.«

»Alex, beruhige dich. Du kannst nicht einfach so zu ihr stürmen. Hast du nicht gehört, was ich gesagt habe?«

Verständnislos starrte ich ihn an. Wieso hielt er mich zurück?

»Du hast sie verletzt. Du hast die Kontrolle über ihr Leben übernommen und das arme Mädchen völlig deinem Willen unterworfen. Und jetzt stalkst du sie seit einer Woche und glaubst, du kannst da einfach reinstürmen, nur weil DU sie sehen willst?«

Er hielt mich noch immer fest und zwang mich, ihm zuzuhören. Langsam sickerten seine Worte in mein Bewusstsein. Ergaben einen Sinn, den ich nicht wahrhaben wollte. Denn er bedeutete, dass ich nicht zu ihr konnte. Dass ich möglicherweise niemals wieder bei ihr sein würde.

»Wenn du das jetzt machst, wenn du sie so überrumpelst, wird sie sich in Zukunft nicht einmal mehr trauen, ihren kranken Vater zu besuchen, weil sie jedes Mal damit rechnen muss, dass du aus irgendeiner Ecke auf sie zustürmst.«

Kane hatte Recht. Mit jedem Wort. Ich war ein Tyrann, der Alison seine Regeln aufgedrängt hatte. Ich hatte sie kontrolliert, ihr Dinge verboten und sie zu einer Gefangenen in meiner Wohnung gemacht. Verdammt, ich hatte sie nicht einmal trinken lassen, was sie wollte. Ich hatte ihre Wünsche ignoriert und meine immer an oberste Stelle gesetzt und trotzdem hatte sie einen Platz für mich in ihrem Herzen gefunden. Bis ich es gebrochen hatte. Möglicherweise war ich das größte Arschloch dieser Welt. Möglicherweise verdiente ich es, sie für immer zu verlieren.

Langsam ließ ich von Kane ab. Mit einem Schlag wich alle Kraft aus meinem Körper. »Bring mich hier weg«, flüsterte ich.

Kapitel -53-

Ally

Vier Wochen. Vier Wochen lagen hinter mir, in denen ich Alex nicht ein einziges Mal gesehen hatte. Zumindest nicht richtig, denn in Wirklichkeit sah ich ihn überall. In Cafés, auf der Straße oder im Bus. Meistens ähnelten diese Männer ihm nicht einmal, aber mein Gehirn erfand aus Verzweiflung Dinge, die nicht da waren. Ich rechnete jeden Tag damit, dass er kam. Hoffte sogar darauf, obwohl mein Verstand mir sagte, dass ich ihm nicht verzeihen durfte. Deswegen hatte ich meine Spuren bei meinem Umzug nach Queens bestmöglich verwischt. Ganz bewusst hatte ich mich für ein Apartment zur Untermiete entschieden. Die eigentliche Mieterin war für sechs Monate verreist. So lange konnte ich hierbleiben. Ich tauchte in keinem Vertrag auf und die Miete hatte ich bar im Voraus beglichen. Keine Spuren.

Das Zimmer lag weit außerhalb in einem Randbezirk. Aber näher an Dad als vorher. Ich hatte einen Job in einer Bäckerei, Teilzeit, denn den Rest der Zeit nutzte ich, um mein Studium zu beenden. Auf die Schnelle hatte ich nur einen Platz an einer Fernuni bekommen. Den größten Teil meiner Kurse von der Yale konnte ich mir anrechnen lassen. Für das nächste Semester schaffte ich es vielleicht, einen Studienplatz an der NYU zu bekommen. Bis dahin blieb mir von Alexanders Geld genug, um für Dads Pflege aufzukommen.

Aber meine Hoffnung, ihm irgendwo wieder zu begegnen, blieb unerfüllt. Obwohl es absurd war, denn eigentlich versteckte ich mich vor ihm. Aber ein Teil von mir wünschte, dass er nach mir suchte. Mich nicht aufgab. Genauso wie

Gabriel es getan hatte. Er ließ mich spurlos aus seinem Leben verschwinden und jetzt wiederholte sich alles. Alex hatte mich vergessen, genauso wie er es mir versprochen hatte. Jetzt musste ich darauf vertrauen, dass die Zeit mir helfen würde, ihn auch irgendwann zu vergessen.

Dann kam der erste Brief. Ein blauer Umschlag, der am Empfang des Pflegeheims für mich abgegeben wurde. Mrs. Kelly überreichte ihn mir mit dem Kommentar, dass er am Morgen dort für mich abgegeben worden war. Von Alex. Und er hatte Dad besucht. »Ich dachte, du solltest es wissen«, informierte Mrs. Kelly mich, während sie mitfühlend meinen Arm tätschelte. Wieso hatte er Dad besucht? Wieso ging er mir bewusst aus dem Weg? Fragen überschlugen sich in meinem Kopf. Die Antworten würde ich in dem Umschlag finden. Aber erst am Abend, in der Sicherheit meiner kleinen Wohnung, fand ich den Mut, den Umschlag zu öffnen. Meine Finger zitterten, als ich einen Brief daraus hervorzog, verfasst in Alexanders Handschrift.

Ally, zuerst möchte ich dir sagen, wie leid mir alles tut. Und wie sehr du mir fehlst. Ich habe mir vorgenommen, dich nicht zu kontaktieren. Damit du mich vergessen und weitermachen kannst. Auch ich habe versucht, weiterzumachen. Aber ich kann nicht. Nicht ohne dich.

Es ist meine Schuld, dass ich das erst jetzt erkenne, wo du weg bist.

Aber deswegen schreibe ich dir nicht. Nicht nur. Ich schreibe dir, weil es so viele Dinge gibt, die ich dir hätte sagen sollen, als ich noch die Möglichkeit dazu hatte. Aber ich hoffe, dass du mir eine letzte Chance gibst, zu erklären.

Ich hielt inne. Meine Hände zitterten wie verrückt und die Buchstaben verschwammen vor meinen Augen. Dies hier war das erste Lebenszeichen nach vier Wochen. War ich bereit dafür? Bevor ich die Antwort in meinem Kopf suchen konnte, übernahm mein Herz die Führung. Ich musste wissen, was Alex mir zu sagen hatte. Endlich bekam ich Gewissheit. Erklärungen. Auch wenn es für ein Zurück schon längst zu spät war.

Mein Vater war ein sehr strenger Mann. Er setzte hohe Erwartungen in mich, lehrte mich, was harte Arbeit und Verzicht bedeuten. Er war ein guter Lehrer und machte mich zu einem erfolgreichen Geschäftsmann. Aber was das Zwischenmenschliche anging, war er genauso verloren wie ich. Er brachte mir bei, dass Gefühle etwas Schlechtes sind. Sie bedeuten eine Ablenkung, die im schlimmsten Fall dein Geschäft gefährden kann. Deswegen sind Gefühle und innige Beziehungen zu anderen Menschen zu vermeiden, wenn man erfolgreich sein will. Das wollte ich, denn er zeigte mir keinen anderen Weg.

Das Gegenstück zu meinem Vater war meine Mutter. Ich spreche nie von ihr, weil zu viele schmerzhafte Erinnerungen damit verbunden sind. Aber ich denke, dass es dir vielleicht hilft, meine Einstellung zum Leben zu verstehen.

Meine Mutter war eine sehr gefühlvolle Frau. Sie war voller Lebensfreude und Energie. Konnte sich für die kleinsten Dinge begeistern und sah in jedem Menschen nur das Beste. Sogar in meinem Vater. Obwohl so viel dagegengesprochen hat, verliebte sie sich in ihn.

Manchmal erinnerst du mich an sie. Und genau hier liegt das Problem.

Je älter ich wurde, desto mehr fiel mir auf, dass meine Mutter sich veränderte. Sie lachte weniger. Aß weniger. Unternahm weniger. Irgendwann fand ihr Leben fast ausschließlich in den vier Wänden unseres Hauses statt. Als Kind verstand ich das nicht. Heute weiß ich, dass es die Folge davon war, dass sie in einer unglücklichen Ehe mit einem Mann wie meinem Vater gefangen war. Einem Mann, der keine Liebe für sie übrighatte, weil das Geschäft alles war, woran er denken konnte. Denken wollte. Zu genau so einem Mann hat er mich erzogen. Vielleicht erkennst du, worauf ich hinauswill?

An einem Abend stritten meine Eltern sich. Meine Mutter schrie meinen Vater an. Normalerweise wurde sie nie laut, aber rückblickend musste ihre Verzweiflung sie dazu gebracht haben, alle Hemmungen fallen zu lassen. Ich hörte sie weinen, schreien und flehen, doch mein Vater reagierte nicht. Er ging. Kannst du dir das vorstellen, Ally? Er ging und ließ sie in ihrer Verzweiflung allein. Und auch ich ging mit ihm und überließ sie sich selbst. Wie der Vater, so der Sohn.

In dieser Nacht verließ meine Mutter das Haus. Sie fuhr wahllos durch die Gegend. Dann musste sie auf eine Kneipe gestoßen sein und betrank sich fürchterlich. Am nächsten Morgen stand die Polizei vor unserer Tür.

Eine junge Frau hatte meine Mutter in einer dreckigen Seitenstraße gefunden, weil sie ihre Schreie gehört hatte. Sie wurde überfallen, ausgeraubt und schwer verletzt zurückgelassen. Sie wurde sofort ins Krankenhaus gefahren, aber sie schaffte es nicht. Später hörte ich die Ärzte sagen, dass sie keinen Lebenswillen mehr gehabt hatte. Dass sie ihre Verletzungen hätte überleben können, aber dass sie aufgegeben hatte.

Sie wollte nicht mehr leben und seitdem frage ich mich, ob sie gekämpft hätte, wenn ihre Ehe weniger lieblos gewesen wäre. Ob sie mehr am Leben festgehalten hätte, wenn ich in dieser Nacht zu ihr gegangen wäre, um sie zu trösten.

Fragen über Fragen, aber Antworten darauf wird es nie geben.

Von da an zog mein Vater mich allein groß. Ob ich es wollte oder nicht, ich begann ihm immer mehr zu ähneln. Nicht nur äußerlich.

Ally, wir sind das, was das Leben aus uns macht. Und das Leben hat aus mir einen Mann gemacht, wie mein Vater einer war. Und das war in Ordnung für mich. Bis du plötzlich aufgetaucht bist und alles auf den Kopf gestellt hast. Mit meinen Gefühlen für dich kam die Angst, dass ich dir dasselbe antun würde wie mein Vater meiner Mutter.

Innerhalb von wenigen Tagen habe ich dich dazu gebracht, meinetwegen auf Dinge zu verzichten. Du hast meine Wohnung nicht mehr ohne mich verlassen können. Und trotzdem wolltest du bleiben. An dem Abend in der Oper hat Bill mit mir über das Heiraten geredet. Ich sah uns beide, wie wir heiraten und wie wir unweigerlich auf dasselbe Ende zusteuern wie meine Eltern. Ich konnte das nicht zulassen. Deswegen wollte ich dich von mir stoßen.

Dich mit Liam zu sehen, war meinem Verstand nur eine willkommene Ausrede.

Ich weiß nicht, was ich noch schreiben soll.

Pass auf dich auf, Alison.

Den Brief in der Hand, ging ich zur Schlafcouch am Fenster und legte mich zusammengekauert darauf. Wieder und wieder las ich seine Worte. Inhalierte sie und versuchte die Gefühle zu verstehen, die sie in mir auslösten. So lange, bis meine Erschöpfung mich einholte und in einem tiefen Schlaf versinken ließ.

Fünf Tage. Fünf Tage dauerte es, bis ich den nächsten Brief bekam. Dieses Mal hatte er ihn bei Kara abgegeben. Sie hatte mich sofort angerufen und ich mich gleich nach Feierabend in der Bäckerei auf den Weg zu ihr gemacht. Sie wollte mir Privatsphäre geben, damit ich den Brief in Ruhe lesen konnte, aber ich wollte sie dabeihaben. Sie war meine Stütze. Außerdem wusste ich nicht, was mich in diesem Brief erwartete, denn ich hatte mit keiner weiteren Nachricht von Alex gerechnet, schließlich hatte ich nie geantwortet. Obwohl er seine Vergangenheit vor mir ausgebreitet hatte. Ich konnte es nicht.

An Karas Schulter gekuschelt, las ich Alex' zweite Nachricht an mich.

Ally, du fehlst mir. Vorgestern war Kane bei mir. Seit du weg bist, lässt er mich kaum allein. Er fürchtet sich wohl davor, dass ich in einer Depression versinke. Wir haben Halo gespielt und Kane hat mir deine Lieblingsserie gezeigt. Brooklyn 99? Wirklich? Aber ich verstehe, was dir an der Serie gefällt, der Humor erinnert mich an deine bissigen Kommentare. Wir haben auch Pizza bestellt. Kane sagte, dass Calzone deine liebste sei, also habe ich sie probiert, aber es war furchtbar. Wie kannst du so etwas nur essen?

Lachend und schluchzend gleichzeitig presste ich den Brief an meine Brust. Vor meinem inneren Auge sah ich Alex, wie er mit angewidertem Blick ein Stück Calzone in seinen Mund schob. Das Bild löste Schmerz und Freude gleichzeitig in mir aus. Denn wären die Dinge anders gelaufen, hätte er sich früher geöffnet, könnte ich an seiner Seite sitzen und ihm dabei zusehen, statt es mir nur vorzustellen. Aber es hatte meinen Weggang gebraucht, damit er seine Mauern fallenließ.

Aber weißt du, woran ich seitdem nur denken kann? Wieso wusste ich diese Dinge nicht über dich? Habe ich dir wirklich so selten zugehört? Es tut mir leid, Ally. So leid.

Ich bin sicher, dass du eine ganze Liste von Dingen machen könntest, die ich mag und nicht mag. Aber ich wusste schon früh, dass du etwas Besseres als mich verdienst.

Aber tief in mir bin ich schlussendlich doch ein Egoist, deswegen schreibe ich jetzt das, was ein selbstloser Mann nie schreiben würde.

Komm zu mir zurück.

»Alison?« Karas sanfte Stimme erreichte mich. Durch einen dichten Tränenschleier hindurch sah ich sie an. »Was willst du tun? Wirst du ihm verzeihen?«

Schluchzend schüttelte ich den Kopf. »Ich kann nicht«, wimmerte ich leise und fiel in Karas Arme, wo ich so lange weinte, bis ich einschlief.

Kapitel -54-

Ally

Nach seiner Bitte vergingen zwei Wochen. Zwei Wochen ohne ein Lebenszeichen von Alex. Ich hatte damit gerechnet, dass er mich längst gefunden hatte. Vor meiner Tür stünde und so lange auf mich einredete, bis ich mit ihm ging. Oder mich über seine Schulter warf, sodass ich gar keine andere Wahl hatte. Aber nichts geschah. Keine Anrufe, keine Briefe, kein Alex.

Auch auf seinen letzten Brief hatte ich nicht reagiert. Mir war klar, dass es ihn verletzen würde. Trotzdem traf es mich, dass er danach offensichtlich aufgab. Ob er Trost bei einer anderen Frau suchte? Bei Grace?

Und dann, als ich nicht mehr damit gerechnet hatte, kam ich vom Einkaufen nach Hause und da war er. Ein blauer Umschlag in meinem Briefkasten. Ich suchte die ganze Straße nach Alex ab. Erwartete, dass er irgendwo sitzen und mich beobachten würde, jetzt wo er wusste, wo ich war. Nichts. Er hatte mir den Brief gebracht und war verschwunden. Ich riss ihn noch an Ort und Stelle auf und verschlang jedes Wort.

Ally, ich habe gehört, dass du dich an der NYU beworben hast und ich freue mich sehr, dass du an dein Studium anknüpfen möchtest. Ich bin mir sicher, dass sie dich annehmen werden. Du wirst dort eine wundervolle Zeit haben. Jetzt fragst du dich sicher, woher ich das weiß. Mrs. Kelly hat es mir verraten, aber sei ihr bitte nicht böse, sie hatte bloß Mitleid mit mir.

Ich gehe deinen Vater regelmäßig besuchen und hoffe, dass es dich nicht stört. Ich habe ihn wirklich liebgewonnen und ich glaube, er mich auch. Obwohl er mich immer noch Gabriel nennt. Aber solltest du das nicht wollen, verstehe ich es. Dann hinterlasse mir einfach eine Nachricht über Mrs. Kelly und ich werde nie wieder dort auftauchen.

Falls du dir Sorgen machst, dass du mir ungewollt über den Weg laufen könntest, sind sie unbegründet. Ich weiß, dass du deinen Vater immer am Mittwoch und Sonntag besuchst, deswegen gehe ich freitags. Ich bin dort nachmittags ab drei Uhr. Falls du mir Gesellschaft leisten möchtest.

Ich weiß, du hast auf meine letzten Briefe nicht geantwortet, was vermutlich ein Zeichen ist, dass du mir nicht verzeihen kannst. Ich verstehe das.

Dennoch höre ich nicht auf zu hoffen, dass du vielleicht eines Tages einen Weg zurück zu mir findest.

Stundenlang saß ich auf den Treppenstufen vor meiner Wohnung. Alex wusste, wo ich war. Er wusste, dass ich mich fürs nächste Semester an der NYU beworben hatte und wann ich Dad besuchen ging, besuchte ihn sogar selbst. Dennoch tauchte er nicht einfach so auf. Er hielt sich zurück. Meinetwegen. Um mir zu zeigen, dass er mir die Wahl ließ. Dass er wartete, bis ich zu ihm *wollte*.

Von da an kamen die Briefe täglich. Jedes Mal, wenn ich von der Arbeit kam, sah ich zuerst im Briefkasten nach. Manchmal fand ich seine Briefe schon morgens, manchmal nachmittags und einmal wartete ich bis in die späten Abendstunden am Fenster, bis ich den Zusteller sah und ihm entgegenrannte.

Manche Briefe waren lang, manche kurz. Er erzählte mir von seinem Alltag, der Arbeit und von Kane. Manchmal schickte er Zeitungsartikel mit, von denen er dachte, dass ich sie interessant finden könnte. Oft lag die Thematik nahe an meinem Studiengebiet. Er hielt mich über das Leben von Bernard und Ivana auf dem Laufenden, die mich sehr vermissten. Ivana schlug ihn täglich mit ihrem Schuh und hatte ihm versprochen, erst aufzuhören, wenn ich ihm verzieh. Und wenn ich ihm nicht verzieh, würde er sein Leben lang weiterhin von ihr tyrannisiert werden. Dies war die einzige Art von Andeutungen, die er machte. Er bat mich nie wieder direkt, zu ihm zurückzukommen. Aber er schrieb weiter, auch wenn all seine Worte unbeantwortet blieben und er nie wissen konnte, ob ich sie überhaupt las. Er schrieb weiter.

Alexanders Worte wurden zu einer festen Konstante in meinem Alltag. Abends las ich seine Briefe immer wieder. In meinem Kopf antwortete ich ihm, manchmal sprach ich sogar laut mit mir selbst. Ehe ich es mich versah, vergingen Wochen und mein erstes Semester an der Fernhochschule lag hinter mir. Nach den Ferien würde ich an die NYU gehen. Und ich vermisste Alex mit jedem Tag mehr.

Kapitel -55-

Ally

Lange Zeit hatte ich mich nicht mehr in den Central Park getraut. Er lag in »Alexanders Gebiet«, weswegen ich einen großen Bogen um ganz Manhattan gemacht hatte. Aber es war Hochsommer und der Park voller Farben und Düfte. Ich konnte nicht länger widerstehen. Außerdem war der Gedanke, Alex über den Weg zu laufen, nicht mehr so schlimm. Ganz im Gegenteil.

Während ich mit einem Obstbecher in der Hand durch den Park schlenderte und einer Gruppe beim Yoga auf einer der Wiesen zusah, suchte ich die Umgebung immer wieder nach seinem Gesicht ab, fand ihn jedoch nirgends. Überall saßen Männer und Frauen in schicker Businesskleidung, die Blazer und Sakkos beiseitegelegt, um die Sonne zu genießen, und machten ihre Mittagspause im Grünen. Aber er war nicht unter ihnen und ich fragte mich, was er wohl gerade machte.

»Pass doch auf!«, schrie eine Frau, als ich gegen sie stieß. Erschrocken zuckte ich zusammen und wich zurück.

»Das tut mir so leid. Bitte entschuldigen Sie, ich war in …« Gedanken, wollte ich sagen, aber die Worte blieben mir im Hals stecken. Vor mir stand niemand Geringeres als Grace. Alexanders Ich-blase-meinem-Chef-einen-Grace.

»Was glotzt du so?«, fauchte sie mich an und wollte schon weitergehen, als ich sie zurückhielt.

»Grace?«, rief ich und sie drehte sich genervt um.

»Kennen wir uns?«

Die Hände in die Hüfte gestemmt, musterte sie mich von oben bis unten, als wäre es sehr unwahrscheinlich, dass sie etwas mit einer Person wie mir zu tun haben könnte.

»Wir sind uns nur einmal begegnet«, erklärte ich. »Bei Alexander Preston im Büro. Sie haben damals gerade neu bei ihm angefangen und ich … ich war zu einem Gespräch eingeladen.«

Erkenntnis breitete sich auf ihrem Gesicht aus, wobei das keinen wirklich positiven Effekt auf ihre Meinung über mich hatte.

»Ich erinnere mich.«

»Wie geht es ihm?«, fragte ich schneller, als ich meine Zunge zügeln konnte. Wieso fragte ich ausgerechnet sie? Weil die Briefe mir nicht mehr reichten. Weil ich wissen musste, wie es ihm wirklich ging. Was er machte.

»Das ist mir herzlich egal. Ich arbeite nicht mehr für ihn.«

»Was?«, rief ich und musste so verwundert dreingeschaut haben, dass Grace tatsächlich das Bedürfnis verspürte, sich zu rechtfertigen.

»Er hat mir gekündigt. Schon vor Wochen. Keine Ahnung, was mit ihm los ist, aber jetzt arbeitet eine alte Spießerin für ihn. Na ja, vielleicht steht er ja drauf.«

Mit einem Schulterzucken drehte sie sich um und ging.

Wie angewurzelt blieb ich stehen und ließ die neuen Informationen sacken. Alex hatte Grace rausgeworfen! Er schrieb mir seit Wochen romantische Briefe. Legte seine Vergangenheit vor mir offen und gab mir dennoch den Freiraum, von dem er glaubte, dass ich ihn brauchte.

Ich wusste nicht einmal mehr, warum ich so lange gewartet hatte, aber plötzlich setzten meine Beine sich von allein in

Bewegung. Ich rannte den ganzen Weg bis zu *Preston Holdings*. Mein Verstand hatte komplett ausgesetzt und mein Herz übernahm die Führung. Und jetzt hoffte es, dass ich ihn auch wirklich dort vorfinden würde, denn nachdem mir klargeworden war, wieviel Zeit ich verschwendet hatte, konnte ich keinen einzigen Tag mehr ohne ihn sein.

So schnell meine Beine mich trugen, rannte ich die Treppenstufen empor und durch die große Eingangstür. Die Mitarbeiter am Empfang warfen mir misstrauische Blicke zu, aber ich ließ sie alle hinter mir. Sollten sie doch versuchen, mich zurückzuhalten.

Der Aufzug kam nicht schnell genug und ich drückte immer wieder auf die Taste.

»Komm schon!«, rief ich und stöhnte erleichtert auf, als sich die Türen vor mir öffneten. Fünfundzwanzig Stockwerke hatten sich schon beim ersten Mal lang angefühlt, aber jetzt nahmen sie kein Ende. Als ich endlich oben ankam, hatte ich nicht einmal die Zeit, mir Gedanken darüber zu machen, wie selbstverständlich ich mich durch die Gänge bewegte. Beim ersten Mal hätte ich mich nicht mehr fehl am Platz fühlen können. Heute wusste ich, dass ich genau hierher gehörte. Zu dem Mann, der hoffentlich in seinem Büro saß. Ich stürmte in das Vorzimmer und tatsächlich blickte mir eine erschrockene ältere Dame mit grauen Locken und einem strengen Zug um die Mundwinkel entgegen.

»Miss, Sie können da nicht rein …«

Aber ich war schon an ihr vorbeigestürmt. Die Hände auf der Tür, verharrte ich eine letzte Sekunde. Mein Verstand sagte mir, dass das hier absoluter Wahnsinn war. Dann schob ich ihn endgültig zur Seite und schwang die Tür auf.

Sein Anblick verschlug mir die Sprache. Ähnlich wie bei unserem ersten Treffen, konnte ich die Augen nicht von ihm nehmen. Er stand vor seinem Schreibtisch, einen Stapel Papiere in der Hand. Sein Blick fing meinen auf. Seine Pupillen weiteten sich. »Du bist hier«, hauchte er. Ungläubig. Voller Unsicherheit.

»Deine Briefe …«, setzte ich zu einer Erklärung für mein plötzliches Auftauchen an, aber die Worte gingen auf halber Strecke verloren.

»Wenn sie dich stören …«, sagte er und da begriff ich, dass es Situationen gab, in denen Worte allein zu wenig waren. Also rannte ich die letzten Meter zu ihm und ließ alles zurück. Alle Ängste, alle Zweifel. Alle schlechten Erinnerungen. Nur meine Liebe und den Wunsch auf einen Neuanfang nahm ich mit. Ich ließ mich in seine Arme fallen und Alexander fing mich auf. Papier regnete zu Boden und er zog mich dicht an sich. Ehe er etwas sagen konnte, legte ich die Arme um seinen Hals und küsste ihn. Ich ließ meinen Körper über all die Dinge sprechen, die ich nicht sagen konnte.

Nur langsam lösten wir uns voneinander. Ich war zu lange ohne ihn gewesen und jetzt ertrug ich nicht einmal das kleinste bisschen Abstand zwischen uns.

»Ich kann nicht glauben, dass du tatsächlich gekommen bist«, flüsterte er und lehnte seine Stirn an meine. Seine Hände wanderten über meinen ganzen Körper, als wollte er sich vergewissern, dass ich echt war.

»Du hast mir gefehlt«, seufzte ich und strich mit den Fingern durch sein Haar. Er hatte abgenommen. Sein Gesicht wirkte eingefallen, aber das würde ich schon wieder hinkriegen. Ab heute würden wir jede Hürde zu zweit nehmen.

»Was hat dich dazu gebracht, deine Meinung zu ändern?«, fragte er mich zwischen unseren Küssen. Irgendwann hatte seine neue Sekretärin die Tür zu seinem Büro geschlossen, aber es hätte mich nicht weniger stören können. Ich konzentrierte mich ganz auf den Mann vor mir.

»Ivana«, scherzte ich.

»Was?« entgegnete er verwirrt und schob mich ein Stück von sich, damit er mich besser ansehen konnte. »Ivana hat deine Meinung geändert?«

Jetzt konnte ich mein Lachen kaum noch unterdrücken.

»Na, du hast geschrieben, dass sie dich jeden Tag mit ihrem Hausschuh verprügelt, bis ich wieder zurückkomme. Das muss die arme Frau unglaublich viel Kraft gekostet haben. Ich hatte Mitleid mit ihr.«

Ungläubig starrte er mich an und ich konnte mich nicht länger zurückhalten. Laut lachend legte ich den Kopf in den Nacken und genoss Alexanders Gesichtsausdruck. Plötzlich packte er mich und trug mich zu seinem Schreibtisch, wo er mich absetzte und zwischen meinen Beinen stehen blieb. »Schön zu sehen, dass du dein großes Mundwerk nicht verloren hast. Es wäre doch langweilig, wenn ich dich nicht ab und zu für etwas bestrafen könnte«, raunte er dicht an meinem Ohr. Dann griff er fest in meinen Nacken, zog mich zu sich und küsste mich voller Leidenschaft.

»Weißt du was?«, murmelte ich an seinen Lippen. »Ich mochte den romantischen Alex, der mir Briefe schreibt. Aber der dominante Alex gefällt mir viel besser.«

Mit einer Hand strich er mir die Haare aus dem Gesicht und beugte sich mit seinen Lippen dicht an mein Ohr. Sein Atem kitzelte die empfindliche Haut an meinem Hals und hinterließ eine Gänsehaut auf meinem ganzen Körper.

»Mal sehen, ob du das auch noch sagst, wenn ich mit dir fertig bin«, flüsterte er in mein Ohr. Seine Stimme versprach mir wundervolle Stunden und ich ließ mich willig in seine Berührung fallen. Nirgends war ich lieber als in seinen Armen und ich wollte meinen Alex genau so, wie er war.

-Epilog-

Ally

»Wo wolltest du das Bild nochmal aufhängen?«, rief Alex aus dem Wohnzimmer. Den Farbeimer in der Hand, ging ich zu ihm. Seit Tagen werkelten wir herum und so langsam konnte unsere neue Wohnung sich wirklich sehen lassen.

»Neben das Bücherregal«, sagte ich und deutete auf die Stelle, an der zukünftig meine Leseecke sein würde. Das Regal stand bereits, ebenso ein gemütlicher Ohrensessel und eine große Pflanze. Jetzt fehlte nur noch unser Sternenbild. Im Internet hatte ich eine Seite gefunden, auf der man einen Tag und die genaue Uhrzeit eingeben konnte und dann die passende Sternenkonstellation dieses Zeitpunktes bekam. Ich hatte mich für den Tag entschieden, an dem ich in Alexanders Büro gestürmt war, um ihn wegen meines Vorstellungsgespräches zur Rede zu stellen. Rückblickend hatte dieser Tag mein ganzes Leben verändert. Weswegen ich mich für immer daran erinnern wollte.

Lächelnd half ich Alexander dabei, das Bild aufzuhängen. Dann ließ ich den Blick durch unser gemütliches Wohnzimmer schweifen.

»Gefällt es dir?«, flüsterte Alex und schlang die Arme von hinten um mich. Automatisch schmiegte ich mich an ihn.

»Ich liebe unsere neue Wohnung«, antwortete ich. »Du wolltest ein modernes Loft daraus machen. Gut, dass ich das nicht zugelassen habe.«

Als Alexander mich zwei Monate nach unserer Versöhnung fragte, ob ich mit ihm zusammenziehen wollte, zögerte ich keine Sekunde. Aber von Anfang an stand außer Frage, dass ich nicht mit ihm in sein Penthouse ziehen würde. Ich wollte etwas Bodenständigeres. Die Maisonette-Wohnung, die Alexander eigentlich renovieren und weiterverkaufen wollte, war der perfekte Kompromiss.

»Manchmal ist es eben doch gut, wenn ich auf dich höre«, sagte Alex.

»Nur manchmal?«, fragte ich lachend und ließ zu, dass er mich zu sich herumwirbelte und küsste.

»Nur manchmal«, flüsterte er dicht an meinen Lippen und erzeugte eine Gänsehaut auf meinem ganzen Körper. Stöhnend wollte ich unseren Kuss vertiefen, doch es war Alex, der mich zurückhielt.

»Du weißt gar nicht, wie schwer es mir fällt, das zu sagen. Aber wir haben jetzt wirklich keine Zeit dafür. Dein Vater wartet.«

Schmollend löste ich mich aus seiner Umarmung.

»Alexander Preston, wie kannst du mich nur zurückweisen?«

»Keine Sorge, meine Schöne«, raunte er. »Heute Abend mache ich das alles wieder gut. Aber jetzt gehen wir deinen Dad abholen.«

Die Worte ließen mein Herz einen Takt schneller schlagen. Nicht wegen Alexanders verruchter Versprechen, sondern weil der Gedanke, dass er meinen Vater zu uns holen wollte, mich vor Glück überlaufen ließ. Monatelang hatte ich nach einem besseren Pflegeheim für Dad gesucht, jedoch vergeblich. Alle waren restlos überfüllt oder so weit weg, dass ich ihn noch seltener hätte besuchen gehen können. Undenkbar. Als Alex mir den Grundriss der Wohnung zeigte und wir überlegten, wo welches Zimmer sein könnte, hatte er bereits einen Raum nur für Dad eingeplant. Er würde das größte Schlafzimmer bekommen - mit Aussicht auf einen kleinen Park und viel Sonnenlicht. Tagsüber wäre eine Pflegerin bei ihm, außerdem hatte Ivana sich bereiterklärt, uns zu helfen. So konnte ich endlich jeden Tag bei ihm sein. Und wenn ich an der Uni war, wusste ich, dass Dad sich in guten Händen befand.

Für diesen Vorschlag liebte ich Alexander noch mehr, wenn das überhaupt möglich war. Denn er nahm mir eine riesige Last von den Schultern. Und das, obwohl Dad ihn noch immer Gabriel nannte. Doch die beiden hatten eine sehr gute Beziehung zueinander aufgebaut. Wenn Dad wieder total durch den Wind war, brauchte es meistens Alexander, um ihn zu beruhigen. Er war der starke Partner, den ich immer an meiner Seite vermisst hatte. Und ich würde ihn nie wieder gehenlassen.

»Wieso trägst du deinen Verlobungsring nicht?«, fragte Alexander passend zu meinen Gedanken. Denn auch er hatte beschlossen, mich nie wieder gehenzulassen.

»Den habe ich zum Renovieren ausgezogen. Bei dem großen Stein bleibe ich damit überall hängen.«

»Und ich habe mich für einen extragroßen Saphir entschieden, weil ich dachte, dass Frauen viel Wert auf die Größe legen«, erwiderte er mit gespieltem Ernst.

»Gib doch zu, dass der Stein nur so groß geworden ist, um deine Bindungsängste zu kompensieren«, zog ich ihn auf und fand mich prompt dicht an seiner Brust wieder.

»Meine Bindungsängste, Alison, gehören längst der Vergangenheit an«, sagte er ernst und blickte mir tief in die

Augen. »Ich kann es nicht erwarten, den Rest meines Lebens mit dir zu verbringen. Als dein Mann.«

»Ich wusste gar nicht, dass du so ein Romantiker bist«, flüsterte ich und grinste breit. Dabei wusste ich genau, wie aufmerksam mein Verlobter sein konnte. Mir zuliebe hatte er bei seinem Antrag sogar extra auf einen Diamantring verzichtet.

»Oh, ich werde dir zeigen, wie wenig Romantik in mir steckt«, drohte er, hob mich hoch und trug mich zur Couch.

»Ich dachte, dass wir keine Zeit haben.«

»Die Zeit nehme ich mir. Schließlich habe ich einen schlechten Ruf zu verlieren«, erwiderte er mit gespielter Strenge. Als er mich zärtlich küsste, lagen jedoch so viele Gefühle in der Berührung, dass es mir den Atem raubte.

»Alexander Preston«, hauchte ich. »Ich liebe dich von ganzem Herzen. Mehr als Pizza, Brooklyn 99 und Ben & Jerry's Eis zusammen. Und ich kann es kaum erwarten, dich zu meinem Mann zu nehmen.«

ENDE

Danksagung

Oft fällt es mir schwerer, eine Danksagung zu schreiben, als das eigentliche Buch. Dieses Mal jedoch nicht, denn bei der Entstehung von *Bad Boss Behaviour* haben drei Personen ganz besonders mitgewirkt und wenn ich mir das fertige Buch so anschaue, dann erkenne ich ihren positiven Einfluss ganz deutlich.

Danke, an meine wundervolle Testleserin, beste Freundin und scharfe Kritikerin, Lorena, die sich trotz eigener ellenlanger To-Do Listen die Zeit genommen hat, meine Geschichte zu lesen und mir hilfreiches Feedback zu geben.

Danke auch an meine absolut empfehlenswerte Lektorin, Regina Meißner. Die Zusammenarbeit mit dir war angenehm und bereichernd. Durch dich konnte ich das Beste aus Ally, Alex und ihrer Geschichte herausholen. Wenn meine Leserinnen mich für die tolle Ausarbeitung der Charaktere loben, dann gilt dieses Kompliment auch immer dir!

Und zu guter Letzt, danke ich meiner talentierten Coverdesignerin, Andrea von VercoDesign, die *Bad Boss Behaviour* mit diesem schicken Gewand ausgestattet hat. Ich danke dir, denn du hast bewirkt, dass meine Geschichte gesehen wird!

Weitere Bücher der Autorin

Die Los-Angeles Lovestorys

Falling for Ewa

Band 1 der LA-Lovestorys (bereits erschienen)

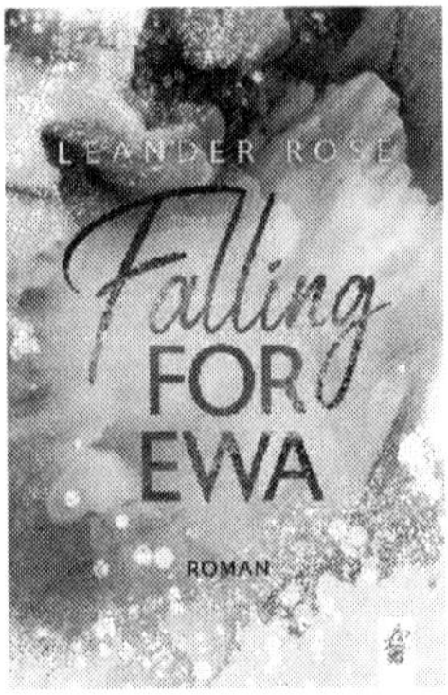

Hoping for Mercy

Band 2 der LA-Lovestorys (bereits erschienen)

Trusting in Fate

Band 3 der LA-Lovestorys (erscheint im September 2019)

Du möchtest immer auf dem Laufenden sei und keine meiner zukünftigen Veröffentlichungen verpassen? Dann trage dich für meinen Newsletter unter www.leanderrose.de ein und gehöre zu den Ersten, die Neuigkeiten zu meinen Büchern erfahren.

Zusätzlich findest du mich hier:

Instagram:

http://www.instagram.com/leander_rose/

Ich freue mich von dir zu hören!

Impressum

Leander Rose c/o
Papyrus Autoren-Club
R.O.M. Logicware GmbH
Pettenkoferstr. 16-18
10247 Berlin

Coverdesign: VercoDesigns, Unna
Lektorat: Regina Meissner (www.semikolonundco.de)
Korrektorat: Regina Meissner (www.semikolonundco.de)

Printed in Poland
by Amazon Fulfillment
Poland Sp. z o.o., Wrocław

89798773R00216